2015年

短篇小说选粹

林霆 _ 主编

中国小说学会　名作欣赏杂志　鼎力推荐
权威遴选　深度点评　中国最好年选

山西出版传媒集团　北岳文艺出版社

图书在版编目（CIP）数据

2015年短篇小说选粹 / 林霆主编 . —太原：北岳文艺出版社，2016.1
ISBN 978-7-5378-4674-5

Ⅰ . ① 2… Ⅱ . ①林… Ⅲ . ①短篇小说—小说集—中国—当代 Ⅳ . ① I247.7

中国版本图书馆 CIP 数据核字（2015）第 304088 号

书　　名：2015年短篇小说选粹
主　　编：林　霆
责任编辑：赵　勤
装帧设计：张永文

出版发行：山西出版传媒集团·北岳文艺出版社
地　　址：山西省太原市并州南路57号
邮　　编：030012
电　　话：0351-5628696（发行部）
　　　　　0351-5628688（总编室）
网　　址：http://www.bywy.com
E - mail：bywycbs@163.com
经 销 商：新华书店
印刷装订：三河市华东印刷有限公司

开　　本：710mm×1000mm　　1/16
字　　数：340千字
印　　张：22.25
版　　次：2016年1月第1版
印　　次：2019年1月河北第2次印刷
书　　号：ISBN 978-7-5378-4674-5
定　　价：45.00元

序言：只有大鱼才能下沉到海底
——2015年度短篇小说阅读印象

/ 林霆

谈论小说创作的"年度概况"这样的话题，类似于观察一棵树的横切面，期冀从年轮的病象学中，一窥大树的根深与叶茂，"盲人摸象"般的误会在所难免。然而通过一个年度选本来观察，将诸般病象集在一起，或许会有所收获。这其中，阿乙的短篇小说《作家的敌人》，又像是年轮中的虫洞，让"年度"这个话题有了一个方便的抓手。虽然小说弥漫着浓浓的十九世纪欧洲文艺沙龙的气息，但也可将其视为对当下文坛的一个绝妙隐喻。

小说的场景设置在乐善好施的沙龙女主人尼侬的家里，尼侬以其热情、多金、有闲的生活方式聚拢各方文士，小说家陈白驹便是其座上客。陈已功成名就，"两届鲁奖得主"，名片上的头衔一大串，已经拥有为文坛设置门槛和评判年轻人的权力，用小说中的描述，"像是建立了功勋的船只，满载而归靠了岸，如今虽抛锚多年，却还是拥有太多的经验与荣耀"；或如爱伦·坡在《辛格姆·鲍勃先生的文学生涯》中所说，"靠已经获得的荣誉安度晚年"。可贵的是毕竟"满载"，可怕的是已"抛锚多年"；另一位主人公是年轻的"无名者"，他像十九世纪那些神经质的、脸色苍白的天才，因营养不良，"免疫系统看起来已坏得差不多。间或他会捂住嘴连咳数声，痰中时有血丝"。这位二十七岁的年轻人大著已经完成，自信已经建立，正待起帆远航。在女主人尼侬的沙龙上，他拿出自己焚膏继晷、废寝忘食才完成的作品打印稿，以接受众多文学前辈的评判。陈白驹遇到过太多类似的无名者，大多非可造之材。但这位年轻人不同，"今天，情况有变（甚至可说是突变），至少是他，陈白驹，像中弹一样，死在了对方的第一句话上"。毕竟是"拥有太多的经验与荣耀"的行家，仅仅读了个开头，他便意识到遇到了天才。"啊，就像狂信者见过圣子的裹尸布或者佛的舍利子，就像山区的人望见大飞机，或者街上走来已在史前灭绝的动物。"这就是真正的天才在他心中的分量。天才当道，他无法无视，但也无法直视。作为同行，他明白天才最为伤人，尤其是后辈的天才。他多希望自己仅仅是一名读者，那样"我就可以单一地、纯粹地来享受这伟大的作品了"；或者是一个评论家，将一个天才的出现鼓噪得满世界都知道。但他是一个同行、前辈、被追赶者，他知道自己就要被拍死在沙滩上。熊熊燃烧的嫉妒与敌意折磨着他，"他心态复杂地感受着这样一个又贫寒又伟大的人"，"唯愿他早点死"，或者"用酒精泡着他，泡软，像泡张枣泡余华那样泡着，将他泡成一个比庸人还平庸的人，泡成一个连文盲都敢哂笑的反面例子"。然而这天才既脆弱又顽强，既贫困又伟大，妒意和死亡都无法将他毁灭，因为他已创造出那伟大之物，并将追随在荷马、维吉尔、薄伽丘、普希金、巴尔扎克、大仲马、狄更斯……的伟大家族里，"一切得其所哉"。

阿乙讲了一个卡夫卡式的寓言故事，与其说他对当下文坛充满了讽刺，不如说充满期待。他期待在中文的世界里，能有那样一位天才出现。二十七岁，正是一个天才的黄金年龄，如阿乙文中所列，在二十七岁这个年龄，欧内斯特·海明威已写出《太阳照常升起》，阿尔贝·加缪写出了《局外人》，约翰·斯坦贝克写出《黄金杯》，川端康成写出《伊豆的舞女》。当然，在中文世界里，我们也拥有自己繁星般的"二十七岁"，比如风华正茂时节的马原、格非、苏童、余华、叶兆言、孙甘露等。现在，"二十七岁"的吃水线已下移到八〇后、九〇后，我们新的天才是谁？这已不再是一个埋没天才的时代，天才的光芒无人能够遮挡，天才也可以不入那个文坛。然而这样的天才，我们还有吗？

扫视当下小说创作，七〇后、八〇后小说家已渐成主体。本年度所选，七〇后作家也占据大半。如阿乙的《作家的敌人》，艾玛的《有什么事在我身边发生》、曹寇的《在县城》、葛亮的《不见》、任晓雯的《那些人》、盛可以的《小生命》、田耳的《金刚四拿》、徐则臣的《摩洛哥王子》、张惠雯的《华屋》，以及因篇幅原因未能选入的赵志明的《村庄落了一场大雪》、朱庆和的《父亲和山羊》、索耳的《所有的鲸鱼都在海面以下》、李浩的《消失在镜子里的妻子》、桂晓波的《你离开了南京》等。以"天才"的标准去衡量，七〇后也已不再年轻，就要步入中年。中年写作，更多的是靠经验、手艺、职业习惯，而天才的创造力、爆发力，天才的混不吝、自成体系，已渐渐远去。我们年轻一代小说家们已将小说的手艺操练得如庖丁解牛，故事叙述得丝质顺滑，情节安排得八面埋伏，题材选择得也政治正确，但大多只是属于符合文学期刊标准的"好小说"，就像班级里的"三好学生"。我们更期待那种充满创造性的、异质的，甚至带有点危险性的小说，就像班级里突然出现了几个坏孩子。坏孩子的天空，总能让人充满遐想和无限可能性。也就是说，现在的"好"是一种趋于同质化的"好"，少年老成的"好"，那种带有点天才的偏执、青春的涩意、疯子般激情的小说，已不多见。

在一个现实主义至上的年代，那种充满冒险的，甚至带有点偏执的浪漫激情更加令人怀念。浪漫不仅仅意味着生命激情，更意味着对主体性的重新塑造，它要求作家们不仅要对社会、对时代、对命运共同体有一种投入的、民胞物与的道德情感，也就是作家身份外化的政治激情，更为要紧的是，作家要重塑一个坚实的自我的基础，并沉入这个基础中，在一次次的思想危机、情感地震中寻找可能的救赎，寻找那一束光。在我们这个时代，作家写几篇好小说并不难，难的是如何透过"写"这种劳作，以个体的冒险与受难，来对人类的处境进行思考。离开了对主体的沉入与张扬，便很难体会他者的真实处境；离开了冒险与受难，也不可能看到个人的真正成功。成功不是靠岸，而是驶向未知的茫茫远方。在阿乙的小说中，"作家的敌人"并非锥心的嫉妒，也非有意的忽视，而是真正的创造的激情。没有创造的激情，就像回到港口的船只，意味着平静和枯竭。陈白驹内心虽被嫉妒烧灼，但他也明白真正伟大、令人发狂的事物到底是什么。当他回到家里，翻出自己的作品来读，"只读了不到十句他就为自己的笨拙哭出声来。他将自己的一本本书扯拉下来，坐在地上，悲伤地发呆"。有如此自省的作家已属难得，作为一个写作的人，谁的内心没发生过几次塌方？谁的思想没经历过几次危机？正如德勒兹所言，正是这些危机"标示出他们思想的深刻"。而那位天才的"无名者"呢，他尚不知自己天才的巨著已变作"翱翔于天空的巨翅鸟"，为陈白驹们的内心制造了巨大的阴影。"他还在紧张地、忐忑地、惴惴不安地，然而又控制得很好地等待来自他们可能是差评的评价。"必须得说，正是这种惴惴不安的"无名"状态，既伤害了他，也成就了他。"无名"让他四处碰壁，营养不良，内心焦灼，但"无名"也为他积聚能量，让他处于期待之外，给了他逃脱禁锢的自由路径。德勒兹说，福柯曾有一个时期深受知名之苦，"无论他说什么，人们都期待着称赞他或批评他，却没人试图理解他。怎样才能赢得不受期待？不受期待是工作的条件。做一个无耻的人，这简直可以说是福柯的梦想……""做一个可耻的人"，意味着逃脱期待，追随内心自由的召唤，无羁地去创造。创造，也只有创造，最终才能给自由以价值感，并重新为无耻正名。

在这样一个自媒体如此发达便捷的时代，想出名太容易了，难的倒是"无名"。作为一个小说家，市场更是"出名"的推手，尤其是畅销书市场。市场的期待就是利益最大化的期待，也是最广大读者的期待。比如，故事要写得好看，不要有太多的形式上的实验性，最好添加些色情、丑闻、争议性话题等等。在一个逐渐成熟的畅销书机制中，这种期待也渐渐形成一种禁锢和支配的力量，迫使作家就范，小说创作的同质化、模式化往往由此而来。"人们会庆幸书籍数量的增加和印数的提高，可是青年作家将在一个没给他们留下创作余地的文学空间里被铸成一个模子。只需炮制出一部极端标准的小说，至于那是模仿巴尔扎克、司汤达、塞利纳、贝克特还是杜拉斯，是无所谓的。"（德勒兹《哲学与权力的谈判》）市场是扼杀天才的第一杀手，端赖于市场的这种禁锢性、模铸功能。"无名"或可抵御市场的追杀，但"无名"并非秘而不宣，拒绝沟通，卡夫卡缺席于他的时代也并非他故意拒绝时代，而是他完全沉浸在自我的创造中，既无暇也无意与时代共舞，而他的时代也没能及时把他找出来。隐秘的天才有着与外界沟通的独特方式，如阿多诺所说的"将密封瓶投入大海"的方式，或如尼采所说，一位思想家射出一支箭，像是无的放矢，而另一位思想家将其捡起,射向另一个方向。这些说法无非指向一个目标:写作,既是一种天才的沉入,也是一种天才的逃离。没有自我的沉入便不会真正有所得。"我喜欢一切下沉的人,"麦尔维尔曾说,"任何一种鱼都可以浮近水面,而只有大鲸鱼才能下沉到五海里或更深的地方……自古以来,思想的下沉者总是双眼充血地回到水面。"

  我们期待着汉语文学中的大鱼,并年复一年地撒网捕捞。希望这样的捕捞没有搅乱那些深海的沉思者,也希望这些落网的天才能复游回大海。我在这里为自己所编选的选本写下这样一个略有冒犯的前言,似有不妥。但写写赞词是容易的,也是廉价的。好在我只是站在一个欣赏者的角度来提出意见,就像自由市场的一个买主,不用为"you can you up"之类的诘难操心。

2015年11月

天津·社会山

目 录

1　华屋　　　　　　　　/张惠雯

18　那些人　　　　　　/任晓雯

31　失踪的女大学生　　　　/叶兆言

44　小生命　　　　　　/盛可以

61　汉阳的蝴蝶　　　　/林白

71　不见　　　　　　　/葛亮

98　日本佬　　　　　　/麦家

125　金刚四拿　　　　　/(土家族)田耳

145　在县城　　　　　　/曹寇

173　有什么事在我身边发生　　/艾玛

188　疯迷　　　　　　　/裘山山

210　鬼子坟　　　　　　/(满族)叶广芩

237　作家的敌人　　　　　/阿乙

254　高小九题(节选)　　　　/曹乃谦

285　禅修　　　　　　　/邱华栋

303 别让爱你的人去香港　　　　　　　/ 邓一光
319 摩洛哥王子　　　　　　/ 徐则臣
335 深夜面条　　　　　/ 沈熹微

华 屋

/ 张惠雯

静姝和静怡两姐妹是台湾人。姐姐比妹妹大七岁，早已年过四十。她本身没有受过多高的教育，随丈夫吴先生来到休斯敦，在一家香港人开的超市里做收银员。妹妹静怡大学毕业后到休市来探望姐姐，就留了下来，嫁给了一个在当地工作的台湾工程师陈先生。

在休斯敦的华人圈子里，她们两家都算不上富裕。以前，她们住在各自公寓里。姐姐工作的超市是轮班制，她有时上上午班，两点钟以后就没事了，下午班是从两点到晚上九点。妹妹则不上班，她的小孩儿还不到两岁，她在家里照顾孩子。静姝的儿子到奥斯汀读书以后，她空闲的时间很多，总是往妹妹家跑，帮妹妹煮饭、照顾外甥。她们两家的关系一直很好。因为小外甥的关系，这种联系更加紧密了。后来，两姐妹做了一个有点儿异想天开但也合情合理的决定：她们决定合买一栋大房子，搬到一起住。她们的丈夫很支持这个决定，于是，两家卖掉各自的公寓，在休斯敦较好的社区 M 城的 Brightwater 合买了一栋价值不菲的大屋。

这栋两层半的房子一共有五间卧室，按照他们的考虑，有留给两个孩子的房间，也有一间多余的客房，以便两姐妹的父母从台湾来探望她们时使用。第二层半的阁楼间很大，于是他们在装修的时候把它隔开，一半做储物间，另一半则做成书房。根据妹妹的设计，装修成书房的那半间阁楼倾斜的屋顶上开出三面同样倾斜的长窗。这是个让所有人都喜欢的漂亮设计。晴朗的白日，阳光从长窗里照进来，在半明半暗的屋子里移动；黄昏时分，书房里则布满流动着的、金色的光带，具有一种辉煌却温暖、踏实的静谧。下雨的时候，打在倾斜的长窗上的雨声则是一种催人入眠的好音乐。

房子附带两个车库，每个车库可以容纳两辆车，他们每家一个。此外，房子前面有一块儿属于他们的狭长的绿化带，以前的屋主把它修葺得很好，有两棵绿荫如盖的大树。房子后面则是一个由棕色的木栅栏围起来的三百平方英尺的花园。但在休斯敦，很少有人有工夫在花园里种花，所以花园基本上就是一整块儿绿色草坪，他们决定保持原貌。姐姐曾提出可以在靠角落的地方开辟出来一小块儿空间种菜，但遭到其他人的嘲弄和否定，她也无所谓，反正她总是可以在超市里弄到价格极其便宜甚至不要钱的菜。因为妹妹的孩子小，抱小孩儿上下楼不方便，妹妹一家就住在一楼，二楼属于姐姐。一切分配妥当，没有任何争议。一楼的厨房、会客室和餐厅共用，这也没有让他们觉得有任何不便，本来，他们搬到一起住的一个主要原因也是为了打消小家庭的孤独，尽管这是从未说出来的原因。

无论按照什么标准，这栋房子都是一栋宜居的华屋，墙漆、地板和楼梯的金属雕花扶手都非常讲究，看得出原来的主人相当富裕。如果不是姐妹俩为了省钱而把以前公寓里的旧家具悉数搬进来，它几乎会是一栋真正华丽而具有现代风格的住处。这并不是说那些家具破破烂烂，但这些体态玲珑轻便的公寓式家具，放在房子巨大的空间里显得不相宜。总之，在主人们搬进来不久那段热热闹闹的时间，每个被邀请前来参观的朋友走进这栋华屋过于空阔的客厅，赞叹之余都忍不住感到一丝古怪的意味，这种意味甚至让人感到不安。小巧而略显简陋的家具们待在它们各自的角落里，仿佛小小的孩子，有点儿羞怯、瑟缩。那些空白、未被填满的大块儿空间则仿佛在冷冷地凝视、等待什么。也许只有住在这儿的人没有察觉这种空落、不协调。两姐妹坐在那张不够阔大、厚重的沙发上，欣赏着窗外碧绿的花园——那只是一片光秃秃但十分平整的草坪，兴高采烈地说单单这个客厅在台北就可以住一家人。她们不时发出笑声，逗着共同爱着的那个小男孩儿，悄悄抑制着内心的激动、骄傲，心满意足。

他们在新住处安顿下来。在这栋房子里姐妹俩是主角,她们来来去去的丈夫仿佛成了配角。在姐姐的主持下,一切家务都得到更好的安排,晚餐也比小家庭时丰富许多,但每个月的饮食、水电等各种开支却比以往两家加起来的减少了,这令两姐妹大为惋惜为什么她们没有早点儿做这个明智的决定。

生活对每个人来说似乎都变得更好了,姐姐显然已经成为外甥的另一个母亲,这对她来说是莫大的安慰。她一点儿也不怕辛苦,她怕的是失落。当自己的儿子长大,她发觉他离她越来越远。甚至不愿意和她说话。她越害怕他那双冷漠、带着藐视神情的双眼,她就越怀念那个幼小、全然无助而喜欢躲在她怀里的他。她后悔自己以前没有多要一个孩子,这样她的幸福也许还能延续得久一点儿……如今,她心里的空虚和失落总算从小外甥那儿得到了补偿,每当她把他紧紧地抱在怀里,或者只是握住他那双娇嫩、柔软的小手,感到他的亲昵和顺从,她就仿佛回到了以往初为人母的时候,那种强烈、熟悉的幸福感有时把她感动得两眼湿润。

她显然不是感情多么丰富、细腻的女人,在很多人看来(尤其是在她儿子看来),她相当平庸、守旧,但对身为母亲的那些感觉,她绝不输给别的女人。

而那位妹妹恰好不是一个霸道的母亲,就像她不是个十分贤惠的妻子一样。她乐意姐姐来"争夺"照顾儿子的权利,这样她可以有更多时间睡觉、购物、打扮自己。自从搬进这栋房子以后,她连菜也不必自己买了。结果,她变胖了一点儿,皮肤也更白皙了。她把空闲的时间用在浏览各个百货公司的网站,从网上订购打折服装和其他女性用品。有时候,她坐在面朝花园的门廊底下的椅子上,悠闲地看着姐姐牵着儿子在草地上走来走去。她不禁觉得姐姐这个人有点儿古怪,但又庆幸自己和她生活在一起。在她看来,这种生活很惬意,但多多少少,她想,多多少少有点儿空虚。

对于妹妹的丈夫——那位电子工程师来说,生活的改善尤为明显,因为他妻子从来不是一个烹饪能手。他以往工作一天回家,常常要吃微波炉解冻的冷冻餐,即便妻子偶尔做一顿,也是那种随意凑合的饭菜。如果他稍有抱怨,她就会生气地说:"你有钱就请保姆呀。照顾孩子够我累了,谁有那么多时间?!"而他碰巧又是个胃口极好、爱享受的壮年男子。现在，如果大姐不用上晚班（这样的时候并不多），他差不多每晚都能坐在餐桌前，正正经经地吃一顿热乎、丰盛的晚餐。他吃着从小就喜欢的姜葱烧猪脚或是椒盐炸豆腐条，不禁对姐姐心生感激，甚至觉得她在某些地方有点儿像他母亲。更何况，他们住到一起后，妻子和她姐姐一起照顾小孩儿，令他的负担大大减少。他的精神也好了许多，得以把多余的精力用于他喜爱的事情上，例如钓鱼。在这个家里，没有人分享他的这一爱好，于是，到了周末，如果天气好，他就会找机会和公司里有同样爱好的几个朋友一起开车到加尔维斯顿的海边钓鱼。他们会在那儿搭帐篷，待一整个晚上。除了钓鱼，他们还在礁石附近下螃蟹笼子，凌晨起来收笼。他试图劝说姐夫加入，但吴先生是个不爱动的人，他周末更愿意待在家休息。

　　对于吴先生这个不爱说话、甚至有点儿严肃的小贸易商来说，物质方面的舒适感的增加并非那么明显，因为他妻子本来也把他照顾得很好。但他感到如今的生活似乎更丰富了一点儿，像是多了一些内容，或者说多了一道明朗的色调、一种说不清楚的趣味和活力。他对妻子说："小安那孩子让家里有了生气。"他妻子听了很高兴。只是在妻子偶尔上晚班的时候，他在家感到有些不自在，因为楼下是属于妹妹妹夫的天地。但遵照习惯，他们还是会一起吃晚饭。这样的晚饭总是做得很草率，大多时候是静怡做，偶尔他也帮忙做一两道菜，电脑工程师不做饭，这种时候他总是选择陪男孩儿玩儿。吃过晚饭，吴先生就匆匆上楼去了。为此，他甚至劝妻子辞掉超市的工作。"那怎么行？"她说，"你别忘了，房子的贷款还没还清呢。""你以为要靠你那一点儿工资？"他说。"能多挣一点儿钱就多挣一点儿嘛。"他知道妻子一贯是个勤俭、实际的女人，但有时候他反倒讨厌她各种各样过于实际的考虑。他想，这也可以理解成贪财、小市民习气……他抱怨静怡煮的饭菜不好吃，妻子说："那你可以在外面吃了再回去嘛。不过，别忘了提前给家里打个电话。"但他终究还是竭力适应这个新的家。他现在很少在外面吃饭，下班后的应酬大大减少了，本来这些应酬也可有可无，只是用来打发无聊的时间。

　　大家都在的时候通常轻松愉快。对他们所有人来说，自从有了这样一处新居所，生活似乎进入了一个新的阶段。每个人都暗自感到这一点，并因此显出一种放松的姿态。他们吃完饭还会坐在餐桌旁聊一会儿，有时还一起坐在客厅的沙发上看台湾的"中天频道"。他们各自的卧室里都有电视，但两姐妹认为一家人一起看热闹。如果小孩儿早点儿睡下，四个人还可能打一会儿麻将。他们坐在屋顶过高而显得空旷的客厅里，偶尔感到齐牌的声音、自己和其他人的说话声都发出冷清的回声。除此之外，周围都笼罩着寂静，从黑黢黢的后院到房子前面伸展的小路——没有一个人会在这样的路上散步。在这种时候，说话比较多的是姐姐和妹妹的丈夫，因为一切有关生活的繁琐的细节，姐姐都爱操心，而且喜欢谈论，而电脑工程师是个单纯、容易快乐的人，即便他自己没有话说，他也总会捧场陪着其他人说。妹妹不多说话，这也和她的懒惰有关。但她爱笑，当她笑的时候，她那双漂亮的眼睛弯起来，还仿佛不信任似的直直盯着对方，一头披在肩头的柔软长发微微颤动，整个人看起来懒洋洋的，但也温柔可亲。

　　尽管姐妹俩相差不过七八岁，姐姐的性格让她显得比实际年龄更老些，况且她对家务事比对打扮自己热心得多。在做好饭之后，她喜欢习惯性地系着围裙做其他事，似乎她准备随时冲到炉子和切菜板那儿去继续工作。她甚至系着围裙和家人一起吃饭。有几次，妹妹提醒她吃饭时把围裙脱掉。"我习惯这样。"她不在意地说。"那上面有污渍，"妹妹语带责备地说，"你在家里也应该穿得像样一点儿，这样姐夫才会疼你。你不疼自己，谁会疼你？"姐姐笑起来。此后，她尽量做完饭就把围裙脱掉，却没有像妹妹教导的那样穿得像样一点儿。她不明白为什么在家里应该穿得像样一点儿，在她和丈夫之间，早已不存在制造吸引的问题了，况且她穿什么，他也完全不会注意到，就像她也很少留意他穿了什么衣服出门。

　　而自从有姐姐帮忙照顾孩子以后，妹妹即使在家，也穿着质料轻柔、剪裁精当的衣服。她的衣服常常是浅紫、淡粉等柔嫩的颜色。夏天来了，妹妹买了很多漂亮的裙子。姐姐总是惊诧联邦包裹的人又上门来送妹妹订购的衣服了，煞费苦心地想替她算出她在衣服上花了多少钱。但妹妹毫不在乎，嘲弄她说如果她不把丈夫的这些钱花掉，就会有别的女人把它花掉。姐姐骂她败家女，又嫌她买的衣服暴露，说："你看看，不是低胸就是无袖，还有，料子太薄！"但姐姐看到妹妹穿戴得漂亮其实很高兴，自她懂事以来，她从未嫉妒过妹妹的漂亮。

夏日，室外强烈的阳光照得人头晕目眩。楼下的百叶窗帘终日半闭着，厅里空阔、阴凉、光线昏沉。比光线更令人昏沉的是静怡身上喷的名贵香水味儿，无论他们吃饭、看电视，还是打牌，香水味儿总是萦绕不去，或浓或淡，飘浮在厅里的各个角落。姐姐劝说妹妹在家里不要喷香水，小孩子会过敏。妹妹不听，揶揄地一笑，说："从小就应该培养他习惯香水的味道。""没见过你这样当母亲的。"姐姐责备她。吴先生、陈先生只在一边笑。工程师对太太这样早已习惯了，吴先生却抱着一点儿私心，希望妹妹不要采纳自己太太那保守、老土的意见。他喜欢她那些美丽柔软的衣料，也喜欢随着衣料摆动的那股香气，这都带给他秘密的愉悦。他甚至想劝说自己的太太也买瓶香水，或者至少洗完澡后在身上涂一些芳香的东西，因为他有时候觉得太太身上带着一股超市里物品的气味，但他最后还是觉得难以启齿。

有一种男人是不在乎妻子是否贤惠的，他更在乎她是否令他愉快。如果简单直率的工程师对妻子有什么不满的话，那么他唯一的不满不是妻子的懒惰、不持家，而是她花钱无节制的习惯。他曾对姐姐和姐夫偷偷抱怨："每个月付完信用卡账单，我的工资几乎没有任何剩余了，我们存不下钱。"可他并不在妻子面前严肃地抱怨这些，相反，当妻子在他面前展示新的战利品时，他总是笑呵呵地称赞。不过，他如今更深陷于自己的嗜好了，也打算把更多的钱花在上面。他和朋友合租了一条快艇。周末，他们用他那辆越野车拖着小艇，直开到加尔维斯顿港，从那里出海钓鱼。有时候，他会整个周末都不在家。如果他妻子抱怨他不顾家，他就为自己辩护说至少他把热情用在钓鱼上，而不是其他不良嗜好如酗酒、吸毒、玩女人上。自从他喜欢出海以后，他的皮肤晒黑了，人也更强壮了。他妻子说，他变得越来越像野蛮的美国人了。但实际上，他越来越像个稚气、爱玩儿的孩子，有时候，男孩儿哭闹着，被从母亲手里传递到阿姨怀里，他只是在一旁坐着，脸上带着那种饶有兴趣的笑，看着自己的儿子和两个女人，过后继续翻弄他的iPad，仿佛自己是这个家里的另一个孩子。

静姝的睡眠一直不好。一天夜里，她想到楼下厨房里喝杯凉开水。她走在楼梯上时就听到外甥在哭，等她来到一楼、悄悄穿过大厅到厨房里喝了水，外甥仍然在哭。她站在厅里凝神谛听，依照她的经验，她知道外甥的哭声是因为得不到大人的理会，如果有人抱着他、哄他一会儿，他就不至于哭得这么气急败坏。她有点儿急了，心想妹妹和妹夫是不是睡得太死，没有听到孩子哭呢？她心疼外甥，想敲门把俩人叫醒，但又觉得不合适。她往妹妹的卧室悄悄走近几步，才知道发生了什么事。她自己反倒羞愧得无地自容，连动也不敢动了，因为她担心他们会听见她的脚步声，发现她在外面。她忍耐了一会儿，终于找个机会溜上楼了。她发现丈夫也醒了，忍不住对他抱怨，说他们竟然连孩子哭也不管。她丈夫却生气了，责备她不懂事，多管闲事。她对丈夫的责备不以为然。但她过了很久也没有睡着，仍在为刚才的事羞愧，心里还忍不住惊诧，因为她之前并未想到住在一起可能会有这种不便……她回想起刚才听到的声音，在黑暗中羞臊得脸颊发烫，这一回，她是为妹妹感到害臊。她原本以为只有放荡的女人才会发出这样放肆享乐、不知羞耻的叫声。当然，还有一个她自己也羞于承认的念头：这样的事有多久没有发生在她身上了？她不禁感到，自己和丈夫真的都老了，她还想到，这种事再也不会发生在她身上……

他们住的这个区叫Brightwater，翻译得动听一点儿，可以称为"明净水域"。名字的由来大概是因为这里有两个人工湖，湖水蔚蓝，较大的那个湖里还生活着一些美洲鳄鱼。他们的房子并不在面湖的那一排，那样的价格不是他们能支付得起的，但他们的房子离湖也不远。

这个区住着一些华人，可彼此之间不相往来，即使碰面也并不怎么打招呼。似乎谁过于热心地想要与他人结交，他便首先丧失了矜傲的派头。当然，更多的住户是西方人，他们之间也不见得有多少往来，更不用说与东方人往来。在这样的环境中，大家都极尽陌生人之间的礼貌，但也努力维护着自己不可侵犯的孤立权利。每栋华丽的房屋仿佛一座岛，人们在自己的岛上自给自足、自成一体。

姐姐不在家的时候，静怡自己也偶尔推着小孩儿到湖边走走。周围的一切都很美，蔚蓝、波光荡漾的湖，清亮透明的光线，绿荫覆地的宁静街道，宽敞高大的带花园的房子。但这种美却是喑哑无声的，或者说，这里有的是水的声音、风的声音、空中交错的枝叶碰撞摩擦等自然的声音，却没有人的声音。这样的时候，静怡常常想起她逐渐疏远的台湾的朋友，想象她们过的那种喧腾热闹的生活，想象着街头巷尾挤满的店铺、到处匆匆行走着的打扮得五颜六色的人。她想得很多、很杂，她想念自己喜欢吃的那几家路边摊，有时候甚至想到如果她人在台北，她和她那些昔日闺蜜们会去那些商店里淘货，她们会不会相约偷偷去逛夜店，她会不会还和以前的男友保持秘密交往，他们约会时会去那一家隐蔽在后街的咖啡馆……很难说哪一种生活更好，她只是常常怀念那种生活，但如果让她就此离开美国，她又不情愿，仿佛这里有她的骄傲，即使这骄傲孤寂而冷清。

推着童车在湖边散步时，她很少遇见别的行人，有时，她看着空阔、水波不兴的湖面和竖立在湖边湿漉漉的草地上的有关美洲鳄鱼的警示牌，突然感到周遭冷飕飕的，心里害怕起来，赶紧把童车推到路的对面去——那往往也是洒着阳光的一面。如果姐姐和她一起，她就不会有这种恐惧的感觉，她依赖她，但也未必喜欢她总在身边。她们生活在一起之后，她才发现自己有时会瞧不起姐姐那种妇女作风，厌烦她的琐碎、唠唠叨叨，仿佛完全没有自我感觉的对他人的关爱，这种关爱看起来软塌塌的，却会让她感到一种无形却咄咄逼人的压力，想要改变她，而她那变本加厉的怠惰、事不关己的态度不过是为了抵制这种改变。

一家人在一起时她显得骄傲、蛮横、快乐、懒散，可当她和男孩儿独自在家时，周遭的空荡、沉寂会让她变得烦躁不安，她这时候更容易对男孩儿发脾气，但也更容易对他分外亲昵。等他睡着了、不再打扰她时，她喜欢站在浴室的镜子前拿出一套套新的旧的衣服脱了又换，有时就那么打量着自己赤裸、曲线仍然美好动人的身体。她近来的烦恼是她和丈夫不如以往那么紧密了，他们像是被融进一个更大的家里，除了孩子，还有别的东西把他们分隔开了，他们不再是完完全全地结合在一起、密不可分的一对儿。再往后，也许她的父母也会加入进来。这样，生活的循环像是又把她带回小时候：一大家子人住在一起，大家就像连体人一样以奇怪的方式连在一起，日子就一直那么拖拖拉拉、绵软乏味地过下去……现在丈夫周末几乎总不在家，这让她暗暗受了打击。她买了更多的衣服，更热衷于打扮，但这对她来说也仅仅是自娱自乐，她知道再美丽的东西，天长日久也会显得寻常、暗淡。

她把自己的盛装一套套重新收拾进储衣间之后，兴奋也随之消失。于是，她返回客厅的沙发或是卧室的床上，感到疲惫了。她长时间发呆，任由自己坠入空想之中。穿梭在大树枝叶间的一阵风，空中交织、变换的光线，后园中绿得十分浓郁却空无人迹的草坪，下雨的日子里，空中那青烟般的雨雾以及顺着窗玻璃缓缓下滑的雨线，这一切空寂都会惹得她烦恼，激起她身心里那股不安分的东西。她真想用大音量播放那种最吵闹的音乐，让自己可以随着节拍跳舞，但她想到没有人会陪她跳舞，她也不能吵醒男孩儿。她感到生活里快乐、新奇的东西不复存在了，害怕往后的时光将永远如此，一成不变却也毫不停歇地往前流逝……

在贸易商一直以来按部就班的生活里，令人耳目一新的东西几乎不存在，更谈不上什么秘密的愉悦。他身材不高不低，还未发胖变形，只是肚子略微有点儿鼓起来，不乏脂肪。他虽然只有四十七岁，三分之二的头发已经白了。但总的来说，他并不因此显得苍老。他人不难看，说话时那种慢条斯理的清晰甚至给人一种温雅的感觉。也许因为他整天在外面忙着和人家谈生意，回到家里他就寡言少语了，这反而使他在家里说话更有分量一些。

在现今的阶段，并没有什么让他特别操心的事。他的生意不算兴旺但也进入了稳定期，只需要花点儿工夫维持下去。他得继续还这栋大屋的贷款，但现在是两个小家分担，只要每家还有一个人在工作，这对他们来说就不成为问题。唯一值得他担心的是儿子一年多后即将上大学这件事。他希望儿子像华人家庭里念书好的小孩儿一样被顶级的大学录取，即便进不了常青藤院校，也至少能到加州和东部较好的学校去念书，这样，他就不会觉得自己在其他台湾商人面前脸上无光。但是，他也明白这种事他帮不上忙，甚至也说不上话。读寄宿学校的儿子很少回家，即便回来，也不愿和父母多说话。除了和那位爱好户外运动的工程师姨父偶尔聊几句，儿子似乎竭力和家里其他人保持着冷冰冰的距离，因此，他和妻子对儿子在学校的情况基本一无所知。如果他们问起，儿子也会回避，露出"你们什么都不懂"的那副神气。想到自己辛苦抚养的儿子几乎成了陌生人，他有时觉得灰心，但也不像妻子那样反应过度甚至变得神经兮兮。他觉得儿子长大了都会是这样，就像他自己一样，他现在在美国，而他的老父老母在屏东,他们两三年也未必能见他一面,他甚至不确定他们死的时候他是否能陪在身边。

两家搬到一起,的确打消了小家庭的平淡和冷清,但吴先生有时觉得屋子里过于安静,尤其是妻子偶尔上晚班的时候,如果他一个人待在二楼,很多精细入微、他以往不可能注意的声响都会传到他的耳朵里,大多数时候,这些声音从楼下传来。他觉得他不自觉地在听着,似乎试图捕捉到一点儿什么,他的感官仿佛变敏锐了,这又让他感到说不清楚的不安。他摸不准,但感到自己的内里发生了一些模模糊糊,甚至令他羞于承认的改变。他不再相信过去曾相信的那种经验,诸如什么人到中年会知天命,会把一切看透看淡。他如今人到中年,确实对一些东西看淡甚至厌倦了,但他似乎又在期待什么新的东西,似乎是一些改变的发生,表面上,他比谁都平淡,但他心里焦躁不安,或者至少说他发现他对生活并不满足,尤其在清清楚楚地感到老之将至的时候。这种不满足简直带着一股阴沉的怨气,只不过他不会像年轻人那样显山露水了,这股闷火披上了一层油滑、谨慎的外衣。

后来,当他回想那件事,他发现自己并没有蓄谋,也说不清楚它究竟是如何发生的。那天下午他公司里没有什么事儿,就提前回家了。他到家后,却发现家中一个人都没有,心想静怡带小孩儿出去散步了。他先在楼上的卧室里休息了一会儿,醒来后,他百无聊赖,去改造成书房的那半间阁楼里看一本关于汽车修理的工具书。过一会儿,他听到静怡带着小孩儿进门的响动,他没有下楼,只是走到楼梯口给她打了个招呼,让她知道他也在家。他继续看书,但已经有点儿看不进去,这才发觉阁楼里空气闷燥,令人昏昏欲睡。他不时地看表,想着什么时间下楼合适。突然,他听到她上来了。他身子发僵地听着,整个意识里都充满了那缓缓上升的脚步声,直到它停留在书房的外面。她敲了敲门,他急忙站起来走到门口去。静怡的头探进来,问道:"你在忙什么正经事儿吗?"

他说:"没有。"

"那你能到楼下帮我照看一会儿小安吗?外面闷热得要命,可能要下雨了,我刚才走了一身汗,想洗个澡。有个小孩儿天天绑在身上,连洗澡的空儿都没有了。"她说话时微皱着眉头,虽然是要他帮忙,声音里却有一丝不耐和恼怒，仿佛埋怨他没有主动下楼帮她照看孩子。

他看着她在外面晒得红扑扑的圆脸，心想：还是个被宠坏了的姑娘。他顺从地随她下楼，跟在她后面，看着她裹在裙子里的身体像柔和的波浪一样微微起伏。到了楼下，她嘱咐他把儿童椅搬到餐桌那儿。把宝宝安顿在上面，又让他打开笔记本电脑，从YouTube上给男孩儿找他最爱看的"好奇的乔治"。他一切照办。不知道为什么，当他领受着她的命令、忙东忙西的时候，他竟感到快乐，而且还想到在别的时候，她反而会是非常甜蜜而驯服的……然后，她走了，把他和男孩儿留在餐桌那儿。男孩儿面对着电脑屏幕上那只叫"乔治"的猴子，微笑地张着小嘴；他面对着一扇分割成六格的大而明净、映照出空寂的后院的窗户。后来，果真如她所说，下起了大雨。他看到一条条的雨水扑打在玻璃窗上，但屋子隔音很好，雨的嘈杂声只是隐隐约约传进来。

当她洗完澡、换了一条居家的布裙子走出来，他发觉她心情好了很多。她就像少女一样容光焕发，就像她身上那条看起来异常绵软的裙子一样柔软、轻逸。但对他来说，此时的她比少女更动人，在他变得敏感的嗅觉里，她身上散发出来的是种成熟了的果实的香味儿，而不是少女身上那种花草般的、有些疏远而青涩的气味。她看到男孩儿正全神贯注地看动画片，满意地对他笑了一下。"外面下雨了，可屋里还是很闷热。你不觉得吗？"她说。"我觉得还好。"他说。他知道屋里并不热，只是身上不断冒汗。

她说她要给男孩儿准备点儿吃的，他跟着她到厨房里去帮忙。他只是想靠近她，不离开那股温暖的果香气息。当她把洗好的草莓放进他递给她的盘子里时，他抓起她那只湿漉漉的手紧贴在自己脸上，仿佛他是个怕冷的、乞怜的人。他想亲那只手，但她挣脱了，狠狠瞪了他一眼，走开了。他呆呆站在原来的地方，不知所措。但她又默默地走过来，声音低沉而恼怒地问："为什么这样？"他喃喃地说："我不知道，我喜欢你，一直喜欢你。"她不轻不重地打了他一个耳光，他却抓住她的手腕，在水池前紧紧抱住她。他看见她朝男孩儿坐的地方瞥了一眼：而那孩子仍然背对着他们，一动不动地盯着电脑上的图像。

它就是那么发生了，在毫无准备、似是而非、模模糊糊的情景下发生

11

了，但他又觉得它并非偶然发生的，因为他似乎早已感到它会发生，他想这就是他在这栋屋子里无法得到安宁的原因。他知道这是件不堪的事，却没有像想象中犯错的丈夫一样在妻子面前感到惭愧，倒是这一点儿让他多多少少有些惭愧。不过，他的忧虑不在这里，而在于静怡的矛盾，她仿佛害怕、急于摆脱这种关系。他能察觉到她想回避他，而他则抱着一种男人冒险的侥幸心理，甚至当家里还有其他人的时候，只要他不在他们的视线之内，他的目光就不离开她。

八月，已经到了休斯敦夏天里最沉闷、湿热的时候。尽管屋子里一直开着空调，百叶窗的扇叶全都放下来，房子的温度仍在慢慢上升。潮湿的暑气似乎从建筑的每一道狭小缝隙里钻进来，悄然蒸腾，侵蚀着原本冷却下来的空气。由于天气的缘故，工程师和他的朋友们已经连续两周取消了到海港去的计划。他就像一头精力充沛、被困在笼中的野兽，只能在房子里到处转悠。静姝有点儿同情他，问他，这么走来走去不热吗？他说停下来会觉得更热。他饶有兴趣地打量每个人，和每个人说几句话，但他们仿佛都觉得他在家是一件奇怪的事儿。他不时逗逗儿子小安，但如果让他照顾他，他连五分钟也待不下，他会赶紧找个机会溜走，把他丢给别人。第二个星期天，所有人都在家。男孩儿午睡了，其他人想打麻将。他发现他对打麻将的兴趣也减弱了，但还是坐下来陪大家打。他们无意中谈到两姐妹的工作。吴先生劝他妻子辞掉超市里的工作。

静姝不同意，说："我工作着家里毕竟多一份收入。"

吴先生嘲弄地说："你那一点儿收入无济于事，还不够辛苦钱。如果实际一点儿考虑，你在家照顾小安，静怡出去工作倒更好，因为她有大学学历，随便做什么都比你挣得多。"

"我能做什么工作？"静怡懒洋洋地说，"太久不工作了，我都没有想过这回事。"

"你这么年轻，总不会想着一辈子都不出门吧？"吴先生温和地说，抬头看了她一眼，"如果你想出去工作的话，我有个朋友公司里刚好缺个做港务协调的，我可以介绍你去，其实工作本身很简单。"

工程师这时说："大姐辞职我最赞成，她们俩都在家彼此有个伴儿，而且我相信往后家里的饭菜质量会更高。"他说着，不禁"嘿嘿"笑了一声，朝自己的妻子瞟一眼，又看看妻子的姐姐，接着说："但静怡不一定要工作，我们也不缺钱。"

"我不是说缺不缺钱的问题，而是静怡她是不是想出去工作。"吴先生说。

"我明白。如果她觉得闷想工作当然也可以，但这件事不用着急，可以慢慢找。"工程师说。他的意思其实是，他并不稀罕妻子去那种华人开的小公司当文员挣一点儿钱。

也许是闷热的缘故，或是他连续两个周末憋在家里无事可做，或是姐夫刚才的话让他有点儿不悦，工程师此时显得不怎么耐烦。他发觉家里的气氛竟然很沉闷，妻子显得无情无绪，姐姐则像往常一样疲倦，从来没有观点，带点儿轻微的神经质，而姐夫尽管语言温和，却处处表现得仿佛自己是一家之长。他的情绪突然转去不怎么明朗的地方，觉得自己的生活已经和另外三个人产生了分歧。他想他们全都说不出一句有趣的话，也没有任何爱好，只能生活在这个小小的华人圈子里，不像他一样交游广泛，有不少外国朋友。他也明白了为什么他迟迟不愿邀请那些朋友到家里做客，因为他的家并非外面看上去那样，它不是个开放的、美国式家庭，而是个封闭、沉闷的地方，他自己可以在这里找到舒适，却不觉得它有任何值得别人欣赏的地方……

好在这种情绪就像一小片阴云，很快就从工程师的心头飘走。他倒是乐观的，心想：一个人不可能什么都有。他脸上又露出明朗的笑意，问他妻子："你自己是怎么想的呢？"

"我怎么想？我没有怎么想呀。我还没考虑这个问题。"他妻子仍然盯着眼前的牌，冷淡地说。

"不急，你有时间慢慢考虑。"吴先生说。

这时，一直没插话的静姝站起身说她要去屋里查看下，看看宝宝是不是醒了。

"他如果醒了会哭的。"妹妹对她说。

但姐姐已经迫不及待地离席了，他们仨人相视而笑，看着有点儿矮胖的身躯几乎是悄无声息地往外甥睡觉的卧室里滑去。她把门轻轻推开一条细缝，朝里窥探，他们则沉默地注视着她，等她回来。

静姝像是第二次做了母亲。现在，小外甥几乎完全归她照料了。如果天气好，每天早晨和傍晚，她都带他去湖边散步、呼吸外面的好空气，有时候和妹妹一起，更多时候只有他们俩。她喜欢看着外甥的小脸儿晒过太阳之后变得更红润漂亮，她还觉得晒太阳能让他长高，希望他将来至少和他表兄一样高。偶尔，他们散步时碰到附近的一些西方居民，人们和她打招呼，夸奖"她的孩子"漂亮，她满心欢喜，也不去纠正他们。

在她辞职以后，她也为每月失去一千二百美金的收入而耿耿于怀，为自己小家庭的收入和支出操心。她的唠叨和忧心忡忡让丈夫感到心烦，她就渐渐不再对他提起这些，只有当她一个人的时候才反反复复地想，想算清楚家里那笔小账。妹妹并没有因为她辞职而出去工作挣钱，可她现在活动很多，经常出门，还在一个基督教会办的免费英语培训班学英语。妹妹在英语补习班结交了一帮新朋友，其中有华人也有日本人，常和她们相约吃饭或逛街。有时候姐姐想到两个男人急着让她辞职，似乎就是为了让妹妹放假出去玩儿，想到这儿她觉得他们荒唐，痛惜损失了的钱，却没觉得自己受委屈。她更卖力地做家务，把屋里那些小小的家具擦拭得一尘不染。

静姝不是那种喜欢胡思乱想的女人，但像这样的傍晚，当她明白他们所有人都事务缠身、不能回家吃晚饭时，她还是隐隐地觉得自他们搬进这座大屋以后，生活发生了一些变化，她说不清楚这是什么变化，也说不清楚它究竟是好还是坏。现在，每个人都在外面忙碌，偌大的房屋空空荡荡，只剩下她和外甥两个人。外甥咿咿呀呀的童音在房子里格外清亮，如同唱歌。她坐在沙发上，陪他翻看图画书。黄昏时的光像深色的水一样从玻璃窗流进来，把屋子里涂满温暖华丽的金色，但很快，这金色黯淡下去，厅里陷入昏暗。她打开厅里的灯，给外甥洗了一小碗草莓让他吃，然后逐一给家里人打电话。她得到的回复和她想象的一样：工程师今晚要去健身俱乐部，妹妹和教会的朋友约好了要在外面吃饭，丈夫今晚有个客户要应酬……

她也没有太失望，心想这样至少不必准备全家人的晚饭了，接下来这段时间只属于她和眼前这个漂亮的小男孩儿。她想着给他俩做一顿简单又好吃的饭菜，吃完饭陪他看一会儿动画片，然后再和他在屋子里玩游戏，如果到时候仍然没有人回家，她就可以搂着他，哼着小调，哄他睡觉。

男孩儿迅速把草莓吃光了，她收走空碗，把他的小手擦干净，又坐回到他身边。他依偎着她，不时抬起头看看她，然后，他拉起她的一只手，把自己的小脸枕在她的手掌上。他看图画书或动画片时尤其喜欢这样，仿佛他累了，把她的手当作他的小枕头。他这个小动作差点儿让她感动落泪。突然，她把外甥抱到膝盖上来，温柔地摇晃着他，手指轻轻地抓挠他的肋骨。男孩儿"咯咯"笑起来，两手搂住她的脖子。她于是抱着他开始在屋子里四处走动，走到玻璃窗前看外面已经完全暗下来的庭院，到餐桌旁那面椭圆形的镜子前看两个人的影像，走过去看盘旋上升的、漂亮的带金属扶手楼梯。外面更加黑暗，屋里的灯光却越显得纯净、温暖。他俩仿佛在这栋空屋里做着漫无目的地巡视。男孩儿那双眼睛仍好奇地打量着周围他已熟悉的一切，而女人的注意力则都在他身上。她现在不盼着其他人回家了，她喜欢就他们俩安安静静地在家，不被谁打扰。想到有一天他会长大，他也会跑出去，不愿回家，她就把他抱得更紧，凑到他耳朵边用唱歌般的调子说只有我们俩，只有我们俩，宝宝才不跑，这是我们的家……

《花城》2014 年第 6 期

评鉴与感悟

华屋之下 潜流暗涌

关注华人移民，全方位展现移民生活状态，揭示移民在异域的情感困惑与迷失，是许多华文作家写作的着眼点，作为近年来创作颇丰的华文作家，张惠雯也将熟悉的移民生活纳入到写作视野之中。但张惠雯并不像其他移民作家那样或书写怀乡的感伤，或聚焦移民在异域"失语"与"失根"的双重痛苦，她惯于从日常入手，关注普通生活中的人和事，写人在平静生活之下的内心挣扎和情感波澜，短篇小说《华屋》就是这样一篇作品。

静姝和静怡是一对来自台湾的姐妹，定居美国后，两家人合买了一栋房子，搬到了一起住。大家庭的生活刚开始时，一切家务在姐姐的主持下都得到了很好的安排，每个人都感到心满意足：姐姐通过照顾小外甥弥补了儿子疏远自己的空虚和失落；妹妹没有了家务事的羁绊，有了更多时间睡眠、购物、打扮自己；工程师妹夫为每日能吃上丰盛的饭菜而心生感激；姐夫吴先生也觉得生活似乎更丰富了一点儿，多了一种说不清楚的趣味和活力。

两个家庭组成一个大家庭共同生活，可以看作是一种中国传统家庭伦理关系的建构，并通过亲缘、血缘关系的纽带将传统伦理秩序、价值观念移植于新土。文中的多处细节描写无不显示出大家庭的温馨有序的氛围：吃完饭还会坐在餐桌旁聊一会儿，一起坐在客厅的沙发上看台湾的"中天频道"，四个人有时还打一会儿麻将；姐姐热心家务事，习惯性围着围裙料理事情；妹妹在购物上的不加节制会遭到姐姐的责备教导……和睦、有序的"华屋"缓解了移民在异域的归属焦虑，成为他们寄寓传统文化观念的空间。

然而这华屋并不坚固，平静生活的内部其实已悄然出现罅隙，作者在故事开始之时就已埋下了伏线，例如两姐妹教育背景的差异以及由此造成的生活理念、价值观念等方面的迥异，还有文中一处关于屋内家具陈设的描写："小巧而略显简陋的家具们待在它们各自的角落里，仿佛小小的孩子，有点儿羞怯、瑟缩。那些空白、未被填满的大块空间则仿佛在冷冷地凝视、等待什么。也许只有住在这儿的人没有察觉这种空落、不协调"，这都预示着平静生活之下正有什么事情在暗暗涌动。

于是微澜渐起，生活开始发生微妙的变化：妹妹会在独自一人时陷入内心矛盾之中；工程师妹夫热衷于户外活动，不喜欢待在家里，觉得自己的生活已经和另外三个人产生了分歧；姐姐在深夜失眠时会感慨岁月流逝；最本分少语的姐夫也对生活感到厌倦焦躁，冲动之下冒犯了小姨子……宜人的居住环境与人内心的孤独、寂寞、压抑、疲惫形成了一种反衬，作者越是渲染华屋表面的舒适温馨，越是凸显出它的孤立自守，"每栋华丽的房屋仿佛一座岛，人们在自己的岛上自给自足、自成一体"，但是附着于华屋上的伦理秩序、价值观念已在西方文化思维的渗透下发生了改变。

值得注意的，还有作家扎实的写作技巧和独特的叙述风格，小说旨在表现移民在封闭自守的生活中的焦灼、无奈、痛楚和苦闷，但并没有设置激烈的行为冲突或是情感疼痛，而是有意淡化故事情节，着重剖析人物内心、挖掘人性、表现人物情绪，对于语言节奏感的精准把握

和适可而止的表达，使人物心理的变化和故事发展显得顺理成章，看似平淡却直击心灵，不得不说是作家的高明之处。（王谦）

那些人

/ 任晓雯

蒋晓芸

蒋晓芸记得，普陀区少年宫后门有棵水杉树，树下两张石凳。凳面冰凉，硌着屁股。春天熟透了，甜腻腻的。一只皮毛肮脏、目光冷绿的猫，在树影间无声盘桓。"咪咪——"野猫倏然卷起尾巴，弃她而去。

那年，蒋晓芸就读曹杨二中，高二，语文课代表。在《青年报》发表作文，被班主任推荐为区三好候选人。她到少年宫，每周三次，学书法、摄影、电子琴。趁课间休息，逃到水杉树下看书。校图书馆借来的琼瑶、岑凯伦，用过期月历纸包裹封面，写"代数题集"或"英语课课练"。读到天色寡淡了，起身回家。

蒋晓芸住曹阳八村，父亲蒋建国分到的二室户。同事一拨一拨，带来水果、麦乳精、沧州小枣、苏州蜜饯……围坐聊天，陪打麻将。母亲杨丽妹总是赢钱。她让女儿讲礼貌。蒋晓芸僵着脸招呼："叔叔好，阿姨好。"

叔叔阿姨们捏她面颊，扯她衣服。"芸芸长高啦，越来越漂亮。""好厉害，考进市重点。""真是多才多艺。""小状元，你妈念你的文章啦。"

蒋晓芸借口作业多，反锁进隔壁房间。写字台朝北，正对天井。天井曾种植月季和一串红，还养过几只鸡。后来荒废了，泥土板结。细钢丝悬着乳罩、短裤、棉毛衫。被衣物滴湿处，几丛野草半黄。

她写日记、诗歌，还交了个笔友。郭长文，湖南临澧人，新华中学高三学生。他寄信给《青年报》编辑部，编辑转到曹杨二中。同学起哄："蒋晓芸谈朋友了。"

信件正反五页，誊在草稿纸上。字迹谨小，紧密挨连。郭长文说，他热爱世界名著，喜欢《巴黎圣母院》，"蒋晓芸同学的文笔，有一种忧伤气质"。

一周后，蒋晓芸回信。"雨果描写生动，但有点啰唆。"她让他别再寄到学校。

杨丽妹下班开信箱，从《新民晚报》和《每周广播电视报》之间，抽出郭长文的信，扔在书桌上。蒋晓芸解释，老师安排的笔友，每个同学都有。

郭长文称"蒋晓芸同学""蒋晓芸笔友""晓芸友"。最后叫她"晓芸"。他赞美晓芸的诗歌："你以后会成为作家。"他寄来花草茎秆，说是自制植物标本。还寄过一撮泥土，棉纸包了，夹在信里。"你见过红泥巴吗？我也第一次见，哥哥带我到山里玩。"他邀她去湖南爬山。山间多野菜，有一种马齿苋，是毛主席最爱。

蒋晓芸回信渐长。说上海学生重视英文，瞧不起语文。爸爸不关心她，妈妈拿她当炫耀工具。蒋建国当上劳资科长，登门者无数。"他们假装喜欢我，因为我爸有利用价值。"

郭长文夸蒋晓芸幸运。外地教材比上海的难，高考也难。哥哥做小生意，被合伙人骗了钱。姐姐出嫁后，发现丈夫精神有问题。他几次帮忙寻找出走的姐夫。爸妈指望出个大学生。他们拿铲子柄敲他，把简装《世界文学经典丛书》当废纸卖掉。

一天，杨丽妹打开抽屉，拆看了所有信件。她摁住蒋晓芸脑袋，将头发剪成一簇簇。给新华中学写信，骂郭长文"道德败坏"。还找班主任，让帮忙监督。班主任在课堂上读信。同学取笑蒋晓芸："你见过红泥巴吗？"

期末，蒋晓芸数学不及格，英语七十多分。教导主任找蒋建国谈话。蒋建国将考卷钉在客厅进门处。杨丽妹停掉少年宫兴趣小组，每天检查书包抽屉。搜出言情小说，一本一本砸在女儿头上。

一九九六年，蒋晓芸高考失常，进入上海轻工业高等专科学校，读食品工艺专业。蒋建国说:"不想复读就算了,学历不是关键。"杨丽妹帮她报名会计班和英文口语班。经常借口送东西,突击视察。

　　大二上学期,发现女儿恋爱了。"学装潢美术的?毕业当包工头吗?头发长得像流氓。"杨丽妹大闹男生宿舍。邻楼传达室阿姨都来看热闹。男孩光着膀子,试图披件衣服,被她一把抢走。

　　蒋晓芸迅速发胖。杨丽妹带她检查,说是暴食症,开了进口药。蒋晓芸把药倒在厕所。她频繁逃课,偶尔下楼。黄着脸,拖沓着步子,发梢碎零零戳在领口上。

　　临近毕业,蒋建国安排她去曹阳三村居委会。蒋晓芸说:"我想有份真正的事业。"她烫起头发,穿上高跟鞋,参加每场招聘会,给所有摊头投简历。排队、填表、等待。室友陆续找到工作搬走。半夜醒来,宿舍满地废纸,哗啦翻扬。对楼男生唱歌、哭泣、砸酒瓶。蒋晓芸向父亲屈服了。

　　杨丽妹问女儿:"怎么还不谈朋友?女人老了不值钱。"她发动亲友,安排相亲,根据条件优劣,在活页本上排序。逼女儿注册"世纪佳缘",头像用了高中毕业照。那是最美的蒋晓芸,短发圆脸,双目瞪紧,仿佛世界让她吃了一惊。

　　初冬,小区居民因空调滴水,发生纠纷。蒋晓芸上门劝架,被误撞滚下楼梯,摔断脚踝,躺了几星期。时常半夜惊醒,盯着天花板。一日提出吃蛋糕,杨丽妹答应帮买,转身忘记。蒋晓芸起床小便,在灰蒙蒙的写字台面上,用指头写:"三十"。那是她生日过后的年龄。

　　骨折痊愈,蒋晓芸参加团市委组织的集体相亲,迅速敲定一个。杨丽妹嫌对方没房子。母女吵架,杨丽妹哭道:"我在你身上花多少心血。现在翅膀硬了,敢跟我顶嘴了。"蒋晓芸顺从母亲,跟老邻居的同事的侄子见面。"小曾年龄有点大,但你也不小了。国企工作稳定,曾家在澳洲有房产。"

　　曾祚翔下巴宽阔,面颊油光光。常在普蓝色仿呢料西装里,穿一件深红羊毛衫。寡言,贪酒,下班孵进沙发,袜子甩向茶几。看看电视就睡着了,遥控器搁在肚皮上,一起一伏。

　　杨丽妹催促抱孙子,蒋晓芸推说复习迎考。杨丽妹说:"公务员难考。你太笨了,从小不是读书的料。"

蒋晓芸洗完碗，收好衣服，备妥翌日早饭。坐到餐桌旁，打开申论高分预测试卷。屋外野猫声如婴泣，一条狗狂暴地回应它们。曾祚翔在隔壁，鼻腔滚起细碎的鼾。她听得倦了，趴在桌上做梦。是高三那年反复做过的梦。梦里有座山，满坡红土，熠熠闪光。蒋晓芸向着红土山奔跑。梦里的她尚未发胖，步态跳脱，长发在耳根后侧甩摆，犹如一面旗帜。

张永福

张永福最早的人生记忆，是在五岁时。他抱着漏气的皮球，站在梧桐树下。马路明亮地发着烫。一个焦黄皮肤的老头，推着"咯啦"作响的自行车。车后座有只工具箱，缠着棕绳，悬着硬纸板，写着毛笔字"修棕绷"。"坏呃棕绷修伐？坏呃藤绷修伐？"直拧拧的吆喝声里，有股长日将尽的倦怠。

父亲张宝根从对街斜穿过来。老头停住，摆正工具箱，多缠一圈棕绳，又扯了扯，查看是否扎实。破铜烂铁的自行车，终于挪出张永福视线。他看见父亲躺在一辆卡车底下。

直至成年，张永福都没弄清楚，那件事怎样发生的。母亲吴丽妹不提，他也不问。他记得空荡荡的马路，瞬间围出一堆人。一个大屁股女人挡在前面。鱼尾和葱，从她菜篮里翘出来，篮底滴答淌水。

张宝根生前是党委书记，吴丽妹是车间主任，"三八红旗手"。他们是新华无线电厂同事，自由恋爱。婚后，吴丽妹两次流产，查出是慢性肾炎，半因操劳，半因体寒。经人介绍，认识一位苏州来的老中医，吃半年中药，有了张永福。

张永福出生时，重七斤半，谁知越长越瘦弱。家里订一份牛奶。丈夫去世后，吴丽妹又从工友那里争取一份。逼着儿子，早一瓶，晚一瓶。儿子不见长胖，身高也平常。

张永福上学后，经常挨打。吴丽妹一横胳膊，将他拦腰折起，对准拱出的屁股，哗哗挥动量衣尺。她用竹筷子戳他，还拧起一丁点儿皮肉，转上几转。打过一顿，成绩稍稍提升，很快又跌回中等。

张永福跟同学丢沙包时，是捡沙包的；打乒乓球时，是捡球的；跳鞍马时，是俯身做"鞍马"的。他很少玩，放学回家，看连环画，或者对着窗外，双眼定怏怏。

念到初一，学校停课。隔壁沪生阿舅死了猫，打算偷偷埋掉，被人发现，关押起来。多名邻居证明，猫确为病死，才洗脱"恶毒攻击伟大领袖"罪名。沪生阿舅获释回家那晚，张永福梦见父亲，整张脸是糊的。醒来哭了一场。

翌年，复课闹革命。张永福做起"逍遥派"。同学们批斗、串联、贴大字报，他窝在家看书。张宝根留下一柜子书，包着牛皮纸，末页页角标上号，归为"马列经典""古代文学""经""史""现代文学""外国文学""杂类"。"文革"开始后，吴丽妹将书扎进樟木箱，垫在床板下。

她骂儿子"死样怪气，啥事情都不积极"。她是"赤卫队"活跃分子。沪生阿舅的老婆，属于"造反队"。俩人经常辩论，互相乱骂，推搡起来。一天，吴丽妹回家，胳膊血淋淋，是在厂里被对手用砖头砸的。她自此消沉。

张永福初中毕业，被分配到建工局下面的上海深井机械厂，做电焊工。三年学徒期满，工资从十八块涨到三十六块。再过三年，涨到三十九块。一起进厂的青年，涨到四十二块。生产科长说，张永福不活络，吃亏。他给他介绍对象。

林娟是生产科长爱人的同事，从崇明农场回来不久。扎两根麻花辫，白色的确良衬衫，湖蓝乔其纱裙子，借来的圆头人造革皮鞋。初次见面，他迟到了，远远见她在树荫里，与介绍人并排站。她反复咬嘴唇，好使它们显得红艳。风向一抖，碎金似的阳光洒向她。

林娟嫌张永福闷，还嫌他穷。介绍人说："你也二十九岁，年龄不小了。永福人品好，给他机会，也给你自己机会。"

第二次单独约会，在人民公园散步。林娟步速快，说话脆，像只小马达。她讲起父母双亡，只剩后妈。返城后住在四哥家，四嫂整天摆脸色。张永福想象与她组建家庭。哦了一声，面颊飞红。

第三次约会，去"大光明"看《少林小子》。暗场之后，分别进入影院，坐到相临位子。她肉团团的手搭在椅把上，被荧幕照得闪亮。他简直不知电影在说什么。她笔直不动，忽然扭头，冲他笑一笑。

婚后一年，有了儿子张曦。四口人挤在十平方米里，婆媳经常吵架，逼张永福站队。林娟将塑料面盆砸得嘭嘭响，骂他"娘娘腔，没骨气"。吵了三年，吴丽妹得肝癌去世。

张曦念五年级时，张永福分到房子，一室半，在曲阳新村。他们封了阳台，安上移窗。张永福下班得闲，翻翻旧书，抬头看到儿子，在阳台里学习。饭后洗碗，厨房窗口外，中年男女扎堆跳舞。林娟也在其中。她戴上全部饰品——金戒指、珍珠项链和一块用红绳穿起的玉。跳快三时，胸脯、腹部、小腿肚，齐齐抖动。她是他的妻子。张永福脑海中也似跳舞，有了哗哗旋转之感。

一九九六年，张曦考取华师大中文系。林娟同年下岗，厂里送来奖状，"光荣退休"，裱在玻璃镜框里。她膝盖长骨刺，不再跳舞，常到小花园打麻将。过了几年，听说儿子被保送研究生，她淡淡道："你爸没事捧本书，冒充知识分子，有屁用，还是穷一辈子。"

张永福去探望。张曦戴着眼镜，趿着拖鞋，从研究生宿舍出来。他说学业重，没空回家。东张西望，还打开塑料袋，瞅瞅父亲买的苹果。张永福说："是不是打扰你了？我就来看一看，你赶紧去忙。"

他逛逛校园，人中出汗了。买一只圆面包，坐在毛泽东像底下吃。校门口，新鲜面孔穿梭，使他有时光恍惚之感。他也年轻过，面对即将展开的人生，感到惶恐不安。幸亏唰地一下，就过来了。张永福说不出滋味。太阳淡成金白色，迟疑不决地吊在教学楼顶旁。他抬抬眼睛，吃完最后一口面包。

孙强国

孙强国最后悔的，是同意杨援朝夫妇来做客。他对杨亚萍说："你嫂嫂是个惹事精。"

杨援朝的老婆、杨亚萍的嫂嫂赖晓丽，有着跟身材不匹配的大嗓门，说话像是水管爆裂，不断往外喷射。八年前，杨家老母病逝，两家因为分摊丧事费用闹翻。赖晓丽用手肘戳击孙强国，"瞧你那大鼻孔，翻到天上去，财都漏光了。剩着几点鼻屎样的铜板，好意思在我们面前当啷。"孙强国说："恨不得撕了那女人的嘴，塞进她屁眼里。"

中秋节前夕，赖晓丽一连三个电话，"我们想冬冬了，他读中学了吗？"

孙强国心软："你们来吧，欢迎。"

赖晓丽拎来两大包，放在沙发边。孙强国以为是礼物。赖晓丽夸奖冬冬个子高，"带大孩子不容易，亚萍辛苦了，没时间保养自己吧。"问用什么护肤品。

杨亚萍答："我用大宝。"

"天哪。底子再好，也熬不过时间。女人哗地就老了。听说过玫琳凯吗？一个美国品牌，便宜又好用。瞧我的毛孔，小多了吧，"赖晓丽凑近，让杨亚萍观赏毛孔，"今天带了试用装，给你上免费美容课。"她走到沙发边，打开那两只黑包。

杨援朝说："我们去抽烟。"

孙强国拿上打火机。

他们站在阳台抽烟。玻璃杯盛着一浅底水，放在围栏上。轮番将烟灰弹进杯子。他们是中学同学，一起在崇明岛插队落户六年。返城后，杨援朝把妹妹介绍给孙强国。一九八三年春节结婚。

抽完一根，又抽一根。聊了聊货币战争和中日形势。准备进屋时，杨援朝说："让亚萍跟晓丽做化妆品吧。晓丽做得很好。"

赖晓丽已完成清洁、面膜、保养。称之为"基础护理三部曲"。专业护肤包里，插放一排排软管。她捏着三角海绵，掸拭杨亚萍的脸。杨亚萍拿起睫毛夹，摁摁橡皮垫，又旋出一支口红。

赖晓丽说："玫琳凯口红无铅无毒，是可以吃的口红。喜欢的话，给你个会员价。"

孙强国说："不许买。"

杨亚萍问："为什么？"

"反正不许买。"

杨亚萍还是偷偷买了。先是一支口红，接着整套护肤品，最后花费二千元，购入护肤包、彩妆包和第一批产品。她向孙强国宣布："我做玫琳凯去了。"

赖晓丽送一套职业装，说是尺寸太大，自己从没穿过。面料的确高级，杨亚萍必须屏住呼吸，收拢赘肉，慢慢提起裙子拉链。她穿职业装，背护肤包，挤公交车，到处上免费美容课。儿子放寒假后，送到奶奶家。奶奶由着冬冬玩电脑，吃肯德基。

外甥女告诉孙强国，杨亚萍反复骚扰，逼她买护肤品。同事说在人民广场见到杨亚萍，伙着几个女的，拉住陌生人推销。

孙强国和杨亚萍吵架，骂她又老又丑。杨亚萍回骂："跟着你个穷鬼，倒了八辈子霉。"搬到哥哥家住。

杨援朝打来电话："亚萍啥事都听你的，你说向东，她绝不朝西。难得她想追求事业，为什么不支持。晓丽当上督导后，一月赚两万，气质也提升了。"

孙强国闷声道："你家那个惹事精，我还不清楚。斩熟人，坑亲人。少跟我来这一套。"

冬夜冗长。孙强国看完《新闻联播》，将《新民晚报》翻来翻去，报缝都读过几遍。他希望有人说说话，或在身边走来走去，制造一点衣物摩擦的响动。他想起杨亚萍，年轻时是圆脸。现在身材渐宽，面颊却削了，从某些角度看，居然变成方脸。

圆脸蛋的杨亚萍，笑起来捂着嘴巴，像在偷吃东西。她忠字舞跳得好，一直领跳，并且因此入了党。在西双版纳插队时，学会孔雀舞。一九八二年"五一"劳动节，邀孙强国去厂里，观赏她的舞蹈表演。她向同事们介绍，他是她哥哥的朋友。

杨亚萍穿白衬衫和绿色八裥裙。不像孔雀，像只敦实的小麻雀，满场子扑腾。抹过胭脂的腮肉，随着动作一颤一颤。有那么几次，孙强国以为她在注视自己。她黑眼珠滴溜溜转，目光滑向别处。

演出结束，杨亚萍被男青年包围。孙强国坐在角落里，狠狠吃东西。橘子、香蕉、硬糖、汽水、瓜子……喇叭播放《步步高》。人群喧哗起来，桌椅往墙边靠。杨亚萍受到邀请，走向房间中央。

那是孙强国第一次看到交谊舞。震惊和羞辱，将他按在长凳上。他移过脑袋，盯住窗外锅炉房。黑烟拖散成一面旗帜。忽而风向紊乱，它们就不知所措，在烟囱口皱成一团。

后来的生活里，孙强国时常忆起那幕，忆起放弃杨亚萍的闪念。他不允许她单独出门，审问她的每个交往者。杨亚萍厂里组织春游，临出发前,被孙强国扣下行李。他们站在门口推搡,他抓住她,像要把她的手从腕上拔走。她搬到娘家,说要离婚。过三个月,自己回来。

冬冬出生后,杨亚萍迅速发胖。孙强国分到一套新公房。他们时常轮流抱着儿子,在小区散步。一次,流浪狗叼走孙强国的拖鞋。他追进草丛,踩了一脚狗屎。冬冬已经会笑,眯起眼睛,直流口水。杨亚萍捂住嘴巴,笑得出不了声。那是最融洽的日子。

现在,他们都老了,应该安心了。他允许她打打麻将,甚至偶尔跳跳舞。可她还要做传销。杨亚萍说,那不是传销,是销售。业绩出众的销售员,公司会奖励一辆粉红色汽车。"我想有辆自己的车,"杨亚萍说,"我是有梦想的人。"

孙强国觉得可恶又可笑,最终更可笑一点。他笑起来:"梦想?你十八岁吗?都一只脚踏进棺材了,还不抓紧过点本分日子!"

他的妻子,卷发归整在耳后,耳郭窄薄似两朵花瓣。他花了很多年,将她改造得规规矩矩、寡言少语。坚持做玫琳凯的杨亚萍,又使他想起那个跳交谊舞的圆脸姑娘。旋转,飞翔,隔着舞伴肩膀,冲他大笑。她眼眸灼热,似两汪烛油。人生所有的明媚,都在那一刻燃烧了。

孙强国扔掉报纸,打开通讯录,将杨援朝的住址抄在小纸条上。又翻看地图,琢磨公交线路。夜色透深,路灯光像被冻住,风从每个衣物缺口袭击他。孙强国拉拉老头帽,遮好耳朵,吸一口气,扎入黑暗之中。

许志芳

儿子李援朝结婚后,张阿妹很少登门。最后一次去,是孙子李奇十岁生日,儿媳许志芳再三邀请。张阿妹傍晚才到,用拳头砸门。过道阴冷,不知谁家公鸡,不合时宜地打鸣。李奇拎来拖鞋。他比奶奶高了,头发简短,肉青色头皮隐现。许志芳迎出,"姆妈来啦。"张阿妹不换鞋,进屋坐到床沿,生气似的东张西望。

李援朝给母亲倒水。张阿妹说:"端茶送水是女人的事。"许志芳捧来桃酥。张阿妹说:"太甜,腻牙。"许志芳展示美术作业,夸李奇有天赋。又打开内衣抽屉:"奇奇最爱干净了,衣服叠得多整齐,小件在上,大件在下,不用教就会。"张阿妹乜斜着眼。许志芳讪讪起来。

熬到晚饭时分，张阿妹不动筷，大家都不动。张阿妹尝一口青菜炒肉丝，"'本地人'烧菜太咸。"搛一筷咸菜炒小毛鱼，"穷人才天天吃咸菜。"许志芳说："姆妈尝肉圆，我妈做的，放了地栗和荠菜。"张阿妹嚼肉圆，蹙起眉头，想说什么，终于没说。

许志芳知道，婆婆在外抱怨：李援朝讨了瘸脚儿媳，生了戆大孙子。许志芳觉得，李奇不聪明罢了。他在曹杨社区特殊教育学校。同学有耳朵不好的，有脑子不好的，多数脑子不好。李奇担任劳动委员，擅长擦玻璃，湿毛巾一遍，干报纸一遍。还擅长剥毛豆，胖手一掐一拧，豆子滴溜溜出来。

许志芳走路贴墙边，短腿缓慢着地，长腿奋力拔起。桃红尼龙围巾，仿佛花萼衬花朵，衬托她的面庞。有人等她，她就挥手："你们走，别管我。"想快，快不起来，憋红着脸。李援朝站停，双手插裤袋，镜脚反冷光。他不去搀扶妻子。

许志芳是老三届高中生，参加红卫兵，写过大字报，批过语文老师。一日旁观武斗，被同学用自来水管误击，跌下领操台。骨折后腿瘸，检查出短缩畸形，未得及时治疗。一九六八年，进机床模型厂。一九七八年，考取交大机械动力专业。南汇老乡听说出了"女秀才"，送来两篮鸡蛋，一只喂得油光光的童子鸡。

许志芳不擅理工，一学期瘦八斤，大把掉头发。班长李援朝辅导她。翌年，俩人结婚。许志芳毕业，进内燃机械厂。李援朝说，儿子有智力障碍，是因孕妇许志芳工作过分卖力。夫妻感情冷淡了。

一九九二年福利分房，没有轮到许志芳。她和工会主席闹翻，离开工厂，考到上海专利商标事务所。六年后，事务所改制，成立有限公司。许志芳享受分红，每年进账六七十万。

她烫了头发，穿起羊绒大衣，去看望旧同事。到工厂后门，下出租车。见黑烟交缠，草木蒙垢。铁灰色砖墙上，残损的大红标语，"高高兴兴上班平平安安回家"。大铁门里人影晃动，曾经熟悉的普蓝色工服。许志芳吸一口气。似有什么东西，瞬间哽住她。她猛然转身，一步一瘸地逃离。

许志芳把钞票从家庭公共账户取出，存在自己名下。李援朝的大哥患前列腺癌，许志芳拒绝借钱："李建国不是骂我乡下人吗？"大年夜聚餐，许志芳在上座，挨着张阿妹，没跟婆婆说一句话。她不停给儿子夹菜。新买的翡翠绿手镯，叮当撞击碗盏。

餐毕，亲戚们站在饭店门口，互相寒暄道别。堂兄妹和李奇打闹，将雪塞进他衣领。许志芳呵道："一帮坏蛋，欺负人。"推搡他们。李援朝哼一声，自顾走向车站。街灯稀薄，树影错杂，垃圾被卷离地面，旋出风的形状。许志芳模糊望见她的丈夫，背影小小，前倾着，渐成一个黑点。

开春，张阿妹肺癌过世。许志芳在静安河滨花园购房，置一套小叶紫檀中式家具。李援朝和她分居了。许志芳找了个钟点工，每天差来使去。还开始学电脑。上网疲倦时，推窗观景。苏州河伏在窗底。水色微皱，波光流离，云影子大团大团，横扫而过。许志芳有君临天下之感，她想做婆婆了。

帮儿子相亲，筛了五六名姑娘。有个彭晓悦，是所长亲戚。约会几次，发现只是领导邻居的远房侄女。李奇不肯分手，绝食抗议。僵持两月，许志芳屈服了。"傻儿子也不傻，喜欢漂亮女人。"

许志芳胖了，眼睑肥厚起来，目光一撩一撩，像个婆婆样儿了。她问儿子，和媳妇多久"那个"一次。李奇憨笑，说不清楚。许志芳半夜推开小夫妻卧室，沿门缝张望，被彭晓悦发现。许志芳说："儿子不懂事，做妈的关心一下。"

彭晓悦跟同事聚餐，晚归。许志芳给她公司打电话，寻到饭店，大吵一架。她将儿媳的衣服，一件一件往窗外扔。彭晓悦说："许志芳，你会后悔的。"

一个清早，彭晓悦出门上班，再没回来。带走身份证和本科毕业证。许志芳找到单位，发现她已辞职。想找当初的介绍人，怕家丑外扬。到派出所做笔录。大盖帽说："你媳妇肯定跟人跑了。"

月余，彭晓悦打来电话，要求离婚，委托表哥谈判。"表哥"东北口音，自称是律师，说话拍桌子，嘴角堆满唾沫星儿。许志芳道："我们奇奇家境好，女人随便挑。那个外地女人嫁到我家，不就图钞票和户口吗？"

拖了一年半，又替儿子找对象，终于同意离婚。半夜，许志芳接到电话。"死老太婆，受够你啦。去死吧，白痴儿子，瘸脚老太，哈哈哈……"许志芳挂断，意识到是前儿媳。彭晓悦醉酒般的哭喊声，在黑暗中缭绕不散。

　　许志芳起床，瘫在客厅沙发里。茶几玻璃干净得晃眼，底下夹满照片。李奇微微笑，露一点门牙，看着像个正常人。白衬衫，条纹领带，头发油油的贴紧头皮，衬得面颊硕大。那是他的结婚照，身边人被裁掉，替上一张两寸黑白相片。相片里，许志芳三十来岁，直短发，顺风耳，五官像赵雅芝。她颠着跛脚，一步一步，努力向前行走。仿佛生活中的一切，都难不倒她。

《山花》2014年第12期

评鉴与感悟

时代和家庭双重控制下的人生

一个人是一篇人物素描，一篇素描是一个人的命运；单个的人构成生活，很多人的生活，构成时代……任晓雯的《那些人》以短小的篇幅写丰厚的人生，以四个家庭内部的伦理关系，隐喻时代的大背景，带给读者强大的冲击力。

可以说，小说中的四个主要人物蒋晓云、张永福、杨亚萍和许志芳都是被压迫的人，在他们的生活中，母亲、丈夫、婆婆，甚至他们成长的时代都占据着强大的地位。就像张爱玲的《金锁记》中曹七巧的女儿一样，他们没有主宰自身命运的权利，就像一只提线木偶，被牵着往前走。他们也曾试图反抗，但都以妥协和屈服告终，只能卑微地活着，即便像许志芳最终离婚成功，却最终摆脱不了孤家寡人的寂寞。

小说虽然是虚构的，但却真实呈现了当代中国家庭内部成员之间特有的互相依存、互相控制的关系。比如女儿蒋晓云在与笔友的通信中找到了共鸣，而母亲怀疑女儿早恋，从此开始操控女儿的一切，从上大学、找工作到相亲生孩子，都要按照她的意愿来完成；妻子杨亚萍在舞蹈和交际中展现了活力，但丈夫孙国强却认为自己好不容易把妻子改造得规规矩矩，不能任由她发展下去，必须对妻子的梦想加以干涉："梦想？你十八岁吗？都一只脚踏进棺材了，还不抓紧过点本分的日子!"

不同家庭成员的思想观念存在巨大差异本属正常,现代人相处的基本原则——和而不同、彼此尊重,就是在承认个体不同的基础上,达成的人际相处之道。但在家长制的中国家庭内部,却表现为一方必须控制一方,一方必须从属一方的变态形势。强势的一方要求弱势的一方绝对服从,不可忤逆,更不能自由生长,家庭内部因此常常上演控制与反控制的大戏。

《那些人》不仅还原了中国家庭内部的伦理现场,还尝试在大环境中寻找答案。从张永福的故事中,特别能看清中国人伦理关系的时代出处。他生于六十年代,从小死了父亲,紧随政治的积极母亲对他控制有加。他爱看书,但从未有实现梦想的机会,他所有的生活都是被安排的,没有人关注他的感情、渴望、对未来的期盼。小时候母亲骂他"死样怪气,啥事情都不积极",结婚后妻子骂他"娘娘腔,没骨气"。就连儿子被保送研究生,妻子都拿来讽刺他:"你爸没事捧本书,冒充知识分子,有屁用,还是穷一辈子。"去学校看儿子本是件骄傲的事,但他的骄傲都显得那么卑微:"是不是打扰你了?我就来看一看,你赶紧去忙。"小说结尾处,他坐在毛泽东像底下吃东西的一幕,象征着他活在时代的阴影中,那个时代对人性、个性和自我的多重挤压,一直左右着他卑微的、灰色的一生。

任晓雯的叙述是冷静的,她没有对那些人进行评价和判断,只是站在一个客观的角度,讲述中国人所熟悉的家庭故事,讲述中国人在家庭和时代的双重控制下,没有色彩的暗淡人生。但是,如果没有现代性的立场、"他者"的目光,作者的讲述不会如此意味深长。

(薛婧)

失踪的女大学生

/ 叶兆言

1

　　一九一二年春天,辛亥革命第二年,一切气象都是新的。皇帝没了,大清完了,很重要一页就翻过去了。时代进入民国,那年头结婚早,一个个还毛孩子,都把男婚女嫁的大事匆匆办了。有一天,几个熟悉的中学同学在一场婚礼上不期而遇,姓王的学生娶媳妇,场面隆重热闹。不能空着手去,贺礼可以轻,情义必须重。都说秀才人情纸半张,顾同学用古人句子撰联,由姓叶的同学用篆字书写。叶同学填了一首词《贺新郎》,姓顾的同学楷书题写。经过装裱,两幅立轴挂新房里十分醒目,闹洞房的人看见,都说字写得好,意思也好。

　　有位参加婚礼的老太太喜欢这两幅字,便说我有个侄女儿,中学刚毕业,正在北京念女子师范,两个小伙子是什么人,有没有婚配。回答是顾同学结婚了,姓叶的这位还单着。结果姓王姓顾两同学自告奋勇,很热心地充当媒人,双方家长同意拍板,一桩婚事立刻订了下来。有一点点新意,本质上还属于旧式,完全是包办婚姻,叶同学和女子师范的女大学生也没见过面,交换了照片,交换了庚帖,双方大人说这事可以,就可以了,都是听话的好孩子。

　　接下来两年时间,叶同学在小学当老师,女子师范那位在遥远的北京上大学。也不联系，你不好意思写信，我也不好意思写信。都陌生人，说什么呢，没话可说。不过心里都还愿意，为什么愿意也说不清楚。反正订婚了，虽然是别人玩的儿戏，毕竟不是儿戏，订了就订了，父母之命媒妁之言，基本上天经地义。时代虽然新，骨子里传统依然还旧，并没觉得有什么需要反抗。

四年以后，两个年轻人结婚，直到进洞房，才第一次见面。长舒了一口气，想想这事挺冒险，都是有文化的新人，都接受过新式教育，都知道这种拉郎配的婚姻会很不靠谱。嫁鸡随鸡嫁狗随狗，跟摸彩一样，遇到合适的，命好运气好，遇到不合适，吃不了兜着走。反对封建包办婚姻，当时已是很响亮的一句口号，这两位年轻人的婚姻观很落伍。

那位叶同学就是我祖父，女子师范的大学生是我祖母。祖父一辈子提倡新文化，标准的"五四"青年。祖母也应该算标准的新女性，而且还属于前辈，她读过的那所学校，又名京师女子师范学堂，当年可是女子读书学习的最高学府，十年后出过两个有名的学妹，一位是刘和珍女士，一位是许广平女士。关于前一位，鲁迅先生写过一篇著名文章《纪念刘和珍君》，后一位是刘的同学，成为鲁迅的红颜知己，不仅同居，还生了一个儿子。

2

我姑姑是金陵女子大学毕业生，想当年，国民政府定都南京，这所学校也曾名噪一时。不过没在南京上过一天课，抗战期间，学校搬到了四川成都的华西坝。和国立北京女子师范不一样，金陵女大是教会大学，外语水平很高，姑姑读中文系，后来的工作却一直和英语有关，中央国际广播电台的工作人员，专门负责与外国听众通信。电视还不普及的年代，广播电台影响力巨大，姑姑平时和外国听众聊什么，我不明白，只知道她喜欢集邮，有很多外国邮票，外国人常给她写信。好像还是集邮协会会员，我父亲也集过邮票，一想到姑姑就垂头丧气，说我不能跟她比，没有她那个好条件。

姑姑是三个孩子中唯一的大学生，她的哥哥和弟弟都没上大学。这个家注定女的学位要高，祖母大学生，姑姑大学生，伯父和父亲常在我面前流露一种观点，上不上大学不重要。穷养儿富养女，从来富贵多淑女，自古纨绔少伟男。"文革"结束高考恢复，我考上了南京大学，接到入学通知，父亲根本不当回事。祖父开导我，说我们老开明书店的人，看不上大学生。他的意思是说，人呢，还得看有没有真本事，上个大学没什么了不起，千万别骄傲，我一直觉得他们是吃不着葡萄的心态。

  祖母在我出生前一年过世，祖父当时才六十二岁，此后三十多年，他孑然一身，没有再娶。感情太好也罢，传统老派也罢，反正大家都觉得十分自然，没人会想到再找个老伴，这事绝对不可能。祖母的两张照片一直挂在祖父卧房，一张是年轻时女学生模样，一张是晚年。一九七四年秋天，我高中毕业，无事可做，到北京陪祖父，在祖母照片下搭了一张小床。差不多有一年时间，除了陪祖父聊天，听老人家说过去掌故，跑腿去邮局，去商场购物，没别的事可做。

  非常无聊的一段时光。那时候，姑姑也五十多岁。住在城市西边，路途有些遥远，每个星期天都赶过来看望祖父。在我眼里，她完全是个小老太太，可是性格开朗，心态始终像个女大学生。姑父还关在牛棚，唯一的表姐分配在外地，自家房子让别人占了一半。好像也没听到姑姑有什么抱怨，仍然是喜欢养花，有一天突然打电话过来，让我陪她去远郊的黄土岗买几盆花。

  黄土岗很远很远，具体位置也不太清楚，反正是远，来回超过一百里路。这地方据说早在大清时就种植花卉，不仅养花，还生产和加工掺了茉莉花的鼻烟。说好一边问路，一边去，真找不到就打道回府。很多困难没想过，爆胎了怎么办，体力透支了怎么办。起早带晚，最后找着地方，买了几盆花，凯旋而归。"凯旋而归"四个字会让喜欢咬文嚼字的人生气，这是病句，凯旋后面再跟上"归"字，屋下造屋床上施床，显然有些多余，不过用来形容当时的心情非常适合。问题不在于跑了多少路买了几盆花，关键是那样的岁月，"文革"大背景下，姑姑一个孤立无援的小老太太，几年前还做过癌症手术，仍然能有这份淡定和闲情。祖父大为欣赏，连声说应该好好地写首诗称赞，临了诗有没有写也不知道。他经常说要写诗，有时候真写，有时候也就说说而已。

  姑姑在抗战时念大学，那年头女大学生心目中的偶像，是宋美龄那样的女性。要像千金小姐，说一口地道英语，漂亮优雅，嫁十分优秀有出息的老公。年龄不是问题，嫁飞虎队队长陈纳德的陈香梅，相差三十二岁。嫁后来的国家主席刘少奇的王光美，相差二十三岁。比较起来，还是蒋委员长与宋美龄年龄差距小，只有十岁。

始终没弄明白姑父的年龄，只知道相差有点大，只知道是个难以亲近的老革命，一个很古板的老头。我们做小辈的经常背后议论，想弄清楚这对夫妇相互如何称呼。甚至我表姐和姐夫也有点疑惑，好像他们就没什么固定昵称，也许年龄差距，姑姑在姑父面前总有些孩子气，总是在撒娇，总是很受宠爱的样子。她招呼姑父用得最多，也是最亲切的，往往是一个意味深长的字，可以有各种语调：

"喂！"

3

祖母死于肠癌，活了六十多岁。姑姑也得过癌症，活了九十多岁。表姐四十五岁时因为癌症过世，这是姑姑极为伤心的一件事，就这么个女儿，一直当作心肝宝贝，没想到年纪轻轻就走了。祖母的照片镶在镜框里，静静地挂在墙上，陪伴祖父三十多年。表姐的照片也镶在镜框里，搁在枕边的床头柜上，陪伴姑姑二十多年。说起来都是让人感伤的事，不止感伤，而且心痛。

表姐念的是哈军工，学电子工程，听上去很尖端。"文化大革命"前的这所大学，又叫"中国人民解放军军事工程学院"，名声响亮，高干子弟成堆。姐夫是表姐的同班同学，他曾跟我们吹牛，说在中南海住过，又特别强调自己和表姐不一样，表姐学习成绩好，能够进入哈军工，不是凭家庭出身，完全因为成绩突出。可惜成绩再好也没用，事实上，表姐对电子工程一点兴趣都没有，作为"文革"最后一批大学生，大学几年除了搞运动，没学到什么东西。

刚进大学，轰轰烈烈的"文化大革命"开始了。短短一个月，姐夫母亲被迫害致死，父亲紧接着惨遭不幸，也死了。他们都属于"文革"发动后高级干部中的第一批受难者，姐夫成为落难公子，然后开始追求表姐，开始谈恋爱。我们都知道漂亮的表姐有男朋友了，都知道那男朋友家庭背景不一般。渐渐地，恋爱中的男朋友转正成为姐夫，稀里糊涂算大学毕业，夫妻双双分配在石家庄。

有好几年，只要是个放假日子，小夫妻就往北京跑。作为一名独生子女，表姐非常恋家，恋北京的那个家。"文革"后期，姑父从牛棚放出来，重新恢复工作，住房也恢复原来面积。北京是块巨大的磁铁，对娇生惯养的表姐充满吸引力。根据相关政策，身边无子女的老人应该有所照顾，小夫妻一商量，让表姐先行一步调回北京。

接下来，成了姐夫一个人的奔跑，一到周末，赶快往火车站赶，见车就上，上车再补票。有好几年，他们心思都用在如何解决夫妻分居上。在今天这几乎不是问题，当年却是实实在在大问题。问题的关键，关键的问题，这问题一旦成为问题，会变得非常严重。动过很多脑筋，打了无数报告，始终不能解决。是可忍，孰不可忍，好不容易调回北京，表姐开始严肃认真地考虑，是不是应该重新返回石家庄。回首都的难度太大了，感觉要比登天还难，那年头，大家都很听天由命，一切都是被动，都是听组织安排。什么事定下来便定下来，跟谁结婚都一辈子，分配任何一个单位必须干到退休，户口在哪儿就得准备在哪儿老死。

说怂恿也好，说撺掇也好，最后姐夫按照表姐的口授，给老上级写了一封信。意思很简单，既然姐夫死去的父亲与他有过些旧交情，那么就请老人家帮忙照顾，解决一下夫妻分居。说白了，是开老上级的后门。二十世纪七十年代，因为计划经济，开后门蔚然成风，大家身不由己，什么事都习惯托人。

信写得冒昧，也不知道能不能收到，没想到居然真成了，有一天下班，传达室来了一封信，是姐夫的调令，让他在限定日子里，到北京一家生产电视机的工厂去报到。

4

我成为一名作家以后，常有人问为什么不写这个，为什么不写那个。姑姑认为应该把祖父和祖母的故事写出来，说你想想当年的那两个年轻人，都是有文化，都接受过新式教育，祖母还是女大学生，一本正经订婚了，然后却有四年时间，没有任何交往，连封信都不敢写，终于进洞房了，才第一次见面，恩恩爱爱过一辈子，多么好的小说素材。

姑姑退休，有过很漫长的时光。养花，集邮，看体育节目，偶尔写些小文章。一直觉得她的经历写出来会很好看，可惜知道得太少，写不了。姑姑有时候也跟我们聊，谁留在国内，谁去了台湾，谁去了美国，还有谁谁最倒霉，一生坎坷。想当年，她那些大学同学何等风光，一个个金枝玉叶，嫁男人非富即贵，然而在动荡年代，富贵过眼烟云，能够太太平平，能够平平安安，便已经是上上签。

高考恢复，我考上了大学，表姐是亲戚中唯一表示祝贺的人，她说这分数不错，差不多可以进重点大学。那时候，搞不清楚什么叫重点大学。当了四年工人，能上大学已心满意足，上什么大学都可以。对我来说，目的非常简单，就是想进大学门。高考是块敲门砖，仿佛表姐执拗地要回北京，那只是一种非常纯粹的渴望。表姐后来成为出版社编辑，我也不知道她编过什么书，反正和学的专业没任何关系。

很长一段时间，表姐都是我心目中女大学生的标准形象。我觉得女大学生就应该那样，青春漂亮，精明强干，风风火火。说老实话，女大学生数量最好少一些，物以稀为贵，少了才有味道。等到我上大学，女大学生开始多了，相对于男生，仍然还算稀有。中文系女生最多，也不到五分之一，都说那几届大学生含金量高，女生更是真金白银。全校女生只住一栋楼，一栋五层大楼，最下面一层还住着男生，被我们戏称为看家护院。

一转眼，三十多年过去，女大学生泛滥。上大学太容易，满眼全是女大学生。一切都颠倒过来，现如今，不是女大学生的女孩，像当年的女大学生一样稀少。大约五年前，几个女大学生跑我母亲那里，向她老人家推荐一款饮水机，价格要一万多块。不明白为什么一台看上去并没太大特别的饮水机会这么昂贵，而且居然成交了。等我闻讯匆匆赶回去，母亲已成为推销者，兴高采烈向我介绍这机器如何好，如何绿色健康，如何高端，一个劲地建议我也应该考虑购买。

母亲经常上推销人员的当，尤其容易受那些打大学生旗号的女孩蛊惑。这种心理说到底，还是源于对女大学生的敬重，母亲心目中，女大学生接受了高等教育，不应该骗人，也不会骗人。我一直没弄明白，为什么会是女大学生上门推销饮水机，和母亲一样，我也觉得女大学生天性简单,不应该骗一个八九十岁的老太太。事不过三,类似案例多了,一次次花冤枉钱,母亲心态也开始发生变化。

姑姑在世,曾和她聊过这些。那是我们最后一次见面,她已经九十岁,独自一人住一套很大的房子,一会儿清醒,一会糊涂。女婿去了东莞,表姐过世,姐夫一直单身。外孙女儿去了加拿大,跟个意大利男人结了婚。

姑姑问:"你妈买的那台饮水机,真的很好?"

我笑着说:"再好,也不应该那么贵呀!"

"真一万多块?"

"对,一万多块。"

"一万多块很贵呀?"

"当然很贵。"

最后这次谈话,我提到了表姐,问起远在加拿大的外甥女儿,还有姐夫近况,姑姑对这些话题不感兴趣,只是一遍又一遍追问,反反复复地问,买个一万多块钱的饮水机是不是很昂贵,买那么贵的饮水机是不是很傻,你妈是不是被人家骗了,是不是有很多女大学生到过你们家。人老珠黄,人老了有时候真会糊涂。那时候,长辈中只剩下姑姑和我母亲两位老太太,也许想表明自己更清醒,她没完没了地说饮水机。越是想表明比我母亲清醒,越发证明了她的糊涂。姑姑的思维显然出现严重障碍,问她是否还能记得当年我们一起骑车去黄土岗买花,她茫然地看着我,已完全记不得这事。

5

骊山小雅是小邹的女儿,小邹这些年来一直在照顾我母亲,时间长了,跟一家人一样。母亲脾气不太好,经常会跟她有些口舌。小邹脾气也不太好,一生气就打电话诉苦,怨声载道。我只好做和事佬,两头相劝,为双方说好话。时常还偷偷塞点钱给小邹,只求息事宁人。矛盾永远难免,好在大家还能忍,各自有些小算盘,都有要忍让的理由,母亲需要小邹照顾,小邹呢,也需要保姆的薪水养女儿,要供女儿读书,供她读初中,升高中,然后考大学上大学。

在骊山小雅失踪之前，我没见过这个女孩子。经常听母亲说起，说有些娇气，人还算漂亮，学习成绩不错。小邹并不漂亮，城里待了很多年，还是土头土脑。她丈夫死于一次严重的病毒性感冒，一说到这个，小邹十分后悔，后悔没及时替丈夫看病。农村人得感冒不去医院治疗很正常，没想到说不行就不行了。她一直没改嫁，不嫁人，想等女儿上了大学再说。

终于考上大学，一直听小邹说女儿成绩好，如何出类拔萃。真参加高考，也就相当一般，二本线没达到。勉强进了三本，在一个并不怎么样的大学读商学院。"并不怎么样"是小邹原话，她就是这么跟我母亲说的，因为别人都在这么说。其实没觉得这大学有什么不好，心疼的是要多交钱，如果去另外一所大学，可以不交钱。毕竟她那银子都是当保姆挣来的，得之也不容易，然而女儿坚持，专程跑过来跟她磨嘴皮，纠缠不休，小邹最后只好让步。

骊山小雅玩失踪是大学三年级，有一天，母亲气急败坏地打电话给我，说出了大事，小邹女儿不见了，失踪了。三言两语说不清楚，正一头雾水，电话那头变成小邹的哭诉，一边哭，一边诉说。我大致明白怎么回事，让她先不要着急，让她赶快报案。小邹说报案了，派出所已做记录。电话里说不清楚，我不得不放下手头工作，在抽屉里抓了几个硬币，立刻去母亲那里。打车很难，等不到出租车，就准备坐公交，要转一次车，结果坐了一大截公交，换车时，看见一辆空出租开过来，连忙招手试运气。没想到竟然停下来，上了出租车，司机听说要去的地方，叹了口气，回过头来白了我一眼，显然嫌路程不够远。我有些庆幸，打电话给母亲，告诉她马上就到。

小邹见了我，把说过的话又重复一遍。一边说，一边哭，母亲在一旁劝她不要哭了，再哭也没有用，让我赶快想点办法。按照惯例，每次小邹汇钱，女儿会回一条短消息，表示收到，偏偏这一次很特别，钱汇出去没任何消息，手机打过去，通了也不接。再以后，干脆电话打不通。一连三天没联系，给学校打电话，打给女儿的班主任。班主任说，她女儿一个多星期没去学校上课，校方正准备要和家长联系。小邹开始真着急了，赶到学校，由班主任陪着，一起去报警。

班主任出主意，让小邹去找媒体，说这事只要报纸上一披露，跟登了小广告一样。小邹想到了我,她觉得一个常在报纸上发点小文章的人,这事操作起来一定非常容易。我哭笑不得,告诉她副刊上写豆腐干文章,跟登寻人广告完全两回事。凡事得老老实实地按规矩办,我哪有那个能耐,就算认识报社几个人,也不可能想登什么就登什么。小邹因为太着急,说什么都听不进去,我让她哭得没了主意,只能病急乱投医,给报社朋友打电话,让他跟小邹解释。

报社的朋友建议发微博试试,说这玩意比报纸还管用。我正好有微博,刚开始玩,脑袋一发热,便安慰小邹,说自己有一百多万粉丝,也许发条微博还真是个办法。

小邹将信将疑,带着哭腔说:

"这真的管用?"

当然没把握,只能试试。从小邹那要了一张照片,用手机拍下来,随手写了几句话,当场发送出去。这是我第一次见到小邹女儿的照片,果然是个漂亮女孩,眉清目秀,有点像我表姐。我问母亲是不是很像,母亲戴上老花镜,对着照片看,不说像,也不说不像,说这丫头没照片这么漂亮。

微博发送出去,立刻有反应,转眼之间,有好几个人帮着转发。我让小邹快过来看,一边跟她解释。微博的快速反应让人惊喜,有人转发,还有人跟帖起哄评论,说什么话都有。早过了吃午饭时间,小邹也没心思认真做饭,简单地下了点面条。吃着面条,我吃惊地发现,又突然增加了一大堆跟帖,有一个人甚至还提供了小邹女儿的微博,晒出她的网名叫"骊山小雅"。这真是太让人意外,小邹和我母亲从没听说过微博,也不知道什么叫博客。我连忙打开网页搜索,找到"骊山小雅"的微博和博客,一段段随性文字,一张张青春气息的图片,被点击打开,小邹和我母亲看了完全傻眼,目瞪口呆。

照片上的骊山小雅,既洋气,又亮丽,一个十足的时尚大美女。

6

回家路上接近晚高峰,这个时间点,不可能有出租车。直接去坐公交,老老实实在车站候车。候车的人很多,不排队,都聚精会神看手机。不一会,公交车来了,大家往车上挤,挤上去,继续看手机。一直觉得很多人盯着手机屏幕看，有一种不可言传的喜剧感，没想到我这局外人，现在也抱着个手机不肯丢。

网络实在太神奇，跟帖五花八门，有人甚至质疑这个漂亮的姑娘，会不会是我的小三。有人在微博后面留言，只要往他账号上打钱，就可以提供非常重要的消息。我的微博是实名注册，紧随在后面便是几条忠告，提醒那人肯定是骗子，千万不要上当。结果这些人先吵起来，一言不合，互相对骂开了。那人看来真是骗子，说话轻薄下流，很快招引了一连串跟帖，都是指责他的。

公交车很挤，路途遥远，我在车上一路摇晃，一路看微博跟帖。有个名为"公安学院李警官"的人给我留私信，希望提供电话号码，有话要跟我说。说有些话只能在私信里讨论，公开谈这个不好。我便用私信回复，告诉他手机号码。很快，李警官拨通了电话，问我微博内容是否完全属实，有没有什么新线索。周围环境太嘈杂，乘客大声说话，一遍遍广播报站，外面汽车在使劲按喇叭，我用手掌捂住耳朵，还是不能完全听清楚他在说什么。

公安厅一位领导看到我的微博，给李警官打电话，让他过问这件事。李警官告诉我，和上司一样，他们都是我的粉丝，都喜欢看我的小说。他不仅是公安学院教授，还是打拐办公室的副主任。李警官提醒我，网络世界鱼龙混杂，不要相信任何人，不要汇钱，不要轻易提供自己的真实信息。李警官还说，女大学生失踪案，近年来有很严重的上升势头，他给当地警方打过电话，让他们加大寻找力度，相信过不了多久，会找到这个骊山小雅。

这以后，热心的李警官跟我通了近十次电话，态度非常诚恳，说话语速慢，从容，一聊就是半天。他很乐意跟我聊天，非常愿意提供小说素材。小邹女儿的故事有着各种可能性，世界上的失踪不会无缘无故，有可能是私奔，有可能被黑车司机抢劫，被劫财劫色，被骗去搞传销，被拐到落后地区去给人家当老婆。总之一句话，什么事都有可能，真相肯定比作家们写的小说更离奇，更荒唐。

警方找到了小邹女儿的闺蜜和前男友，都是一个班上同学，获得一些有价值的线索。前男友成为突破口，一周前他们还在离学校不远的如家酒店开过房。前台服务员找到了开房记录，据她回忆，两位年轻人那天去过对面的麻辣烫，归来时手上还拎着吃剩的打包袋。事实面前，尽管不愿意交代，前男友不得不承认有过幽会，希望这事不要让现任女友知道。他向警方供述了两个人的分手原因，说小邹女儿并不太在乎他，说她起码和三位男生关系暧昧，而这三位男生又恰巧都是最好的朋友。很长一段时间，他不过是个备胎，只有在她心情不好时，才会突然想到他。这次见面也仍然是对方主动要求，她告诉他准备要考研究生，并且和一位网名叫"海边的大叔"的人有了交往，经常在网上聊天。前男友觉得小邹女儿的失踪，很可能与这位"大叔"有关。

每次与李警官通话，都会有些令人激动的消息，然后我再打电话，把新的消息告诉小邹。对于小邹来说，这些消息就像晴天霹雳。她从来都不知道女儿有过男友，一直觉得女儿是张白纸，觉得自己对不起死去的丈夫。小邹做梦也不会想到，她的宝贝女儿会那么出格。接下来，警方很快找到小邹女儿，这位骊山小雅竟然跑到山东去了。根据网民提供的线索，警方顺藤摸瓜，在离青岛不远一个县级市的酒店发现踪影。酒店大堂的监控摄像显示，她在这家酒店已经住了三天。

"海边的大叔"是当地的一位不大不小的官员，有老婆有女儿。他承认与骊山小雅的关系暧昧，监控摄像上有他进出小邹女儿房间的准确时间，一段视频甚至拍到了两人在电梯里的拥抱镜头。"海边的大叔"承认拥抱，承认接吻，承认抚慰，坚决不承认有过那种实质性的最后。有就是有，没有就是没有，他甚至要求警方去查验酒店有没有少了避孕套，说如果需要，他可以让酒店方出具一份证明。

骊山小雅被警方护送回学校，小邹也赶过去。母女相见大哭一场，自然会有几句责怪，不过事已如此，说什么都多余，再责怪也没用。都觉得太过分太出格，过分也就过分了，出格也就出格了，还能怎么样。警方事先做工作，跟家长和学校打招呼，希望不要再刺激她，免得破罐子破摔，又一次不安分，再做出更过激行为。李警官说，治安责任重大，警方最恨最怕的就是这种不计后果的任性，白白浪费宝贵的警力资源。过去都认为城市的女孩子娇生惯养，做事会过分和出格，现在农村长大的丫头，胆子大起来更不靠谱。

7

小邹匆匆赶去见女儿，我母亲最担心她会一去不返。再找一个这样的人并不容易，事实上，小邹已流露出了这个意思，她很绝望，不想再当保姆。骊山小雅玩的这次失踪，进一步改变了母亲对女大学生的美好期盼，也让含辛茹苦的小邹彻底动摇。长久以来，把女儿培养成大学生的信念一直在支撑小邹，现在，美丽的肥皂泡突然破灭。

网名"骊山小雅"的小邹女儿，我从未见过面的那位女大学生，一本正经地告诉警方，海边酒店三天，更多的时候，她是独自关在房间思考人生。人生有太多问题，需要思考需要琢磨，而"海边大叔"不过是个意外，是小插曲，大家都别太把那大叔当回事。

《长江文艺》2015年第1期

评鉴与感悟

文化教养的消逝

在当下中西文化交汇碰撞的大时代背景下，传统价值取向逐渐步入困境，部分观念在现代思想的冲击下显得不合时宜，中国社会呈现出进步性与保守性并存的局面。短篇小说《失踪的女大学生》通过回顾家族中女大学生的人生境遇，并与当代女大学生进行的有意无意地对比，不仅完成了对知识女性的感性考量，而且还针对一个更为广阔的时代文化进行了有价值的整理、回顾和反思。

小说以自己的家族为视角，塑造了一批具有传统文化内涵的女大学生，包括上京师女子师范大学的祖母、金陵女子大学的姑姑和哈军工的表姐。三个人都是高等学府毕业的高才生，"姑姑读中文系，外语水平很高，后来的工作一直和英语有关……""问题不在于跑了多少路买了几盆花，关键是那样的岁月，'文革'大背景下，姑姑一个孤立无援的小老太太，几年前还做过癌症手术，仍然能有这份淡定和闲情"。通过这样的描写，叶兆言展示了家族中女大学生身上深厚的传统文化底蕴。她们与小说最后出现的女大学生骊山小雅形成了鲜明的对比。小雅读的是一个三本院校,母亲给人家做保姆,但她的打扮丝毫没有贫寒人家的气象,俨然一位城市时髦女孩。她的行为也很前卫,居然和一个网上认识的大叔约会,还失踪了好几天。到了小雅这一代,女大学生身上已完全看不出由文化、知识所滋生的教养和韵致。事实上,小雅的失踪就是传统文化教养消逝的象征。

小说回顾了百年历史中的女大学生形象,其中,早期知识女性面对各种不如意生活时,所表现出的从容不迫、泰然处之的教养,令人印象深刻。可以看出,知识可以成为个体内心稳定的来源,可以成为抵御外界羞辱的盾牌,可以让处于权力等级最底层的小人物保持内心的体面;而骊山小雅的出现,完全改变了这一状况,她的生活状态及其最终走向,暗示着知识在当下社会的尴尬处境,文化教养已经无可挽回地走向无人需要、无足轻重的末路。尽管小说流露出迷惘和忧伤的情绪,但作家在创作中所表现出的文化批判意识,依然清晰可辨。

这篇作品依然带有叶兆言小说特有的文人味道,文笔间流溢着一股清雅的书卷气。他的小说语言没有浓描重彩的笔墨,也不刻意渲染诗意。平实的语言叙述平民的故事,平和的基调演绎平凡的人生。由于作家本身的文化储备和朴实气质,使得小说对时代文化的反思和批评,显得低调而又温和。(郭晓)

小生命

/ 盛可以

夜里十点多钟,那边终于来人了,三男一女,脸上经过热汗的浸泡,泛着油光,表情浮在油面上,明显的戒备和不安,那个矮矬肥白的女人,脸色很不客气。

"总算把你们等来了。请坐。"小姨很礼貌,"等"字上用了重音,暗示对方,我们也等到极限了。为了这件事情,小姨专门从北京回来,其他人也请了假,几宿没睡。

昨晚,一家人又熬到半夜,时钟嘀嗒嘀嗒,让人焦躁,大姨父碾碎了烟头,说:"不能再这样等了,必须把那小子'请'过来,这样,他的父母就会露面。"

"绑架他?会犯法的吧?"爸爸害怕,胆子比杏仁小。

"带上他的女朋友,认人,也认路,"大姨黑着眼圈,"很难说明天他还会不会在那儿上班。"

姐姐就是那小子的女朋友。此刻,姐姐是所有人中最淡定的,挺着七个月大的肚子,圣母一样端坐,两手放在大腿上,一语不发,看大家操心她的人生,以及胎儿,脸上平和安详,不时挪挪屁股,好像事情跟她没什么关系。

姐姐十八岁，在很差劲的大专学校里读书，学费是贷的，妈妈给别人擦地煮饭，爸爸做环保工人，使劲攒钱还款。大专学校离家近，坐火车三个小时，姐姐常回家，后来忙了起来，整整四个月见不到人影，放了暑假也不抵面，说是和那小子去长沙实习了。

但是没去几天，姐姐浑身挂满行李回来了。她脸上还是瘦，还是单纯幼稚，腰身却圆滚滚的，穿着宽大的衣裙，像只企鹅一步一挪。妈妈无比震惊，好像被电击了。妈妈知道怎么擦干净一扇玻璃窗，也有信心炒出好味道的菜，可面对姐姐暴胀的肚子，作为一个清洁工的脑子完全不够用。妈妈只好用老办法——哭，哭多了，满脸苦相便定了形。

我们很快知道，去年冬天，半夜陪姐姐回来，躲在网吧通宵打游戏的那小子，把姐姐弄成这样。

我们家五十平米，平常姐姐跟妈妈睡一床，我跟爸爸睡一床，姐姐上专科学校之后，我才有自己的空间，如果姐姐在家里生个孩子，婴儿啼哭，尿布奶瓶堆上我的书桌，我也甭想考什么重点高中了。

爸爸在阳台默默抽烟。

妈妈不停掉眼泪，"这么大的事情……你怎么不跟家里知一声……"

"他说要生，那就生呗。"姐姐说。

"一个没出嫁的姑娘，要在娘家生孩子，我和你爸老脸往哪儿搁？"

"他们家房子更小……"

"你还没毕业，没到法定结婚年龄，又没有能力抚养孩子……"

姐姐不吭声，她不焦虑，生或者不生，都那么回事。

那小子家在矿区，两岁时父母离婚，他爸爸后来找了一个女人，一直同居。那一回，那小子待在网吧，姐姐早晨把他领回了家。那是我们第一次见他，也是唯一一次。爸爸对他印象不好，说他抽烟嚼槟榔，流里流气，不诚实。爸爸一直对我们要求不高，只要像棵树，像朵花，老老实实的，安守本分就好。妈妈喜欢那小子，觉得他帅高，聪明，嘴巴甜蜜，比实际年龄成熟，挺谙事的。

我想那黑乎乎的矿区，煤尘覆盖花草树木，头发里、鼻孔里都是黑灰，一定不是什么好地方。爸爸也这么认为，我们家虽穷，至少有好山好水，空气清新，但他一向服从妈妈，不喜欢那小子，不喜欢那地方，却无力反对。

妈妈没哭多久，便跟姐姐肚子里的孩子有了感情，似乎说了我要当舅舅了之类的话。不知道是不是因为眼泪的洗涤，妈妈的脸上泛出了亮光，迅速恢复做母亲的本能，去超市买了牛奶、骨头、鱼，给姐姐补充营养，问胎动情况。第二天，妈妈又带姐姐去医院做检查，B超显示胎儿健康，鼻子很高，妈妈看了很欢喜。妈妈忽然明白，这其实是一件喜事。

喜事有喜事的流程。妈妈决定跟那小子的爸爸谈谈。

妈妈很紧张，老按错键，最后是我帮她拨通的。

我们那儿每座城市都有自己的方言。妈妈被迫用普通话，磕磕巴巴，腔调怪异，听起来理亏，还有些巴结与讨好。那小子的爸爸似乎很能讲，妈妈只开了个头，剩下的全是"嗯"。有一阵，妈妈尽量让手机远离耳朵，那小子的爸爸声音很大。

妈妈"嗯"了一阵，挂了电话，欢喜淡了，魂也像被掐住了，苦着脸发呆。

"他们来不来？"爸爸问。

"他说半个月前开车撞了人……过几天领导要来矿上检查，要做很多准备工作……反正就是没时间来，叫我们过去。"

"没道理，说出这种话，就是不想负责任。"爸爸没有发火，只是描述一个事实，他习惯凡事都往肚里咽，从来不会磨刀霍霍。

好在妈妈从不指望爸爸出力解决问题。她继续找那小子的爸爸，那边干脆不接电话了。

妈妈憋了两天，终于扛不住，告诉了大姨小姨，这锅温水一下子滚了。

姐姐说那小子在公司上班，那天晚上，小姨他们动身去长沙捉那小子时，她才说实话，那小子在酒吧当服务员。

小姨两宿没睡，疲劳驾驶，妈妈担心得要死，我陪妈妈等。凌晨四点多，他们终于回来了——我忘了说，我们都在大姨家，因为大姨家宽敞，沙发、地板，到处可以睡觉——我打开门，就看见那小子，白衬衣，黑裤子，干净冷漠，他一句话也没说，闷头扎进屋里，一屁股坐在小凳子上，像一个跟爸妈赌气的孩子。

几个小时的奔波，大家又累又饿。大姨在厨房弄饭吃。大姨父仰头喝光了一杯水。

姐姐的脸上没什么表情，好像她的任务就是配合。她和那小子也不说话，像陌生人一样。

小姨在沙发上小睡片刻，坐直身体，缓缓说道："那种酒吧的男服务生，个个都像鸭，等着客人喂食……那不是一个就要当爸爸的人应该去的地方。"

我觉得小姨说得不对，鸭子毛茸茸的，嘎嘎欢叫，一点也不像那小子，坐在那儿，冷冰冰的。

"就不是正经人去的，灯红酒绿，吵死人……你还想让她去那里做事！"大姨父直说。

"那只是暂时的……"那小子开口了，"你看……我还穿着工作服……也没请假……你们到底想怎么样？"

大姨父敲了那小子脑袋一下，"混账！男子汉做事要有担当，你把她撺回来，自己不露面，这算什么事？"

"我没说不负责任，"那小子急道，"她在家待一阵，等我稳定了，再来接她……"

"你今年多大？"小姨问。

"快二十了。"那小子回答。

"你想让她在娘家非婚生子？"小姨问。

"等我们到年龄了，再登记结婚。"那小子说。

"为什么一直瞒着？"

"这不是让你们知道了吗！"那小子拧着脖子说："早知道这样，不如在外面生了再告诉你们，你们能怎么样？"

小姨走到那小子身边，"请你抬起头来。"

那小子很不屑地照办。

"刚才说什么，再说一遍？"小姨问。

"早知道这样，不如在外面生了，你们能怎么样？"

小姨手一扬，"啪"的一记耳光，打在那小子脸上。"让你长点记性，做人，对别人，包括对自己的父母，要有起码的尊重。"

那小子屁股弹了一下，咬牙关，努力忍着脾气。

"简直是流氓做派。把身份证给我。"大姨父说。

"没带。"那小子不客气地回答。

大姨父准备搜身，那小子从口袋里掏出些杂碎砸在茶几上，"我说了没带就没带！没得谈了！"

大姨父用力敲了那小子脑袋一下，"什么态度？老实点！"

大姨刚把饭菜端上桌，听到这句，便呵呵一笑，喊姐姐的名字，"好好睁眼看看，看看他是什么人。"

姐姐人在阳台，伏在栏杆上，望着青色天空，黎明来临，树上的小鸟已经唱起了早歌。

她扭头朝屋里看了一眼，算是配合，还是那副表情，波澜不兴。

"我爸刚才给我发短信，说明天过来谈结婚的事情……"那小子忽然声泪俱下，"现在，你们做得这么过分，还能怎么谈！呜……我们的爱情，被搞成这个样子。"

"爱情"这个词，戳住了所有人，屋子里瞬间陷入沉寂。

小姨说："那好，我们现在就来谈谈爱情……你爱她？"

"爱！"那小子狠狠地说。

"你爱她？你爱她怎么忍心让怀孕七八个月的爱人，独自扛那么多行李，冒着三十八度高温，坐那么远的汽车颠簸回来？你爱她，为什么不让她穿着漂亮婚纱，高高兴兴地迎娶回家？"小姨发出一连串的质问，"为什么要作践她？让她像一个被玩弄被抛弃的可怜女人！知不知道我们在承受什么样的羞耻和愤怒？"

小姨一边说话，一边来回走动，那手势，表情，就像在动员一场革命。

那小子撇撇嘴，"那是你们的理解。我就是爱她。"

"你爱她？你连对她起码的尊重都没有！你没有正儿八经拜见她的长辈，你也没有向你的父母郑重地介绍你的爱人！你爸爸也是才知道这事。你根本不在乎她！"

"反正，你们说什么都对，我就是错的。"那小子嘟囔着点烟抽。

大姨父制止，"请不要在我面前抽烟。"

那小子扔了火机，抛出一条小弧线。

小姨把姐姐叫进来，说："我问你，你喜欢他什么？"

姐姐茫然地看着小姨。

"他好在哪里？至少说出三点理由。"

姐姐似乎陷入思索，但直到整件事情结束，她也没有回答上来。

除了妈妈，所有人都觉得那小子人品差，心地不善，家庭气氛也不好，不能嫁。尤其是爸爸，态度忽然坚决起来。

"做了吧，做掉重新开始。"爸爸拿着姐姐的手，替她扯掉指上的倒刺，"爸爸养你，你想休息多久就多久。"

姐姐的手很肥，手背上几个酒窝，妈妈曾因此断定，姐姐将来是要富贵的。

"这么大的月份了……引产，比生孩子还辛苦，她的身体得吃多大的亏啊……"妈妈露出苦相，"万一引发别的麻烦……"

妈妈担心姐姐，会像她的某个朋友一样，堕一次胎，以后就再也没生育了。

"如果那小子诚实可靠……倒也勉强……她这么小，不明不白地生个孩子……摊上一个花天酒地、不负责任的爸爸，还有比这更恐怖的事情吗？"大姨父说道。

大姨赞同，"路还长呢，小姑娘人生刚刚开始，要那样耗掉，不值。"

姐姐的目光随着声音走，谁说话，她就看着谁的嘴。

小姨叹口气，对姐姐说："要命的是，我根本不知道你自己的想法，回来几天，就没听你张嘴说过一句话……你觉得，是我们在瞎操心，在干预你的生活吗？"

姐姐没说话，看着妈妈。

妈妈说："怎么会呢，她知道都是为她好。"

"你不要替她回答，这么多年，什么话都是你替她说了，所以才有她今天这样，对自己的人生袖手旁观！"小姨批评妈妈，"她终归得自己面对一切。"

所有目光集中在姐姐身上。

在我的印象中，从来没人说姐姐漂亮，她个子不高，皮肤不白，在学校表现普通，在家里从不说"不"，姐姐在这个世界上，从未成为这样的核心，被关注，被讨论。她似乎很享受这样的时刻，像一个观众，默默地欣赏每个人的表演，为他们的角色打分。

爸爸、妈妈、大姨、大姨父、小姨，眼巴巴地等着姐姐说话，姐姐的定力很不一般，目光扫视一圈，最后盯着脚尖，化成一尊雕塑。

大姨和大姨父忍无可忍，离开了房间。

小姨最后说："你要是愿意跟他吃苦、受罪、被糟践，都认了，你就表个态，去过你的日子好了。"

姐姐抬头望了望前方，目光悠悠，还是不说话。

"好，算你默认了。"小姨对妈妈说，"我不管了，明天回北京。你们就等着亲家会面吧——小的小无赖，老的老油条，看你们怎么往火坑里跳。"

知了一声一声地嘶叫，太阳热得发白，树叶打蔫，一动不动。风扇摇出来的风也不凉快，汗水从每一个毛孔里汩出来，浑身黏糊糊的。

小姨在睡觉。大姨父去单位处理事情。妈妈和大姨在厨房做饭。姐姐晾晒衣服，那小子在一边帮忙。妈妈努嘴，示意大姨看。

"生不生，你们自己做主，"大姨瞟他们一眼，"七个月的胎儿，也是一条命……只是那小混账鬼，真的是不可靠。"

"……等他爸爸过来，看看他们的意思吧，"妈妈切了些红辣椒和青辣椒，准备双色辣椒炒五花肉，"我们先按好的搞，免得真做了亲家，尴尬。"

妈妈一开始做饭，就变得愉快，因为这时候，生活在她掌控之下，任她打扮，她对一切皆有把握。不过，也许妈妈对那小子的爸爸心怀希望，事情到这个地步，他不可能不管。

辣椒倒进锅里，哧溜一声，门铃同时响了，大姨父带了一箱啤酒上来，他好像也怕帮了倒忙，只负责后勤了。

"你爸爸什么时候到？"大姨父把啤酒放冰箱，倒了一杯冰水慢慢喝着。

"已经买了下午的火车票。"那小子回答。看到气氛良好，也自在了许多。

不一会儿，爸爸也回来了，他一身汗，脸晒得通红的，手里拎着一袋水果，说给客人吃。

辣椒炒肉的浓香飘散，妈妈呛得咳嗽，大姨笑，家里突然像过节似的，有点喜庆。

姐姐和那小子默默地擦桌子，摆碗筷。

"好香啊……"小姨懒洋洋地从房间里走出来，有意忽略姐姐和那小子，"哦哟……辣椒炒肉、红烧鲫鱼、蒸鸡蛋、红苋菜、茄子炒豆角……"

"喝点啤酒吧，"大姨父说，"每人至少一杯。"

"她不能喝酒。"那小子拿走姐姐的杯子。大姨父说，喝酒当然不包括孕妇，她现在是重点保护动物。

大家都笑了，妈妈尤其开心。午餐就这么愉快地开始了。

那小子饭桌上很周到，一会儿给姐姐夹菜，一会儿给爸爸倒酒，一会儿站起来敬各位长辈，这就是妈妈认为他谙事的那一面。

吃了一阵，那小子放下筷子，说："我求你们一件事，等我爸爸他们来了，我求你们的语气柔和一点……这样聊起来会比较愉快……毕竟我们不是敌人，更不是仇人。"

那小子这番话不无道理，可终究带些教育别人的味道。

大姨父不高兴，"聊得顺心好说，不顺心，就不只是语不语气的问题了。"

姐姐埋头吃鱼、喝汤、啃骨头，胃口很好。

整个桌上只听见她的咀嚼声。

这时，那小子的手机响了。他起身去阳台接电话，声音不大，说的方言。

他很快回到桌边，说："我叔叔过来了，他现在小区超市门口。我去接他吧。"

大姨父心眼多，拦住他，"你坐下，我去接。"

一个戴眼镜的小个子男人随大姨父进了门，妈妈给他添了一双碗筷。

"非常抱歉，我哥哥怕你们着急，委托我先过来，他们可能要到晚上才到。"戴眼镜的小个子男人说道，完了严厉地盯着那小子，足足有半分钟之久，突然加重语气，骂他混账，不懂事，搞得大家措手不及。

"你两岁时，你妈妈就扔下你跑了，奶奶一手把你拉扯大，省吃俭用都为你，什么都宠着你，你竟然这么不争气，你知不知道，奶奶气得心脏病又犯了。"

对于一场好戏来说，每个角色的出场，都是有意义的。这个前来摸底的探子，演技不怎么样，所以大姨父笑了起来，"你也别骂他了，现在说什么都没用。先吃饭。事情总会有个结果的。"

那小子的叔叔就埋头吃饭，吃饱了，歇了一会，喝了一杯茶，就"回宁乡去医院看妈妈"了。

进门的三男一女，就是那小子的爸爸、继母、朋友，以及小个子叔叔。那小子的继母板着脸，看得出来，是个要演恶人的狠角色。妈妈结结巴巴说了几句开场白，就被那小子的继母粗鲁地打断了。

"这个事情太突然了，我们完全没有准备。家里的情况她也知道，我没有工作，老公每个月一两千块钱，房子只有一屁眼大。我们怎么办？她到我家来过几次，也不怎么说话，都是他们自己玩，到现在为止，我连她名字都不知道，只知道她姓魏，我就喊她魏妹子魏妹子。"继母声音呱呱叫，他们并不是那小子说的那样，专门来谈论结婚的事，相反是要开脱责任，摆脱麻烦。

妈妈苦着脸听着，嘴巴动了动，却不知如何应对。

小姨站起来说话，字正腔圆：

"这么说吧，您和您爱的男人同居十几年，相信您对没有名分的苦恼深有体会，您也一定知道，对一个女人来说，明媒正娶的重要性——所以，我们的孩子绝对不会非婚生子。我也要提醒您，您是什么身份？您甚至没有资格在这儿说话。如果您认为您是母亲，我要说您是不称职的，您根本不关心儿子，您也不喜欢魏妹子——您连她的名字都不知道！甚至可以这么说，您明知道儿子感情不认真，却任由他胡闹，给别人造成了这么大的伤害与麻烦。"

那小子的继母本想来个下马威，孰料小姨一剑封喉，她萎下去，卸下那张狠角色的面具，嘴唇紧闭，沉浸在失败的忧伤里。

她没再说一句话，看上去有几分可怜。

小姨弥补似的，给那小子的继母添满茶水，又将果盘推到她面前，"唉！作为女方家长，肯定比男方着急，要承受的东西，也大得多……尤其是联系不上你们时，寝食难安啊……如果我说得过分，还请你们谅解。"

一阵安静，只有落地扇转动的声响。

姐姐坐在核心位置，两家人像括弧散开，我们是左括弧，他们是右括弧，姐姐像一个答案填在括弧中。那小子在她对面，像那个答题的人。答题人和答案之间，有一条我们看不见的隐秘通道，但这条通道似乎堵了。那小子用目光跟姐姐使劲，但姐姐看他，就像看一块石头一样。那小子只好咬着牙帮骨，垂下头，左手绞右手。

妈妈说过，那小子和姐姐约好了把孩子生下来，姐姐是答应了的。所以，那小子不断暗示姐姐，要她履行他们的诺言，出面表态。可是姐姐就像狂风暴雨中的宝塔，安然杵在大地上。

那小子的爸爸很年轻，一副还没玩够的时髦样，有点粗痞，不像读书人。他放下一直夹在腋下的工作包，喉结上下滑动半天，才开始发出声音，说的与那小子继母的话没什么区别，然后情绪突然上来，指着儿子就骂：

"你这个孽障，老子总是嘱咐你，要小心点小心点，不要出事，你他妈的又怀……"

"又？"大姨尖叫了一声，"又怀了？"

那小子的爸爸一惊，"不不不，你听错了，不是'又'，是'要'……"

"我明白了，怪不得您的夫人也懒得管他带回家的女孩叫什么名字了。"小姨鼻孔里笑一声，又对那小子说，"我原本就怀疑你要她，没想到果然是个情场老手。你曾在某个场合说过，没想到她是个处女，是不是?!"

那小子的样子始终很屌，"阿姨，我那句话，不是你们理解的那样……我的意思是说，在这样的社会里，还会有她这么纯洁的女孩子……"

"你他妈的，老子就当没生你这个孽障！"那小子的爸爸扑上来，要扇那小子耳光，同来的那个朋友拦住了他。

"你们根本不是来商量结婚的。"大姨说道。

"她知道我们家情况……现实条件摆在那里，儿子年纪还那么小，又没地方住……"

小姨猛然记起什么，对那小子说："你的确是个骗子。你连眼泪都是假的。"

爸爸在边上嘟囔，"算了算了，搞不好了，反正你们也不想结婚，说实话，嫁到你们家，我也是一百个不放心。"

一阵沉默，似乎连时间也不知走向。

那个朋友忽然满脸笑容，对那小子说道："长辈的话你要听，都要当爸爸的人了，坏毛病，有则改之，无则加勉。你奶奶七十岁了，身体不好，还在别人那儿煮饭搞卫生，每个月挣那么点钱，不就是不想增加你们的负担吗？人关键得靠自己，你有一双手，有责任心，就一定能养家糊口的，是不是？"

那小子一愣，立刻心领神会，"我发誓，我一定努力挣钱，哪怕是扛沙包、挑水泥，我都会干，我会比别人付出一百倍的努力。"他悲喜交集地看着姐姐，表情特别像电影里的镜头，"请你相信我。"

姐姐低头注视自己手背上的酒窝。

那小子等不到回应，失望地摇摇头，忽然间泪流满面，"你为什么不说话？你说，我们的爱情，你怎么看待我们的爱情？呜……我没想到，我们的爱情，会这样摆到桌面上来谈。"

"爱情"这个词，让所有人都有点不自在。

就像一个人当着别人的面，对另一个人说"我爱你"，别人会起鸡皮疙瘩。

但是，这一幕还挺感伤的。

一直没说话的大姨父超级理性，"臭小子，你以为搞大姑娘肚子，瞒天过海，就是浪漫爱情？你这是玩弄女性！"

"她自己同意了的……这件事情，也不是我一个人的责任。"那小子拧着脖子擦眼泪。

大姨说："如果去引产，两条人命，万一有个三长两短，你拿什么赔？"

事态立刻有了人命关天的严峻。

小个子叔叔用膝盖轻轻碰了碰那小子，那小子顿悟般，忽然跪在地上，向着右括弧，边哭边说："爸爸，你支持我们结婚吧……我知道我不孝，我以后都会改。"然后双膝转向左括弧，"叔叔阿姨们，我也求你们，退后一步，我保证会好好对她。"

事情到这儿，双方点个头，就可以敲锣打鼓了。可是左括弧和右括弧都无动于衷，仿佛都看穿了那小子的把戏。

爸爸一直抓着姐姐的手，找手上的倒刺，看指尖的螺纹，摸手掌上有没有茧子。

"我有两个条件，一是矿区太远，我不放心，住我们城市，我们可以照顾她；二是要买房子，可以付个首期，再贷点款。"爸爸竟然同意姐姐嫁给那小子。

"那岂不是倒插门了？"那小子的爸爸反对，"我们兄弟几个，就这么一个儿子，不可能倒插门。"

"他们可以住长沙。那儿工作机会更多。在我们两家中间。都方便。"

"我们真的没钱……长沙的房子更不用想。"那小子的爸爸说。

小姨看了一下时间，不耐烦了，"你们，从一开始就逃避责任，小的逃，老的躲，如果不是我们半夜去长沙把他请过来，你们也不会坐在这里！现在是半夜两点钟，我们已经耗不起了。明白地说吧，孩子已经七个月了，结婚是迫不得已，十万首付，给他们做婚房；不结婚，她去堕胎引产，十万补偿伤害。我们承担一切后果，死活与你们无关。"

"好！"那小子从凳子上站了起来，"原来都是为了钱！"

小姨也霍地站起来，以迅雷不及掩耳之势，啪地扇去一耳光，比上次打得响亮。

妈妈的眼眶立刻红了。

"她又打人！"那小子捂着脸望向他爸。

那小子的爸爸一愣，猛然喊道，"打得好！给我打死这个孽障！"

他同时扑过来打那小子，手脚并用。场面混乱。

那个朋友仿佛裁判，吹响了暂停的哨子，他们那边的人全部聚集到后面阳台，商量对策。

周围的邻居都没睡，灯光亮堂堂的，脑袋伸到窗外，耳朵朝这边张着。

小姨问妈妈："我刚才打那小子耳光，你为什么哭？"

妈妈愁眉苦脸地："他那么小就没有妈妈，挺可怜的……再不要打他了罢。"

小姨没作声。

妈妈接着说:"毕竟只有十九岁,后妈不疼他,爸爸也不关心他,父子俩关系那么差……"

大姨父笑道:"那小子真可以当影帝……我只发表看法,主意你们自己拿吧。"

小姨摊开双手,"我完全不知道自己在干什么了。"

爸爸呢,摸着姐姐的长头发,慢悠悠地说:"爸爸真的不放心你跟着那小子……但是,爸爸也没有办法阻止你。一切你自己做决定。"

整夜无声无息的姐姐,双手放在肚子上。

爸爸拍了拍她的头。

他们那边的人重新回到客厅,原位坐下。

"关于房子,其实,我们去年买了一套小的,但是还没有装修。"那小子的爸爸说道。

"我说了,不同意她去矿区住。"爸爸坚持这一条,"要么在我们这儿,要么在长沙。"

小姨对妈妈说道:"我最后说一句,我认为这事极不靠谱……但是,我不会阻止你们做任何决定。"

妈妈样子十分疲惫,她惶恐地看看小姨,看看所有人,仿佛在用眼神从每个人脸上吸取能量。

那小子的爸爸和其他人交换了一下眼色。

"好吧,那就一切按你们的要求。你们这地方,确实比我们那儿好。我们凑十万首付,筹备婚礼,明媒正娶。"

妈妈立刻展开了眉头,几乎要笑了起来。

爸爸却好像跌进水桶里。

"不,我不想嫁给他。"姐姐的声音仿佛空穴来风,所有人吃了一惊。她慢慢用手腕上的黑色橡皮筋束起散开的头发,又把额前刘海纳到耳朵背后,"今天晚上,我才知道,哪些人是真的爱我。"

那小子一拳头砸在自己大腿上,"你说……你接着说啊。"

姐姐扎好头发,双手手心向下,放在大腿上,盯着手背上的酒窝,

"以前，我什么都听他的，无论对错……我已经明白了，这不是浪漫爱情，不是与众不同，这是糟践自己……"

那小子咬着牙帮骨，缓缓问道："你为什么变了？……我最后问你，到底要不要结婚？"

姐姐清晰地回答："不。"

"我尽力了。"那小子摊开双手，对他们那边的人说。

这句话很奇怪。

那小子的爸爸仿佛得到了他要的东西，利落地将工作包塞入腋下，站起来往门口走。大姨父拦住他，"去哪儿？"

"回去啊！"

"就这样一拍屁股就走？"

"回去凑钱呗！"那小子的爸爸露出老油条的尾巴。

"对不起，今天必须在这儿解决。"大姨父知道什么叫金蝉脱壳。

"我坐在这儿不可能凑到十万块钱。"那小子的爸爸说。

大姨父打了一个电话，十分钟后，警察来了。

所有人都去了派出所。屋子里只剩下妈妈陪着姐姐。

又熬了一夜的妈妈收拾屋子，脸色更加苦黑。

姐姐进了洗手间，厚厚的门墙没能挡住她的哭声，像玻璃碎裂。

小姨曾经对大姨说："一个黄花闺女，简直是迫不及待地把自己变成女人，给自己加上沉重的人生经验，不可思议！"如果小姨听到姐姐这撕心裂肺的哭声，大概也会后悔自己说得过于尖刻了吧。

过了一阵，大姨小姨回来了，剩下爸爸和大姨父在派出所等着，经过协商调解，对方答应付五万元作为补偿。

这时天刚蒙蒙亮。小鸟又唱起了晨歌。

姐姐在里间休息。妈妈傻傻地坐在客厅，仿佛正在打瞌睡。

小姨困倦却无睡意，"这件事表面上有了结果，但可能会影响她一辈子。"

"她始终是个好姑娘。"大姨的话听起来有点勉强。

妈妈喃喃自语:"……真的要去医院?她的身体不知道受不受得了。"

小姨说:"总之,那小子不可靠。"

"要是生下来呢?"妈妈也不知问谁。

仿佛为了听得更真实,大姨关掉转了一夜的风扇,世界也骤然停止了转动。

可是再也没有人说话。连鸟也不叫了。

树叶微微晃动,凉风驱散了闷热。清晨的霞光映亮了对面的墙壁。

三个女人躺在地板上,合上眼睛,关闭了大脑机器。

无论如何,她们真的睡着了。直到爸爸和大姨父敲门。

这时太阳已经晒到阳台。

爸爸和大姨父满脸大汗,衣服沾在身上,他们像在太阳下烤了很久,进门便使屋子里的气温升高。

大姨打开风扇。倒水。问:

"钱打到账户了?"

大姨父说:"凑了三万……人都在太阳底下晒出油了。"

"三万?就这样便宜他们了?"大姨很惊讶。

"事实上,连三万也没有……"大姨父说道,望向爸爸。

爸爸将一沓现金放在茶几上。他有两只畸形手指,前年被人撞伤,见那人开的小破货车,觉得可怜,便自己去了医院,手指骨折,花了七八百,没接好,至今手指都是弯的。

爸爸用那弯指儿刮了一下鼻尖上的汗,"我想了想,只拿了一万……医药费,他们总得付吧。唉,哪个当父母的,碰到这样的儿子,都会气死的。"

"是啊……那个女人一直在哭,"大姨父疲惫不堪,"杀了他们也凑不够五万……"

所有人都望着那一沓钱。

钱回望着每一个看它的人。

"……假如是我的儿子搞出这件事……我也拿不出十万、五万,甚至三万也凑不到……"爸爸说道,"他们确实尽了力……"

大姨父说,爸爸将两万元塞给那小子的爸爸的时候,那家伙两腿发软，眼泪都涌了出来。

风扇转得嗞嗞响。

这时，姐姐出现了，她双手放在肚子上，说：

"这两天他不断地踢我，好像知道发生了什么事情一样。"

所有人像看那沓钱一样看着姐姐。

"如果……我决定把孩子生下来，你们会支持我吗？"

所有人都呆了。

妈妈第一个点了头。

然后是大姨哭。小姨笑。爸爸抓着姐姐的手。大姨父喊下馆子喝酒。

转眼间，屋里气氛变得喜洋洋的，妈妈又说我要当舅舅啦。

我知道，这回是真的。

《收获》2015年第1期

评鉴与感悟

艰难时世中的小团圆

盛可以文风细腻，视野宽广，擅长以女性的视角观察农村对城市、边缘人群对主流话语的归附与偏离。在这篇《小生命》中，盛可以从一个底层家庭的危机处理方式出发，触及贫困、未婚先孕、女性意识等多个典型的现实话题，其平实温和的叙述中交织着对女性命运的体察和对底层生活的关注。

青春题材的当代作品里，未婚先孕的失足少女形象屡见不鲜，她们或带给读者充满负面特质的刻板印象，或作为年轻人必然遇到的青春事故，成为符号化的一景。但《小生命》开篇就借家人的种种反应，对未婚妈妈的形象进行祛魅，在社会底层生存状态的语境下说明这场意外怀孕是沉重的。姐姐的孩子，处于出场与未出场之间的真空地带，读者只知道他已经七个月大，但他的存在是小说情节展开的前提，制约着每个人物的行动，迫使读者将视线放在十万元婚房首付或医药费的艰难谈判之中。其中，返乡、做菜、吃饭等忙碌的生活场景与对姐姐前途的焦虑交叉出现,生活的物质性反衬出命运对个人的限制,增添了情节的紧张感。

姐姐目睹了家人在亲戚的帮助下找到男友,并与其家人针锋相对,要求对方做出赔偿的全过程。其中男友的不合作与幼稚逐步显现,而孩子的存在迫使姐姐正视自己不理想的结婚对象、贫穷的家庭与难卜的未来,最终她不再听任他人摆布,拒绝了结婚的提议——她不愿在爱情的幻觉消失后奉子成婚,即使那是普遍、正确、传统的最佳解决方式。小说结尾所描写的喜悦气氛也与姐姐的实际收益并不相称:她的爱情理想幻灭了,非婚生子将遭受的歧视与不便也在预期之内。但一个人把孩子生下来的决定,是姐姐对未来社会角色的自主选择,体现了她逐步觉醒的独立意识。而来自母亲的珍视与爱意也是这个"小生命"所能遇到的最好结局。

"如果……我决定把孩子生下来,你们会支持我吗",这一向亲属寻求支持的举动说明,作者并不将提高经济地位或教育水平作为解决女性问题的唯一途径,而是要求从家庭成员之间的宽容和谐出发,为个体赋权,拒绝并改变社会对未婚妈妈的污名;男友的家人最终凑了三万,显然姐姐所受的伤害只得到了微小的补偿,而"我"的父亲出于怜悯或同情,只拿了一万。"我"的亲戚并没有阻拦他这么做,如同没有反对姐姐将腹中的小生命安全地带到世上。由此,作者描绘了一个相当理想化的底层家庭,其成员生活艰辛但仍有温情,愿意理解他人的苦难,不以道德批判的方式参与社会控制,又有足够的善意与人生智慧制止私欲带领自己逾越道德的边界。

小说汇集了各种各样的人的声音:懦弱却爱护女儿的父亲,具有女权思想的小姨,作为经验主义者的大姨,男友那一直没有名分的继母,和男友父亲唱双簧的人……他们的话语都带有立场和环境的烙印,而叙述者的视角、读者的评判又丰富了故事的阐释层次。一个底层家庭的生活断片因此被赋予了鲜活的意义。最后的团圆结局或许可疑,却是两家庭艰难生活中的救赎,也是作者悲悯情怀的体现。(郑田)

汉阳的蝴蝶

/ 林白

"明宇你会缝被子吗?"王劲风的声音从头顶上方传来,夹杂着一丝细微的烟草味。有一种干燥暖和的感觉,一种异性感。

周日下午,宿舍里没有别人。十一月份,秋风乍起,干干的凉风在宿舍长窄的走廊里转来转去,明宇在宿舍里呆坐着正不知干些什么好,就听见有人从走廊的那边走来,脚步声奇怪地停在了寝室门口。王劲风。他站在门口,头差不多顶到了门框。他说:明宇,你没出去?明宇顿时呆了一下,大脑一片空白,一时不知如何应答。

王劲风跟女生打交道向来松弛,有的男生是见了女生就脸红,非但说不出话来,连正眼都不敢看一眼。王劲风是班长,东北人,会打篮球,也会写小说。明宇跟他几乎没有单独说过话。

"明宇你会缝被子吗?"他在她头顶上方问道。嗯哦,她含糊地知了一声,全然没有想到王劲风会找她缝被子。被子,贴身盖的,应该是由女朋友之类的人来帮忙才是。

怎么不找李小榴呢?

李小榴当然也不是他的女朋友,但也不能说不是。两人关系令人费解。谁都看得出,李小榴迷上了王劲风,王劲风无论在哪儿,不出十步,你总会看到李小榴。有人曾在宿舍的后山远远看见两人拥抱,在二十世纪八十年代初，学校不准学生谈恋爱，这通拥抱非同小可。王劲风打球摔折了腿骨，他拄着一支木拐杖走来走去，拐杖结实专业，很有威风，是李小榴从部队医院弄出来的。小榴每天帮王劲风打饭，据说还喂过。

但李小榴真的不是王劲风的女朋友。

他在不同的场合解释过，他不能爱李小榴，因为他有女朋友了，也可以说是未婚妻。未婚妻是公交车上的售票员，条件远不如李小榴，所以他就更不能抛弃她。那小榴呢？谁爱谁都是自由，她天天找他，怎么办？再说，剥夺一个女生爱的权利是不道德的。"爱的权利"是十年"文革"的禁欲肃清之后，当时一篇小说的题目。光这四个字就够震撼人心。班里有人有半导体，放在宿舍书桌的中央，收音机里浑厚的男中音朗读着这篇小说，人人凝神屏气。

而李小榴也够得上是英勇无畏。的确！她像日本电影《追捕》里的真由美，蔑视人间乱七八糟的栅栏。这跟她是部队子弟的身份大概也不无关系。她以她特有的娃娃音说着电影中的一句著名台词："我是你的同谋！"一边把拐杖递给王劲风。很是有意思。

显然她周日回家去了，只有像明宇这样的外地学生还在学校里猫着。明宇心里一阵乱跳，突如其来的幸福感骤然涌上明宇的全身——她要帮王劲风缝被子了！缝被子，当然，她会，她愿意。在微微眩晕中她听见王劲风说：那过一会儿你就到楼顶平台去，在那儿缝！王劲风消失在走廊的那头。明宇开始找针线，她从来没有这些东西，自己缝被子是借同学的针，线是用商店里买的缝衣线，用双线缝。她老家不叫"缝"，叫"行"，把棉胎包在被面和被里中间，以行距大大的针脚固定起来。这边城市的同学是用一种专用的粗线，像细索一样，还用一种又粗又长的特大号钢针。城市生活处处不同，连行个被子都是特殊的。

找到了针线，又特意换了一条裤腿宽一点的裤子，这条裤子的裤型好，不像原来的那条，腿太瘦，看上去像个蚂蚱。她照了照镜子，把额头上的一绺头发弄下来变成刘海。她眼睛越发亮了——对镜子里的这个女生感到满意。

借来的针线装在一只扁扁的旧铁皮盒里，这盒子大概从前是装香烟的，上面有飞檐层叠的黄鹤楼图案。"昔人已乘黄鹤去，此地空余黄鹤楼。"明宇脑子里忽然冒出这两句古诗。唔，不如改成：小榴已乘公交去，此地空余……空余什么呢？空余大被子！明宇差点笑出声来。她带上门，脚步轻快，捏在手上的铁皮盒子似乎散发出某种微热，一直传到她的额头。她密着步子走过长长的走廊，像赴约会一样奔到了楼顶。

平台上没有王劲风，天阴着，灰色水泥的楼顶地面有些萧索。明宇心里一阵荒凉。她定了定神，看到十几米开外、靠近围栏矮墙处铺了一方草席，席子上胡乱堆着什么，班里年龄最小的男生正蹲在席子旁边探头探脑的。小男生从贵州农村考来，还不到十七岁，他不爱说话，还在长个，所有的裤腿都短着一截。

明宇这才明白，王劲风让她上来，是帮小男生缝被子。她却不甘心，吞吞吐吐之后凛然问道：那个、那个……王劲风呢？他叫我来缝被子，怎么不见人影？小男生很无辜地望着她：不知道啊，他可能叫别的女生去了，还有好几个男生的被子要缝呢。

从此罗明宇，她见了王劲风就总是眼睛看着别的地方。

过了两周，周六中午，在饭堂排队打饭的时候，王劲风排在她后面，他问：明宇，你明天有空吗？当着这么多人，明宇感到自己的脸顷刻热起来。她受惊似的瞪大眼睛看着王劲风，嘴里却不知说些什么。只听得他在头顶上方说道：我们明天一起去看电影吧。他说：让小榴叫上你一起去。他说……他的每句话都把她震得不轻，以至于，他后来还说了些什么她都没听清。

星期天，明宇要和王劲风、李小榴二人到汉阳看电影《蝴蝶梦》，这使明宇那点不快烟消云散。而且是《蝴蝶梦》，外国片，虽然不知道内容，但无疑，必定会好看！更何况和王劲风李小榴一道！至于这俩人为什么要带上她，她不愿分析这个，这个懵懂的人，她很多年后才听说了"电灯泡"这个词，一对恋人的活动夹着的第三人，她得看着那两个人的甜蜜而无动于衷，必要时还得充当掩护者和两人纠纷中的调解人，不过更多的时候她当个傻瓜就足够了。我们的明宇，她对自己充当的角色完全没有兴趣，令她大费脑筋的是王李两个人的关系。真是让人备感困惑啊！这个王，这个李。王说自己有女朋友，不，更正规，是未婚妻；但李却又爱王，两人同进同出。这种混乱的事情明宇想不清楚，她全班第二小，刚满十八岁。

小榴，明宇也是喜欢的。她仗义，喜助人，她的这些侠女气跟她奶声细气的娃娃音形成强烈反比，这使明宇更加觉得有趣了。小榴给班里弄过两次内部电影票，两次都留了一张给边远小镇来的明宇。她用她特有的娃娃腔叮嘱说：小明宇，你可别跟别人说啊，没几张票的啊。洪山礼堂你会去吗？要不要我带你？一次是日本电影《啊，海军》，一次是苏联大片《解放》。这一次，小榴的娃娃音也是那样压得低低的：我们十点就动身，到汉阳去，两点的电影。明宇一时觉得，乱麻又把她缠住了——为什么要到那么远的汉阳去呢，对她来说，武汉三镇，武昌、汉口、汉阳，光武昌就够大的了，再翻山越岭过大江到汉阳去，简直跟到另一个城市没什么两样！武昌这边也有电影院，洪山礼堂难道不放《蝴蝶梦》？下午两点电影，中午在哪儿吃饭？小榴没容她问七问八，一闪身就不见了。

十一月底，武汉终于也有些冷了，最低有零度，最高也只有十几度，天是蓝的，太阳照在身上令人愉快。三个人并排走在学校林荫道的缓坡上，阳光透过高大的悬铃木叶的缝隙落在三个人身上，圆圆的光斑旋生旋灭，美好得令明宇有些感动。王劲风走在最外面，他高大地挡着从身边擦过的自行车，下坡的车总是飞一样滑下来，有的男生还双手撒把，惊险得让女生吐舌头。小榴走在中间，明宇在最里头。小榴高个、长腿，她和王劲风步幅一致，总是没走一会儿，两人就把明宇落下了，总是小榴先停下来等她两步。看上去，明宇不但像一只十足的灯泡，还像一个流鼻涕的跟屁虫。虽然她没有鼻涕，但她个矮，辫子也梳得难看，硬是就像了拖着鼻涕的小孩子。

坐公共汽车，坐了一辆又换另一辆。过长江大桥了，一边是龟山，一边是蛇山，天高江阔，火车从大桥下层隆隆开过，江面上有两只轮船，烟囱喷着烟。太阳照在江面上，江水荡着许多金箔。明宇兴奋得嘴里发出咝咝声。

过了江就是汉阳。三个人下车，由小榴带路，她手里拿着一张纸条，看看纸条又看看街上的门牌号，嘴里嘀咕着。虽然生在武汉，其实汉阳她也没怎么来过。

他们走进了一片地形复杂的棚户区，高高低低的房子挤着，外墙肮脏，红砖裸露。路忽宽忽窄，窄的地方勉强能过两个人，说是路，实在像迷宫中的小道——支岔、拐弯处极多，路中间还有水坑，正赶上做饭时间，各个门口的炉子冒着烟，油烟气一阵一阵的，明宇闻到一阵腊肉的气味，她使劲吸了好几口，跟家乡腊肉一样的味道，她好久没闻到了。她听见自己肚子咕咕叫了起来。冷不防，正在洗衣服的人家往门口泼了一盆水，三个人的裤腿都被溅到了几处脏水。

电影院怎么会藏在这里？明宇忽然想起来问。她老家县城的电影院是在公园的旁边，门口是很开阔的。小榴笑道，不是啊，是先去刘铁阳家吃饭，再一起去看电影，电影院就在他家附近。

他们有些迷路了，两次路过了同一个地方——那处矮墙画着一只令人费解的鬼脸。问了人，却又感到越走越远。一条狗垂着尾巴跟在他们身后，人走它也走，人停它也停。明宇知道这种狗最要防着，她便边走边回头看这狗。而这狗是有些狡猾的，它越发挨紧了这个慌张的女生。明宇这样一边走一边扭头，不一会儿右下腹就疼了起来。小榴说，是走岔气了，歇会儿。三个人靠在裸露的砖墙上，听火车从不远处隆隆开过的声音，还有吹哨子的声音和重物撞击声。

后来他们穿过一条特别窄的墙缝，才总算找到刘家。刘铁阳正在门外伸着脖子使劲搓手，他咧着嘴，想说什么却又没有说出来。

刘家跟大多数棚户区人家一样，也是门口一小块空地上晒着几排蜂窝煤，干了之后也是垒在墙根下，上面再盖上一块脏兮兮的塑料布。也是临街放一只煤炉当街生火做饭，炉子上坐着一只砂锅，正冒着热气，明宇使劲闻了一大口，是莲藕骨头汤。

几人进了屋，屋子一下就有点挤挤挨挨的样子。进深很浅，一张方桌几乎顶到了门口。菜已经摆上，有腊肉炒红菜薹，一个珍珠丸子，一碟花生米，还有用大海碗装的炖莲藕。

刘家的女人进出几回，给每人盛了藕汤，之后她就在靠墙的一只矮凳坐下来。几个人跟她打招呼，她竟没有应声。刘铁汉说不用管，她耳朵一点都听不见的。女人也不上桌，在靠门的一只矮凳坐下来，找出一只线手套慢慢拆着，这种劳保手套是工厂发的，工人家庭谁都有，拆来织成衣服，很有用。明宇一气把热汤喝下去，肚子非但立即不疼了，且胃口大开，她像贪嘴的孩子猛猛夹菜，胳臂肘抬得老高。她的脸吃得红扑扑的，刘家的菜实在是——啊特别是那个红菜薹炒腊肉，同样是红菜薹，学校里大锅一煮，完全是猪食，刘家的红菜薹却炒得像另一个品种，紫红色的短茎一截一截亮晶晶的，既神气又端庄，仿佛有着深远的来历。腊肉虽然只有少少几片，却是肥瘦相间，肥的透明，瘦的深红，华丽而珍贵。

明宇很快吃饱了，这才扭头四处看。

这屋子看上去只有学校的半间宿舍那么大，或许经常停电，靠墙的一张旧条桌上放着一盏煤油灯，有一面旧镜子，是椭圆形的，宽宽的镶边上有凸起的云纹，很少见。最里面拉着一面蓝格子的布帘。屋子低矮，有阁楼，墙角有把活动的木梯子，用来上楼。刘家的女人一直坐在门边的矮凳上，盛汤添饭都由刘铁阳一人张罗。女人看上去只有三十多岁，皮肤白腻，眼睛细长细长的，额前别了一只白色的发卡，宛如白玉，形状有点像蝴蝶，又不太像，有一层包浆似的光泽，象牙白。整个人素净典雅，完全不像棚户区阶层。她是从哪里来的呢？

寻思间大家就都吃完了，似乎人人感到时间紧迫，谁也没有多费话，大家有些匆忙地，像一些饥饿状态的鱼，低着头，一个跟着一个出了刘家。

电影院令明宇失望，它甚至不叫电影院，而叫个工人俱乐部，跟所有会堂一样，前面有主席台兼舞台，台子上方有浮雕，中间是一轮太阳，四周长短相间的斜线代表太阳的光芒，太阳的左右都是葵花，一边五朵。舞台两侧的墙上是红色的宋体字，扁扁的，有些挤，一边是"大海航行靠舵手"，另一边"万物生长靠太阳"。没有任何细节能显示大城市气派之处。

四个人坐成了一排。明宇的左手边是小榴，右手边是刘铁阳。电影还没开始，明宇冲右边愣然说道：你妈妈真漂亮啊，她是干什么工作的？这边还没接上话，左边的小榴就捅捅明宇，凑近她耳边道：别乱打听好不好。

片刻，刘铁阳却答道：她是我小姨。

仿佛暗藏了机关，话音刚落，灯光就熄灭了，空间骤然浓缩在一片黑暗中，随即，脑后的一柱强光甸地打到了正前方的银幕上。这个小姨仿佛是不同凡响的。

而电影中的黑白画面如水浪般源源淌来——烧毁后的庄园，荒凉的路，黑白片，神秘而静穆。女主角，女主角的话外音响起：我再也没有回去过……明宇被这些遥远的、异国的画面所席卷，她不再想起刘家那位优雅的小姨。她在电影里看到一个叫吕蓓卡的女人，这个女人始终没有出现，她长长的风衣、口袋里手绢上的口红印、她坐在那里写信的桌椅、笔和纸，还有那个处处让人难堪的女管家，吕蓓卡在每个角落里浮动，她处在黑暗中。某种凝固的黑暗。

大学毕业，很多年过去，明宇和王劲风、刘铁阳他们再也没有联系。曾经听说，李小榴将近四十岁才结婚，在这之前的十多年，她靠王劲风的信过日子，每个星期六，王劲风的信如期而至，她把信随身带着，去饭堂打饭，去商店买东西。晚上，她慢慢看信，星期日，她的回信写好了，有很多页，之后她穿戴整齐，骑上自行车到邮局寄信，她单位的大门口不远就有一只邮筒，她不爱投到那儿，那像一个虚无的玩意儿——这种事只有二十世纪八十年代才会有吧。听说王劲风不断地给她介绍对象，十年之后，她终于接受了其中的一个。

奥运会那年的四月份，回校聚会，这是毕业二十多年后明宇第一次见到同班同学，不过当年的班长王劲风没有来，听说他生病住院了，在深圳。他八十年代末就去了南方，折腾得风生水起，又到美国去了几年，又回来，他累坏了。刘铁阳呢，也没有来，说是他家里有点事，他跟好几个同学都特意打了招呼。李小榴还是当年的娃娃音，她穿着黑衣服，端庄凝重，仿佛是某位权高者的遗孀。看见她，明宇骤然心惊。

叙旧，明宇说起当年三个人一起去汉阳看《蝴蝶梦》，小榴说，是啊。她想起了当年王劲风的样子，那时候，她说，那次其实是，刘铁阳其实是王劲风大学里最好的朋友你知道吗？啊，明宇不知道，她也不会观察，大学四年她基本没有成长，始终是个懵懂人。她听小榴说，那次其实是，王劲风想撮合你和刘铁阳，想让你们俩好，所以拉你一起去汉阳看电影，还特意到他家吃了顿饭。明宇突然记起了刘的小姨，那个皮肤白腻，眼睛细长细长的女人，她额前那只象牙白玉发卡，那层包浆似的光泽。他的小姨肯定不是一般人。明宇再一次叹道。

五月份，明宇接到手机短信，说王劲风去世，就在北京人民医院。遗体告别。事情突如其来，"五一"的时候还好好的，大家都以为不久就能出院。明宇坐地铁去，在医院外面和同学会齐，见到了二十多年没见的刘铁阳，他没去聚会原来是跟王劲风有关。告别室里黑压压的人极多，看上去都是从深圳来，男男女女衣着体面，虽是一水的黑色，却都质地优良剪裁讲究，有几款甚似高档礼服。明宇第一次见到王劲风的妻子，她大吃一惊，这位遗孀完全不像她想象中的公共汽车售票员的样子，她身材高挑气质娴雅，和她那修身的黑色裙服相得益彰。她端立在一个令人瞩目的位置，接受众人慰问，非常压得住场面。而且她显得那么年轻，简直不像是原配。同学说，就是她。这位当年的公共汽车售票员。她不但是售票员，她还是他们省重点中学的校花；不但是校花，她还是省委领导的女儿。所以。

所以，事情都是隐藏在背后的。

王劲风躺在白色的鲜花中。他胖了一点，跟当年已经不太一样了，如果在街上遇到，不会认出来。大学毕业的当年，那时候，明宇还在她的边远省份广西，王劲风和刘铁阳一起来南宁开会，三个人到南湖划船。因为王劲风，明宇特别兴奋，她把木桨拍得到处是水花，大笑不已，还大声告诉他们，岸上那棵特别高、树干灰色的树就是著名的木棉花树。后来明宇离开本专业，跟同学就再没有联系。

满大厅都是陌生面孔，每人一支白色玫瑰，是仪式主持方发给的。绕遗体一周，把鲜花放到他的身旁。明宇和李小榴排在一起，小榴步子滞重，脸上看不出悲伤，在遗孀跟前勉强握了握手，不发一言。告别之后两人越过人群，走到过道。小榴一下就靠倒在过道的墙上，她的脸扭着，哭了。明宇用一个别扭的姿势抱住小榴，她的身体跟这个她使劲抱住的身体一起抽动起来，她感到自己是那样悲伤，泪水涌出。而小榴也唔唔地小声哭出声来，紧硬的身体也随之变得舒缓一些。

又过了五年，离大学毕业过去了整整三十年。已经五十多岁的罗明宇到深圳看望在那儿工作的女儿，她已经提前退休，平日无事可做，有时候她会到图书馆翻翻报纸杂志。有一天，在图书馆阅览室里她遇见了刘铁阳。

铁阳多年前就跟着王劲风到深圳来了，一直没结婚，当然也没有孩子，现在是他在照顾王的妻子。他们在阅览室的角落里聊了一会儿。那时候真年轻啊，什么事情都是懵懂的。她回想起从高天阔江到杂乱逼仄的棚户区那种明明暗暗的印象，狗、水坑、腊肉红菜薹、那把有宽边花纹的椭圆镜子、蓝色格子的布帘、墙角的木梯子,一个女人洁白的脸庞从这片幽暗中浮出,她眼睛细长,额头上别着一只象牙白玉发卡,她为什么始终没有说话?她从前是干什么的……

她问起这位小姨。刘铁阳沉吟良久,说,她这一辈子啊,你是不可能想象的。再次沉吟之后他又补了一句:我这一辈子,你也是不可想象的。明宇殷切地望着他,他却没往下说什么。明宇睁睁地看着这一珍贵的话题沉沉地坠入无边的黑暗中,如同一串珠宝掉进河里,你再也捞不起来了。刘铁阳最后只是说,姨一直跟他在深圳,两年前去世了。

《上海文学》2015年第2期

评鉴与感悟

雪泥鸿爪,人生况味

林白,中国当代女性主义文学的重要作家之一,十九岁即开始写诗,一九八九年以中篇小说《同心爱者不能分手》在文坛引起关注,此后便相继发表了大量女性题材的作品。诗人的身份和独特的女性视角,使林白的小说具有明显的诗化倾向。细腻、灵动、诗化的语言,使她"几乎独创了一个男性作家无法染指的女性语言王国"。其小说结构超越了传统小说的结构框架,行文散漫自由,加上内心独白式的叙事模式,在时空设置上通常较为松散,故事被消解,情节几乎被完全取缔。小说中的事件往往是一些零星的碎片,散点式的细节,缺乏一望即知的条理性和逻辑性。

《汉阳的蝴蝶》也是如此,发散性的结构,叙述中没有一个完整的故事支撑,只有很多像自由蔓延的枝藤一般的小故事,各自独立着。小说中写到明宇和王劲风、李小榴去汉阳看电影,在刘铁阳家见到那个美丽的小姨,小榴喜欢王劲风却没有和他结婚,王劲风的售票员未婚妻以及最后王劲风的死……叙事者所忆及的每一个事件,几乎都是回忆性散文的片段,似乎哪部分缺席都不会牵扯到文章整体的神经。但不管它们在表面上怎么无向伸展,深层意蕴却把它们集结成一个有机的整体,指向内在的同一主题,即表现命运的不可捉摸和人到中年的人生况味。小说中的四个人命运曲曲折折、兜兜转转、分分合合、生生死死，林白用一种缥缈清淡的情绪来书写人生这一沉重的主题，产生举重若轻的艺术效果。

林白以其悲悯情怀"执着地品尝人生况味"，把叙事的触角伸展到人物命运的内核，触摸到人物生命内层的脉动和心灵深处的战栗；以对人性最富敏感和深邃的理解力，表现了内在人性的复杂和丰富，展示了人性范畴内的生命内容。比如明宇和同学们一直以为王劲风拒绝条件好的李小榴而对自己的售票员未婚妻不离不弃，是因为王劲风对未婚妻的痴情和专一。可是，多年以后才知道王劲风的妻子不单单是售票员还是省重点中学的校花，不单单是校花还是省领导的女儿。正像小说中一句话：事情都是隐藏在背后的。文中还有多处这样的描写，刘铁阳小姨的一生、包括刘铁阳的一生都是我们无法想象的。林白正是用这样的书写表现人的生命与不可把握的命运之间的纠缠，书写人性的丰富性和复杂性。

林白在小说中非常擅长创设一个独特而富有诗情画意的场景，来烘托小说中人物形象的独特个性和气质，衬托人物的心理活动。"天是蓝的，太阳照在身上令人愉快。三个人并排走在学校林荫道的缓坡上，阳光透过高大的悬铃木叶的缝隙落在三个人身上，圆圆的光斑旋生旋灭，美好得令明宇有些感动。"作者用蓝天、白云、悬铃木叶、旋生旋灭的光斑为读者营造了一个充满诗情画意的氛围，衬出少女时代的明宇易感的情绪，也显见出作者运用诗化技巧的艺术才能。（郭晓）

不见

/ 葛亮

她再遇到他，是一个黄昏。

她下了72路公交车，走向街心广场。广场上响着喜洋洋的音乐。一群半老的女人，穿着艳丽的练功服，喜气洋洋地扭动，扭得豪气干云。杜雨洁头脑里突然出现了一个词，"中国大妈"。据说这个词，就要被收入"牛津英语词典"了。和去年四月的旧闻相关，"高盛退出做空黄金，中国大妈完胜华尔街大鳄"。虽然情势急转直下，但是大妈们仍是士气高昂的模样，"输钱不输阵"，令全球瞠目。

在《最炫民族风》豪迈的节奏中，杜雨洁看见了自己的母亲。母亲的步伐显然还有些跟不上趟，又担心周遭的人发现自己的笨拙，神情未免有些恓惶。她的衣服是新的，也鲜亮一些。腰上的飘带过于长了，衬得她的身形更为瘦弱。当她扬起脸的瞬间，杜雨洁将头低了下去。她不想让母亲看见自己。她并没有停下步伐，却不小心撞到了一个人。撞得猛了，一副眼镜掉在了地上。她嘴里忙不迭地说"对不起"，蹲下去捡那眼镜。男人用身体支住未停好的自行车，从她手里接过眼镜，摸索着戴上。

杜雨洁却愣住了，说，聂老师。男人看了看她，也有些意外，杜，杜小姐。真巧。杜雨洁想一想说，真巧。您怎么在这儿?

男人用中指将眼镜在鼻梁上顶了顶，说，我，我找找灵感。

在这儿找灵感？杜雨洁脱口而出。

说出来，两个人都有些尴尬。男人终于使劲握了握自行车的把手，说，我先走了。

他垂下了脸。杜雨洁看到他微秃的头上，一块浅红色的头皮，有一些细幼的头发覆盖着。男人的肩膀挺了一下，让自己的姿势不那么僵硬，慢慢地走远了。杜雨洁想，他应该是意识到自己在看他了。

杜雨洁回了家。母亲已经回来了，手里拎着一篮菜。自从退休后，她坚决地将小阿姨辞掉了。理由是，以后要由她来掌管家里的起居用度，说不想就此成为一个无用的人。

跟外面又磨蹭了好一会儿，还是撞上了母亲在厨房里劳作的情景。在母亲的强迫下，她只能选择袖手旁观。这在杜雨洁看来，简直是种罪恶。但是，母亲说，君子远庖厨。有工作的人，无分男女，都是君子。她要将自己迅速嵌合进一个家庭主妇的角色。

几十年大学的教学生涯，让母亲觉出了人生尘埃落定的意味。她略带兴奋地投入了另一种开始。杜雨洁看着她戴着老花镜，将一颗香菇放到鼻子边上，闻一闻。然后有些笨拙地掰开了刚刚洗好的西芹，放了了案板上。杜雨洁几乎起了身，她想母亲还未准备好，如何处理这么庞大的蔬菜。但是，她终于忍住了。她知道，或许母亲更需要的，是鼓励。

这时候，她不由自主地望了一眼父亲的遗像。父亲烧得一手好菜，宠坏了母亲，却教会了她。她知道，父亲是欣赏她身上某种来自于遗传的粗粝劲儿。母亲的存在，只与诗词与歌剧相关。父亲对母亲的影响，也是如此的形而上。她第一次陪着母亲去买菜，在退休后那个秋天的午后。母亲在一个摊档上，精心地挑选了西红柿、西兰花和茄子。然后很客气地对档主说，麻烦你将这些菜的价钱"Σ"一下。这个中年男人茫然地望着她。他抬抬手，望着这个头发梳得一丝不苟的微笑的大妈，犹豫地说，那你，买是不买？母亲镇定地说，买，我挑了这么久，请你"Σ"一下。她在旁边，终于抢过话头，这些菜，一总多少钱？说完这些，她迅速地付了钱，拉着母亲离开了。这一路上，母亲没有再说话。她看到母亲微红着脸，眼睛里是难以形容的黯然。她想起，"Σ"是做数学教授的父亲最喜欢用的一个词。"听说香港一个奥运冠军，说培养一个小孩长大，用掉的钱

"Σ"有四百万""扩招得也太离谱了,今年的名额"Σ"起来,是去年的两倍都不止"。这个词被父亲用得自如而入世,怎么换到了母亲身上,就笨拙了。

母亲终于做好了两个菜,一个汤。给杜雨洁盛了一碗饭。还好,米没有夹生。母亲在菜里翻了一下,撷起一块香菇,放在女儿的碗里。杜雨洁笑了笑,嚼一口,就听到嘴里发出碎裂的声音。是个小石子硌了牙。香菇里的泥沙没淘洗干净。她本能地想吐出来,可看到母亲那期待的眼神,便一狠心,咽了下去。她对母亲报以一个微笑,说,真好吃。母亲脸上便露出松心的笑容,说,你还别说,我把这菜谱研究了老半天,就是琢磨不透这"少许"究竟是多少,下个胡椒粉心里都抖活。杜雨洁说,妈,这就是个经验。您说您教课教了这么久,"一片孤城万仞山""白发三千丈",不都是个虚指吗,差不离就行了。

母亲说,真是除了教课,我啥都不会。今天去跳那广场舞,就数我笨了。混在一群老太太中间,怎么都跟不上,我也真不喜欢那曲子,吵得脑仁都疼。杜雨洁将一块炒老的咕噜肉,使劲地咬下一块,说,上回给您报个书法班,您不是嫌那老师写得还没您好不是?您腰椎不好,多活动活动有好处。谁也不认识谁,就搭个伴儿锻炼身体。母亲就放下碗,低了头。半晌,声音突然有些哽咽,说,我就想和你父亲搭个伴,他不是一走了之,不要我了吗?

杜雨洁一边安慰母亲,一边知道自己又说错了话。想不说错也难,千兜万转,母亲总是能兜到这一块来。说到广场舞,一忽悠儿地,她竟又想起傍晚撞见的那个人,不免有些分神。母亲这说了老半天,竟全都没听进去。直到问她,怎么了。她才笑一笑,宽慰老人家,说自己好得很。

杜雨洁和聂传庆认识,实在是个偶然。那天她拜访一个熟人,去了临近的小区。出来的时候,远远地,看见几个保安在推搡一个人。她本不是个多事的,但那天不知怎么回事,竟然就走过去。和保安发生争执的,是个中年的男人。样貌原是本分的,但因为脸色此时通红,有些扭曲。穿着件洗得发白的灰色衬衫,在拉扯间,领口的扣子已经崩掉了。一个保安揪着他的领子,他用力要挣脱,肩膀便暴露出来,白惨惨的。他看见了杜雨洁，似乎突然觉得难堪，停止了动作，只是不间断地问，你们到底要干什么。

好像动作激烈的哑剧。杜雨洁拿掉耳机，问保安，怎么回事。因为是这个小区的老住户，保安们都认识她，也就很客气地说，杜小姐，这个人，在我们小区贴小单张，贴得满墙都是。上次就被人投诉，抓到一次，说了又不听，又来贴。我们不抓他，住户们就又要骂我们，说我们收了管理费不干事。我们冤不冤。

杜雨洁捡起地上的一张单张。印刷质量不太好，字却还看得清。写着：聂老师，钢琴演奏考级，七至十四岁，上门教学，风雨无阻。在单张的下方，是个很夸张的爆炸样的图框，里面是墨黑的美术字：为您打造未来之星，超越郎朗，傲视云迪。然后是一串手机号码。

杜雨洁拨了这个号码。有声音从男人的腰间传来，是德彪西的《月光曲》。循着声音，杜雨洁看见男人的西裤上，有一块油渍。她挂了线，对保安队长说，我认识这个人，让他走吧。

队长迷惑地看她一眼，说，杜小姐，他可不是第一次了，下次又来，跟个狗皮膏药似的。杜雨洁打断他，说，我认识他。谁也有个没办法的时候，我劝劝他。如果再犯，你们就找我。

保安走了。男人躬下腰，将地上的单张捡起来。一阵小风吹过来，有一张被吹到绿化带的冬青树上。杜雨洁从树枝上取下来，递给他。男人没有抬头，接过来，塞到口袋里。

他走了两步，扶起一辆漆色斑驳的自行车，将车龙头正了正。

"聂老师。"杜雨洁唤他。大概是本能的反应，男人"嗯"了一下，转过头。她看见他青白的脸上恍惚了一下。然后，他说，你真的认识我？声音是很厚实的男中音。

杜雨洁扬了一下手里的单张，你不谢谢我？

男人明白过来，叹了一口气，说，斯文扫地，斯文扫地。

杜雨洁这才注意到他的自行车是女式的。在靠近龙头的位置上，缀着一个Hello Kitty的绒毛玩具，也已经很肮脏了。杜雨洁说，你为什么老到这个小区来？

他想一想回答她，他们说，在这个小区住的人，平均素质比较高。

他们？他们是谁？

他没有再说话，对她点点头，慢慢地推着车子，走了。身形有些佝偻。在临近大门口的时候，才上了车，蹬了几蹬远远地不见了。

晚上的时候，杜雨洁听到手机响了一下，看到一条短信：萍水相逢，谢谢你。

她笑一笑。母亲问她，笑什么，谁的？

她摇摇头，将手边的美剧看完。然后将电话拨回去。对方的声音有些紧张。她说，我有个朋友，在给孩子找钢琴老师。小学三年级，有二级的基础了。你给她打个电话吧，号码我发到你手机上去。

对面沉默了很久。在她准备挂断时，声音传过来，你为什么帮我？

杜雨洁说，喜欢音乐的，不会是太坏的人。

这话是父亲说的。想到这里，杜雨洁起身，帮母亲收拾了碗筷。

待收拾好了，陪母亲坐下。母亲正襟危坐在酸枝椅子上。她不喜欢坐沙发，因为腰椎间盘突出，要坐硬的。

杜雨洁说，我去给你泡杯龙井。新出的雨前茶，陈叔叔送来的。

母亲没吱声，只喃喃地说，又有人丢了，这是什么世道，老是有人丢了。

她回过头，看电视上有张照片一闪，是张年轻的面庞。很快便切换了画面。某个城郊的豆腐渣工程曝光，工程负责人一脸的恶形恶状。

杜雨洁接受图书馆的这份工作，算是两代人意愿的折中。那年高考落败，她就没打算再复读。毕竟她从来没将心思放在读书上。依她年轻时的性格，很想与更多的人打交道。自己去应聘了一家涉外酒店的前台，录取了，父母却终究不让她去。

最终还是父亲托了个老熟人，让她做了市立图书馆的管理员。毕竟是两个教授的女儿，不能"腹有诗书气自华"，天天能有油墨味道熏一熏也是好的。刚去的时候，真是觉得闷。那个时候，馆藏还没有计算机联网。一天里，倒有半天整理图书卡片。要不，就一头埋在"过刊部"的故纸堆里去。有一日，眼看着一只书鱼从本民国的旧杂志《紫罗兰》里钻了出来。她一个激灵，一抬手将它拍死在杂志上。青绿色的污迹印在发黄的纸页上。她心里泛起一阵恶心，左右望一望，用张纸巾擦掉了。

"户枢不蠹"的道理她是懂的。她似乎从这本杂志看到了自己前程的惨淡。心一横,决定改变,就主动要求调到柜台"借还处"。长期以来,借还处都是给职员轮班,或者磨炼新人的部门。放弃了份轻松的工作,到了这么个偷不得懒的地方,在旁人看来,有些不智,但杜雨洁乐在其中。看来来往往的,都是素不相识的人,真真假假地聊上几句,也可以打发大半的时光。渐渐的,也有了常客。一个穿着校服的高中男生,总是借各种推理小说,从横沟正史,到铁伊,劳伦斯·布洛克。他并不怎么说话,只是将书轻轻放在柜台上。办好了手续,会说一句谢谢。自己的脸先红起来,脸颊上的青春痘也成了赤红的颜色。还有一个女孩子,则很健谈。人少的时候,她就会说上许久。她是附近一家餐厅的红案配菜员。话题总是离不开厨师之间的龃龉,餐饮界互挖墙脚导致的异动。这些事情,在她的口中并不像是杯水风波,总是有些人生苍凉的意味。"到头来还不是……"这是她的口头禅。她爱借的书,是琼瑶和张小娴的小说。后来竟是全套的张爱玲。有一次,还来的一本《十八春》封面上有了油斑,另一个管理员小张就要她赔偿,小姑娘这才没有了往日的神气。杜雨洁就将同事敷衍了过去,这事就算了。女孩因此与她有了更好的交情。还有一个,是个退休的工程师,一口的烟台腔。他借的书也奇怪,多是些小县城的"地方志"或者是偏门极了的明清笔记。像是《白下琐言》《客座赘语》什么的。经常为了给他找书,要费去许多周章。书还回来的时候,往往会包着玻璃纸的书封。问起来,他便说,书是好书,别可惜了。说完这句,他看杜雨洁一眼,说,闺女,你是个好人。

这天老人走了,旁边的同事小张就说,老头的眼神,不大规矩。杜雨洁就说,你这孩子,他年纪都够做你爷爷了。

小张是个九〇后,本科读的是信息管理专业。大学扩招了几轮,毕业以后工作越发不好找,家里就想办法给她安插到了这里。不要动什么脑子,也好一边准备考研。这姑娘是有些生冷的性格,这来了一年,才和杜雨洁算熟识了些。虽然整天埋着头,却也并没有看什么考试的数据,只是盯着手机和iPad。电话一响,就跑到后面房间里去,打上一个小时才出来。好在杜雨洁厚道,从来不说她。总算暖了姑娘的心,能说上些体己的话。

这孩子,最近也有了烦心的事。和男朋友好好地谈着恋爱,原本是有长远的打算，一次不留神，竟怀了孕。原本九〇后们并不当一回事，说是要拿掉。临到医院，小张突然改变了主意，决定生下来。就从家里偷了户口本，跟男孩儿领了结婚证。两个人就要住到一起去，说是要"裸婚"。男孩儿家里只有个姐姐，人在国外，倒无所谓，电汇了二十万的礼金来。可姑娘家里知道了，闹翻了天，说都找不到地方搁脸。

杜雨洁就说，张儿，你也得体谅下家里头。家里就你一个，养了女儿这么大，不就盼着风光这么一回？

小张就很不屑地说，杜姐，你以为我想"裸婚"，还不是一帮老头老太太难伺候。你都不知道，现在的九〇后有多难。个个月光族，这婚谁结得起。可到他们那儿，裸了不花他们一个子儿，说我们不孝顺；不裸又说我们啃老。进退两难。我妈那点儿小九九，谁又不晓得。那么多年随出去的份子钱，她不要收回来吗？我就是她的人生成本，可她不懂这是个机会成本。人生只赢不输，投资无风险，哪有这么好的事。

杜雨洁想一想说，办婚礼说是个形式，可你想，也是对结婚双方的考验。要走一辈子的事，能多考验一次都是好的。

小张就说，所以我这辈子，算是捐进去了。杜姐，还是你好。自己一辈子，就该要自己掌握。

听她说得老气横秋，杜雨洁忽然有些后悔那次和她短暂的交心。也是在那次交心之后，她知道自己正属于网络上常说的"剩女"这类人。十年前失败的恋爱，她的自尊心变得十分坚硬，现在可以坦然地接受自己被剩下来。

这时，有人捧着一摞书走向杜雨洁。她们停止了谈话。小张又低下头看她的手机。突然"啊"了一声。

待人走了。杜雨洁问她，怎么了。

小张看她一眼，说，副市长的女儿，鞋找到了，在卫西的城墙根儿底下。

副市长的女儿？

是啊。都失踪了九天了。小张把手机放在她眼前。微信新闻里头有张图片，是张年轻女子的照片。不漂亮，但是面相安静。她不知为什么，觉得似曾相识。想了一会儿，记起来了，母亲看电视说丢了的，正是这么个人。

聂传庆来找杜雨洁的那天，天气晴好。

因为是中午，并没有什么人来。馆里未免有些冷清。杜雨洁立在柜台前，看一束阳光打在窗口的杜鹃上。光柱里有细细的尘土飞舞，起伏。微风吹过，灰尘便更动了方向，忽疾忽缓地旋转，看得她有些入神。一条洋辣子扭动着身体，拖着丝从槐树上落了下来。杜雨洁皱了一下眉头。

这时候，有一只手伸过来，小心翼翼地，递过来两本书，一本是《中国交响乐团史》，一本是巴赫的《十二平均律曲集》，都是没什么人看的书。杜雨洁接过来，头也没抬，用探头扫了一下，说，过期三天，请交罚款六元。那只手便递过来十块钱，杜雨洁找了四块。四枚硬币摆在台面上，脆生生地响。

是我。

杜雨洁听见很黏滞的男人声音，好像从喉管深处发出来。她抬起头，看见聂传庆半低着头。稀薄的头发，因为汗水，有一两绺正搭在了额头上。

聂老师？杜雨洁方才漠然的表情，还没有调整好。

聂传庆倒是先开了口：那天匆忙，没顾上打招呼。早就该说，要谢谢你的。那孩子，果然是很灵。过了夏就能考五级了。

杜雨洁愣一愣神，说，小事儿，不客气。

男人似乎突然意识到，自己说了太多的话。他的嘴唇动了一动，脸上露出羞惭的神色。他对杜雨洁点一点头，转过身，慢慢地走了。

杜雨洁看着他的背影，有些佝偻。走出门外，忽然被猛烈的阳光模糊了轮廓，成了瘦而细长的人形。不知为什么，她叹了一口气。《十二平均律曲集》上印着巴赫的肖像，饱满的假发底下，是一张同样饱满的脸。然而眼睛，却不知给谁用蓝黑的墨水涂了瞳仁，阴森森地从眼眶中浮凸出来。

回到家里，看着母亲抱着紫砂壶在看京戏。电视里头，是一出《锁麟囊》。母亲和父亲生前一向喜好不同。母亲偏爱程派，喜欢清冷。在杜雨洁听来，总是有一股说不上来的凉意，凄惨惨的。

听到她的声音，母亲昂了一下头，眼睛又回到屏幕上，说，这个张火丁，唱得好是好，可总觉得还欠点什么。说完，将花镜取下来，说要给她热饭。杜雨洁说，妈你坐着，我自己来。

母亲便又坐定,说,阳台上有一煲绿豆汤,正凉着,先喝了再吃饭。这天热得人都不想动。

杜雨洁就盛了一碗绿豆汤。喝了一口,停一停,又喝上一口。这段时间,母亲的厨艺是飞速地进步。早已过了煮茶叶蛋,壳都没敲开就下锅的阶段。可是,这煲绿豆汤,未免太好喝了。杜雨洁舀起一勺,看豆糜糯糯地流淌下来,竟然还有一粒粒的桂花,落到了碗里头。

你陈叔叔来过了。煲了绿豆汤,还给你斩了一碗海带丝,在冰箱里,你自己淋点麻油和醋。母亲安静地说,并没有回头。

舞台上的薛湘灵,正唱道:怕流水年华春去渺,一样心情别样娇。不是我无故寻烦恼,如意珠儿手未操,啊,手未操。

杜雨洁想,陈叔叔最近是来得勤了些。他每来一次,这家里就有些不一样。尽管这不一样都是很微小的。她也知道,因为微小,母亲才会一点点地接受。

父亲是重庆人,家里的菜,总好放上一把辣椒,点上一点辣油。父亲走后,辣椒与辣油吃完了,她与母亲都没有再买。母女俩似乎达成了某种共识,要留着这个味觉的缺口。在她是怕母亲睹物思人,母亲却恰恰用这缺口提醒自己,折磨自己。这样持续了两年。

陈叔叔是无锡人,他每来一次,就在菜里悄悄放上小半勺糖,下次便又放多了一些。不会很多,是食疗原则允许的范畴。就如同绿豆汤里的甜桂花,不多,但甜得恰到好处。

陈叔叔与父亲是不一样的人。从大学一个系读书,从同学到同事,不一样了几十年。父亲退休前,已经不在院长的位置上,但依然是威风八面,到处给人做讲座。陈叔叔退休前,却早早地做下了安排,连欢送会都没有参加,一个人跑去了西藏云游。再回来,是一张酱紫色的脸。他说把老伴儿的骨灰,一半撒在了大昭寺,一半撒在了阿里。

父亲去世的前一个月,自己心里清楚如明镜。同事来看他,他谈笑风生。周围的人,都有些不落忍,说,老院长,我们走了,您多休息。父亲说,往后的几十年,有的是时间休息。这时陈叔叔走进来,坐在父亲床跟前。父亲的脸色却肃穆下来,悄悄捉住他的手,说,你要多照顾着些。

杜雨洁吃完了饭，电视里播地方新闻。正是"领导很忙"的段落。杜雨洁看到了那个最年轻的副市长，形容憔悴。母亲说，你看，这差事可是我们老百姓能做的？丢了个闺女，还要在电视上强打精神，表演给众人看。

杜雨洁说，有两个星期了吧。

母亲说，何止，半个多月了。

杜雨洁便说，也不知还找不找得到了。

母亲说，报上说，都找到安徽去了。我看是找不到了。

杜雨洁沉默了一下，说，也难说。美国有个人，丢了十二年，还找到了呢。

母亲愣一愣，口气硬了些：我看找不到。这么久，活不见人，死不见尸，你说还找得到吗？

七月初，小张终于还是向家里妥协，办了婚礼。杜雨洁去了。看得出，这婚礼是往好里办的。小张父母看上去，都是很老实的人。脸上写着些小市民的随遇而安和逢迎，都是在这城市里大半辈子练就的。新郎看上去有些木，却也是好孩子，只懂笑着说"欢迎"之类的话。男家没有人来，寥落的几个亲戚，他就显得有些势单力薄。小张便放下新娘子的矜持，紧紧地依着他，怕他被人忽略了似的。小张放弃了旗袍，因为担心显了身形。但其实她是有些丰腴的姑娘，这个顾虑是多余了。穿了身新娘套装，倒实在地显出了老来，像个精干的妇人的样子。

到了婚礼中间，该闹的闹了，该哭的也哭了，新娘便扶着新郎挨桌敬酒。到了杜雨洁这一桌，小张一把拉住她，说，杜姐，你知道我现在最大的愿望是什么？

不等杜雨洁回应，她便说，我最大的愿望，就是参加杜姐你的婚礼。

杜雨洁的笑，在脸上僵住了。一桌都是同事，众目睽睽。她终于好脾气地说，张儿，你只管等，猴年马月的事了。

小张捉住她的手：我看未必，那个叔叔，一个星期来四趟。

杜雨洁心里动了一下，看着女孩的眼睛，将手里的酒，一饮而尽。

聂传庆一个星期，跑图书馆四趟。借书，还书，再借书，再还书。借的都是很老的曲谱，肖邦的《夜曲集》封底，卡着图书馆革委会通红的印章。还书，书搁在柜台上，却什么话也不说，呆呆地一声"谢谢"，便走了。

有一次，来了，却说一本书丢了。杜雨洁说，那要赔偿了。就查原价，算折旧，算出版年限。弄了老半天，一来一去，倒说了不少的话。终于算出来，原本几角钱的书，赔出了几百倍的价格。聂传庆赔了钱，人却没有走。杜雨洁便说，以后小心一些，不要再丢了。倒也不完全是钱的问题，"文革"以后，这馆里的老版书少了许多。丢一本，少一本了。

聂传庆点一点头，将已经卷上去的衬衫袖子又放下来。扣好袖子上的扣子，这才走了。

直到有一天，本来一切如常。人走了。聂传庆却回过头，看她一眼，不甘心似的。小张就老谋深算地说，姐，叔叔今天有情况。

杜雨洁看他走出去，没过几分钟，手机响了。他发来的短信：想请你吃个饭，谢谢你。

杜雨洁迟疑了，回了他一条：谢什么！

手机又响了一下，发来了三个字：要谢的。

杜雨洁就笑了。她几乎可以想象，聂传庆打出这三个字时脸上的神情。

晚上，杜雨洁洗了澡出来，听到手机响。她一边擦着头发，打开手机，手却停住了，任一滴水沿着发梢湿漉漉地滴下来。聂传庆发过来的地址，是这城市最有历史的一间西餐厅。

她写了一条，踌躇间，删掉了。想一想，发了一条过去。语气有些直截了当：换个地方。你是用钱的时候。

她迅速收到了回复：就这间！

她的眼睛愣愣地盯着这个惊叹号，心里动一动。外面远远传来一些胡琴的声音，断断续续地传进她的耳朵里。仿佛来自初学的人。先是有些胆怯的，拉了几个音，絮语一般，仍然划破了这夏夜的宁静。渐渐勇敢了些，拉成调了。不好听，但仍然有些期艾的味道在其中。这时，不知哪一家厨房里，发出"哧啦"一声，是热油下锅，一阵翻炒。热闹之后，胡琴的声音，完全听不见了。

杜雨洁突然站起来，打开衣橱，却也瞥见镜子里的自己。齐膝的睡衣，领口上的一道线，曲曲折折地耷拉下来，有些丧气似的。她将衣橱里的衣服都翻找出来，摊在床上，翻来看去，又一件件地往身上比。终于一叠一堆地搁在一旁去，难免没有惆怅。倒不是因为挑不出，而是，稍入眼些的，背后都有一段回忆。这些回忆是她自己攒下的。就像手里一件重磅真丝的衬衫，里面还镶着宽大的垫肩，是很陈旧了，也已不合时宜，但质地却是好的。她便留下来，舍不得丢掉。

她看一看，想一想，终于还是在心里放弃。站起来，去卫生间刷牙。再回来，却看见母亲幽灵似的，从自己房间走出来，面无表情。

她就看见床上搁着一件孔雀蓝的旗袍。她认识，是母亲预备和父亲结婚周年纪念时穿的。荣泰祥做的，慢工出细活。订下了，父亲却病了，走得急。竟恰是在丧礼后的那个星期给送来了。

她将旗袍捡起来，捧在手里，抚摸一下。织锦缎如同皮肤一般滑腻，一撒手，便如同在手指间流淌。她一只只地打开琵琶扣，很慢，如同仪式。然后慢慢地穿上。待整理好了，再看镜子里的自己，有些吃惊。她与母亲的身材相仿，倒是她更丰腴些。这旗袍出自名家之手，是懂得扬长避短的，便为她遮蔽去了许多岁月的痕迹，有了玲珑之感，看得她竟有些恍惚。她将手放在自己胸前，禁不住托了一下。有些心悸，额头上竟出了一层薄汗。她呆呆地坐在床上，一刹那便站起来，怕旗袍起了褶皱。她知道自己，不是将它当衣服来看待。无知觉间，这已然是她的画皮。

第二日周末的黄昏，她穿了这旗袍出门。母亲将花镜取下来，瞥她一眼，摘掉了一朵韭菜花，很安静地说，你是长久没有对自己认真过了。

杜雨洁走进"锦添"西餐厅，远远地已看见聂传庆。她看这男人稀薄的头发，用发蜡码得整齐，散发着浅浅的光泽。聂传庆起身，给她拉开座椅。原来他竟穿了一件燕尾服。

这隆重的装束并不合身，袖子有些长。衣领上有清晰的纹路，是未熨烫好的折痕。点了菜，又叫了一支红酒。他合上了菜单，看她盯着自己，便略有些不自在地说，衣服是我父亲的，他的身量比我大。

杜雨洁连忙收敛了目光，问道，老人家高寿？

聂传庆说，九年前去世了。他以前是市西乐团的指挥。这件衣服还是他在德国留学时买的。

杜雨洁便笑说，这么说来，是一件文物了。

男人未领会她的幽默，反而正色看她，说，你的衣服很好看。

她本想自嘲，这件旗袍也出自家传。但终究没有开口，反而有些矜持地让自己坐得更端正些。

起初，两个人无非聊些日常的话题，天气时事之类。终于聊起他的工作，他便连忙举起酒杯，向她道谢。

他说，因为她介绍的那个学生，为他带来了口碑，现在已经有三个孩子跟他学琴。有一个初中的学生，最近还在省里举办的比赛上，拿了银奖。

杜雨洁便恭喜他，一边问，教这么多学生，没有什么困难吧？

聂传庆愣一愣，脸突然一点点地红了，口中嗫嚅道，我怎么会有困难，我教得很好的。

她知道他误会了，以为质疑他的能力，便说，这毕竟是个副业。

聂传庆沉默，然后将杯中的红酒底子喝掉了。他轻轻说，我就快转正了，在一个中学。

杜雨洁觉出了一点尴尬，好像自己在刺探什么。她的目光就有些游离，看见邻桌的一对老夫妇，正襟危坐，小声议论今天的头盘，似乎味道牵强。一个单身的年轻男人，正在看菜单，与女侍者的谈话间，眼神流露暧昧。

我离婚了。聂传庆说。

这句话对她而言，十分突兀。她几乎不安。虽则彼此进入了微醺的状态，但她还是警惕了一下。杜雨洁想，她需要摆出一个得体的姿态，这或许是倾听的开始。

他没有在意她的反应，继续说，所以，我需要钱，我要把我儿子的抚养权，从我前妻那里争回来。

他说这些时，并没有一丝情绪起伏。神态十分松弛，仿佛在说别人的事情。

但是，一些空白还在他们之间出现了。大约因为中国人所笃信的礼尚往来，杜雨洁评估着他的期待。她迅速地整理这近四十年的人生，看有没有一些无伤大雅的内容可以分享。

这时候，聂传庆对侍者招了下手，然后轻轻对他耳语。

一个小提琴手出现在他们面前，浅浅地对她鞠一躬，然后开始了演奏。音乐响起来，是《勃兰登堡协奏曲一号》。她想，他果然很喜欢巴赫，一如她的父亲。这声音，让许多人静止了手中的事情。老夫妇，年轻的男子。这首曲子不是很适合在西餐厅中出现，如此的明亮，先声夺人地喧哗，将众人的耳朵叫醒了。

她笑了，心下一片轻快。她在音乐中全身而退，不禁对他刮目相看。

他们开始约会。

大约因年纪的缘故，他们的约会，并没有十分的理直气壮。这一点，彼此之间有些难堪的共识。往往，他们选择的场合，也不具备显然的恋爱质地。甚至，他们为了简化在这过程中交流的必要，不自觉地走向形而上的道路。

因此，有时两人约定了去听音乐会。聂传庆先坐定了。直到开场前，杜雨洁才姗姗地来到。一直到中场休息，未有任何对话。或许第一句话是，那个吹单簧管的，简直没有吃饱。又比如，拉赫曼尼诺夫，哪里是人人弹的。有时，去看画展。两个人都不太懂画。往往在一幅作品面前驻足很久，心里都露着怯，但就是谁也不说话。有一次，逢着一个香港画家的个展开幕。他们站在熙攘交际的人们中间，手足无措。他额头冒着汗，一杯接一杯地喝免费的雪莉酒，突然不知哪里来的勇气，带着她从人群中杀出一条血路，走到外面去。两个人站在大街上，舒了一口气。面面相觑，她突然大笑起来，同时问道，我们在干什么？

他们两个，走在盛夏夜晚的大街上，感受着燥热的空气在一点点冷却。在一处巷弄，他们看到一个卖馄饨的小摊。摊主是个小姑娘，低头摆弄手机，样子并不十分殷勤。但是，她似乎有点兴奋。她坐下来，对他说，她小时候，父亲经常带她出来吃馄饨。他们叫了两碗馄饨，几串麻辣烫。她开始对他说她儿时的事情，说得十分具体。她突然发现，童年是个有关分享的安全地带，简直巨细靡遗。他听着，并不说话，在需要的时候笑一下。笑得很放松，带有了宽容的意味。就这样，过去了好久。小姑娘突然说，叔叔阿姨，我要收摊了。

这时他们同时间沉默了，是遭受打击后的沉默。简单的称呼，将他们迅速地拉回了现实。不算友好，无可指摘的现实。

他说，我送你回去吧。

杜雨洁拒绝过很多次，这次却顺从了。在停车棚里，他打开链锁，推出那辆女式的自行车。

他让她坐在车后座上，慢慢地骑，但还是带起了一阵风。条件反射般的，她扯住了他的衬衫。

抓紧。聂传庆轻轻地说，语气却很笃定。于是，她搂住了他的腰。他加速，她便又搂紧了一些。空气里是植物休眠的气息，以及，淡淡的男人体味。她想，他们终于向前走了一步。

在一处不平整的路面上，自行车颠簸着。杜雨洁觉得自己也几乎被颠得散了架。她终于说，这辆车对你来说，太小了。

男人说，这是她留给我唯一的东西。

杜雨洁听到这句话，心里冰冻了一下。手无知觉地松开。但这时，自行车却又颠簸了。下意识间，她再次搂实了男人的腰。

一如既往，他会来图书馆，借书还书。在某种默契中，还是有种亲密在建立起来。

杜雨洁感觉到自己的年纪，好像泡在醋中的蛋壳，一点点地软化、破碎。一些新鲜的、柔嫩的东西，忽然间暴露在了空气中，出奇地敏感。这让她有些胆怯。于是，自然地，她觉得她与这个男人间，形成了某种同盟的格局。这同盟的性质，是连她自己都尚未清晰的。但是，她的确是有了期待。

聂传庆在少年宫租借了一间练琴房，每个星期五用来上课。一天，在他上课的时候，杜雨洁坐在一边，看他用跨了十二度的大手，弹奏《革命》。这手有着过于宽大的骨节与奇长的手指，与他消瘦的身形相比，几乎不成比例。在这铿锵的音乐声中，手似乎又被更为放大了一些。他弹得有些忘我，有些忽略了关于教学的精神。他的学生敬畏地看着这个男人。苍白的败顶的中年人，刚才还在以恭谨的口吻教着他们指法，然而这时，脸上却有了君王的表情。不可一世，独断专行。她也看到了他目光中的狠，是如此陌生，但却吸引了她。她的头上流淌着薄薄的汗，心跳在最后一个音符上戛然而止，然后在屏息中慢慢复苏。他回过头，微笑地看了她一眼，那种并不自信的、讨好的微笑。她鼓起掌，和他的学生一起。他是她的英雄。

下课后，他们在少年宫附近的大排档吃了火锅。她叫了一扎啤酒。他说他不喝啤酒，她坚持叫了。她说，你教出的学生得了奖，应该庆贺。

在这喧嚣的、热闹而粗粝的气氛中，他们受到了一种鼓舞，喝了许多酒。杜雨洁看着眼前的男人，脸颊上泛起了胭脂一样的红，像是粉墨登场的戏子。她不禁哈哈大笑，笑得声震寰宇。他大着舌头，夹了一片牛百叶，想要放到她的碗里，却碰翻了她面前的啤酒杯。酒水翻倒出来，恰泼在她的身上。他慌了，迅速地撕扯着桌上的卷纸，一下子全盖了上去。使的劲很大，一只大手，踏踏实实地捂在了她的胸前。她的脑也是木的，这时酒却醒了一半。聂传庆也愣住，手却没有移开。半晌，才惊觉似的弹起，口中连连说着"对不起"。

杜雨洁震颤了一下，感到一些酒水，沿着领口流下去，渗入了肌肤，一阵凉。而却有另一种灼热的东西，沿着心口一点点地升腾上来。

他们吃完饭，夜安静了许多。他们在大街上走着，谁都没有说话。食肆与摊档都打烊了，听得见铁栅门接连拉下。聂传庆口中突然响起一串音符。她好奇地看他。他笑一笑，说这是店铺里的灯次第熄灭的声音。

她也笑了。城市的另一边，还是一片通明。鳞次栉比间，是繁盛的霓虹，将这座城如海市蜃楼一般勾勒出来。这么近，又这么远。

两个人站定，遥遥地望过去。她终于依偎着他。看一处楼顶的夜总会，幕墙上闪动着若干抽象的男女人形。舞蹈狂欢，不眠不休。

一些柔软而郁燥的风，吹过来，穿过衣服，收敛了毛孔。汗水黏腻在身上，无法畅快地流下来。

太热了，真想洗个澡。当她说完这句话，两个人都静止了，有些不安地偷眼看了一下对方。身体悄悄地分离。

在街道的拐角处，他们看见了一个小旅馆，招牌上写着"如归"。似乎刚刚装修过，门面是洁净而整齐的。大堂并不宽敞，却有一盏硕大的枝形吊灯，散发着黄色的温热的光。

他们终于还是犹豫了。她感到聂传庆的手，在她手中紧了一下。她默默捉紧了这只手，走进了旅馆。柜台上是个样貌本分的中年妇人，问他们要身份证。聂传庆愣一下，将自己的身份证递过去。妇人接过来，用很抱歉的口气说，最近查得紧。杜雨洁终于抑制不住地将头深深地埋下去。妇人将钥匙递过来，却又从抽屉里拿出了两个锡纸包，悄悄放在杜雨洁手里。是两只安全套。她看着杜雨洁，用让人宽慰的声音说，都是同龄人，理解万岁。

他们坐在略略有些霉味的房间里。没有开灯。路灯的光线，透过窗户，浅浅地投射进来，笼在他们身上。他们安静地坐了一会儿，他终于伸出手去，但似乎又很踌躇。她看见那手的剪影，落在墙上，像一只翅膀。她慢慢将这只手，放在自己的脸上。他们终于拥抱在一起，闻得到对方身上传出的油烟与火锅汤料的味道，隐隐的辛辣。他们迅速意会到了这气味对于情欲的隐喻。不洁净，但如此入人心脾。

他们赤裸裸地面对，抚摸，在陌生的身体上寻找熟悉的印记。然而一瞬间，触到了彼此身体的松弛，都不由自主地躲闪了一下。挂钟发出均匀而急促的声响，将他们推入了正题。纠缠中，她有些意外。这时候，他并不如同看起来那般木讷。甚至在某些段落，他的表现像是个久经情场的老手，熟稔地攻城略地。在他进入她的时候，带了这么一点狠。她叫了一声，感觉自己的打开，原来是如此的轻而易举。

第二天她醒来，发现他已经不在身边。桌上搁着一个塑料袋，里面装着豆浆与小笼包。旁边有一张字条：你睡得熟，没叫醒你。早课，先走了。早点用微波炉加热了再吃。

她洗漱过，将头发松松绾了一个髻，坐在床上，一口口地啜着豆浆，同时打开了电视。这个小旅馆，居然收得到国家地理频道。大地春醒，南极短暂的阳光。上百万只雄企鹅，浩浩荡荡地筑巢，只争朝夕，为繁衍做足准备。其中一个镜头用了航拍，在亦白色的岩滩上，无数的黑点，移动忙碌。这些密集的黑点令杜雨洁皮肤上一阵酥麻，在不适中换了台。地方台在播早新闻，在西郊的各庄柳溪下游，发现了一具女尸，与数月前失踪的少女体貌相似。有待DNA鉴定结果进一步确认。

外面传来知了的叫声，聒噪急促。杜雨洁将窗帘打开，一片大亮。

晚上回家，母亲照常给她留了饭，没有说其他。

菜是可口的，只是比以往的甜又增加了几分。因为近日少在家里吃饭，这甜没有了循序渐进作为基础，忽然间具有了侵犯性，对她的味蕾造成了些微击打。

杜雨洁收拾好碗筷，想要坐下来，和母亲郑重地谈一谈。

但是，她听到客厅里哀切的青衣吟唱突然停止了。她走出去，看着空荡荡的椅子。母亲已经回了房间。

她倚靠着沙发，一个人坐在黑暗里头。不知为什么，觉得这个家倏然间有些陌生。

她见到这个男孩，是在半个月后。

对于他的安静，她并不意外。一如很多离异家庭出身的孩子，她想他会对生人有天然的警惕。

聂传庆选择了必胜客作为首次见面的地方。这样很好，没有太隆重。因为轻松与日常，且略带喧嚣，可以掩饰冷场的片段。

男孩默默咀嚼一块松露甜虾批，旁若无人，但是并未令人反感。她意外的是这孩子长相的甜美。他并不很像聂传庆。他的眉宇很开阔，尽管年幼，面对周遭并无任何不自然，是既来之则安之的模样。并且，她在他的一些小动作中，看到了某些生活优越的暗示。她禁不住从他脸上的细节，揣度来自于母方的基因。

男孩的脸颊上，沾上了一点干酪酱。她下意识地拿起纸巾，想为他擦掉。但男孩头偏了一下，躲过了她的手。他自己擦干净，并对她报以一个微笑。笑得礼貌而得体，没有一丝唐突。

当他们置身于夏日的游乐场，已经是正午时分。三个人都有些狼狈地流汗。在过山车的入口处，聂传庆对男孩说，爸爸怕头晕，让阿姨带你去玩。同时间，将孩子的手放在杜雨洁的手中。孩子回头看了父亲一眼，默默地牵着杜雨洁的手走进去。

到底是个孩子。过山车旋转腾挪，在极大的恐惧与快乐的刺激下，他和杜雨洁一同呐喊欢叫，也在彼此的兴奋中亲近了许多。

他们出来的时候，聂传庆手上举着两只冰激凌，说，你们再不下来，就化掉了。在树荫底下，男孩恢复了先前的安静样子。聂传庆问他，好不好玩？男孩想一想，很认真地回答他，阿姨很勇敢，比妈妈强多了。

这个答案似乎是一种额外的褒赏，聂传庆眼神中闪出一些光。他会心地看杜雨洁，笑一笑。

黄昏的时候，他们将孩子送上一辆黑色的奥迪车。她没有看清车里的人，或许是她刻意不想自己看到。

聂传庆看奥迪远远地开走，消失。他的目光还停留在车水马龙里，喃喃地说，他喜欢你。

什么？当杜雨洁明白过来，不禁自嘲，我，我是老妇聊发少年狂。

聂传庆回过头，看着她的眼睛，轻轻地问，你呢，愿意和这孩子一起过吗？

杜雨洁需要安排聂传庆与母亲见面。这个见面不能突兀，需要足够的铺垫。每每她想与母亲开口，却因为不知从何说起而放弃。这样，竟又过去了许多时日。

周末，母亲拿着一张广告单，对她说，市中心开了一个很大的超市。日本空运来的蓝莓，价格只是附近水果店的一半。她说，好，我们去逛逛。

超市人满为患，母女两个几乎迷失在了人群中。母亲开始抱怨，后悔自己来凑这份热闹。她说，来了也好，赶上开张，沾沾喜气。母亲要买的蓝莓，早已被一抢而空。母女两个随着人流，到了水产部。在卖鲢鱼的水箱前，母亲呆呆地看，说，你爸走以后，家里好久没吃过剁椒鱼头了。除了糖醋，就是糖醋。买一只吧，我做给你吃。母亲便戴起花镜，仔细地挑拣。

杜雨洁一时间觉出百无聊赖。就在这时，她看见了一个熟悉的身影，是聂传庆。聂传庆拎着一只购物篮，正在人群中奋力地移动着。杜雨洁张了张口，终于没有出声。她看到聂传庆走到了水产部对面的女性用品专柜，顾盼了一下，然后从架上抽下一包卫生巾，放进了购物篮里。

母亲终于挑好了一条鱼，师傅手起刀落。那鱼的身体还在拧动挣扎，血淋淋的鱼头，嘴巴翕动，眼睛却已经慢慢地浮现出死灰的颜色，望着她。

母亲用胳膊肘碰了一下还在愣神的杜雨洁，欣喜地说，你看，这鱼多新鲜啊。

杜雨洁进入聂传庆所住的小区，是在一个星期后了。事实上，她极不适合于跟踪这件事。她对于地形的记忆与判断能力欠佳，身手也不够敏捷。更重要的是，在她的潜意识里，这并不是一件很磊落的事情。这影响了她对整件计划的合理安排。然而，她决定做下去。因为她无法想象，木讷的聂传庆，如何能够将自己蒙在鼓里，且如此的理直气壮。

她很清楚这个男人的清贫。但是，当真正确定了他的住处，还是有些吃惊。事实上，她从未涉足这里。在城市里还有这样一种地方，她听说过，叫作"城中村"。这座移民城市的原住民，在属于自己的土地上建起私房，渐成聚落。他们将这些房子租给外来的打工者，或者经济不宽裕的大学生。叫"村"的地方，并非在荒郊，而是在这城市心脏的位置，自成一统。他们以一种天然的文化顽固，与这城市新兴和现代构成了壁垒分明的局面。彼此相安无事，却并非世外桃源。因为来往人员的鱼龙混杂，个中的藏污纳垢，不足为外人道。

杜雨洁行走在这村落中，有些犹豫地穿行于楼与楼的间隙。为了最大化地利用土地，这些楼的间距很小，彼此之间形成了仅容一人的巷道。她闻见了某种不洁净的气味。而有人在头顶上搭了竹竿，晾晒了床单，正滴滴答答地淋着水。有一滴恰落在她的颈子里，一阵彻心的凉。她逃似的快走了几步，却一脚踩进了一摊污水里。

这时却听见有人朗声大笑。在巷道的尽头，一个衣着暴露的女人，正倚着门，以挑衅而戏谑的目光看着她。女人穿着极短的皮裙，上身是一件紧身的背心。领子很低，露出了深长的乳沟。尽管妆画得很浓，似乎并未遮住不小的年纪。女人的身后是粉色的灯光。一个旋转的招牌，上面写着"欣雅发廊"。杜雨洁没有勇气和她对视，而是咬紧了牙关，更快地走过去。她在心里狠狠地说，聂传庆，这些都是你带来的。

她远远注视着聂传庆的住处。这个出租屋似乎比周围的更为破落，或许是租金便宜。墙上的混凝土剥落，露出了内里斑驳的砖色。有好事的人，便沿着砖石的轮廓，画了一些猥亵的图案。旁边有许多的文字，是他人对他想象力的褒赏。她很确定，聂传庆是住在一层最右手的房间。因为每当他走进门洞，这个房间的灯便亮了。但是，窗户上总是蒙着很厚的窗帘，几乎只能看到人的剪影。她有时会看到一个男人，靠着窗子很近，过一会儿，便走开了。这是第五天了，她对这剪影已十分熟悉。并未有第二个人出现。

房间里的灯，终于灭了。杜雨洁没有转身离开，她觉得有些虚脱。这一周，每当她与聂传庆分手，便悄悄叫上一辆出租车，跟在他身后。当进入城中村，聂传庆骑着车如鱼得水，她便跟丢了。两天后，她终于成功地跟到了这里。她像一个并不精明的猎手，以兢兢业业的方式，想要成就自己的事业。她知道，自己需要的是耐心。

她看到房间的灯灭了，月光便浮现得清楚。聂传庆的女式自行车倚着墙，锁在一只消防栓上，泛着好看的蓝色。她忽然觉得，这辆车与自己有着某种隐秘的联络。想到这里，她的鼻子猛然一阵发酸。

回到家时，客厅里暗着灯。电视却热闹着，《状元媒》里的一段二黄原板。雍容华贵的柴郡主，此时是一派小女儿态。"自那日与六郎姻缘相见，行不安坐不宁情态缠绵。"父母皆爱薛亚萍，是因她得张君秋的真传。年纪虽大了，骨子里的娇媚，却分毫未减。行腔之圆润，舞表之迭转，一气呵成，生生将一众新生的青衣与花衫比了下去。杜雨洁呆呆地看，忘记了换鞋，就这么木桩似的站在了原地。

沙发却发出皮革摩擦的响动。她听见母亲的声音：你陈叔叔给你做了酱肘子，不用热了，凉的吃得筋道。

杜雨洁的眼睛适应了光线，才看到沙发上多了一颗花白的男人的头，紧紧挨着母亲。挨得如此之近，理直气壮。

她张了张嘴，感到唇齿间磕碰一下，终于将话吞咽了下去。

高跟鞋落到了地上，"啪嗒"一声响。薛亚萍一个亮相，眼神中的凛冽,划破了黑暗,在杜雨洁的心尖上轻轻一挑。

当雨大起来的时候,杜雨洁还保持着无动于衷的姿态。

这个周五聂传庆照常在少年宫上课。但杜雨洁没有去。她说她要和同事们去看图书馆系统的老干部合唱会演。事实上,在演出进行到大半,她溜了出来。这时离聂传庆的课程结束,还有四十分钟。

她确信自己可以在这男人回家之前,等在那里,令他毫无戒备。

当她站得脚感到肿胀的时候,她看见聂传庆走进了出租屋,孤身一人。

雨大起来。在这个月朗星稀的夏夜,突然下起了雨。密集的雨点一些落在了杜雨洁头顶残破的石棉瓦上,铿锵作响。一些却打在了她身上。她走出去,站在雨里。空气中迅速地发出了尘埃落定的土腥气。脚下的积水,在她视线里漫溢出来,混合着腐臭的、不知名的毛发,悄然涌动。她站在雨里,看着那扇蒙着厚厚的窗帘的窗户。冰冷的脸上,不知为什么,有滚热的东西流淌下来,如此不合时宜地顺着她的鼻梁、面颊、下巴,流淌下来。杜雨洁看到,那扇已经灭了灯的窗户,重新亮了起来。

她看见聂传庆出现在门口,撑起一把伞。他快步向她走过来,拥住她,推着她走进了出租屋。

他们沉默地站着,聂传庆给她递过来一块毛巾。这男人只穿了一条短裤,露着清瘦亦白的身体。鱼白色的四角裤上有一块焦黄的污迹,在靠近裆部的位置。她埋下头,墙角里的一只拖鞋提醒了她。她的眼神游荡了一下,在这个狭小的房间里头。

为什么这么做?她听见男人说。

楼上突然发出巨响,似乎是不懂事的孩子无来由地蹦跳。头顶的灯泡抖动一下,昏黄的光晕,在她对面墙上起伏。她将自己的声音压得很低:所以,你早就知道。

男人点点头,给她倒了一杯热水,放在她手上。打开抽屉,抽出一支烟,点上。她并不知道他原来抽烟。他的嘴里从来没有一丝烟味。食指与中指间,没有异样的痕迹。原来他抽烟。她看见一缕蓝色的烟雾缓缓地升起,慢慢消散。

她开始呜咽。他走过来,轻轻揽住她,把她的头靠在自己身上。她的耳郭印在他的胸膛上,那里生着浅浅的细毛。一阵痒。

聂传庆拿起毛巾,擦她淋湿的头发,然后低下头,吻了一下。她听见男人的呼吸变得急促。他突然抱紧了她,几乎令她透不过气来。他簇拥着,将她使劲推倒在身后的床上。她看着方才面目平和的他,眼睛发出猩红的颜色。他开始剥她的衣服,一边在嘴里骂着脏话。在她还未有气力表达惊异的时候,他已经以粗鲁的方式进入。

她在心里长叹了一声,接受了眼前的突如其来。在他凶狠的撞击中,她看着左右摇晃的灯泡,似乎渐被催眠。她合了一下眼睛,再睁开。光晕中出现了一个黑洞,无限制地扩张,渐渐接近她。触碰了她一下,却忽然间消失,了无痕迹。男人的脸上,呈现出不可思议的表情,在享受她的包裹,同时间有惧色。他的呻吟变得粗重,如同遭受了鞭打。冷战般抽搐,戛然而止。

一切结束,房间里的景象才在她眼前渐渐清晰。她首先看到了床边的钢琴,在这逼仄的空间里,不合情理的大与堂皇。琴凳上有几件脏衣服。她挣扎了一下,坐起来。她看到钢琴上摆着一张照片,上面是一个女人和孩子,神情亲密。这男孩她见过。女人生着洁净的额头,和孩子一样长相甜美,似曾相识。她怔怔地看,目光苍白。男人伸出长大的手,将照片放倒,用空洞的声音说,她不配和我儿子在一起。

他将灯熄了。两个人躺在黑暗里,她不禁向靠墙的一侧挪动了一下。她揣测着身边人的轮廓,陌生而可疑。他坐起来,摸黑又点上一支烟。烟的光色在夜里画出一道优美的弧,如同萤火。

杜雨洁被一种异常的声音惊醒。她揉揉眼睛。这时是凌晨,她仿佛从窗帘缝隙中看到了一点光。她打开灯,看了看手表,发现聂传庆不在房间里。

声音又出现了。她屏息辨认,这声音断续而有规律,好像从墙角的方向发出来。开始有些怯生生的,渐而清晰,是一种持续敲击金属的声音。而杜雨洁很清楚,这是这一层的最后一个房间。声音应该不是来自邻居。

这样想着,她心里有些发毛。然而,这敲击声对她构成了吸引。她下了床,在空气中聆听,接近声音的方向。是的,是墙角。那里有一个简易的衣橱。宜家里卖的那种,铁丝架上罩着厚尼龙布,上面印着喜气洋洋的米老鼠。她走过去，试着将衣橱移动了一下。衣橱比她想象得要重一些。她使了一把力，终于搬开一角。人却静止在那里。

衣橱后，是一个半人高的洞。

非常规整的四方形，上面有一道铁栅门。这门上有新鲜的水泥的斑点，装上去应该不久。靠近门的右下方，伸出了白铁皮的烟囱管道。门闩上挂着一把密码锁。

杜雨洁输入了这个房间的门牌号，没有反应。她并没有太多有关这个男人的数字。她犹豫了一下，准备放弃。敲击声在继续。

杜雨洁闭上眼，让自己平静下来。她终于重新输入了一组数字。锁开了。这是她与那个男孩相见的日子。聂传庆说，这一天是他儿子的生日。她慢慢打开了门。

响声停止了，四方形的洞里，隐隐地透着光。她将头探进去，有些畏缩。但几秒钟后，她将脚也伸了进去。试探间，她的脚触到了一架梯子。她沿着梯子攀援而下，小心翼翼。她拿不准这梯子的长度，如同深井。在她这样想时，脚却已经踩实，落在了地面上。

她看到另一扇门，那是稀微的光源。她轻轻推开。一股强烈的湿霉味混着不知名的腥气，击打了她的鼻腔。她同时间看见了那个女孩。

一只用于野外远足的节能灯，泛着幽幽的蓝。尽管嘴巴被堵住，杜雨洁还是一眼认出，这正是近日里失踪的姑娘。她抬起头，看着闯入的女人，眼里有微弱而惊恐的光芒。女孩被捆绑着，戴着沉重的脚镣与手铐。脚镣的一端被锁在墙上，如果可以称之为墙的话。这是一堵被混凝土浇筑得凹凸不平的立面。女孩以很别扭的姿势，抬起胳膊，敲一敲头顶的白铁烟囱。杜雨洁知道了声音的来源，同时意识到，烟囱，是这里与上面连接的通风口。

女孩将细弱的胳膊，重新缩进了肮脏的男人汗衫里。汗衫的下摆上有污秽的血迹，已经发了黑。她的下身赤裸着，一双腿异乎寻常的苍白。

这个洞穴只容一个成人半曲身体进入。杜雨洁猫下腰，走进去，脚底却滑腻地响了一下。她低下头，发现是一只避孕套。

她收回目光，心里一阵疼。她走过去，将女孩嘴里的布取了出来。女孩虚弱地看她一眼。杜雨洁说，为什么？

女孩眼睛死灰复燃一般，闪了一下。她轻轻地说，谢谢你，我只是不想这样死。

杜雨洁使劲地拉扯女孩的脚镣，十分结实。她说，你等着，我上去拿手机，我们报警。

在这时她听到了隐隐的钢琴曲声，《水边的阿狄丽娜》。那是她的手机铃声。某次在聂传庆教课时，她录下的。

她慢慢回过头，看见男人面无表情的脸。杜雨洁仔细看着这张脸，似乎在辨别和确认，她问，为什么？

为什么？我也想问为什么。男人的声音没有一丝起伏，你说为什么，她老子好好地要抢别人的女人，还有别人的儿子。

杜雨洁的嘴唇抖动了一下。她突然想起，为何照片上的女人如此眼熟。她想起来了，前年的绩效改革会议，市领导视察图书馆，年轻有为的副市长——与员工握手，他旁边站着一个含笑的女人，笑容异常甜美。

聂传庆环顾四周，轻描淡写地说，这个洞我挖了整整一年，却只用了两个月，太可惜了。

他伸出长大的手，在墙壁上抠了一下。一些泥土落下来，发出簌簌的声响。女孩退缩，一点点地挨近了杜雨洁，轻轻地唤一声，阿姨……恍惚中，杜雨洁伸出手臂，想要搂住她。只一刹那，女孩迅速将胳膊环住了她的颈子，手铐的铁链，深而狠地勒进了她的皮肤。

她动弹不得。男人爬过来，用一只注射器，扎进了她的静脉。

迷离中，她听见男人以十分温存的口吻，对女孩说，这下你满意了？

是的，她再次看到了那个黑洞，在光晕中浮现出来，扩张，渐渐靠近。黑洞触碰了她一下，这回没有再躲开，而是无穷尽地，将她深深包裹进去了。

《作家》2015年第2期

评鉴与感悟

人心"变形记"

七〇后小说家作为当代文坛的一股新势力，用文字触及整个社会最敏感的神经，极力展示生活最真实的一面，已成为不可忽视的创作主力。葛亮作为七〇后作家，以细腻笔触描摹人心而著称。《不见》也是写人心，写人心的多面性，以及在诸种不确定之中，人所面临的重生抑或毁灭。

《不见》展现了一个现代人在复仇、欲望支配下的"变形记"。葛亮以克制、绵密的笔法，不疾不徐的叙事节奏，将一个社会新闻穿插在琐碎的日常生活叙述之中，让小说在表面的和缓下隐藏着深度的不安。

主人公杜雨洁是一个大龄剩女。聂传庆的出现仿佛闪烁的萤火，短暂的惊喜之中却蕴含着可怕的神秘。两个人开始频繁地约会，恋爱的甜蜜来得措手不及。但是，这甜蜜背后，杜雨洁却"不见"这个男人背后的另一副面孔。直到她意外发现，他竟然绑架了市长的女儿做性奴。

从小说的整体来看，有两条主线，一明一暗，表面写杜雨洁与聂传庆的感情线，在其中穿插了市长女儿失踪案情的进展线，冥冥之中，读者能感觉到这两条看似背离的线索或许会有某种牵连，却很难猜到小说最后的结局，这就是葛亮精巧的构思，对文学良好的操控力带给我们读者的阅读冲击。

葛亮塑造聂传庆这个形象，一前一后、反差极大。然而，聂传庆的转变又在情理之中。前妻的背叛使聂传庆遭受打击，他要努力挣钱来争取儿子的抚养权，他忍受着清贫而没有地位的窘状。作为底层市民的他，在无奈之下只有选择极端报复行为。对他痛恨之余，我们又对他的堕落抱有一丝同情。

聂传庆又是可悲的，没有地位的自卑感和对情感的不自信，使他惶恐和不安。当杜雨洁与他的第二副面孔相遇时，他展露出凶狠的一面，他用疯狂的性爱掩饰恐慌。"男人的脸上，呈现出不可思议的表情，在享受她的包裹，同时间有惧色。"或许，此时的聂传庆发泄心中的不满而获得快感，可他同时又被不安全感笼罩，他怕再次受伤害，怕再次失去爱人。

《不见》中的叙事节奏也被拿捏得恰到好处。伴随着聂传庆两副不同面孔的出现，叙事也在安稳和紧张中相互切换。故事在波澜不惊中稳步发展，可是在这看似祥和的表面之下，是玄机暗涌。作者在小说中多次设置悬念，比如文中不断提到失踪女孩的报道，聂传庆在超市购买女性用品等细节。作者用冷静、极具耐性的笔调，将这个变态凶手的两副面孔准确地描绘出来，极具现实性，强化了小说的真实感。

葛亮通过塑造一个两副面孔的变态凶手，展现了一个被欲望与复仇而扭曲的人心毁灭的悲剧，探讨了人性的脆弱和现代人的无助这一话题。现代人在冗长又无聊的生活状态和多重的压力之下，正在经历着一场潜移默化的"变形"。（陈柠）

日本佬

/ 麦家

日本佬就是我父亲，当然是绰号。

父亲的名字叫德贵，叫他"日本佬"是因为年轻时他被日本佬（真正的日本佬，东洋鬼子）抓去当过几天挑夫，学会了几句日本话，回到村里当本事显，看见人家在吃饭，他说"米西米西"；看见谁在杀鸡宰羊，他说"死啦死啦的"；看见天下雨，他说"阿美阿美"。那时父亲才十五岁，不懂事，觉得这很好玩，不晓得有些事是不可以闹着玩的。等晓得时已经来不及了，大家已经叫顺口，想改都改不了了。

日本佬。

日本佬！

日本佬——！

父亲想不答应都不行，不答应人家叫得更响。

爷爷说："人的绰号像脸上的疤，长上去了就消不掉。"

怪的是，父亲后来的长相、脾气都越来越像日本佬，个儿不高，但壮实如牛；话不多，但脾气火暴，逞强好胜。父亲不爱惹事，但更不爱别人惹他，谁惹了他他会跳起脚骂，有时也出手打。父亲一旦抡起拳头，没人敢迎上去，因为谁都打不过他。

爷爷说："打架一是靠力气，二是要敢拼命。"

父亲两个都有，加上爷爷一向有的名头，威风头就更加足。爷爷也有绰号，叫"长毛阿爹"。长毛就是太平军，打仗最不要命，清兵怕他们跟怕鬼似的。后来长毛自己不团结，才被清兵打败，四乡野里躲。有一个躲在我们村里，活到九十九岁才死掉。村里人都说，这人有武功，八十岁还能站梅花桩，一站半个小时，雷打不动。曾经村里有个人，被他一巴掌当场打死。所以，村里人都怕煞他。

"只有你爷爷不怕他。"汉泉耶稣活着时曾对我说，"有一次，他把你家的老母鸡偷去吃了，你阿太（爷爷的母亲）气得在屋里哭，你爷爷晓得后提着抬水杠找上门去打他，把他吓得像只贼老鼠一样乱窜，全村人都看见了。谁敢打长毛？只有他老子！所以后来你爷爷就有了'长毛阿爹'的绰号。"

爷爷说："我那时是初生牛犊不怕虎啊。你爹跟我一个德行，天不怕地不怕，什么事都是天下老子第一。这样不好，容易得罪人，要吃苦头的。"

母亲也经常这样骂父亲："你这个日本佬脾气不改，总有一天要吃亏的。"

心平气和的时候，母亲会好言好语劝他："有事情要学会忍，不要动不动发日本佬脾气。"

但父亲还是经常发日本佬脾气。一次，我跟父亲去生产队开夜会，那时关金还没当副队长，对父亲蛮客气的，见了我很开心，从旁边一位妇女手上抢过一把葵瓜子，叫我："小鬼子，你的过来，这里的，有米西米西的。"

我要过去，父亲一把拉住我，转身对关金飞起一脚，踢掉他手板心里的葵瓜子，骂他："你狗日的，以后要再这样叫我儿子，老子把你舌头割了！"把关金和会议上的人都吓坏了。

母亲知情后，批评父亲，说为这么一点小事得罪人，不值得。

爷爷却批评母亲，说："怎么不值得？今后人都这么叫，叫顺口了，叫成了疤，消不掉了，我这不又成鬼子他爷了。我当一次鬼子他爹就够了，不想再当爷了。"

父亲咬了牙："不会的，谁叫我撕谁的嘴。"

爷爷对我说:"听见了没有,以后谁叫你小鬼子你就撕他嘴,你撕不了叫你爹去撕。"

从那以后,再没人敢叫我"小鬼子"。

也是从那以后,关金跟父亲的关系基本恶掉了,等他当上副队长就完全恶掉了。副队长是干部,有了"干部"这腰杆,关金就不像以前那么怕父亲了,敢对父亲使坏了。有一段时间,关金刚好管着父亲,对父亲特别不好,动不动就扣父亲工分,一扣就是两分、三分。

每次扣了工分,母亲总是心疼得要发牢骚,把老话说一遍:"你们看,有报应了吧。我老早说过,为那么丁点儿小事情得罪他不值得。"

我觉得也是不值得的。村里很多人都有绰号,像我姑夫叫"癞皮狗",我们生产队会计叫"矮脚凳",大队会计叫"馊豆腐",民兵连长叫"黄鼠狼"。我有一个同学,他母亲长得比谁都漂亮,可绰号比谁都难听,叫"茅坑":就是公共厕所,大家拉屎拉尿的地方。跟这些人比,我觉得叫个"日本佬""小鬼子"算不了什么。这一点都不难听嘛,我觉得,甚至还有点威风呢。

父亲听我这么说后,给我一个巴掌,骂我:"小畜生!"

我对爷爷说,我宁愿是"小鬼子"也不愿是"小畜生"。没想到,爷爷也给我一个大巴掌。爷爷平时很少打我的,一般是父亲打我,爷爷替我打父亲。爷爷的一个巴掌,比父亲一百个都叫我心里难过。我哭了一夜,发烧了。

第二天,爷爷背我去医疗站打针,赤脚医生阿牛是个哑巴,打完针,发出像猫叫一样的声音,让爷爷在一个本子上签名。后来,我听爷爷对人说:"这个阿牛下辈子还是要当牛做马,当哑巴,给我家孙子打了一针,要走我儿子半天工分,太黑心了!就算是一支神仙针,也要不了这么贵。这么黑心的人,不是鬼投胎的,就是鬼子投胎的,来世不会好得过今生。"

父亲在槽厂做生活。

槽厂就是民间造纸的作坊,一道班是两份活儿,三个人做:一人管派料,两人管做纸,轮流做。父亲管的是派料的活儿。这是个力气活儿,也是个早活儿,每天必须五点钟起床,六点钟开工,把成捆的毛料捣成糨糊一样的纸浆，这样才能做纸。做纸的师傅关银和关林是七点钟上班，如果这时父亲还没有把料派好，关银和关林就会不高兴。以前，关金没当干部时，不高兴也就不高兴，顶多在心里骂父亲两句。后来关金当上副队长，掌管槽厂后，关银和关林不高兴，就会向关金反映。关金是关银的亲兄弟，又是关林的堂兄弟，不管关银来反映，还是关林去反映，他都是一句话："回去跟日本佬说，今天扣掉两分工。"

父亲从早上六点钟开工，到下午四点钟收工，出十个小时工才得十分工分，稍微迟到一下就扣掉两分，心里疼得很。关金第一次扣父亲工分时，父亲不服气，跟他大吵。

父亲说："你凭什么扣两分，就算我迟开工一个小时，也只能扣一分。"

这是对的，父亲提前一个小时派料，料不能按时派好，顶多只能算迟到一个小时。一天干十个小时得十分工，一个小时当然只能扣一分工。这个算法很简单，谁都会算，当时我才一年级都会算。

但是关金说："你料不派好，人家做纸的开不了工，要等你派料，这不是浪费人家时间嘛。你迟一个小时，又浪费人家一个小时，不就是两个小时，不就是两分工？"

听起来关金说得也有道理。

他有道理，又是副队长，怎么吵得赢他？只好活活被扣掉两分工。

母亲知道了，比父亲还心疼，一夜都没睡着。倒不完全是因为心疼睡不着，母亲是怕父亲又睡过头。六点钟出工，五点钟必须起床，打鸣的鸡都还在睡觉呢，家里又没闹钟，是很容易睡过头的。

这一夜，母亲一直熬到五点钟，把父亲叫醒，送走了，才睡了一会儿。醒来，母亲就上了路，走了二十里山路，去了外公家，把外公的闹钟偷了。是真的偷，不是假的。我们外婆是我妈的后娘，你如果跟她好好讲道理，就是把天讲破了，她也不会把闹钟给我们家，哪怕是借。

父亲说："就是亲娘也不一定肯给，这不是一只鸡，这是闹钟，是一只铁鸡，谁晓得要多少钱呢，有钱也不一定买得到。"

就是说，只有偷。

爷爷说："既然是偷的，就要给它找个藏的地方，万一亲家母来找呢?"

父亲说:"这每天都要用的,藏哪里好呢?"

爷爷说:"这么大的房子,哪里不能藏?"

父亲说:"房子大有什么用,你总不能把它藏到屋顶上去吧。"

是啊,偷闹钟就是要靠它来叫父亲起床,不放在房里管什么用。最好放在床头旁,人睡觉伸手拿得到。这样的地方,又要避开人眼睛,不好找。最后父亲找了个地方:爷爷的夜壶!这地方绝了,我们都没想到,外婆更没有想到。

事实上,外婆第二天就赶来我们家找闹钟,她笃定丢失的闹钟在我们家,而且笃定自己一定能找到。找到了,肯定拿走,不用说的。外婆是个凶巴巴的老太婆,吊着一双贼溜溜的三角眼,不爱说话,说话就是骂人。她骂外公是狗,我妈是狗,我爸也是狗。如果三个人都在一起,为了区分开,她骂外公是老狗,我妈是死狗,我爸是野狗。总之,都是狗,只有她自己是人。

那天,她就是一边死狗啊野狗啊地骂着,一边从楼上找到楼下,从被窝翻到箱子,从跳板上寻到床底下。她看见了夜壶,就在床底下,像只癞蛤蟆一样蹲着。我以为这下完了,但外婆认出这是一只夜壶后,马上捂住鼻子退开,好像闻到了一股扑鼻的尿臊味,臭死了。

嘿嘿,其实昨天晚上父亲才用开水把它泡过,又用肥皂洗了,怎么可能臭呢。臭是心理作用,因为夜壶给人印象总是臭烘烘的。

夜壶就是尿壶,冬天太冷,起床撒尿麻烦得很,老年人一般都备一把夜壶。

爷爷说:"人老了,女人越来越不要用了,但夜壶却越来越要用。"当然,这些话爷爷不会跟我说,但我总是能绕来绕去听到。

爷爷的夜壶是爷爷的爷爷传下来的,铁的,很重,很笨,也很傻,除了有壶嘴外,还有一个壶盖,是长方形的,掀起盖子,刚好可以把闹钟塞进去。一般夜壶只有壶嘴,没有壶盖的,但爷爷的夜壶就是有一个盖子,很奇怪。

有一次,我问爷爷:"为什么你的夜壶像茶壶,还有盖子?夜壶要盖子做什么用啊?"

爷爷瞪我一眼，说："鬼知道，你去问我爷爷吧。"

我说："你爷爷早死啦。"

"所以我说只有鬼知道嘛。"

但是后来我姐姐这么问爷爷时，爷爷却呵呵地笑了，说这样你奶奶也可以用嘛。很长一段时间，我都在寻思，如果没有这把夜壶，父亲会把闹钟藏在哪里？藏的地方不对，外婆把闹钟搜走了又会怎样？后面的问题我觉得很严重，前面的问题我觉得很有趣。对小孩子来说，有趣比严重更有吸引力。那一年我七周岁，刚上小学。

是我八岁那年冬天，刚下过雪，屋顶上还有鱼鳞似的积雪。就是这样一天，刚当上大队治保主任的关金领着一个陌生人来到我们家。陌生人是公社武装部派来的，关金对他毕恭毕敬，一口口叫他科长。

科长说："我不是科长，我是科长派来的，姓吴，叫我老吴就好。"

关金说："那怎么行，科长派来的也是领导，公社来的人都是领导。"

老吴说："那你就听领导的，叫我老吴。"

关金傻笑着，不知叫什么，一个劲儿点头哈腰，挠头捏耳，怎么看都不大像个人。爷爷走到他身后，对着他屁股说："啊哟，我人老了，眼花了，刚才我怎么看到你屁股上拖了根辫子，像个前朝的人？现在又不见了，怪了。"

爷爷是说他像条狗，拖了根尾巴。

关金当然听出爷爷的意思，骂爷爷："你老糊涂了，瞎了眼了。"

爷爷说："我不但瞎了眼，良心还喂了狗吃。就是你吃的，味道怎么样？今天当着领导的面说清爽。"

关金说："你个老不死的，给我吃还不吃。"

爷爷说："你娘比我还老，要死也得她先死。"

两个人当着老吴领导的面，越骂越来劲儿，差一点打起来，让领导很生气。事后爷爷说，他看关金带领导来我们家，估量不会有好事，所以故意当领导面跟他吵，这样领导知道他跟我们家关系不好，就不大会相信他说我们家的坏话。爷爷哪里老糊涂了，爷爷是老生姜，更辣了。父亲也承认，老吴领导没有欺负我们家，跟爷爷开始铺了个好"垫子"有很大关系。

老吴领导戴一副黑眼镜,衣裳袖子长长的,头发稀稀的,有一半白,往后梳,看上去像个老先生。科长派他来,是因为有人反映上去,说我父亲以前给日本鬼子做过事——所以大家都叫他"日本佬"。这是个大事情,决定着我父亲是不是"黑五类"的政治问题、阶级问题。

父亲问:"怎么调查?"

老吴说:"我问你答。你必须说实话,一是一,二是二,不能说假话瞎话。你对我说假话瞎话,等于是欺骗组织,要蹲班房的。"顿了顿,又说:"我做这个调查工作已经十几年了,经验很足的,你说一句假话我都听得出来,就是今天听不出来,以后还可以查出来。嗳,我跟你说,今天我们讲的话要记录下来的,以后这是白纸黑字,赖不掉的。"说着老吴掏出一本红色笔记本和一支黑色钢笔,问关金会不会做记录。

"会,会,专门去公社学习过的。"

老吴说:"好,那你负责记录,先写上时间、地点、谈话人。然后我们说一句,你记一句,不要漏掉,也不要添加。"

谈话是在厢房里进行的,谈话之前关金要把爷爷和我母亲,还有我和姐姐都赶出来。母亲带着我和姐姐先出来,爷爷走到门口不同意,对老吴领导说:"我要听。你们找我儿子谈话,我怎么不能听?"

老吴向爷爷解释:"不能听的,任何人都不能听,这是纪律,老人家,不能违反。"

爷爷指着关金说:"他记录,我不放心,他跟我儿子吵过架。"

老吴说:"老人家你放心吧,他要记错了我撤他的职。"又对关金说,"听到了没有你?这可不是闹着玩的,我要检查的,你要乱记以后就别当治保主任了。"

看关金拍着胸膛保证后,爷爷才出来。爷爷一出来,关金就把门关上。关上又打开,目的是不让我们在门口偷听,把我们赶走。但关金不晓得,我们家厢房有个狗洞,狗洞连着弄堂,以前我们坐在弄堂里乘凉,只要挨狗洞稍为近一点,爷爷在厢房里放个屁,我们都听得见。现在爷爷索性坐在狗洞前,我挨着爷爷坐,他们在里面说的每一句话,哪怕他们抽烟擦火柴的声音,我们都听得清清爽爽。"开始吧。"这是老吴的声音,"我刚才说了,有人向组织反映,你在一九三八年曾经给驻扎在铜关镇的日本宪兵队做过事……"

我听见呼啦一声，父亲冲动地从椅子上站起来，大着嗓门说："谁他妈的这么乱嚼舌头！"

"不要冲动。"老吴说，"坐下。你坐下！我重申一遍，你给我好好坐着，把手放在大腿上，不准骂娘，不准冲动，不准伸手指我，知道吗？"

"知道了。"父亲坐下，放低声音问，"那么是谁反映的，我总可以问吧？"

"不可以。"老吴说，"今天只有我问你。你要问也得我问完了，我同意你问才能问。"

父亲说："现在我可以问吗？"

老吴说："问什么，你还没有回答一个问题就想问，有没有规矩你？"

父亲说："我没有在铜关镇给鬼子做过任何事，我只被鬼子拉去当过几天挑夫，他们用刺刀逼着我干，我没办法，为了活命。"

老吴说："好，就这么说，现在你说，是什么时候，在什么地方，你被鬼子拉去当了挑夫？"

父亲说："就在村子南边，大树底下。那天，我一大早就上山去斫柴，不知道鬼子进了村，我一进村就被鬼子抓住，他们正好在大树底下歇着。"

老吴问："有多少人？"

父亲说："十来个人，还有两匹马，一只跟小马驹一样高大的狼狗。他们拉我当挑夫就是因为有一匹马吃醉了酒，去溪坎里吃水时发酒疯，乱跑，跌了跤，一只前脚卡死在石头沟里，断了骨头，上不了路了。"

老吴说："马喝什么酒？"

父亲说："嗳，这你可以问村里人，都知道的，鬼子就在我们大树底下吃的中午饭，把开豆腐店的阿根家当天做的两大盘豆腐和藏的两大坛老酒，还有不知从谁家抢来的鸡啊鸭的都吃个精光。两坛老酒其中一坛就是被两匹马吃掉的，我虽然没看见它们吃，但我见它们时它们满嘴都是酒气。这你可以问他（指关金），他比我大五岁，该见过那匹马。这马因为受伤走不了，鬼子把它丢在我们村。因为是鬼子的东西，村里没人敢去碰它，它就一直躺在溪坎里，后来活活饿死的，死了也没人敢去碰它。"

105

老吴问关金:"你知道这事吗?"

关金说:"知道。这马我见过,村里人都见过,确实是饿死在我们溪坎里的。"

老吴让父亲接着说。父亲说:"然后就这样,马躺在溪坎里不能驮东西了,鬼子就拉我去当马使。我不肯,鬼子用雪亮的刺刀抵着我脖子,吓得我尿尿。那时我才十五岁,还是孩子呢,能怎么样?跑也跑不了,打也打不过他们,除非不要命,要命只有给他们当马使,挑东西。这是唯一的活路。"

老吴问:"鬼子让你挑的是什么东西?"

父亲说:"马原来驮的那些东西,主要是锅灶一套家伙,乱七八糟什么都有。"

老吴说:"他们自己烧饭吃?"

父亲说:"是。他们一路上都是自己搭灶烧饭,兴许是怕我们在锅灶里下毒吧。"

老吴说:"粮食菜蔬呢,他们也自己带?"

父亲说:"有自己带的,也有去村里抢的。抢的都是些活鸡活鸭什么的,死的东西一概不要,哪怕是刚杀的猪,丢在案台上还冒着热气,也不要。他们怕我们下毒,要他们的命。"

老吴说:"你们一路上走了几天?"

父亲说:"四天。那时到铜关镇的路不像现在有公路,都是山路,绕来绕去走,远得很呢。"

老吴说:"一路上你都见他们干了些什么?杀人?放火?抢劫?"

父亲说:"主要是抢东西,每到一个村子都抢,金银首饰,铜钱银圆,反正只要值钱又好带的东西,都抢。抢了好多东西,一卡车都装不下。你想想,开始只有我一个挑夫,后来有五个,还赶了两头水牛,都是给他们扛东西的。"

老吴说:"不杀人吗他们,鬼子?"

父亲说:"我只看见他们杀过一个,本来也是跟我一样,被拉来当挑夫的,第二天夜里跑了。但没有跑成,被狼狗发现了,一个鬼子骑马追上去,把他拖回来,绞成麻花,绑在树上,打得死去活来。第二天天亮,吃了早饭，走之前，一个鬼子用刺刀活活把他捅死。那个惨相啊，就像在捅一个稻草人，捅了又捅，血射了鬼子一脸，他一点都不怕，还笑，哈哈大笑，一边还舔血吃，像个畜生。"

老吴说："既然这么畜生怎么可能才杀一个人？"

父亲说："一路上看不到人，人都跑光了。他们像一群犯瘟病的死鬼，到哪里人都吓跑了，村子空荡荡的，看不到人影，全是畜生，猫啊狗的，最多的是猪啊羊啊。那些人上山前把平时养的猪牛羊都放掉了，让它们自己找活路，人很少看到，只有个别像我这样不知情突然从外头闯回来的，都被他们拉去当挑夫。"

老吴说："女的也当？"

父亲说："只有在灵桥村看到一个女的，是个满脸皱纹的老太婆，我看还有点痴呆，见了鬼子主动上来跟他们打招呼，看他们吃东西还跟他们讨。一个鬼子把狼狗放出去咬她，把她吓得像只野猫一下蹿上了屋顶。"

老吴说："没有碰到队伍吗？当时不是有支新四军在这一带打游击吗？"

父亲说："就是没碰到。当时我一路上都在想，不就是十几个人一条狗嘛，我们队伍来一定能把他们灭了。"

老吴说："可能新四军不知情吧，也可能他们在另外的地方执行任务。"

父亲说："我想也是。不过鬼子很狡猾的，经常夜里赶路，白天睡大觉。"

老吴说："你再想想，一路上还有什么印象深的事。"

父亲说："这个……我不晓得该不该说……"

老吴说："说吧，知道的都说，不说才不对。"

父亲说："当时是端午节前后，天已经很热，鬼子每次看见溪坎里的水湾子，或者山里的水库，都要洗澡，脱得光光的，一点不害臊。他们还用手榴弹炸鱼，炸弹一响，水里白花花一片，都是鱼。什么鱼都有，随便捞。有一次我看见一个小鬼子……啊哟，我都不好意思说。"

老吴说："说，必须说。"

父亲说："我看见他拿一条鱼，我看不清是什么鱼，反正不是鲤鱼，也不是鲫鱼，有点像黑鱼，但又不像，肚皮上白里透红的，身子像手臂一样滚圆，头也是圆圆的。他把鱼的牙齿都拔掉，然后居然当着我们面，把鸡巴塞进鱼嘴里干那事，一点不害臊，还叫我们看，跟玩儿似的，你说下流吧。"

老吴说："太下流了！我活这么大还从没有听说过这种事，真龌龊，简直禽兽不如！你们想，这种畜生要给他撞见个女的，能不撒野嘛。"

父亲说："幸亏路上没遇见一个女的。"

老吴说："那后来呢，他们进了城，满大街都是女的。你们想想，当时中国有多少妇女被鬼子强奸，这个是非常好的证据！继续说，还有什么？"

父亲说："没有了……"

其实还有，至少我听父亲说过，鬼子进城后把那两头水牛宰了，吃了。爷爷说，水牛是每个村庄的宝贝，良心最黑的人也不会杀水牛吃。还有，一天下大雨，他们在一座关帝庙里躲雨，鬼子把那些菩萨都砸烂，木头做的就当柴火烧饭。爷爷说，大慈大悲的菩萨是不好亵渎的，鬼子把它们砸了烧火，简直该遭天杀。还有，鬼子那条大狼狗，父亲说它当时正怀着小崽子，肚皮圆鼓鼓的，每天要吃几斤肉，而父亲一路上都没吃过一块肉，连一个狗屁都不如——父亲就是这么说的。还有，还是那只大狼狗，有一天吃饭时，喷香的肉香把村里好几条土狗吸引来，跟大狼狗抢着吃，一个鬼子拔出大洋刀把几条正在埋头吃的土狗都一一砍了，劈了，像劈柴一样。爷爷说，自从盘古开天地，老天都从不打骂在吃饭的人，要杀要剐该等它们吃完了再说，鬼子心里头根本没神灵，下辈子投胎只配当牛做马。

这些事情父亲多次跟我们讲过，在萤火虫漫天飞、蟋蟀叽叽叫的夏夜，父亲经常坐在天井里，摇着芭蕉扇，讲着这些事。不知为什么今天他没讲，我想会不会是因为老吴领导审问他，他紧张，忘记了。我也经常这样，平时记得清清爽爽的事，只要老师在课堂上把我叫起来问，我什么都讲不出来，全吞进肚子里去了。爷爷因此常说我是"洞里猫"，在家数得了芝麻，出门连冬瓜都数不清。不过，鬼子跟鱼干那事，父亲倒从来没跟我讲过，我听了也不觉得有什么意思，该是大人的事情吧。

爷爷说:"大人和小孩是两种动物,小孩是地下的蚯蚓,大人是地上的毒蛇。"

现在,在地上坐久的爷爷好像累了,受凉了,站起来跺脚,跺完脚又把我叫到一边,让我给他捶背。狗洞太低,地上有雪水,寒气太重,爷爷老骨头了,在地上坐那么久,背脊骨发冷。爷爷说,人老是从腰上开始的,他让我使劲儿捶。可离狗洞一远,屋里的声音听得不大清爽,所以刚捶一会儿,爷爷又回去坐在狗洞前,把耳朵对着狗洞,眯着眼,一副聚精会神的样子。我跟着在爷爷身边坐下,声音又钻进耳朵。

"那个……"老吴好像在抽烟,说话吞吞吐吐的,"现在你说说城里边的事,那个……到城里后你怎么了,还跟鬼子在一起吗?"

父亲说:"到城里后我就跟鬼子分手了。"

老吴说:"哪一天分手的?"

父亲说:"就那一天,我们把东西扛进一栋楼里,鬼子就赶我……们走了,水都没给喝一口。"

老吴说:"不对吧,有人反映你还留在鬼子军营里给他们做事。"

父亲叫起来:"鬼扯!谁这么胡扯淡!鬼子把我们中国人都看成贼,怎么可能留在军营里,做梦!"

老吴说:"别激动,有话好好说。你说鬼子军营里没有中国人,这不是事实,据我了解当时鬼子军营里有不少中国人给他们做事。"

父亲说:"他们是汉奸!"

老吴说:"是啊,现在有人就反映你是汉奸,给鬼子做事。"

父亲说:"谁说这话要遭雷劈!我是汉奸?笑话!我那时才十五岁,夜里还尿床呢,能做什么事?城里那么多人,鬼子凭什么非挑我?要轮也轮不到我。当时我们有五个挑夫,其他四个都是大人,要留下做事也该是他们,怎么轮得到我?我连洗衣烧饭都不会。"

老吴说:"你晓得,我今天不是代表个人,而是组织,对组织必须要忠诚,欺骗组织就是无产阶级革命的敌人、人民的敌人。你能保证你说的都是实话吗?"

父亲说:"我保证。如果我有说一句假话让天打我、雷劈我!"

老吴说:"如果你说假话,不是天打,也不是雷劈,而是革命专政你，把你打成'黑五类'，让你做牛鬼蛇神，做不了人。"

父亲说："我可以向革命组织保证，我绝对没有说假话。"

老吴点了一支烟说："那么好，你自己刚才也说过，你们进城时是端午节前后，天很热，可你回到村里时是什么时候？据我们了解是中秋节后，天已经凉快下来，这么长时间你在哪里？在干什么？我再提醒你，必须说实话。"

父亲好像是笑了一下："这有什么不好说的，我在城里，开始几天在讨饭，后来在一个理发店做事。我当时是从山上砍柴回来被他们拉走的，身上一个铜板都没有，怎么回家？路上要走几天呢。所以我先在城里讨饭，想等攒好几天的饭再上路，否则要饿死的，当时乡下看不到人。然后有一天就讨到那家理发店，师傅是个灵桥人，他看我可怜，把我留在店里做事，打扫卫生，去江里拎水，给客人洗头，后来也教我手艺。但没教几天，师傅出事了，我到现在也不知道出了什么事，反正一天晚上他头破血流地回到店里，急急忙忙地带了些东西就走了，走之前交给我几块钱，让我在店里等三天，等不到他回来我也走。我等了三天不见他回来，又等了三天还是不见。想再等，房东来催讨房租钱，我只有几块钱，不想给他，就逃走了，然后就回来了，走了三天。"

老吴说："以后你见过他吗？"

父亲说："你是说我师傅吗？没有，也不知道他是不是还活着。"

老吴说："人死无对证，你不是在说故事吧？"

父亲说："我对天发誓，我说的每句话都是真的，只要有一句假话你就专政我。"

老吴说："不是我专政你，是组织，是人民，是无产阶级革命。"

父亲说："反正不管是谁，人在做，天在看，我没有说假话，说假话就专政我。"

老吴说："好，今天我代表组织就问到这里，现在你先出去一会儿，待会儿我再叫你。"

父亲说："你有事问我别问他，他不会说我好话的。"

其实父亲出去后，老吴没有问关金什么话，只是检查了他做的记录。毕竟是去公社练过的，关金做的记录得到了老吴表扬。老吴说，记得不错,但有些错别字。关金说,哪些是错别字?你教我来改。老吴说,给我笔,我改,你看着就是了。他们改了几分钟错别字,又叫父亲进去。门开着,爷爷带着我趁机跟进去,老吴并没有赶我们,我看到老吴手上捏着好几页记满字的纸,像个刚收了作业的语文老师。

老吴把几页纸递给父亲,问:"识得字吗?"父亲说:"不多。"

老吴说:"那就算了,我看了,记得都是对的。"说着掏出印泥盒,要父亲摁手印。

父亲蘸了印泥,却没有马上摁,手扬在半空中,犹豫着。

关金催他:"摁啊,日本佬。"

父亲反而放下手,盯着老吴看。

老吴说:"你什么意思?"

父亲问老吴:"你已经调了查,现在请你给我下结论,我是不是日本佬?"

老吴说:"照你讲的看,你给鬼子做事是被迫的,没有受过鬼子的贿赂,不能算给鬼子做事。"

父亲对关金说:"听到了没有,你反映的是错的,以后别叫我日本佬。"

关金说:"你把话说清楚,谁反映你了?"

父亲说:"狗反映的,我被狗咬了。"

关金说:"那你讲谁是狗?"

父亲说:"我怎么知道,只有狗自己知道。"

老吴看父亲和关金红了脖子,连忙批评说:"吵什么吵,你们?事情还没完呢。"他对父亲说,"你先别起劲儿,摁了手印再说。"父亲摁了手印,他又指着记录对父亲说,"这是你说的,你说的是不是事实我回去还要调查,最后还要向领导汇报。真正结论要领导下,领导会给你一个公正的结论的。"

父亲问:"领导什么时候给结论?"

老吴说:"有结论我会通知你的。"

送走老吴和关金,父亲像刚跟人打了一架,很累的样子,坐在厢房里，一动不动，屋子里一丝声音都没有。我看见汗水从父亲头发里冒出来，顺着额头流下来，流进眼睛里，又流出来，像眼泪。我给父亲茶杯里加满开水，父亲轻轻摸着我的头说我乖。这是从来没有过的事，叫我感到好奇怪，好像父亲变成了母亲。

吃晚饭的时候，爷爷说："这个领导不错，眉毛里有颗痣，是个善人。"

父亲说："可他不是真正的领导。"

爷爷说："不管谁是领导，都是要讲事实、凭道理的。"

父亲说："也不知是谁反映上去的。"

母亲说："八成是关金。"

爷爷说："就是关金，不会有第二个人。"

母亲说："都是你们自己不好，老是嘴巴不饶人，得罪了他。"

爷爷说："有些人你活着就是得罪他。这就是小人，不会有好下场的。"

父亲说："也不知道什么时候会有结论。"

爷爷说："这就要你去跑，去催。领导都忙得很，不知什么时候才能想到你。"

父亲熬了一天，就跑去公社问情况。连着跑了好几次，每一次回家来脸色都很难看，像出殡回来，脸上挂一层霜，谁看了心里都发冷。直到冬至前一天，我们一家人都围着八仙桌在忙着做过节的米饼，老远听到父亲用嘴巴敲着锣鼓，唱着《打金砖》的戏文。那天正好刮大风，下大雪，我们关着大门。爷爷叫我快去开大门。我打开门，顿时看见一个人浑身雪白，像个野人，又像头野兽一样，朝我扑上来，一把将我举过头顶，用嘴巴敲着锣鼓，呀呀呀地冲进堂前屋，见谁喊谁，像只喜鹊。

爷爷说："拿到结论了？"

父亲大声说："拿到了！"

爷爷问："怎么说的？"

父亲把我放下，从胸膛里掏出一个信封，又从信封里抽着一页纸，交给爷爷。爷爷读过三年私塾，识得不少字，能看报纸。他一边看着，一边似乎也变成一只喜鹊，笑逐颜开地对我们说："盖着大红公章，值钱的！"

母亲问:"上面写什么了?"

父亲说:"你不识字,给你看了也没用。"

母亲说:"那你可以跟我说啊。"

爷爷对我母亲说:"跟你说不说无所谓,关键是要跟村里人去说。"调头对父亲说,"我们要让村里每个人都知道,公社给你下了结论,你不是日本佬,以后谁叫你日本佬就撕谁的嘴。"说完把信纸叠好放回信封,塞进自己胸膛里,"就放我这儿,我要证明给人看。"

以后,爷爷逢人必摸胸膛,把信掏出来给人看。老是重复,可能把他自己都搞烦了,有一天他突发灵感,顶着寒风去了公社。爷爷年纪是老了,但身子骨还是很硬朗,走路昂首阔步,一点也不慢。从公社回来,他一下从胸膛里掏出两封信,一封崭新的,一封旧的,有皱褶。

原来爷爷去公社找到老吴领导,照原样又开了一份证明,照样是盖了大红公章的。爷爷说:"我讲得不错,老吴领导眉毛里长痣,是个大善人,给我办了事烟都没抽我一根,还递给我两根,真是好领导。"

爷爷把新的那封交代母亲,要她保管好,旧的那封依然自己留着。第二天我去上学,经过祠堂门口,看见好几个人在看大字报,其中有我二姐,她叫我过去:"你来看,这是爷爷写的大字报。"

我过去看,看到一张新贴的大字报,上面贴着公社给我父亲的那份老证明,下面是爷爷用毛笔写的一段话。我才读一年级,很多字不认识,二姐比我大三岁,读四年级,所有字都认得。她一个字一个字读给我听。我觉得这些话都是爷爷以前在家里说过的,不新鲜,反正就是那个意思:现在公社出了证明,我父亲跟日本佬没一根毛关系,以后不准人再叫我父亲日本佬,谁叫他要撕谁的嘴巴,等等。

二姐说:"爷爷有个字写错了。"我问哪一个,她伸手指给我看,"呶,就它,'撕嘴巴'的'撕',爷爷写成斯大林的'斯',笑死人了。"

一路上,我和二姐都在为爷爷也犯小学生的低级错误笑个不停,像两个神经病。

其实,那段时间我们家每个人都在笑,尤其是爷爷,笑得闭不拢嘴。父亲终于跟日本佬脱清关系,他心里怀着一窝喜鹊呢。爷爷说:"我这几天夜里做梦都在笑,经常把你奶奶吵醒了。"我说:"奶奶不是早死了。"

有时候我觉得爷爷挺糊涂的，净说瞎话。爷爷说："有些人死了还活着，像你奶奶一直活在我心里头，梦里头；像关金这样的人，虽然活着却已经死了，因为他不像人，像鬼，老是害人。"

爷爷其实一点没糊涂，他每天坐在祠堂门口乘凉、享太阳，村子里的事情比谁都知晓得多，包括关金对父亲做的那些狗头狗脑的事。爷爷认为，我父亲是脾气像日本佬，而关金是心思像日本佬。

"心像才是真像。"爷爷说，"关金才是真正的日本佬，心肠大大的坏。"

有一段时间，爷爷对谁都这么说：关金是日本佬，是日本佬投胎的，满肚皮都是日本佬的蛇蝎心肠。只要提起关金，他从不说关金，而是说日本佬。那段时间，爷爷有个梦想，希望村里人都跟着他叫，把日本佬的绰号转嫁到关金头上。但关金是大队干部，治保主任，大多数人都畏惧他，爷爷叫了个半死，不灵光，跟他的人寥寥无几。

爷爷说，他的梦想像溪坎里的水，流走了。

燕子来了，衔着泥，在我家屋檐下筑屋、下蛋、孵出小燕子。小燕子长大了，在我家屋顶上练飞行。冬天来了，树叶都往地下飞，燕子们都往天上飞，飞过横岭，飞向遥远的地方。

燕子又来了，又衔着泥在我家屋檐下筑巢的时候，有一天，关金发神经似的，没踏进我家大门就大声嚷嚷："日本佬！日本佬！"

他这么嚷嚷时，我都没想到是在叫我父亲，因为自爷爷贴出大字报后已经基本上没人这么叫我父亲，只有母亲，有时被父亲粗暴的脾气惹急了才会骂他日本佬。

"日本佬！日本佬！"关金叫了又叫，声音越发地大，好像真的犯神经病了。

"你叫死啊！"爷爷从厢房里出来，看到关金狠狠地骂他，"你才是日本佬！"

关金嘿嘿笑，对爷爷说："日本佬他爹，你出门去看看，谁来了，都是带枪的！你儿子完蛋了！"

没等爷爷走到门口，武装部的老吴领导已经出现在门口，身后跟着两个陌生人：一个挎手枪，一个扛长枪，他们身后又跟着一群村里人。老吴问爷爷我父亲在哪里，父亲正好蹲完茅坑回来，一边还系着裤腰带。老吴见了，对挎手枪的人说："科长，就是他。"

科长对扛长枪的人手一挥："带走！"

爷爷上去拦，科长拔出手枪，对他说："靠一边去，否则我把你一起带走！"

爷爷胆子太大了，居然对着枪上前一步，挺起胸脯，威风地说："你要带走我可以，但不能带走我儿子，他下面有五个崽子。"

科长反而软了口气，放下枪说："老人家，你不要害他，你儿子犯了大罪，你不要再给他加罪，罪加一等，命都会没有。"

爷爷说："他犯了什么罪？"

科长说："天大的罪！带走！"

爷爷还想阻拦，被好多人拉开，他们都是跟着两支枪来的，有我姑夫、姑姑、我父亲的堂兄弟等。他们死死抱住爷爷，还捂住他嘴巴，不准他叫。我看着爷爷的脸色由涨红变成发白，又变成发紫，同时眼珠子越瞪越大、越来越白，后来脖子一硬，闭了眼，昏过去了。等爷爷醒过来时，父亲早已被科长他们铐上手铐带走，据说还是坐小汽车走的。

这天晚上爷爷一直坐在堂前屋里没有睡觉，一会儿对祖爷爷说话，一会儿对祖奶奶哭泣，一会儿又骂奶奶，怪她没有保佑好儿子。第二天，爷爷去找村子东头的瞎子，要他算一算我父亲的前程。瞎子问清情况，根据带走的时间、铐手铐、坐小汽车等情况，认定我父亲凶多吉少。

爷爷说："你算一算，他现在在哪里？"

瞎子念一通经，拨一通手指头，说："在东南方向，五里路左右的地方。"

爷爷说："这不是公社嘛。"

瞎子说："是的，在公社，关在一间铁屋子里。"

爷爷问："怎么才能救他？"

瞎子说："铁属金，金生火，火属阳，要用阴去克它。男为阳，女为阴。找个女人去救他，男的别去，去男的是火上浇油、雪上加霜。"

所以后来爷爷一直没去公社看父亲，去的是我母亲和姑姑。她们一次次去，给父亲带去了衣服、鞋子、脸盆、毛巾、肥皂、干粮、香烟等；给看押父亲的人带去了老酒、米酒、鸡蛋、大公鸡、老麻鸭，包括那只闹钟。反正家里值钱的家伙都带去了，可就是无法带父亲回来。别说带回来，连面都见不上。父亲被关在公社附近的一个地下防空洞的一间屋里，不是铁屋子，但有铁门、铁窗——瞎子先生说，这也算铁屋子。母亲和姑姑每次去，都只能走到防空洞门口，那里始终有人守着。据说，父亲的罪跟日本佬有关系，到底是什么关系，谁都说不清。

父亲被抓走后，我们家每个人都成了哑巴、幽灵，没有声音，家里经常死静死静，只剩下老鼠和燕子发出的声音。燕子在白天出声，绕着屋檐上下翻飞，闻风鸣叫，不亦乐乎；老鼠在夜里闹腾，上蹿下跳，钻箱越柜，肆无忌惮。那段时间，我觉得我们家的日子已经停下来了。

爷爷说："我们家的日子长了刺，吃水都要卡喉咙。"

母亲说："也不知道这日子什么时光能结束。"

爷爷说："熬吧，他回来就好了。"

母亲说："他还能回来吗？"

回是回来了，可是……

怎么说呢，父亲回来的样子太丢脸了！他被剃成大光头，胸前挂一块大木牌子，上面打着红叉叉，还写着什么"反革命分子""汉奸""卖国贼"。这些字我还认不全，是我们班主任喊口号时，我听出来的。我们班主任是上海知识青年，演过《红灯记》里的老奶奶，普通话讲得呱呱叫，每次村里开大会，她总是在台上领头喊口号。那天上午，上完最后一节课，她说："今天下午村里要开批斗大会，不上课。"

下午，关金一直在广播里喊，要大家去祠堂里开批斗大会。我不知道被批斗的人是我父亲，专门赶去看，看到戏台上坐满一排领导，听说都是公社来的干部，我们班主任坐在最边上，她换了衣服，穿一件绿军装，胸口戴着一枚跟汤碗一样大的毛主席像，手臂上箍着红袖章，看上去英姿飒爽，像海岛女民兵海霞。

来开会的人像汛期的鱼一样，一拨拨来，很快祠堂里人多得要死，闹哄哄的，比演戏时还多。我们小孩子都被挤到空中，有的趴在横梁上，有的架在大人肩膀上。我就坐在姑夫的肩膀上,姑夫又站在台阶上,虽然不在正中间,但高度绝对有优势。

在我们班主任一阵振臂高呼的口号声中,两个端枪的人押着一个大光头,从后台冲到前台。从我的位置看过去,大光头没有手,只有一只肩膀,肩膀上勒着一根粗麻绳。手其实被反剪在背后。我也看不到他身子,因为大木牌把他身子全挡掉了,只露出膝盖以下的半条小腿。但很快小腿也看不到,因为押他的人用枪托砸他膝窝子,他不得不跪下去。他跪下去时我高兴地叫了一声,好像我们胜利了。但就在这时,我一下子认出他就是我父亲!

父亲什么都变了,头发光了,两颗门牙不见了,两只耳朵出奇的大,两个腮帮子深深地凹进去,像两个陷阱,可以填两个鸡蛋……我确实已经无法认出他来,可我认识他的目光,那是我最初看见的"两道光"。

"爹——!"

我喊了一声,可声音只在血液里流,没有流到空气里。一种从未有过的孤独和羞愧,把我变成了废物,话都说不出来。我像被丢进黑黑的冰窟里,又像是在熊熊烈火中,难过得恨不得立即死掉。我也愤怒,愤怒得像浑身长满刀子,恨不得杀死身边所有人,包括父亲,包括我们班主任、校长、同学,全部人,一个不剩,通通死光。我不知道后来发生了什么,反正我感觉自己已从姑夫的肩膀上飞走,仿佛是钻到了他肚皮里,什么也没看见,什么也没听见。

爷爷说:"人生无常,苦有常,做人是最罪过的,活着就是受罪。"

以前不知道他在说什么,这一天我知道了。

我以为父亲从此不会再回来,他有那么多罪,那么多人恨他,谁会饶过他?一定会被枪毙。可是,母亲刚开始烧夜饭的时候,父亲突然被一阵锣鼓声带回来了。听说开完会,公社来的领导都走了,把父亲交给关金,关金押着他在全村敲锣打鼓,游行一圈,最后来到我们家。关金替我父亲解开绳子,一边对我爷爷说:"我告诉你,你儿子现在是真正的日本佬,本来要去县里坐班房的,考虑到他有五个孩子才饶过他,安排在村里服刑。村里服刑,必须接受我管制,我要管制不好,政府就要把他收回去坐牢。所以，今后他必须听我的，不能乱说话，不能乱跑动，每天早上要给村里打扫卫生，每天晚上要向我请示汇报。"

爷爷说："那他就是'五类分子'了？"

关金说："是的，今后他就是'黑五类'。不但是'黑五类'，还是'黑五类'里最最黑的那类，'地富反坏右'里他一下占了两类，又是'反革命'，又是'坏分子'，本来笃定要去坐牢，政府看他上有老下有小，宽大他了。"

爷爷问："他到底犯了什么罪？"

关金说："这你问他，我说还替他害臊，太不是东西了！"

爷爷没有马上问，晚上也没有问，因为父亲太累了，又累又饿，吃完夜饭就上楼去睡觉了，一睡睡了一天一夜，直到第二天吃夜饭时才起床。吃完饭，爷爷把父亲一个人叫到厢房里，闭了门。我猜爷爷是要问父亲犯罪的情况，我也想知道，就躲在门口偷听。开始父亲不理爷爷，只管他问，只管抽烟，烟雾从门缝里溜出来，熏得我流眼泪。后来爷爷不问了，父亲反而冷不丁冒了一句：

"我救了一个日本佬的孩子。"

"什么？"爷爷好像没听清楚，"你说救人，救谁？"

父亲说："一个日本佬的孩子。"

爷爷说："怎么你会去救日本佬的孩子？在哪里？"

父亲说："就在县城。"

爷爷说："什么时候？"

父亲说："给他们挑东西进城后。"

爷爷说："你进城后不是在理发店嘛，怎么会去救小鬼子？"

父亲长长地叹口气说："我其实一直被鬼子留在军营里。"

爷爷说："这怎么可能，你上次跟老吴说我听到的，当时你们五个人，挑完东西都被赶出了军营。"

父亲说："他们把我留下了。"

爷爷说："什么？留下你？那你怎么会愿意？"

父亲说："不愿意有什么用？不愿意等于找死。"

爷爷说："这就是……你上次同老吴说的不是实话？"

父亲说："嗯。"

爷爷说："那你现在跟我说实话，你给鬼子做什么了？"

父亲说："开始是养马，后来那只狼狗下崽后又去养狗。"

爷爷说："你就不会跑吗？畜生还管得了你？"

父亲说："怎么跑？他们有马，还有摩托车，跑多远都追得上。追上就是死。"

爷爷说："那养马养狗又怎么会去救什么人？"

父亲说："是个男孩，刚好十岁，平时在上海读书，后来放暑假，就去那里玩。当时我正好在养狼狗，他经常来看小狼狗，我们就认识了。"

爷爷说："然后呢，接着说啊。"

父亲说："有一天，我们去江边给狼狗洗澡，他不小心掉到江里去了，他不会游水，我把他救了。"

"呸！"爷爷说，"缺德！什么人不救去救个小鬼子，你就不能看他淹死？"

"那我也得死，"父亲说，"他是个大官的孩子。"

"呸！呸！"爷爷明显火了，骂，"他妈的，官越大杀死的中国人越多，淹死他才好，小鬼子！"

父亲不吭声。

爷爷又骂："我真替你害臊，什么好事不做去做这缺德事，咱们村里一条狗都知道，天下没有比东洋鬼子坏的人，他们杀死了多少中国人，抢了我们多少东西，糟蹋了我们多少女人。你总不可能没听说过吧，就我们隔壁村，有个女的，鬼子进村时脚崴了，来不及逃，就被鬼子强奸了，后来生出个小鬼子，要说那也是她骨肉，可她硬是把他活活掐死，丢进粪坑里，这才叫有骨气！有种！解恨！哪像你，我怎么听都觉得害臊。早知道这事也不要政府来查，我会去跟政府说的，你居然还跟政府撒谎，真不要脸皮啊！要我说，政府根本不应宽大你，就去蹲班房，死在班房里才好。"

爷爷越骂越生气，从椅子上站起来，在屋子里来来回回地走，一边仍是不停地骂父亲，也骂自己，骂着骂着哭起来，听起来很伤心的样子。我连忙去叫母亲。母亲给爷爷端来茶，一边说着安慰他的话，一边使眼色叫父亲走。父亲刚跨出门槛，被爷爷发现，又被叫回去。爷爷把我和母亲赶出来，只留父亲在屋里，又关了门，开始审问父亲。

爷爷说："我问你，政府怎么会知道这事的？"

父亲说："他托人在找我。"

爷爷说："谁？谁在找你？"

父亲说："就是他，我救的人。"

爷爷说："他在哪里？现在？"

父亲说："我也不知道，应该就在他们国家。"

爷爷说："他托谁在找你？"

父亲说："我也不知道，肯定就是这人向政府揭发了我。"

爷爷说："揭发得好！我要早知道也会揭发你的。只要是中国人都会揭发你，这叫什么事，丢人哪！"

父亲说："你不要把他想那么坏，听说他还托这人给我捎来好多钱。"

爷爷说："钱呢？"

父亲说："政府没收了。"

爷爷说："没收好，鬼子的臭钱我们家不要。"

父亲说："我也是这么说的。"

爷爷说："可你刚才还说他是好人，什么好人？东洋鬼子没一个是好人。龙生龙，凤生凤，老鼠生来就是打洞的，东洋鬼子生来就不会对我们中国人好。"

父亲不说话。

爷爷说："真不知你中了什么邪，会做这种缺德事，今后我们可怎么做人。"

父亲说："我改造好就好了。"

爷爷骂："好个屁！你知道你现在成什么人了？五类分子！牛鬼蛇神！不是人！今后我们都做不成人啦！什么阿猫阿狗都可以欺负我们，什么好事都轮不到我们，只配给人家当牛做马，女儿嫁不出去，儿子讨不到老婆，死了还要被人骂八辈子。"

爷爷越说越来劲儿，越生气，对父亲大声嚷："人做到这份上，还不如死，死了眼不见为净，活着是活受罪。真没想到，我一辈子要强好胜，一辈子堂堂正正，走在弄堂里连一条狗都敬我三分，到死了还要背一口黑锅，活得猪模狗样，任人欺，遭人骂，明的骂，暗的咒。你说，这样活着有什么意思？还不如死，早死早好。"

父亲说："别说了，你吃口茶吧。"

哐一声，爷爷把杯子打掉在地，骂："我肚子里全是气，连一口空气都吞不下去，还吃什么屁茶，你吃吧，就像狗一样去舔。"

刚才母亲一直和我一起在门外守着，这会儿母亲听到爷爷砸碎杯子，连忙进去，把父亲推出门，自己则留在屋里收拾散落在地上的杯子碎片，一边劝爷爷不要生气。母亲说："爹以前不是常说，世上没有过不去的坎，会过去的。"爷爷说："这回过不了了，天塌下来了，我们翻不了身了。"说着走出厢房，去了堂前屋里。爷爷从我身前走过时，没有理睬我，我呆呆地看着他一步步走进堂前屋，觉得他比以前缩小了好多，好像刚才在厢房里他一直在被开水煮着，煮熟了。

然后爷爷一直待在堂前屋里，坐在祖爷爷、祖奶奶和奶奶他们遗像前。我去睡觉时，经过堂前屋时，听到爷爷在哭，幽幽地，伤心地，好像一只小猫在寻妈妈。我上了楼，哭声还在耳边，上了床，哭声还响着，好像它已粘在我耳朵上，像一抹浓鼻涕。

可能是因为耳朵边粘着这哭声，我怎么也睡不着。我睁着眼，看着月亮升起来。月光如水一样从窗洞里灌进来，铺在谷柜上，照亮一层厚厚的灰尘。有一阵子，父亲的鼾声盖过爷爷的哭声，我这才迷迷糊糊地睡过去。一睡着，我又听到爷爷的哭声，在梦里，哭声越来越大，把我耳朵都胀破了。我就这样醒来，然后好久也睡不着，看着月光一丝丝爬上床头。

在我快要又睡过去时，楼下突然传来嘭的一声，接着听到爷爷啊哟一声，好像他摔倒在了天井里。我连忙起床，爬上窗洞，往楼下天井里看，一下惊呆了！爷爷在天井里打滚，那样子像一条刚从水缸里捞出来的大鱼……爷爷以前杀鱼，总是把鱼从水缸里捞出来，丢在青石板上，让它不停地在地上摔打、翻滚、翻来覆去、死死挣扎。

爷爷说："这样杀的鱼才好吃，鱼血都钻进肉里，鱼肉才鲜嫩。"

可是……现在谁把爷爷丢在了天井里，像一条大鱼！我连忙叫醒父亲母亲，一块儿冲下楼去。这时爷爷已经撕破衣裳，光着身子，奋力地在地上摔打着、翻滚着，一边使劲儿用手抓挠着肚皮，一边啊哟啊哟叫着，好像肚皮里在着火。

"爹,你怎么了?"父亲冲上去抱住爷爷,马上说,"糟了,他喝农药了。爹,你这是干什么啊!"说着哭着要背爷爷去医院。

爷爷抱住一根檐柱,死活不放手;放了手也不肯让父亲背上身;上了身就滚下来,一边还大骂父亲,用脚踢他,用手抓他,像疯癫了。

没办法,父亲只好去叫医生。

父亲一走,爷爷又在地上打起滚。比刚才滚得更凶,叫得更响、更瘆人!母亲根本无法挨近爷爷,只能手忙脚乱地跟着他打转,一边放声恸哭。母亲的号啕和爷爷的嘶喊激烈地交织在一起,我感到我们家整栋房子都在摇晃。月亮高高悬在空中,天井里盛满月光,我看得清清楚楚,空气里弥漫着一股刺鼻又刺眼的农药味。我还看见,农药在爷爷的肚皮里熊熊燃烧着,可能要不了多久就会把爷爷烧死。

我吓坏了,大哭,一边哭,一边想,爷爷今天把自己杀死了,像他曾经杀鱼一样杀死了自己……

《人民文学》2015年第3期

评鉴与感悟

儿童视角下的历史书写

作为二十世纪发生的重大历史事件,"文革"带给人们的灾难和创伤是无法抹去的,更是无法回避的。对于作家而言,"假如不先讲述'文革'的故事,倘若不先给'文革'一个'说法'……似乎还不能从文化、道德及价值观的断裂中真正'生还'"(许子东:《为了忘却的集体记忆》,生活·读书·新知三联书店出版,二〇〇〇年四月版)。特别是对于六十年代出生的作家,他们的成长经历天然地与"文革"交叠在一起,"文革"记忆成为无法摆脱的梦魇。一九六四年出生的麦家,童年是在压抑中度过的,爷爷是基督徒,外公是地主,父亲是右派,他从小被人歧视和排斥,备受欺侮。这些童年经历和早期记忆,使得"文革"成为麦家重要的写作资源和创作主题。

《日本佬》就讲述了那个年代的一个悲剧故事："我"父亲因为"日本佬"的绰号在"文革"中被调查，定为反革命分子，受尽侮辱，"我"爷爷无法理解儿子的行为，精神崩溃，最终服毒自杀。

小说采用儿童视角，来透视那段特殊年代的历史。使用儿童视角来处理此类题材的优势首先在于，儿童的限知视角使得叙事充满了童真的趣味，在一定程度上消解了大历史的沉重。由于年龄阅历的关系，加之好奇心重等心理特点，儿童与成人的关注对象和关注点是迥然不同的。在成人看来严肃认真的内容，在孩子眼中却是滑稽有趣的，成人所忽略的东西，孩子却觉得十分有吸引力。例如小说中父亲因为被叫了绰号而与关金交恶，"我"和母亲一样觉得为了这点小事得罪人不值得，只不过母亲是心疼被扣公分，"我"的理由却是"村里很多人都有绰号，像我姑父叫'癞皮狗'，我们生产队会计叫'矮脚凳'，大队会计叫'馊豆腐'……跟这些人比，我觉得叫个'日本佬''小鬼子'算不了什么……甚至还有点威风呢"。儿童自然不会明白绰号背后复杂的政治意味，他们的年龄阅历决定了他们思维的无功利性和去政治化。

其次，受限的儿童视角也能产生特别的悲凉意味。比如"我"对父亲与爷爷父子关系变化的感知与观察上，"日本佬"绰号引发的一系列事件（父亲得罪关金、公社武装部调查父亲、父亲被带走定罪以及被批斗）使父子的感情由和谐到分裂，爷爷由最初维护父亲，帮父亲抗争，到最后被父亲救日本孩子的事件击垮，愤而自杀。这过程中"我"充当的是旁观者的角色，作者并未借"我"发声，只是通过儿童目光的透视，隐隐揭露出沉重历史带来的生命之痛。父子亲情的断裂实则是民族主义与人道人性的矛盾交战，父亲救人本属善举，但却因救助对象的特殊性被视为变节，成为"黑五类""反革命分子"，而长期受当时政治环境浸染的爷爷也并不能正确理解父亲的行为，反而因此背上了沉重的精神负担，导致崩溃自尽。小说最后，爷爷垂死挣扎的场景与此前威风凛凛的形象形成了极大的对比与反差，更加具有一种震撼人心的力量。

麦家以儿童视角书写历史，讲述小人物在"文革"岁月的不幸遭遇，表现了对宏大叙事的反拨。儿童的限知视角，让故事在"我"的主观性体验下讲述,"我"既是叙述者又是故事中的人物,和作者全知全能的叙述视角相比,读者只能掌握到部分的故事信息,这让读者有了足够的想象空间;作家独特的叙述策略更使得小说别有一种魅力,特别是对故事走向别出心裁的安排,打破了读者的期待惯性,同时也将特殊年代的残酷、人性的扭曲变异等展现得淋漓尽致。
(王谦)

金刚四拿

/（土家族）田耳

我好几年没见着罗四拿，罗代本也这样。他俩是父子关系，具体说，罗代本是老子，罗四拿就只好是儿子。

刚进腊月，村里先有一头牛掉进老蛙田那眼天坑，后有一只羊掉进孩儿坟后面的天坑。掉牛当晚，村里果然又死一人。羊是郭金宝家的，他儿子见羊掉进坑，赶紧跑回村大声叫唤，找人帮他找羊。天坑不是每个人都能下去，要找火焰高的人，他们肩有双灯，哪都敢走。

罗瞻先气息奄奄地躺在床上，耳郭却罩得远，听见有人在说有羊掉进天坑了。过不多久，罗瞻先就发觉自己喘气变得浊重。他把罗代本叫来，说自己差不多了，要罗代本聚拢亲戚，给他接气，送他走最后一程。

罗代本当然要问他爹，那好，你先说说，为什么有这想法？

羊掉进天坑，必有人了命。罗瞻先喘着粗气说，算来算去，最该死的要算到我头上。

是算出来的，还是真有不舒服？

罗瞻先好好体会一番，肯定地说，真不行，今晚要走，有人在耳边叫我。

我们打狗坳有这风习，人在将死之际，所有亲戚朋友围着他，和他说道别的话，送他最后一程，这叫接气。罗代本倒不急着叫亲戚，前面罗瞻先也说过自己要死，亲戚朋友全叫来，他却又活过来。一次两次，虚惊一场，大家心里还欣喜；但事不过三，次数一多，亲戚朋友纷纷感到烦躁。罗代本打电话去叫，对方会问一句，这回真的要走？你肯定？

罗代本没法肯定，只好先找豁嘴老覃讨主意。

村里有几个天坑，既深且陡，牲畜掉进去出不来，是凶事之兆。为什么是凶兆，只有豁嘴老覃知道。村里，每人都有专司的职事，老覃负责讲邪怪的事。你拎一壶米酒去问他，就掉一只畜生进天坑，怎么有凶事？老覃只摆故事，你要不信，他再摆一个。只要不断往他碗里续酒，他就不断跟你讲，直到你背脊蹿起阵阵阴风，一个劲发凉。罗代本想问他，掉一只羊和掉一头牛，凶险的程度是否一样？是否当天就死人？若非当天见效，前三后四死了谁就算应验，那岂不是扯淡？腊月正月，天寒地冻，不管有没有牲畜掉进天坑，也要隔三岔五地死人。

罗代本还没找到豁嘴老覃，四拿意外地将电话打来。四拿像传说中的游击队员，游击队打一枪换一个地方，四拿打一个电话换一张卡。一般情况下，罗代本也打不通四拿的电话，只好等他打过来，而他一年难得打来几次。罗代本将情况讲给四拿的电话，四拿不用歇下来想，眼一转就有主意了，跟他爹说，你回去告诉爷爷，村里马冬奎的儿子在外面打工，出车祸死了，电话刚打回家。

这话怎么能乱说？马冬奎又没跟我家红过脸。

那就郭忠全家的儿子，反正都几年不回去。

郭忠全，你怎么能说他儿子？你妈没奶，你还喝过他婆娘的奶！

——随你便，那你想一个红过脸的，我也没吃过他家奶的，反正是要救人，再说爷爷迈不出门槛，不管说谁，他都不会去找人对证。

罗代本一想，虽然是损招，好歹也算一招，眼下没别的办法，不妨试试。又嘱咐四拿，你爷爷有一天没一天，你却好几年不回来。趁这次过年，回来看看他。四拿说，要回来，昨天半夜醒来，我心里说不来的酸楚，我想我是在思念故乡。

故乡？罗代本感到一阵牙酸，纠正说，是老家，是罗家垭打狗坳。

四拿的办法非常见效，罗代本跟罗瞻先讲有人抢着死，在外面打工出了车祸，罗瞻先就放了心，很快活过来。再过几天，四拿也真的回到打狗坳。那天我们正铺路，村级路已连上了乡级路，一辆中巴车开过。四拿探出脑袋，戴一副变色镜。虽然变色镜严重遮住了脸，我更确定是他，他每次回来都要搞一些新标记。

四拿！我朝他招手。

村长在我身畔，抬眼看见四拿很高兴，说，四拿你长高了哟。

四拿古怪地看他一眼说，村长，我坐着的。

村长说，来了就好，正缺人手。党的政策好，水泥都白给，我们只要有力的出力就行。你帮我们一块铺路。

四拿说，好的，我回去摆一摆东西就来。

我知道他不会来，这是明摆着的。他果真不来。村长还当他是几年前的四拿，我相信四拿比几年前有了更多见识，以及更远大的理想。

晚上四拿来找我，我备了酒，以及下酒菜，就在我家鱼塘边的茅棚。四拿老早就喜欢这地方，说这里可以当成我们的一个据点。他走进来，我就看出他是要找我谈理想。果然，他抿一口酒，恨其不争地说，田拐，你一辈子待在打狗坳不出去，简直就是 bào tiǎn tiān wù！我听不明白，我认得的怪词没有认得的狗多。他又说了一遍，暴殄天物，就是说，你把自己浪费了。我说，哪有什么好浪费！我是个拐脚，出去谁也不会请我干活。他就说，天生拐脚必有用，有些事情肯定是专门为你这种拐脚准备的。我说，那当然，你是说打狗。我一条腿比另一条腿短八公分，天生如此，不怨爹娘，但我走路必须不断地下腰，狗见我就躲。

他喝两个二两五，就讲以前喝三个二两五才讲的话，比如一定把我带出去见世面，有钱一起花，有难他独挡，诸如此类。他讲的这些话，我早已习惯，当耳边风。这么多年，他只要在村里，就总要找上我，跟我闲扯。他个儿矮，村长每次见他都夸他又长高了，可能是好心，但他听在耳里却有说不出的酸楚。一同玩大的一帮人，都比他高半个头，只有当我右脚撑地，走路下腰时，和他一般高，所以他和我特别有亲近感。我也一样，在打狗坳，我一旦晓得事，想挤进孩子堆一同玩耍，别人老是不要我，只有四拿不嫌弃我。我觉得我俩亲如兄弟，慢慢发现，他不一定这么看。比如，他夸我，老用一个词，忠心耿耿。我一开始真以为是夸我，后来觉得不对劲，什么叫忠心耿耿？查了字典，这个词，主要用在仆人和狗身上。我也不声张这些发现,直到那天,他自己憋不住讲了。

那时候他十六岁,和我一样大小。那天我俩坐在油桐树上闲扯,我不惮于说出我的理想,进城,有间房,能上班下班。他嗤我一声,说他不但进城,还要干出点事业,雇几个城里人,长得有模有样。以后每年回打狗坳,都是前呼后拥,两个走前,两个走后,每人一身西装,戴墨镜,一只手自然下垂,一只手插进怀里……

我说,那是保镖。村里红事白事包夜场电影,经常放港产黑帮片。四拿这么一说,我分明有印象。

差不多是的。四拿也承认。说到这儿,他神思恍惚地看向某处,看了许久,忽又将眼光拉回,定定地看我。我被他看得发毛。他说,田拐,我这个人日后一定会发达,你必须相信,我发达一定有你好处。我点点头,信他一回并不吃亏。

他又问,真的信是不?他逼视着我,要我当即表态。我只好重重地把头垂下,让他直视无碍看向我后脑壳。

好的,他说,那你给我磕一个头。

什么?

你真信我说的,就给我跪下。四拿不是开玩笑,脸绷得像皮筋一样紧,每个字用力吐出来。又说,以后我有钱,你就是我家总管,一辈子跟我过好日子。

我扑哧一笑说,跪就算了,不习惯。

他失望,喃喃地说,你这家伙,要来真的,就不肯信我。

又一次,大概七八年前,四拿从广东打来电话到南货铺,叫老虾米传唤我接。我去接,他便说,我这里有个职位,是部门经理。我认为你适合干这个。

为什么我适合?我都不知道是哪个部门的经理,具体要干什么。

你只管相信我。

我相信你,但我不认为我能当什么部门经理。

工资一个月四千起底。

吓死我了,赚这么多钱怎么花?

娶个老婆!

我学他的腔调，这实在是我人生规划之外的事情！

不要把我随便哪句话都当名言记下来！电话那头，他定然无奈地一笑。

他劝我有半小时，我反复跟他说有台水泵急修，他才想到结束。挂断前，他幽幽地说，你始终不肯信我。我能说什么呢？我对他的相信也只是点个头，而不是磕个头，心里有分寸。后来听说，本村和邻村有几个人被他拉到广东当部门经理，交了五千多块的保证金，干几个月没赚一分钱工资只好滚回来。滚回来的人，信誓旦旦地说，狗日的罗四拿，最好是不要回来。四年前，四拿回到打狗坳，那些人也没把他怎么样。他们邀成一群，找时间在四拿家里截住他。他便仰着脖子，别人只好勾着脖子，脸对脸，各自放了一通狠话。后面就无声无息了，见面照样打招呼，递纸烟。

那次他回来，我开始相信他已混成一个狠人，从外面学来一些狠劲。这种角色，哪天发达起来，还真不好说。

四拿回家两天，将铺盖再次卷成卷，来找我，要住进鱼塘边的茅棚。

又和你爹扯皮？

说来话长。他定睛看看我，又说，我要闭关一阵，想想以后的事。

我告诉他，我大爹从养老院例行回家过年，眼下也住那里。

没得事，我可以再开个地铺。大爹老熟人了，我们在一起正好搭伴。

他又住进我家茅棚。看样子，四拿还是当年的四拿。从前，他一旦和他爹扯皮倒毛，闹不痛快，就狗一样蜷进我家鱼塘边的茅棚，一睡一整天，躺在幽暗中，思考着一些别人无法想象的问题。以前我也陪他住茅棚，夏天一只一只地摁死花脚蚊，冬天拼命挤作一堆，听他逐一分析，附近几个村寨，哪个妹子尚有可能被我弄到手。

四拿要下榻我家茅棚，我在前面开路。走进去，是从光处进到暗处，里面的人先看清我们。大爹冲他喊，罗家老四？

他说，大爹，你老别来无恙？我看你像是回光返照，完全变年轻了嘛！

是四拿吗？大爹眼神不差，但耳朵产生了怀疑。

大爹，你以前掉柴刀，都是我去帮你捡。

是四拿！

大爹以前喝醉，就拎一把柴刀往外跑，我爹在后头跟，看他搞什么名堂。大爹以前娶过一个得脑膜炎的女人，女人给他生过一个胖小孩。后来女人跌死，埋往后山；小孩夭折，埋在村东头那片孩儿坟。大爹是往村东走，要给死孩子坟头除草，除得寸草不留，把那坟包伺弄得像新埋成一样。但柴刀总是一次次掉落在那片孩儿坟，坟茔不大，坟头坟间，草却过于繁茂，挤成一团一团。柴刀掉进草窠，很难找见。也怪，别人都找不见大爹的刀，大爹只好叫四拿去，四拿一次次轻易找见。

我看得见一道刀光！

四拿也喜欢把话往玄乎处讲，表情也配合得极到位。村里人公认，豁嘴老覃走后，指定是四拿接班。

次日听人说，四拿这次回来，又和他爹闹了一场严重的不痛快。以前他父子俩扯皮，事由摆上台面，村人各有倾向（小小的打狗坳，评理是最基本的集体生活），有说四拿脑子缺根筋，找不痛快，也有人偏说，罗代本也够古板。比如一次，四拿把头发染黑，也惹他生气。四拿原本一头黄棕头发，看上去像染的，所以染黑，想让人以为他没染发。罗代本在村口嚷嚷半天，说小孩不学好，染完头发就会往身上纹鬼脑壳，然后拖一把马刀街面上砍人。大家就劝，四拿还没有一把马刀长，不会干那种事。这次父子俩扯皮，舆论难得地一边倒，都骂四拿不是东西，出去几年变了坏种。

这次，罗代本替人杀牛时将这事捅出来：这小杂毛，出去跑几年江湖，自以为有口才，回到家，当着面，想说服他爷爷，反正是死，不如早点死。

——那怎么行呢？所有听说的人都义愤填膺，打狗坳和别的地方一样，坏种总是层出不穷，但也没见谁干这大逆不道的事。

我进到茅棚，四拿心情不错，正跟大爹讲自己见闻，天南海北的事，还扯到叙利亚和伊拉克，仿佛都去转过。大爹兴致高，他一直不喜欢看电视，不相信"新闻联播"的主持人，只信乡里乡亲讲亲身的经历。

我等四拿歇气，问他，你真的劝你爷爷早点死？

四拿冷静地看着我，问，我爹到底怎么说的？我就跟他学起来。我嗓门老气。学年轻人学不好，学他们的爹讲话，学谁像谁。四拿听后只是冷笑，跟我们说，原话不是这样，我爹最喜欢诬陷我，你们又不是不知道。

那你怎么说？大爹愿闻其详，四拿讲什么他都有兴趣。

我只是跟他说，看样子去不去也就最近的事情，不如趁着过年跨出这一步。过年大家都回家，一个打狗坳还凑得齐八大金刚给他抬棺。要是正月十五一过，年轻人都出门，他再死，就只好用郭小毛的拖拉机拖走。我知道，这几年村里有谁死去，都用郭小毛的拖拉机拖。四拿又说，郭小毛的拖拉机，以前拖牛拖狗，现在拖人。我们都是人生父母养，父母死了，应该众人抬着，走最后一段路。

四拿话讲得铿锵，理也站得稳，我却忽然记起来，四拿很早的理想，就是成为村里八大金刚之一。

每个村都必须挑出八条汉子，是为八大金刚，专管抬死人。年轻人都想加入其中，八大金刚，就是一个村庄的颜面。死了人，丧堂上，八大金刚挤满一张八仙桌，好酒好肉伺候。别村的人来吊唁，免不了往这边瞟一眼，心里想，这村的八大金刚比我们村威风，或者是，这个村要凑八个人，都紧巴。很小，四拿便羡慕八大金刚吃酒吃肉、顾盼自雄的样子。这些壮汉，一喝酒就拼上了，喝到半夜，第二天一早抬人，却不耽误。时辰一到，道士就发令：四大天王各守一方！四大天王并不现身，道士煞有介事，大家也相信，云里雾里的四大天王可不敢怠慢。道士又喝一声：八大金刚各在其位！八条汉子即刻动手，一条龙骨，两根横杠，四根抬扛，麻利地榫接在一起。抬扛压住肩头，为首的金刚吆一声，嗨呀。众人就齐声回，嗨呀。那棺材就稳稳升起。

只十来岁，四拿就想当金刚，为这他还发狠地练身体，挑柴比别人霸得蛮，十五岁能挑一百三十斤，上山下坡，走了十里地，几乎瘫倒，心里得意。他还主动跟我说，田拐，你砍的柴我帮你挑。他是要让肌肉长横实，那时开始，就把自己一点一点变成金刚。但没想到，光有力气不行，身体一打横，就不往上长个儿。当他确认自己是条汉子，就去找八大金刚为首的石榜商量。榜大叔，我来跟你混，也当一条金刚。我晓得，郭万才腿脚有风，抬棺用不上力。对此你有什么看法？四拿攒钱买了好烟，整条地送，搞关系。石榜掂了掂烟，仿佛好烟比差烟压秤。他说，八大金刚不赚钱，抬人基本上白抬。四拿赶紧说，我那份以后都孝敬你。

没问题，你这家伙心眼子开窍。但要干这事，我对你有个小要求。

你说你说。

那我就说啦！石榜把烟扔回，这才说，等你再长高一个卤壳，可以来找我。

劝爷爷早死，经四拿一说，也有理由。但说来说去，这事情显然是有，并非罗代本诬陷。大爹在一旁听完，也要表明个态度，就说，四拿，这就是你不对。有些事情能劝，有些不能劝，虽然罗瞻先随时会死，但你不能推一把。不推是他自己死，推了就变成你害死的。是不是这个道理？

四拿说，人活着，要讲活得长久，但也要讲活的质量，要活得好。

在我看来，活得长久就是活得好！大爹也是打狗坳一张利嘴。

大爹，你能代表一部分人，甚至绝大多数人的看法，但是，死了没人抬，扔在拖拉机上拖走，总不是你愿意看到的吧？

活得长短，跟死后用车拖还是用人抬，是两回事。

你想到死后是用车拖着走，还有什么心情活个长久？

他俩拌起嘴，我只好主持大局，岔开了问四拿，是你自己想着当一回金刚吧？

他没否认，还跟我说，要是我家死人，八大金刚我来凑，钱开双份，由我打头，由我喊号。

但你个头——你要抬棺，别的金刚跟你不搭调。

这个问题，早就解决了。现在有一种鞋，叫增高鞋，它可以拉平所有人的身高差距。

我说，我知道，女的穿叫高跟鞋，男的穿叫增高鞋。

两回事嘛，他坚决反驳，严厉地告诫我，增高鞋就是增高鞋。

那年大年初三，有陌生女人跑进打狗坳，逢人就问罗四拿家住哪儿。大家纷纷指方向，还下意识瞟了瞟女人的肚皮。女人长相不赖，个头比村里女人都高，比罗四拿高半头。这种事，当然是重要话题。听人说，女人在罗家歇两晚，最后是被四拿撵走的。罗代本大骂罗四拿脑子进水，女人自己找上门，若是谈婚论嫁，他们家就不好意思高喊高要。再说这个女人，一看就是好劳力。

我和她感情不和！四拿这么跟他爹解释，而且，现在我心思也不在这上面！

你有什么资格讲感情不和？你又不是城里人，又没上大学读书。罗代本认定自己迟早要被这条崽搞疯掉，痛心地说，你那心思，是不是还想着你爷爷几时死？

所以年初三四拿又跑去茅棚找我大爹喝酒，把我叫去。我并没拒绝，这几天他事务繁忙，没空理我，现在正好问一问那女人的事。这么个须尾俱全，看似愿意白贴给他的女人，竟然不要，说明他在外面还认得更好的女人。要知道，当年窝在打狗坳，他跟我一样，相亲回回不中，瞄准了目标靶靶零环，每次拽着自己身影，灰溜溜滚回家。

——其实是个概率问题。

概率？你说说。我好歹也读完高中，知道概率怎么回事，想听听四拿怎么拿它跟女人扯上关系。他拿以前的事打比方，譬如有一阵，他帮着我打周边村庄女人的主意，看我这拐脚能不能娶上媳妇。经他周密策划，那事情还是落了空。为什么落了空？四拿说，你想想，周围四乡八村，看上去跟你有苗头的女人，顶多也就十来个。你就这么多选项，这个不答应，那个也不答应，你的好事就到头了。如果你出去走一走，混一混，会撞到多少选项？我跟你说，你出去，就会碰上整个中国的女人。那是多大概率？百货中百客，别说你是拐脚，就算你断了两只脚，也会撞上一个死心塌地跟你过日子的女人。

为什么？

为什么？大多数女人喜欢钱财，没关系，总有些女人，偏就喜欢励志。

我能励什么志？

跟一个拐脚过日子，竟还过得下去，就特别励志，特别激发人的成就感。

四拿能说，我跟不上他思路。

那年过年，四拿爷爷又挨过一道年关，我家大爹却觉得自己身体不行了。本来他还到处能走，见山能爬，遇水能涉，但年初四那天，大爹在村口转了几圈，就躺进茅棚不肯动，要我给他送饭。我想叫人把他背回家，他不肯，跟我说他有了预感，鱼塘边的茅棚是他最后的归宿。

怎么觉得自己就不行了？见他饭量丝毫不减，我难免有疑问。

我怕活不过年初七！大爹答非所问。

年初七？七不出门八不归，年初七以前，出外务工的人都还待在打狗坳。我明白了，问他，大爹，你是不是想死了有人抬你上山？

大爹竟嘿嘿一笑。我这一下又猜对了。四拿这次回家，没有做通他爷爷的工作，却无心插柳柳成荫，把我大爹说服，要死趁早，有人抬上山。我这才意识到，让他俩同住茅棚，日夜长谈，是巨大错误。四拿能说，大爹并不容易被人说服，按说不会中招。但四拿出去晃荡，毕竟多有见识。见识这东西，对付没见识的人，往往管用。在我岔神的一会儿工夫，大爹把饭菜吃净，还意犹未尽抹了抹嘴。他哪是一个要死的人？我坚信大爹只是中了四拿的蛊惑，好在我有爹，他一定能除蛊解惑。大爹年纪虽大，毕竟长期靠我爹照应，所以晓得看谁脸色。我爹赶到后就把大爹训斥一顿，你还好意思当我哥？你身体明明一点问题没有，来了管吃管喝，还有睡处，去了有关饷的地方（养老院一个月还有百把块钱补助），怎么好意思想到死你说。你对得起党和国家的好政策吗？对得起养老院对你的养育之恩吗？一通抢白，党国组织全扯上，在气势上就摧枯拉朽。大爹只好缩着脑袋认错。

还想不想死？

瞎说说。

死也是瞎说说？我爹趁热打铁说，你再好好活个几十年。你刚过七十，身体挺好的，该硬的地方都硬邦邦。我们也不是守旧的人，养老院男男女女一大堆，有合适的老婆子再找一个，也不是不可以。

我，我注意一下。

少和四拿这种人来往，他出去几年，搞不定入了邪教。

我也补充说，大爹，要珍惜生命，远离四拿。

你们才是我亲人。大爹目光炯炯，向我们保证，四拿再来，我叫他想死的话自己先死，缺人抬棺我算一个。

我爹放下心来，冲大爹交代，过完元宵，准时去养老院报到。

说来也怪，过了元宵大爹没走，不是不肯走，脚软，躺床上下不了地，嘴还呻吟，一声长一声短，那韵律，装是装不出来。我去给他送饭，看那气色一点点地垮下来，赶紧叫车拖到县医院，请医生给他看。医生按部就班，望闻问切听，测压测糖，验血验便，浑身筛查，都没问题。医生就说，怕是老病。

这显然在大爹意料之中，听完松口气并嘱咐我，你把四拿盯紧，看着他别出远门。

他跟你下药了？

他答应过的，我死了，会找一帮人抬我上山。

我说，大爹，你死了关他什么事？这事他要不承认，我能怎么办？

我相信他，他跟我打过保证。

打保证？谁反悔谁是狗？

不要那么说人家，你不信我信。

回了村，我去找四拿，没想到他还窝在家里没有外出。我把大爹的意思转达给他，提醒他要认账。他淡淡地说，好的，最近我不会离开，有些问题我必须在这里想明白。不离开当然好，同时我也请他不要去茅棚。他离开打狗坳，大爹心里不托底，说不定死得快；同样，他要是再去茅棚，给大爹加油打气，估计大爹也没几天活头。可以说，四拿好比一眼茅坑，近不得，离不得。

我等着四拿问一句为什么不要去茅棚，我会跟他拿茅坑打比，这厮没问。

那以后大爹一直没见好转，过了正月开始在床上抽风。把他抬回家，我和我爹轮班看护，但阻止不了他日薄西山的架势。我时刻去盯四拿，看他走了没有，回来就劝大爹安心，四拿虽然不讲人话，但还干人事，说不走就不走。大爹翻翻白眼，说四拿等着当一回金刚。

我并不看好这样的事，金刚要凑足八个，村里年轻人以及中年壮汉元宵之前都已走光，剩下老弱病残孕，据说还有代孕，都不是当金刚的料。邻村估计也好不到哪去，只要能走动的都不好意思留在家里。以目前这状况，一个乡镇凑足八大金刚，都不容易。

过了清明，挨近谷雨，大爹真就死掉了。记得那天艳阳高照，一个孤老离开人世，并没有激起悲悲戚戚的心情。我没去找四拿，这不关他的事，虽然他跟大爹打过保证，但并没立字据打欠条。四拿自己找上门来，主动帮着料理后事。

灵堂打理好，我拉他到一边，说看样子你是说话算话的人。

你不要操心，金刚由我去找。他马上知道我要说什么。

这不是开玩笑。

我几时和你开过玩笑？他瞪我一眼，甩开我，又去放鞭炮。

道士看了日子，要摆五天，才等到吉日，好上山。坟地也选好，村东头棋盘坳，和那片孩子坟不远对山相望，爷俩好互有照应。村马路距坟地三百米，拖拉机爬坡厉害，可把棺材拖到墓穴旁边。车屁股朝向墓穴停稳，直接放绳垂棺，就像一种排泄，非常省事。大爹想有人抬着上山，四拿也答应帮他找人，但这事不能指望四拿。当然，若四拿真就找来了人，不妨当作意外的好事。四拿每天来灵堂，见缝插针地找事做，就想显得自己最卖力，但没见他提找金刚的事。我跟他开过一次口，不好再提醒。好在有罗代本，他找个场合，人不多，但也有两三个相熟的做旁证，所以这番话就传到我耳里。

人已经走两天了——你答应找人抬棺，他才走得这么急。罗代本说，现在这事你办到哪一步，电话总要打一打吧？

这个你不要操心。

我不想操心，可是恰好我是你爹。你抬抬屁股就走人，我还要在打狗坳活下半辈子。

我什么地方让你没脸做人？

八大金刚，你凑足一条腿了不？

既然你要操心，索性再教教我，怎么把人凑齐？

怎么凑齐？好的……罗代本掐起了手指，拇指是石榜，食指是郭宝海，中指是罗长平……以前的八大金刚，进城打零工有四五个，要打电话趁早，约好了，他们才能及时赶来。

四拿却说，打电话不是问题，价格谈到多少合适？

你自己想办法。你答应人家的时候，这些都应该想清楚。四拿，讲出的话就是欠下的账，怎么还，你自己考虑清楚。

我是负责找人，贴钱我可贴不起。

你这叫赖皮！

四拿一笑，只说，话别说早。经他爹提醒，他很快来找我，以及我爹，开口仍是叫我们不必担心，自打娘胎出来，他一直坚持用嘴说话，而不是用屁股。又说，村里原来的八大金刚，都是好劳力，现在城里打零工，有力气的一天赚三四百，再加误工费，来回车费，伙食，一个人少说要算到六七百块。一个六七百，是六七百，八个六七百，那就是五千多。而且，要是一个一个打电话，他们就容易自以为是，自抬身价，给他六七百，还摆出救苦救难雪中送炭的模样，花了钱，还欠下人情，摆明是亏本买卖……

我大概听出来，他讲一大堆，无非是三加二减五的意思。那些把话讲得很漂亮的人，你就怕他嘴里突然蹦出个"但是"。

我爹也不笨，索性问，你到底想说什么？

你们还是误会了，依我的经验，有些事，人越多的场合越能办成，因为有气氛，甚至是气场。这么说有点专业，我一下子没法跟你们讲透。而我，参加过三四千人的大会，那种激动人心的场面，我的妈，不管谁有资格站在中间讲话，只要不磕巴，都会得到热烈的响应，你想不自我感觉良好，想不要飘飘欲仙，都办不到！四拿说着说着，竟然进入回忆状态，忘了我们存在。

这跟找人抬棺有什么关系？我爹还是听不出来，我也是。

我是说，找抬棺的人，用不着一个一个请。这种事，好比买东西，拆零了买就贵，要打批发，批得越多越便宜。

哪里有八大金刚打批发？

话就只能说到这里了，说得太明白，效果可能打折扣。我只想问，灵堂哪时候人最多？

上山前一天晚上。

谁都知道，上山前一天的晚上，有一场最大的法事，到时道士打绕棺，唱通夜丧堂。以前，哪里道士丧堂唱得好，邻村有人找过来听。现在只怕人聚得不多，光有道士闹不起来，有钱人家还请一台草台班的晚会，唱歌跳舞小品，搞怪逗笑，极尽粗鄙之能事，都在上山前一天的晚上。

四拿又说，等道士打绕棺搞完，会吃夜宵，那时候人最多。你们只要稍微配合我，吃夜宵时支一张门板——不，要支两张，在整个灵堂最显眼的地方。

说来奇怪，上山前一天晚上，那餐夜宵，是让人记忆深刻的东西。

当晚，要将祭羊宰杀。祭羊白天牵去坟地，将一块土皮上的草啃净，晚上就杀它，肉还热得烫，就有一帮妇人快刀片成薄片，放进沸腾的酸汤锅，煮成汤粉的浇头。粉丝也要现做，浇上一瓢酸汤羊肉，那种异香……我们一致认为，"舌尖上的中国"不拍酸汤羊肉粉，简直徒有虚名！

大爹停灵的第四天，也就是上山前一天，四拿没有现身。我爹联系好了拖拉机，那拖拉机前轮小后轮大，前轮是抓手后轮是推手，简直专门用来爬坡。道士打绕棺时，人果然来得不多，快到夜宵的点，就陆续赶来。熟人见面互开玩笑。这个说，你来得正是时候啊。那个说，想不来，行吗？眼睛躲得了，鼻头躲不了。

我端一盆切好的羊肉往那边赶，大锅下的柴棒子燃得噼啪作响。这当口，四拿又冒出来，肩上扛一捆短杠，一手拎着一个白胶壶，能装二十五斤酒的那号。他问我，门板支好没有。

就等你来，马上就支好。

不急，我还要折回去，还有两壶酒，一起提来。

这么多酒？

算好的，二十来条人，一条人三斤，应是差不多。

门板是很有用的东西，有时候摆死人，有时候当饭桌，有时候遮住自己以防丢人现眼。这大有用处之物，家家都有，我支一张是长条桌，支起两张就成方桌。我爹又将瓦数最大的灯泡拉在上面，晃人眼目。我放眼四周，已来了不少人，有的坐着吃，有的偏就蹲着吃，都在吃酸汤羊肉粉，吸溜汤粉的声音绵密厚实，经久不绝。现在碗小，一碗装二两粉丝，村里男人少说要吃三四碗。打狗坳最高纪录是十七碗，纪录保持者是——今晚躺进棺材那位。吃粉时，有人又提起这个，引发一阵唏嘘。

四拿走进人群，拍拍这个，叫叫那个，拉了一二十人围住那块门板，一起喝酒。拧开壶盖，喝起来酒味比啤酒还淡，甜味却浓，更像饮料。其实，这叫"神仙酒"，用糯米和拐枣酿成，还加话梅，加杂花蜜，加姜丝，放进大竹筒子煮热。喝着浑不觉，喝到一定时候就像被人下了蒙汗药，叫一声"倒也"，你就倒。有的色鬼，就喜欢拿神仙酒去弄女人。而现在，四拿拿来这么多神仙酒，吓不着围上来的二十多个男人。他们当然都被神仙酒放翻过，心里却不肯信，这水一样的酒，真的放翻了我？不信邪，那好，再试一次。

酒喝开以后，有人就问，四拿，你不是答应说要请人抬田黑苗（我大爹）上山的吗？怎么一个金刚都还没现身？有人跟着说，和活人开开玩笑，不能跟死人开玩笑，死者为大，要有报应。

我不骗田大爹，答应的事一定办到。四拿吸溜一口粉丝喝一口酒，显然也饿得不轻。又说，金刚我都请到了。

接下来，自然有人要问，在哪里？

四拿一脸神秘兮兮，将围桌的人都瞟了一圈，喝酒的就放下碗，知道四拿又要讲怪谈玄。豁嘴老覃几时也挤过来，扯起耳朵，想听四拿能讲出什么新花样。

真的请到了，这是当大事，开玩笑明天就落雷劈死哟。四拿又嘬一大口，说不要急的，金刚即使请到，也不是说来就来，他们那叫"现身"。要想他们现身，总要有些套路，总要敬些礼数。

怎样的礼数？心急的，自然还追问。四拿已得豁嘴老覃真传，知道如何一点一点吊起别人胃口。又说，酒喝完，我立马请金刚现身，让你们看个仔细。

桌上摆开下酒菜，有的再去要米粉，用米粉下酒。大几十斤水酒，不紧不慢地喝，也用不了多长时间。喝完，半数有了状态，有的开始说胡话，有的两两抱一起，抱得很紧，也有个别开始溜桌子。

有人还能记事，冲四拿说，四拿，少耍花样。酒壶把把都空了，你再不叫金刚现身，我们就捉着你打油槌。

——已经现身了。四拿嘬着最后一口。

众人面面相觑，愈加糊涂，又问，在哪儿，在哪儿？四拿，今天这番话兜不圆，小心田黑苗半夜带你一起走。

这不都看见了嘛。四拿嘿嘿哈哈，指指这个，又指指那个。

明白过来的人，有的冷笑，有的嚷嚷。这玩笑有些离谱。这一桌男人，大都是半劳力。八大金刚哪是随便凑得出来，棺材不是谁都有资格去抬。但是，四拿有种当这么多人开玩笑，又能把他怎么样？别的人不痛不痒说几句，便要忙别的事，罗代本认定自己一辈子待在打狗坳，他挂不住脸。生出这样的儿子，他只好一次一次挂不住脸。他摆出要发作的模样，冲四拿说，你有种，你今天敢在这里开玩笑！这里面哪个有金刚的体质？

我们都是金刚。四拿蛮有把握地说，为什么一定要是八大金刚？为什么不能是十六个？要找十六个人抬棺，我们个个都有资格！

十六个？

找八个找不出，就十六个，两个抵以前一个金刚，我看没问题。他又指指我，田拐都可以当金刚。我有一种鞋，他一穿两只拐脚就能变得一样长。他都可以是金刚。

噢，是的，抬棺的人越多，级别越高。最先呼应的，是豁嘴老覃，没准是四拿找好的托。他还说，两个人抬是滑竿，四个人抬是花轿，八个人抬是大官坐的官轿，十六个人抬，我看是以前皇帝才有的资格。

是的，不能等了。四拿什么时候站了起来，又把别的站着的人吆喝着坐下，只他一人站着，这才继续往下说。不能等了，要是老去等八大金刚，我们每个人都只好被车子、被拖拉机像拖死狗一样拖走。人生父母养，生下来是被人迎接，走的人也应该被大家手把手送走。

他喘喘气，旁边的人递烟，燃上。他狠狠地说，今天你不抬人家，明天也没人抬你。我们每个人，都必须是金刚。

场面上没了声音，每个人的表情都有些凝滞，想着，感受着，在自己死后，有人抬或是被拖拉机拖走，这滋味有多少差别。

稍后，有人问，怎么抬？

问得好！四拿早就等着有这一问，他掏出一根短棍说，这是一根杠。他比画着，龙骨一根，棺材就平行吊在龙骨下面；横杠垂直于龙骨，前后各一根；以前的抬杠四根，左右垂直于两根横杠。而现在，他又弄出八根短杠，前后垂直于四根抬杠。每根短杠各两个人抬，正好十六人。

这两天我一直在琢磨，怎么弄才抬着舒服，是加四根抬扛，还是在抬杠上面再加短杠。想来想去，在四根抬扛上加八根短杠，无疑是最省事的办法。

这是很简单的设计，大多数人明白，有个别人偏要说，四拿你再讲一遍。

好的，讲是讲不清楚，现在大家都站起来。四拿退后几步，走到较空旷的地方，手一挥，喝酒的人即使摇摇晃晃，都往那边走去。四拿见自己已开始掌控局面，又下了个指令，要所有人按高矮秩序排好。

有的人嘻嘻哈哈，郭麻子就说，罗四拿，你还捉着我们搞军训？

谁和你开玩笑？郭麻子，现在不是你说话的时候，快站好队！四拿的语气，忽然就变得严厉。郭麻子一看别人已经渐成队形，赶紧比着高矮，找自己位置。

不久，我也当上金刚，抬了一回死人。罗瞻先很快也去了，我去抬，一只脚穿自己的鞋，一只脚穿四拿借我的增高鞋，两只脚就一齐用上力。

大爹上山时，来送他的人很多，留在村里的男人，个个都变身金刚，围在棺材周围。十六个抬棺人可以随时被替换，因为都是老弱病残，谁体力稍有不支，吆喝一声，马上有人替他。一路不停地走，人不断地替换，喊号子的声音始终不绝于耳。整个队伍像在搞接力赛跑，像是火炬传递，人一多，自有一股热火朝天的气氛。一些人原本是旁观，看着看着，不知不觉，袖口一挽，拢上前来报名说，我来替一替。

大爹没有子嗣，所以我这侄儿要拦棺，要摔盆，充当孝子的角色。我爹在一旁监视着我。在他看来，这好比一次难得的彩排机会，下次该他走，我就可以很熟练地当孝子。要是他不盯得那么紧，我也想挤进抬棺的队伍，冲各位金刚说，来，我也替一把。

罗瞻先肯定是知道我大爹死得很风光。整个打狗坳还能走路的男人，都给他抬了棺，所以罗瞻先后脚跟着走，想有同等待遇。走之前，他特意交代四拿说，抬棺的事，你要当总指挥。四拿哪敢拒绝，胸脯一拍说，你放心，别人家的我都尽心尽力，你嘛我更是要弄得隆重气派，弄得轰轰烈烈。罗瞻先上山的时候我也当了一回金刚，要是没有四拿，我不敢想象我这拐脚，也能当一回金刚。我左脚穿着自己的平底鞋，右脚穿着四拿送我的增高鞋，抬棺走半里地，别人强行将我替下。

我决定出去看看，再不出去，我就只能一辈子待在打狗坳。四拿也是出去长了见识，才能变成一号人物。他自己也说，以前搞业务员，费尽唇舌，也没做成几单好生意，但嘴皮子到底是磨快了，回到打狗坳，竟然管用。我决定跟着他出去混，不一定赚着钱，只求开开眼界，改变心境。天下之大，不定还真碰到一个一心想嫁给拐脚的漂亮妹子。

我去找四拿，告诉他，我已经打定主意跟他出去，鞍前马后，忠心耿耿。他脸色犯难，跟我说，不行，兄弟，我已经决定留下来了。

当村长助理？

村里什么事也瞒不住，我知道村长要他当村长助理。这也是村里那些自觉得差不多活到头的老人强烈要求，他们相信，抬棺这事需要四拿主持，若没有四拿，换一个人主事，没准抬棺的人就凑不齐了。村长不是干部，每月有一千五百块的误工补助，村长助理每月一千二。

四拿跟我说他打算干这个。

一千二？

一千二。他用力地点点头。

为什么？

为什么？问得好！这几乎成为他口头禅。他抽着烟，仔细地想了一会儿，告诉我，出去十来年，我发现外面人不需要我，谁都不需要我。但这次回打狗坳，竟然还有人需要我。

需要你抬棺材。

那也是需要！需要我抬棺材，我才能变成金刚。

你已经把太多人变成金刚，所以，在我看来，似乎不缺你一个。我还是想有他带我出去混事，没有他，外面显得太大。

他拍着我肩说，田拐，所以你要出去，你出去转一圈，再回来，说不定就明白了。哪天我接了村长，你也可以来当我的助理。

我爹帮我看了个宜出门的日子，我拿着很少的行李上路，四拿也来送我。他把外套披在身上，双手反叉在胯骨上，让我想起很多年前焦裕禄的画像。道别后我没有回头，径直奔向三岔口，在那里搭车。我脚上穿着不同的鞋子，一只是平底鞋，一只是增高鞋。这增高鞋是四拿带回来的，现在送给我了。另一只，他也一把揣进我的怀里说，这只穿不上，也算是个纪念。

《回族文学》2015年第3期

评鉴与感悟

城乡间的走出与回归

随着中国社会工业化、城镇化的高速推进,越来越多的农民怀着各自的梦想,从乡村聚集到城市。当青壮年离开后,老幼妇孺开始支撑起日常的生活,乡村变老了。《金刚四拿》正是通过聚焦农村年轻人的出走与回归,关注农民实现自我价值的精神需要,书写出别样的中国城乡关系。

故事发生在罗家垭打狗坳,一个充满乡土气息的地方。就是在这里,四拿为了实现他的人生价值离家进城,"干出点事业,雇几个城里人,长得有模有样。以后每年回打狗坳,都是前呼后拥,两个走前,两个走后,每人一身西装,戴墨镜,一只手自然下垂,一只手插进怀里……"四拿在离开前,想象着自己成功后的样子。

然而,这一切在他爷爷罗瞻先发觉自己将不久于人世的时候发生了变化。

当地有一个习俗:人死了,出殡时应该由八个壮年男子抬着,走最后一段路。可由于村里年轻人都走了,要凑齐八大金刚已是妄想。只有过年时,年轻人才会从城里回来,人气旺些。因此发生了四拿劝爷爷趁过年死的事情。不想,罗瞻先没有死,倒是"我"大爹过了清明死掉了。此时,村里的年轻人以及中年壮汉都已在元宵节之前走光了。为了让死者安心,也为实现自己的童年梦想,四拿将村里的老弱病残都集中起来,两个抵从前一个,变成了十六金刚,风风光光地把大爹抬上了山。

此事之后,四拿决定留在村里不走了。原因是他在村里找到了自己存在的价值,"出去十来年,我发现外面人不需要我,谁都不需要我。但这次回打狗坳,竟然还有人需要我"。

至此,四拿的人生经历了一个从走出到回归的封闭轨迹。这似乎暗示着农民在城市中寻梦的不可能,他们的价值必须在本乡本土中得到实现。

但小说结尾处,作者设置了"我"出走城市的情节,却将主题推到一个更深的层面,体现了作者对农民问题的深度关怀。小说中的"我"虽然也梦想进城,有房、能上下班,过城里人的生活,但因天生拐脚,始终没有行动。四拿的这次回归让"我"看到了他的变化，"我"相信是城市中的历练，让他拥有了更多的见识和能力，他俨然已经成为村里的一号人物。四拿的回归不仅没有成为"我"留在农村的理由，反而进一步激发了"我"去城市打拼的斗志——城市俨然成为农民心中的鬼魅天堂。四拿的回归和"我"的出走，象征着一代代农民前赴后继涌向城市的循环命运：走出乡村，已然成为农民的宿命，但更为终极的结局，或许是最后无奈的回归。

小说描写的是农村，是农民的人生轨迹，然而小说中从未正面出现的城市，才是农民命运的真正推手，它代表着充满希望的理想，也代表着残酷的幻灭。这不在场的城市，像一道魔咒紧紧勒在中国农民的额头，左右着他们人生的方向，决定着他们的去留。城市永远是城乡关系的主导，而农民必然处于被动位置，被吸引、被选择、被抛弃。这样的结构设计，给小说增添了一丝悲凉的味道。（薛婧）

在县城

/ 曹寇

这是一个小县城，车站没多少人。所以下了火车，一出站，就能看到前来接站的张亮。

"我说得没错吧，李芫肯定不会来。"王奎十分得意地对高敏说道，后者则"切"了一声。然后他们向张亮走去，在那种有点肉麻夸张的寒暄中上了后者的车，搞得就像真的久别重逢似的。

不是好车，一辆老款桑塔纳，空调坏了。也不是久别重逢，上个月张亮和李芫还去过上海，王奎和高敏在家里招待了他们，并将他们安置在客房睡过两夜。

同为女性，高敏当然有必要客套地问李芫怎么没来。包括高敏本人在内，车上所有人都知道这属于明知故问，甚至不用回答。但张亮也不能装死，必须配合高敏的客套方式，说到旅馆把他们安置好后，李芫会过来。高敏听后，大家心照不宣地一笑而过。好在高敏第一次来，小县城的风光不得不看。沿街的家庭作坊式工厂几乎遍布了他们到旅馆的一路，此外就是和其他中国城市并无二致的街景。

说来话长。很多年前，也就是网络刚普及那会儿，在一个论坛，张亮和王奎认识了。后来张亮去过几趟上海，王奎也来过一次县城。在这段交往中，张亮由未婚到已婚，再由已婚到有了婚外情。这个婚外情就是李芫。同步，王奎也最终认识了高敏，二人住在了一起。眼下的情况是，不仅张亮和王奎是朋友，李芫和高敏也算朋友。张亮这种有个老婆还在外搞婚外情的状况，虽然在这年头司空见惯，但据张亮说，他和李芫的感情是真的，二人不是玩玩就算了的那种。这一点，作为小三的李芫也同意，"八年了都，否则我们怎么可能会在一起这么长时间？"说的也是。起码高敏对他们持久而热烈的感情表示赞赏和同情。所以，最近两年，张亮一直在和老婆闹离婚，但又一直离不了。他的老婆不仅不愿意离婚，而且事业编制的身份使她始终保持着一种家丑不可外扬纸绝对要包住火的努力。那就是，无论张亮在外面怎么乱搞，她气归气哭归哭，都不会放开音量和丈夫争吵打骂，就算有争吵打骂也只能在关上门窗拉好窗帘仅限于卧室的范围。对此张亮刚开始也颇为顾忌，毕竟小县城就这么大，老婆是事业编制，他本人还是公务员呢，事情闹起来大家都不好看，以后还怎么在这个地方做人？大概爱情的力量确实太伟大了，面对李芫的愧疚最后迫使张亮完全不要脸面了，直接将离婚的诉状递到了法院。可惜法院里的一个人是他老婆的亲戚，这个亲戚接了状子，不但没有受理，反而赶紧把张亮的离婚愿望转达给了双方家人。双方家人的震惊和针对张亮的愤怒可想而知。据说张亮的老丈人当面训斥女婿时，张亮曾回敬以"操你妈"的言辞。但即便如此，除了张亮本人，没有一个人同意他们离婚。没有办法，张亮只好离开家，在外面租房子单过。这一方面落得个清静，另一方面也可以和未婚姑娘李芫秘密幽会。至此，大家虽然知道张亮在外面"瞎搞"，但除了少数几个人，没人知道他"搞"的是那个在县城中学教英语的李老师，那个住在县城百货大楼附近的李家姑娘。直到半年前的一天早上，李芫还没醒（难得对父母撒谎外出旅游，留宿在张亮那儿），朦胧中听到有人开门进来。她没往别处想，以为是张亮买早饭回来了，刚想伸出脑袋看一眼自己这个亲爱的已婚男友，结果看到了一个满面土灰的妇女（王奎见过张亮老婆，在他印象中，后者脸色还挺红润的）。这个妇女什么也没说，嗷的一声跳上床骑在李芫身上，两个巴掌跟雨点一般打在后者的脸上。至于嘴里的污言秽语，因为属于勤劳善良的中国人民经常使用的那些，就不赘述了。总之，如果不是张亮及时赶回，李芫觉得自己会被那个"泼妇"给活活打死。提到这个恐怖经历，李芫止不住浑身发抖，泪如雨下。在王奎位于上海的家中，李芫甚至无视张亮的摇头暗示，把当时的恐惧程度淋漓尽致地表达了出来："还还手呢，不瞒你们说，我当时都吓尿了。尿床了。尿裤子了。哦，天哪！"也就是说，在道德上，被奸夫张亮保护了长达八年之久的淫妇李芫，最终还是暴露了。"我也不知道她为什么会有钥匙，不知道她怎么知道我租住的地方。"张亮也感到恐怖，只能理解为他老婆的追踪和侦查能力非常了得。"也许她早就知道了呢。只是不想点破而已。"王奎自以为聪明地替张亮分析道，"现在你都闹法院去了，还要操她奶奶，把她逼疯了，干脆撕破脸皮算了。"不知是为了缓解一下李芫的情绪，还是希望从王奎高敏的嘴中找到一点安慰，被"捉奸在床"之后没几天，张亮就带着她来了上海。这就是一个月前他们住在王奎家的前因后果。

那两个晚上，四个人主要就是不懈地谈论此事。而不懈谈论就会导致情绪化的重复、唠叨和语无伦次，直到临走那天晚上，四个人才露出疲态。因为大家谁也不知道这事接下来该怎么办。王奎和高敏不可能提供任何有建设性的建议。而在这两晚里，李芫反复表达的"再也不回去了"，最终还是以"他妈的，还得上班不是，还得把日子过下去不是"而告终。

返回县城之后，也就是在这过去的一个月里，张亮和李芫又遭受了很多磨难。张亮能上法院，说明他已经不在乎闲言碎语了，即便它正在呈几何级数增长。而且他是男的，在某种意义上，小县城的同类们指摘之余还免不了称赞、羡慕和愤恨。"哟嗬，没想到这小子还挺能搞，艳福不浅嘛。""操他妈的，我比张亮那小子差吗？凭什么他能搞我没有的搞？"凡此不足道。李芫就苦了，面对自己的父母就是一个大难题。要知道父母都是当地有身份有地位的人，就这么一个女儿，寄托了多大的希望。大学毕业至今，女儿都没有带过男朋友回家，随着女儿年龄越来越大，虽然他们隐隐有点着急，但还是理解为女儿和他们一样眼光颇高。李家书香门第，古代还出过翰林，就算女儿找了一个什么男朋友带回来了，二老也未必能满意。这下可好，女儿原来和那个叫张亮的已婚老男人通奸，而且据说已经八年了，这和一泡屎甩在他们脸上又有何异。列祖列宗在地下听见，也会纷纷以骷髅和半腐烂的模样爬出来对李芫加以阻止和鞭挞。李芫的父亲显然已经和女儿彻底无话可说。她妈妈除了垂泪，现在所干的就是每天擦干眼泪以接送女儿上下班的名义跟踪后者。据李芫说，张亮老婆来找她妈妈的时候，她妈妈刚开始还很抵触，将前者轰出家门。后来二人居然达成了统一战线，互相留了手机号码，日日互通有无，目的就是让她们的丈夫和女儿不再继续做奸夫淫妇。如：

你女儿今天没去找我老公吧？

绝对没有。

那我就放心了。

你就不能把他所有的钱控制在你手里，让他租不起房子？

不太容易，但正在努力。

加油。

共勉。

晚安。

好梦。

虽然通过其他方式已基本了解，在旅馆房间里，当面听完张亮李芫的最新情况，王奎还是按捺不住，率先笑了起来。高敏受笑声感染也笑了笑。二位当事人想了想，也觉得确实好笑。所以最后四个人都发出了经久不息的笑声。

此时已是晚饭时光，但四个人并没有一起吃。

从车站到旅馆，确实是张亮开车接送而来，但他并没有下车，只将王奎高敏放在旅馆门口就继续把车开走了，赶赴自己的住处。因为他必须让随时而至的老婆不仅看到他换了锁芯的房子灯光是亮的，楼下那辆桑塔纳也健在。而李芫，她之所以能够出来，是明确告诉父母有上海朋友来看她。不过，李芫妈妈还是陪女儿一起来到宾馆眼见为实了一番。

这是一个身材挺拔的女人，比同龄女人要高那么一点。黑牛皮靴，呢子大衣，挎包锃亮，头发高高烫起，能操一口带有方言但颇为清晰的普通话。就当代国情而言，无论从哪点来看，都算那种中年气质妇女。但她仅仅在房间里稍坐了片刻，就以"你们年轻人玩吧"为托词礼貌地离开了。她走后，王奎对李芫的妈妈赞不绝口。表示无法相信如此雍容高贵的县城妇女会做出跟踪女儿的委琐之事来，更难以想象这个描过眉线的女人哭肿双眼的样子。

"没道理全世界的妈妈都一样啊。"王奎说。

他还不由得感慨起了自己的母亲,一位农村老太太。后者远在千里之外,按这时令,或许正满腿泥点地从菜园里摘了一把青菜沿着田埂往家的方向透迤而行呢。而高敏的母亲,王奎也见过。虽然是位国企退休会计,不像自己母亲那样没什么文化,但也不会说普通话,脾气暴躁,嗓门巨大,因为肥胖和高血压,一副随时随地会被儿女气死的样子。也就是说,王奎并不欣赏高敏的妈妈。他从来没有想过,也不敢想象,自己会和这样一个老太婆打交道。简言之,他不觉得自己理想的岳母形象是高敏妈妈那样的。进而言之,他还没有想过和高敏结婚。这是王奎和高敏之间的事。

因为是自己母亲,李芫当然不会对王奎的盛赞表示态度。高敏则一贯地以不屑和懒得接话的方式来忽略这个无聊的话题。然后张亮这才驾到,他是把车停在租住房楼下之后打车来的。他们就着旅馆房间里的茶杯和漱口杯(加起来正好四个)喝了会儿茶,聊了会儿天。然后天黑了,该吃饭了。在他们去吃饭之前,张亮惭愧地表示自己有两个星期都没和李芫见面了,而考虑到旅馆外面或他们可能去吃的饭馆附近有自己老婆或李芫妈妈潜伏的身影,他就不跟大家一起去吃饭了。他也不打算另外找个地方随便吃点,就待在王奎和高敏的旅馆房间里等,大家可以在回来的时候给他随便带点什么果腹。闻听此言,王奎还故意做出一副大丈夫何至于此非要拉张亮一起的架势。做完这些动作,三个人就扔下电视遥控器和张亮,出去吃饭了。

在去饭馆的路上,李芫提到一点,张亮最近手头非常紧,工资卡确实被老婆没收了,单位里任何其他福利也几乎被后者早丈夫一步提前领取一空。张亮现在基本靠举债度日,而这一债务因不便公开,只能向罗婷燕借。

说到此处,李芫拽了拽王奎的胳膊,"罗婷燕,你还记得吗?"

"罗婷燕?"王奎愣了一下,隐约想起什么,但还是反问,"谁?"

"嘻嘻,装吧你!"李芫看了眼高敏,"当然了,高敏不知道。"

王奎觉得这样也没什么意思,索性把自己想起的那点什么说了出来,"罗婷燕是不是大表妹啊?"

"嘿,就是她。算你还没老糊涂。"

"你直说大表妹就是，罗婷燕罗婷燕，瞧这名字，这么多字，名字多难记啊。切，你能说出陀思妥耶夫斯基全名叫什么吗？"

"费奥多尔·米哈伊洛维奇·陀思妥耶夫斯基。"在一旁的高敏脱口而出。

罗婷燕，张亮的大表妹。据后者说，算是他为数不多了解并理解他的亲人之一。

大概十年前，也就是张亮第一次到上海和王奎搞什么网友见面那次，大表妹就算和王奎认识了。当时她在上海一所大学读书，还不太识路的张亮是在大表妹的带领下找到王奎的。但她并没有和表哥、王奎一起吃饭，只负责将表哥送到并与王奎点点头就转身走了。而且当时是夜晚，街市上光影晃动，稀里糊涂的，所以王奎对她并没有形成所谓的第一印象。不过，王奎记得当时有一个感受，那就是当他和张亮找了一家饭馆相对而坐的时候，觉得多少有点拘谨和别扭。然后心里一直在犯嘀咕，人家网友见面都是一男一女，开房或不开房，目标明确。他们两个男的搞这一套到底想干嘛呢？况且，因为初次见面，彼此并不了解，除了虚头巴脑的寒暄和盘问，也没有什么值得深入交流的话题。看来只能喝酒碰杯。很快王奎又发现，没有交谈，推杯换盏毫无动力可言，酒喝不动。这时候，一个念头划过王奎的脑际，并且还当着张亮的面说了出来："你为什么不留你的大表妹一起吃饭呢？"

多年以后，准确地说是三年前，无所事事的王奎因为在上海实在憋得难受，曾孤身一人来找过张亮一次。第一晚，在张亮家享用了张亮老婆亲手制作的家宴。王奎盛赞了菜肴和嫂夫人，并在酒精的促使下，一个劲表达了对张亮这红红火火的小日子的羡慕之情。后者老婆"脸色红润"的印象就来源于此，与李芫描述的"满脸土灰"完全不同。但也仅限于此，再没见过。其后的几天，张亮都是带着李芫出场的。至此王奎才知张亮并不以自己昨晚盛赞的"红红火火的小日子"为荣，反而说是其痛苦的根源。张亮婚外另有所爱，这才是真相。王奎确实犟大了。不知者无罪，很快王奎的惭愧就被其他替代了。

在之后的几天里，王奎游览了这个小县城所有值得一去的地方，均由张亮李芫全程陪同。此外，可能是为了不让王奎觉得孤单，或者为了活跃气氛，善解人意的张亮把两位表妹也都拉了出来一同玩。其中之一就是自己多年前已有过一面之缘的大表妹罗婷燕。此时，大表妹也早已毕业，已经出落为一个正在婚龄的大姑娘了。毕业后，罗婷燕没有留在上海，而是返回家乡，在一家当地公司任文秘。神态穿着也颇吻合这一职业。

"我见过你。"罗婷燕未及表哥介绍，就笑盈盈地看着王奎这么说道。

张亮也是刚刚想起，然后给身边的李芫介绍了前因后果。王奎不禁颔首再三，做出一副年纪大忘事且年纪没有大到全忘的模样。总之，故人重逢，大家都很愉快。

渊源不薄，王奎孤身一人，罗婷燕也单着，那还用说，不如撮合了算。尤其是李芫，对此事甚为热情。具体表现在吃饭坐车的座次安排上，都是让二人紧挨着。仿佛只要如此，这对孤男寡女就会结为一体永不分离似的，而一看他们坐得远了点，就必然阴阳两隔永不相见一般。这一点，王奎当然心领神会，李芫也私下直抒胸臆，问他："你觉得怎么样？"

"好，很好，大表妹真是个非常好的好姑娘。"王奎没道理不赞不绝口，一如第一晚针对张亮的家宴。

不过，在整个游山玩水的过程之中，王奎表现出来的似乎是对张亮的另一位表妹更有好感，也就是小表妹。小表妹和大表妹不是亲姐妹，是张亮姑妈的女儿（大表妹是舅舅的女儿）。大概也正是因此，这两个姑娘完全不同。大表妹已入社会，适在婚龄，举止稳重，追求端庄。小表妹尚在校园，恋爱季节，活泼可爱，毫不掩饰自己的机灵和喜恶。

所以情况是，虽然桌上和车上王奎紧挨着大表妹而坐，但在县城的街头巷尾，在名胜古迹之间，王奎只仅仅追随小表妹精巧而灵活的臀部或上或下，奔走不已。

"太明显了，太过分了。"事后李芫伴嗔王奎。后者只能露出下流的愧色。张亮则在一旁宽容地哈哈大笑。

但即便如此，大表妹都没有拂袖而去，而是也从头至尾兴致勃勃地加入了游玩。也有可能大表妹和王奎一样，压根就看不上王奎呢。

王奎记得在老县城一块宋代石碑前，罗婷燕抚摸着上面漶漫的字迹，对着王奎惊叹道："不是因为你来玩，我还不知道我们这个破地方还有这么老的玩意儿呢。"

小表妹则在一旁嗤之以鼻道:"这又有什么好玩的呢?"

"啊,真是难以想象,都过去三年时间了啊。"王奎感慨道,"一切就像昨天的事,那真是一次愉快的经历啊。"

"是啊是啊。"李芫也有同感,那时候她作为小三的身份还没有暴露,尽可以和张亮花前月下游山玩水,多么美好的时光。

这段记忆与高敏无关,她当然体会不到,不过她还是好奇地问:"这么说,大表妹和小表妹知道你和张亮的事呀。她俩现在怎么样了?"

"大表妹结婚了,也生孩子了,小表妹应该毕业了吧。"李芫说,"具体我不太清楚,待会儿吃完回去问张亮吧,毕竟是他表妹嘛。"

不过他们当夜并没有问到大小二位表妹的具体近况。三人饭间,王奎收到张亮短信,问他和高敏能否迟点回旅馆,去逛逛近在咫尺的老街,让李芫先回来?

"我都半个月没跟她在一起说过话了。"张亮哀告道。王奎当然懂,表示叫李芫先回,自己带高敏"逛逛古城夜色"。

李芫有点害羞地表示这样也行,"反正老街就在出门右拐,王奎认识。"不过他们都似乎没有注意或者蓄意忽略掉了高敏的脸色。

在老街,王奎和高敏逛了足足二十分钟,彼此都没有说话。高敏有无人知晓的情绪,王奎谈不上。在后者这里,属于陡然置身于某个过往经验的现场,而眼下物是人非,身边还多了一个在上述经验之外的人,仿佛有点莫名其妙,很不适应。他甚至还默默地打量了一下高敏,并将她和大表妹罗婷燕和那个小表妹进行了一番比较。进而想到,自己到底是怎么会和高敏在一起的呢?为什么两年前他们认识之后就会在一起这么长时间呢?在来这个小县城之前,在上海的家中,他们发生过一次激烈的争执。虽然围绕的核心问题是二人关系的走向,包括结不结婚,什么时候结或者什么时候分的问题。但他们争执的内容却又与此毫不相沾。他们为了王奎的工作问题(赋闲在家)而唇枪舌剑,也涉及平时彼此相对立的作息方式、生活习惯的差异,以及某次在某个场合下所说的话的不妥及或许存在的针对对方的潜台词等等。他们互不相让,摔锅砸碗,针锋相对。王奎习惯于表示对争执感到厌烦的模样,而这一厌烦的态度又会将争执导向更为激烈的层次。哭喊，吼叫，乃至肢体冲撞由此而生。最后是以王奎诉诸暴力而达到高潮。这和性爱过程颇为相像，高潮退去，就是死寂。对峙几天，由不温不火地彼此交谈和接触开始，再把之前的所谓正常生活续上。照此下去，循环往复，永无止境。

"要不，我们出去玩几天吧？"王奎提议。

"好啊，"高敏说，"去哪儿？"

"你说。"

"我说？切，我说了你是不会去的。"

"说话别呛好不好？"为了不让对方在"呛"这个字上做文章，王奎赶紧跳过，说，"要不我们去找张亮李芫吧，看看他们现在怎么样了。"

"也行吧，李芫确实经常邀请，我也确实没去过。"

现在，他们已经到了这个地方。下了火车，登记了旅馆，见了张亮李芫，也吃了晚饭，在街上晃荡。但缓缓走在后面脸色暗淡的高敏就像一个鬼魂那样。而在高敏眼中，前面那个东张西望还频频回头的家伙又何尝不是一个蠢货。

也许是老街上特有的商品转移了高敏的注意力，她在一个卖小玩意儿的店铺前停了下来。王奎顺势折返，站在她的一侧。

"你觉得这个怎么样？"高敏将一个小小的薰香炉拿起来给王奎看。

"干什么用的？"

"薰香炉啊。"

"沉香屑第一炉香什么的？"

高敏放下香炉，很不以为然地说："呕，你这是卖弄还是做作呢？"

"我只是问问是不是那玩意儿。我没见过这种东西怎么啦？难道不能没见过？"

这回高敏没接话，而是再次拿起那个香炉左看右看起来。该香炉看样子确实娇小可爱，表面看上去像紫铜制作的。

王奎不依不饶地说："我家里只有蚊香，可没有第一炉香哦。"

"你这人怎么回事？"高敏再次放下香炉，"我说要买了吗？一边儿去。"然后拨开王奎继续向前。

就这样，二人又逛了一些店铺，交谈与上述基调雷同，在此不赘。直至他们把整条老街都逛完了（其实很小很短），张亮李芫也没有发来短信通知他们可以回旅馆房间。二人只好在一家卖竹器的店铺门前坐了下来抽烟。高敏坐一把立背竹椅，王奎则在一张躺椅上躺了下来。在躺下的同时，嘴里还发出一串舒服或痛苦的呻吟，就像真的累坏了或者很享受似的。这当然博来高敏的一个鄙夷的眼神。王奎死猪不怕开水烫，说："要不，我让你躺？"

"你觉得这样显得你很幽默吗？"高敏说完这句再没说话。

本来店主是想轰走这对莫名其妙的男女的，不过，因为王奎和店主的儿子玩了起来，就没好意思再撵。这是一个胖嘟嘟的小男孩，三四岁的样子，最让人惊喜的是，他一点儿也不怕生。他一会儿拿出一个变形金刚，一会儿拿出一辆小汽车，凡此种种，不停地奔跑于店内和王奎的躺椅之间。而且每次显摆玩具，都会问王奎，你有吗？王奎承认没有。而当他一伸手想从小男孩手中拿过来瞅一瞅，小男孩都会把玩具往身后一藏，说："这是我的！"就算后来小男孩爬到王奎身上握着小汽车在后者胸脯上滚来滚去嘴里嘟嘟嘟喷了一脸，也仍然如此。王奎休想玩他的小汽车。张亮短信来，二人起身走的时候，小男孩还跟着王奎，仿佛要跟到王奎家继续玩一样。可惜被店主一把抱住。

"跟叔叔阿姨说拜拜！"

"嘟嘟嘟。"他理都不理，小汽车在爸爸的脸上行驶了起来。

眼看就要到旅馆了，王奎这才打破沉默。

想到这个小男孩最终还要长大成人，而长大成人就意味着经历无数屈辱、欺骗、艰辛，说不定在他读中学的时候踢球会摔骨折，青春期了喜欢女同学也会遭到拒绝……"哎呀，想到这些，真是让人绝望啊。高敏，你说呢？"

高敏注意到，他是对着前方越来越近的灯光说的，为了阐明自己的看法，他甚至还对着光亮点了点头。

"嗯。"她说。

因为太晚，当晚四个人只在旅馆大堂里交接了一下，约好次日活动安排之类就分开了，王奎高敏回了房间。

二人也没为此交流过什么，回到房间就心照不宣地在房里检查起来。尤其是床。显然，张亮李芫动过床，否则不会如此平整（晚饭之前四个人还在这里坐卧随便地聊过呢），就跟服务员刚刚打扫过一样。过分整洁尤其令高敏担心。

他们没有订到大床房，而是标准间，两张床。

"你觉得他们在哪张床上搞了？"高敏有轻微的洁癖，把两张床的被子掀了数遍，也判断不出来。

"我也看不出来。"

"那怎么办？"

"要不要问问张亮？"

"有病吧你？"

最后是高敏让王奎睡她想象中被张亮李芫搞过的那张床，自己选择那张在想象中未经交媾保持贞操的床。为什么不一起睡那张贞洁的床？高敏的意思可能是王奎需要惩罚。

躺下后，王奎才突然发现，这根本就不是自己的睡觉时间。电视换来换去，然后问高敏有没有睡着？高敏回答说睡着了别烦我。他就爬上她的床，说："我睡不着。"

没想到，怄了半天气的两个人居然做起了爱。

自从他们同居以来，确实如人们所说的那样，对方的身体和性能力已经毫无新鲜感可言，做爱的频率与日俱减。如果没记错的话，上一次做距今起码有十天了。照这态势下去，他们势必在不久的将来就过上无性生活了。这就涉及一个问题，一个男的和两个女的，他们无论是以情侣还是夫妻的名义躺在一张床上，没有性行为是否可以成立？没有性行为的情感质量是否有所变化？是更加牢靠了，还是应该赶紧结束？多年不与自己老婆做爱的张亮，其婚外情与性行为是否有重大关系？而眼下，王奎和高敏时隔多日之后在一个小县城的旅馆里大干一场，又是否表明他们的关系还能维系下去。维系到多久？

当然，这些问题都是所谓事后王奎的胡思乱想。在做爱的过程中，脑子里却因地制宜地充满了这个小县城的人物形象：竹器店铺探出脑袋的老板娘，旅馆大堂里坐着打哈欠的服务员，电梯里其他楼层其他房间的女人,当然还有三年前矜持的大表妹和可爱的小表妹……总之,人的大脑容量远远超于我们的想象力。

因为做爱,床被弄脏了,起码高敏这么看。在她的催促下,他们又换到了另一张床睡觉。在这张床上,王奎中断了自己之前的胡思乱想,开始感受小县城夜晚与上海的不同。窗外没有什么车辆行驶的声音,半掩的窗帘外也没有刺人眼目的灯光。昆虫的鸣声就像在他们房间的角落里,而远处的狗叫,根据经验应该是村庄里的那种狗,而绝非出自那些蓬头垢面穿着睡衣出门的妇女们所牵的狗之口。它们发现了什么?一个通奸者刚刚回家?或者一个偷鸡的人不慎暴露了自己?甚至,一个老人刚刚停止了呼吸,奔丧的脚步在村道上疾行?

第二天将近中午,刚刚起床,张亮就敲门了。洗漱完毕,三个人就去吃饭。

三年前,张亮带王奎去吃过一家小馆子。这家馆子是老县城一条巷子里的一户人家。旧式民居,厅堂里就两张桌子。老头当厨师,老太太当端茶倒水的服务员,儿媳则在厅堂后面的天井里择洗菜蔬。人员就这么多,规模就这么大。在记忆中,饭菜好吃得不得了,而且很便宜。但张亮认为路略远,不如就近解决,而且附近有一家他觉得也不错的馆子。王奎当然也会在心里反问自己,难道真的好吃吗?兴许是你被这种形式(家庭、清代古宅、家常菜)所迷惑,而事实并非如此。但他还是坚持要去,因为在来的火车上,王奎就在高敏面前对这个家庭小饭馆絮叨不已,不吃一下是不行的。张亮只好带路。不过,当他们赶到那条巷子,发现这条巷子一个人也没有。人去屋空,硕大而丑陋的"拆"字遍布每一堵墙面。

大快朵颐,家常菜,特色菜,美食,这些想象最后只能在街角一家沙县小吃解决。吃完后,三个人打车到城郊处一个水库。李芫的倒影已在水库中垂直良久。

确实是一汪好水,四面层峦叠嶂,郁郁葱葱,水也绿得吓人,清澈得要命。如果不是天凉,王奎说自己一定会脱光下水"干把澡"。然后大家就谈论"干澡"的问题。张亮和高敏均不会游泳,李芫在游泳馆学过,而且这么多年一直游,有全套武装。但露天游泳,她还真没有过。王奎出身于农户，其老家虽地处平原地带，但沟、汊众多，据他所说，自幼也是在水里泡大的，搞鱼摸虾，年年都会淹死个把小伙伴，啊，真是美好的童年。不过，考虑到进城读书距今已逾多年，还能不能游，能不能游得动，好像也是问题。幸好天气太凉，无须丢人现眼。

除了这种因景触情，四个人不免又重复了之前的话题，即张亮和李芫该怎么办。照例，王奎和高敏也不知道怎么办。

"问题是，这样，你俩能甩掉跟踪你们的人吗？"王奎问。

"这样如果还甩不掉，那就犯不着甩了。"高敏代答。

"我看未必，"王奎指着一个在树林间匆匆滑过的背影，对张亮说，"刚才这个人会不会是你老婆呢？"

"我的妈呀，你还别说，看背影还真有点像。"李芫说着望了张亮一眼。

"操，"张亮口气听上去有点生气，"还我的妈呀，为什么不能是你妈，而是我老婆？"

李芫闻听此言，也不高兴了，当即停下脚步，站在三个人的身后不走了。高敏返回去拉她，张亮则愤愤地踩灭烟屁股，一个箭步蹿入了树林。看样子他想要揪住那个可疑的背影，然后将其肩膀扳过来，确定到底是自己老婆还是李芫她妈。大家只好站在原地等待。

过了好一会儿，树林里才走出一个拎着蛇皮口袋的妇女。口袋里都是空塑料瓶子，因为走动，袋子里的瓶子彼此撞击，声音十分显著。她瞪了一眼林子外的三个人就潇洒地将口袋往肩膀上一搭，扬长而去。这已足够让人发笑。紧接着，是张亮腆着张大脸出现。

张亮表示自己根本就不是去揪想象中的追踪者，而是去撒尿。但是，当他找到一块巨石正试图掏出家伙的时候，发现这个妇女从石头后面突然蹿了出来，而且也是在拎裤子。看样子她也刚刚尿过，或者张亮打断了她的排泄进程。她脸色如土，但没有看张亮，就是这样。

大家都笑坏了，包括刚刚还在生气的李芫。王奎认为，无论怎么说，张亮和那个拾荒妇女在选择撒尿场地上，可谓英雄所见略同。一块巨石，一棵大树，人们为什么总是以为这些地方适合撒尿呢？难道它们真的存在"背后"？张亮的经验告诉我们，没有"背后"。

因为此事，四人说笑了好一会儿。以致旁逸斜出还讲了一些个人类似的经验段子。其中包括王奎的一次误闯女厕,高敏大学时代的某个夏天冲进男生宿舍和前男友大吵大闹的不堪往事,李芫前往某个已婚女同事家发现其枕下有自慰器具等等。结论是,人为什么这么糟糕地活着?为什么我们不能够像电视广告上的生活那样彬彬有礼,那样纯洁和幸福?可能和时间有关系,最后大家都有点累了,没人愿意主动提供话题。此时夕阳西下,倦鸟归林,大家来到盘山公路上或蹲或立,等候出租车。但等了很久也没等到。就像他们是被人类蓄意遗弃的那样。张亮只好拨打电话求助,派人来接。因为是方言,王奎和高敏不知道他都说了什么,但可以听出对方很爽快。张亮挂了电话,告诉王奎,大表妹罗婷燕会开车来接大家。

这算是王奎和大表妹第三次见。考虑到十年前的第一次见只是夜色下的匆匆一瞥,所以王奎只能把眼前的罗婷燕与三年前那次相比。怎么说呢,大表妹变化巨大。这不仅有结婚生育后的外貌变迁,还有别的。比如,前次来,罗婷燕虽不乏地主的热情,但显得审慎和矜持,此番却显得格外的热情洋溢。当得知高敏是王奎的女朋友后,整个人更加莫名兴奋了起来。这种兴奋就好比王奎是她的远方表弟,而这位表弟多年来一直形单影只,着实让她担心,这下好了,表弟终于带着个女的出双入对了,她总算松了一口气。

"说吧,王奎,你们什么时候结婚啊?瞧人家姑娘多好,配你真是绰绰有余。"罗婷燕一边开车一边说,并从后视镜里看了一眼王奎。当然,王奎也看到了她。他只能尽量不去看高敏,尴尬地笑笑,表示再说再说。

"什么叫再说嘛。嘿,王奎女朋友,你说呢?"她还锲而不舍了起来。

"罗婷燕,告诉过你了,她叫高敏。"李芫替高敏鸣不平起来。

坐在副驾驶座上的张亮大概感觉到自己表妹如此逼问两位客人有点不妥,摆出大表哥的姿态训斥道:"好好开你的车吧。"

"啊,瞧我。抱歉抱歉。高敏你不会生气吧?"

"呵呵。"高敏似乎还有点幸灾乐祸地答道,"怎会?"

车在山脚一个貌似度假村的地方停了下来。三女两男在此晚饭。料想这个僻静所在,不会出现李芫的妈妈或张亮的老婆。

"太亮了。"一进包间,王奎就叫了一声。

大家也都有此感。包间里两根日光灯，过于明亮，五个人陡然从暮色中置身于此，不免略感惶恐。鉴于之前罗婷燕的逼问，大家担心饭桌上的交谈带有审讯意味。

　　所以王奎还试图关掉一根，但两根共用一个开关。他们只好在强光下依次坐下。一时不忍面面相觑。只见塑封的碗碟杯勺在桌面上投下了极其夸张的阴影。张亮率先用筷子猛击塑封，声音也极其响亮。

　　"王奎你现在做什么？还是不上班吗？"罗婷燕问。

　　"是。"王奎迅速地答道，但觉得自己过于紧张了，换了个口吻补充道，"不知道自己能干吗主要是。"

　　罗婷燕浑然不觉，激动地表示，"我现在也不上班啦。"

　　"她要带孩子。"张亮对表妹的激动之情不屑一顾，解释道。

　　罗婷燕立即反驳道："什么带孩子，没结婚没有孩子，我也会不上班。我早就受够了。我要是想上班，随时可以。"

　　一直未说话的高敏出于客套以及女人的某种天性不免问了罗婷燕一些孩子的情况，多大了男孩女孩之类。在"是否母乳喂养"这个问题得到对方解答之前，王奎不自觉地瞥了一眼罗婷燕的胸部。比他记忆中更加扁平。罗婷燕的变化还在于，她不像很多女人因为婚育而丰满发胖起来，相反，少女时期的清秀延伸至今的是，她每况愈下，居然呈现出某种干枯形象。如果不是灯光原因的话，她惨白消瘦的脸膛上的雀斑数量可能还要多一些。但这不是病躯，在王奎看来，恰恰相反，非常像一个大病一场刚刚痊愈体力不支但精神倍增的人。

　　为了使谈话不陷于一问一答之中，李芜顺势又说到奶粉的问题。罗婷燕表示自己的女儿只吃网购的外国奶粉，而李芜认为，网购奶粉也不可全信，如果能托朋友，尽量在国外或香港买比较好。

　　说了好一会儿话，都没有一个服务员进来招呼点菜。张亮出去喊，仍然没人来。他只好骂骂咧咧地去找服务员，王奎见状，则跟着他一起出了门。

　　可能因为是旅游淡季，度假村里几乎没有客人。前台只有一个耳朵上挂着耳机不停拨弄手机的姑娘。她搞清情况后，朝身后的酒柜喊了几声，这才有个女服务员踅了出来。后者不好意思地冲张亮王奎伸了伸舌头，像个上学快迟到的初中生那样在吧台上抄起菜谱就一路小跑着奔向他们的包间。王奎问了前台卫生间的位置，张亮也跟在身后。

"别听她说的。"张亮突然来了这么一句。

"谁？"

"我大表妹罗婷燕啊。"

张亮告诉王奎，罗婷燕嫁得虽然不错（男方家经济条件很好），但她生了个女儿不能获得公婆的喜爱。另外，她的公婆是那种特别老古董的人物，不许儿媳出去工作。甚至回娘家次数过多也有意见。

"他们可能觉得儿媳会把家里的东西往娘家搬吧。"

王奎略感到吃惊，"那罗婷燕老公呢？"

"别提了，那个人跟我初中同学，初中没毕业就出来做生意，发了财，没什么文化吧，喝点酒就会打人。大表妹被打得要离婚，但怎么离呢，小孩还这么小。也够操心的啊。"

"你初中同学，不会是你介绍的吧？"

"确实是我介绍的，怪我。""操！"

五人晚餐还说了很多内容。触景生情，免不了要提到张亮的小表妹，三年前王奎一路紧跟不舍的那个姑娘。

"嘿，就知道王奎那点心眼。对我们小表妹心怀鬼胎。"罗婷燕不失时机地讥讽道。

"也不能那么说吧，"王奎看了眼高敏，说，"小表妹长得漂亮，活泼可爱嘛，谁不喜欢啊？"

"这倒也是，我也挺喜欢她的。"罗婷燕又说，"可惜你来得不巧，她前天刚走。"

张亮补充，小表妹大学毕业后去了北京。现在是一名知名周刊的文化记者，天南海北地到处跑，采访各路文化事件及相关人等。大家现在坐在小表妹家乡的一个饭馆里谈论她，似乎能够看到她出现在机场、车站、码头的干练身影。而这些交通工具所经过的那些河流、群山、城镇也历历在目。这似乎也让他们五个人谈论小表妹显得那么委琐和多余，仿佛只有小表妹才是唯一正确的人。

"京城名记哦。"罗婷燕说。

面对这个词，大家只好干笑了两声。

"已经换了好几茬男朋友。"还是罗婷燕。

"这个正常吧，"李芫说，"现在女孩不都这样吗？"

"切，说得你好像多老似的。"罗婷燕反问道，"那你呢？"

因为这个问题过于尖锐，李芫生气了，不是罗婷燕及时道歉以及众人劝解，她就要起身离开了。因为坐在一起，高敏死死摁住她，并拉着她的手说了一些别人听不清的悄悄话。当然，要离开是装的，真要走谁也留不住。

确实，从某种意义上，李芫也不老，刚刚三十。不过，八年来，她确实没有换过男朋友，而且男朋友一直是张亮这个有妇之夫。张亮因为离不了婚，不断向李芫建议的是，她可以重新恋爱，找一个能够让其父母认可的男朋友。说到此处，张亮经常自我感动，表示如果李芫有了新的恋情，他也不会再找什么女人了。他年将四十，已经没有"爱的能力"了。大不了和自己的妻子继续凑合下去，煎熬几年，也就老了。他对自己未来的人生近乎绝望，虽然他也有离婚成功和李芫在一起的可能性，但他更相信自己会过上前一种生活。然后呢，然后他就变成这个小县城的一位退休人员，未必去广场上跳舞，也未必提笼遛鸟，但无论怎么着，他都将是一个县城老头。

和小表妹有关，进进出出端盘子的那个服务员后来变成了他们的话题。她很年轻，之前的吐舌头和一路小跑已经说明了这一点。因为没有什么其他食客，菜也上齐，她乐于回答问题。她刚刚十九岁，并非本地人，也没有男朋友。

"如果，我说如果，"高敏问，"这两个男的，你会选谁做你的男朋友？"

小姑娘毫不介怀地在张亮和王奎脸上逡巡良久，然后翻起眼睛想了想，指着张亮说："他！"

"为什么？"

"没有为什么。"

大家都笑了。王奎假装不甘心地叫她也一桌坐了好好聊聊，没想到小姑娘非常坦然地拉过一把椅子坐在了他的一侧。但她坐得与圆桌稍远，不会像其他人那样可以将双肘支撑在桌面上。她无意加入饭局。不过，小姑娘的举动超出了王奎的经验。多年以来，王奎总是喜欢在饭馆调戏女服务员，这是高敏眼中他的委琐之处。可能恰恰因为高敏有此定性，王奎又似乎是蓄意地会邀请她们坐下来，但这显然没有一次成功过。所以，当这个小姑娘真坐下来，王奎又不知说什么了。

"当服务员好玩吗？"罗婷燕问她。

小姑娘反问："你说呢？"

"那你想干什么？"王奎说。

"我想回老家养猪。"小姑娘说，"现在猪肉太难吃了。"

大家又笑了。小姑娘却有点不高兴了，问大家这个有什么好笑的。正巧外面有人叫她，她这才气鼓鼓地走了，自此再没出现。前台埋单时，王奎希望她能从吧台酒柜后面再次踅出来，那样大家可以和她说声再见。可是，没有。不过小姑娘算是为他们的饭桌提供了一个尾声话题，那就是你想干什么？你最初想干什么？或者干脆说了吧，你的梦想或理想是什么？

高敏说她小时候希望长大后能开一片花店，李芫则说她大学时因为学的是英语，希望自己能够当一名翻译，张亮说他年轻时只想离开县城，干什么都行，王奎表示自己确实没有什么理想，他只希望每天有饭吃有酒喝就行了。

"寄生虫？"罗婷燕问。

"可以那么说。"

总之大家的回答都很敷衍，没有任何说服力。只有罗婷燕最后才说，而且在别人说的时候她都在很用力地想这个问题。

她说："我梦想自己是一个仙女。"

次日安排其实早在王奎和高敏来县城前即已在电话中敲定。唯一的变化是，罗婷燕主动提出也要去。五个人，一辆车，前两后三，满满当当也正好。另外就是张亮确实不愿意动用自己那辆桑塔纳，放在楼下起码可以稳住他老婆。罗婷燕也有车。

还是进山。沿着盘山公路开。

他们要去山里一座寺庙。据张亮说，他和李芫前两年去过，许了愿。现在也谈不上去还愿，只是那地方不错。没什么香客最重要。另外，和尚是和尚的样子，个个骨瘦如柴，神情幽暗，相比于这年头屡见不鲜的胖头和尚，有点高僧大德的感觉。庙宇呢，也是好的：青灰色调，油漆剥落，庭院坑洼，老树纵横。

谈不上险峻高大，但确实是好山。几乎全被绿色植被覆盖。漫山遍野的毛竹，如波涛汹涌。正要昏睡，陡然的山涧流瀑又让人精神为之一振。对张亮李芫罗婷燕来说，这些见惯了，不稀奇，王奎这方面也颇钝，相比之下，只有高敏一直保持着关注度和兴奋之情。她是北方人，王奎陪她回过一次乡。那里一马平川，全是庄稼地，没什么树，有也小得"像骡子和驴子"。这个比喻是王奎当时应景忽然想起来的，虽然莫名其妙，但倒也贴切，总之高敏没有异议。在前往后者家乡的火车上，窗外没有任何景色可言。唯一让王奎眼前一亮的是，大型收割机稳稳地经过大片的玉米地，源源不断向后喷射秸秆的碎末。"当一个收割机驾驶员应该是一件挺威武的事。"没有任何理想的王奎见到这种情形都会即兴一番，就好像他什么工作都有兴趣似的。然后必然招来高敏的哂笑。这基本就是他们的方式，与一对蹩脚的相声演员相仿佛。

在那个山涧，应高敏的要求，停了车。她奔向瀑布，在一块圆润的大石头边蹲下身，掬一掬那些泉水。它们那么清澈，其目的似乎就是让人掬一把。

"尝一尝吧？"王奎冲她喊。

"你来。"高敏说。

"我来就我来，不过说清楚了。我喝了你也喝？"

张亮在一旁说："没事的，我们小时候就喝这些水。"

李芫则说："算了，看起来干净，未必真干净。"她还回头看了眼群山，这仅是一个暗示。大山霭霭，树木葱郁，谁又能弄清这水流经何处携带什么呢？死去的动物、伐竹人留下的粪便、未知的病菌，以及鬼魂的幽怨。

罗婷燕当然也来到了大石头上。她可能见大家实在聒噪，而且无聊，所以她干脆找了一个能坐的地方，脱掉鞋袜，把脚放进了泉水里。在放脚的时候，她用脚尖试探了几次水温，大概是凉的缘故。但这和太烫是一致的，最终我们都会把脚放进去，并由嘴里发出一种痛苦或惬意的呻吟。

很明显，大家争执于水能不能喝的问题真是多余而矫情。这么清澈的溪流，洗脚看来不仅让其他四个人纷纷效仿，也大概会成为人类共识。

五个人一溜坐在石头上洗脚，鞋袜像彩色的粪便那样堆积在相应的人的身后。泉水流过脚背，甚至在十个脚趾间穿梭，让他们感到一种愉快的痒。他们也不能免俗地互相打量彼此的脚。经过一番评比，李芫的脚最小，但肉乎乎的，并不算好看。王奎的脚因为瘦长，骨节和血管清晰，更接近于脚的"经典形象"，被一致认为是最"标致的脚"。不过，他们后来还是被罗婷燕的脚所吸引。她的脚不仅每个脚趾能自如活动，而且脚趾分距比一般人的大，看着十分有趣，极其适合在雪地上留下脚印。

"为什么你的脚这么丑？"王奎开始批判坐在身边的高敏的脚。虽然二人同居了两三年，他还从来没有注意过对方的脚。

"你脚漂亮就够了。"高敏不卑不亢地表示。

李芫突然叫了起来："张亮，你的小脚趾为什么没有脚趾甲？"

大家齐刷刷看去，果然如李芫所言。张亮略带羞愧地将一只脚从水中提起，放在大家的目光下辩解道："谁说没有，这不是？"众人将脑袋凑近细看，确实有脚趾甲，不过面积之小，小到不把脑袋凑近就什么也看不到。直到此时，大家才突然意识到一点：论足这件事情是不对的，评头也应如此，是足以让人害羞的。脚虽非性器官，但它仍然是不太示人的器官。这么观察彼此的某个器官，并且还指三道四，是不是太荒唐了？所以看完张亮的脚，大家纷纷在自己的裤子上蹭了蹭，穿上鞋袜走了。

这次换张亮开车。可能是因为脚的缘故，上车后，大家都没有什么谈兴。张亮翻了翻车上的CD，看样子想找一张他喜欢的放一放，但最后是随手一扔的扫兴样子。坐在副驾驶座上的罗婷燕对表哥的举动十分不满，她赌气似的重新拾起自己的那叠CD，翻检了两遍，最后抽出一张，举着向后面三个人摇晃了一下：

"邓丽君怎么样？"

"好啊。"高敏说。王奎和李芫当然也不会反对。

从《小城故事多》开始,然后整个车厢里回荡起了邓丽君甜美的歌声。罗婷燕把音量放得还不小。这样一来,大家就免掉无话可说的尴尬局面了。他们开着空调,关闭着窗户玻璃。对于路人而言,只是一辆呼啸而过的小轿车;而对于五个人来说,则是在邓丽君的歌声中或沉或浮,加之山道偶尔的颠簸,就像漂浮在大海上一样。至于能漂往何处,似乎并不重要。

"如果她不死,现在多大岁数?"趁着一首唱完下一首还没开始的空档,王奎发问。

罗婷燕将音量调小,说:"你说邓丽君吗?五十有了吧。"

"过六十了。"李芫说。

"天哪,"高敏也惊叹起来,"有这么大了啊。"

王奎继续问道:"我的意思是说,她如果活着,还会不会唱,还唱不唱这些,能不能仍然受欢迎?"

"会吧,李谷一不仍然在《难忘今宵》吗?"张亮头也没回地说。

"但李谷一显然没有七八十年代那么火了。"李芫说。

"也就是说,邓丽君没死的话,也可能会成为一个过气明星对不对?"王奎说。

罗婷燕说:"我觉得不会,她都死这么多年了,大家不是还在听她吗?"

王奎像蓄谋已久地那样继续提问:"那么,是不是死亡使她不朽起来了呢?"

没发表意见的高敏反问王奎:"你到底想说什么呢?"

"我当然不是想说什么。"王奎说他就是好奇,比如,过早的死是否会强化活的品质?一个人过早地死掉,是否有的时候是正确的?或者说,一个人是否就不应该活得太长?……

没等王奎说完,车突然停了。

张亮不记得怎么走了。他问李芫,后者也不知道。

"我的车上有导航,你的没有。"张亮抱怨道。

"那你为什么不开自己的车!"罗婷燕很不高兴他这么说,她表示在他们的小县城里犯得着用导航吗?

张亮把车靠在路边，然后下车问人。大家也就势一起下了车，抽根烟。他们现在置身一个峡谷之中，两侧都是山，在公路的下方是一条颇为宽阔的河流。河水潺潺，碧绿而幽暗。在河的对岸，也就是山脚下确实有个村庄，一个仅供两人并行的水泥桥可以通往。但他们要去村庄的话，必须将车丢在路边。所以他们情愿在路边等候经过的人。

大多数车辆不会停下来回答他们的问题。一个挑担子的山民告诉他们已经走过了，应该往回走。而另一个车斗里堆着成捆成捆竹子的拖拉机机手告诉他们，往前左拐翻越这座山，会看到一个小镇，然后小镇上有一条进山的路，从那儿可以到他们的目的地。张亮觉得后者说得更吻合自己的记忆。五人再次上路。

下了山之后，他们确实到了一个镇上。不过问题是，这个镇已非张亮他们的县城，属于邻县江阳管辖，而那个寺庙就在张亮他们本县之内。这似乎又证明了挑担山民说得更为准确，他们现在不仅过了，而且已经过了很远。张亮不免在王奎和高敏面前露出了愧意，李芫的埋怨也紧随其后。只有罗婷燕很高兴，她说，江阳县虽然与他们县紧挨着，但她从来没有来过。此外，大学毕业至今，她还没有无任何实际目的地就跑这么远的地方。这对她来说无疑是一场旅游。于是她像很多在外旅游的母亲那样，情不自禁地想念起了自己远在另一个县的女儿。在镇上一个看上去颇为干净明亮的童装店前，她叫停车，然后奔进店铺要给女儿买一件衣服做礼物。

其他四人也下了车。张亮要继续问路，李芫邀请高敏也一同进店，帮助罗婷燕参考一下买什么，王奎只好在路边找了一个高处蹲下来抽烟。这个小镇虽然身处深山，但看上去没有任何隔绝落后的感觉。车水马龙，店铺林立，远处，高楼正在崛起。人，除了那种一眼即明的山民，也有不少时尚鲜亮的少女。如果不是道路差点，车辆过去卷起漫天灰尘，这里与上海一个街巷又有何区别？

然后张亮走了过来。他很遗憾地告诉王奎，自己确实走过了。如果要去那个寺的话，必须掉头原路返回，在那条走过的路上，确实有一条小路拐向那个寺庙。问题在于，张亮自己完全吃不准那条小路在哪儿。

"那就不去那个庙了吧。"王奎心想张亮应该是这么个意思，所以他主动说了出来。

"也行,"张亮说,"不过白跑了一趟,他妈的。"

"有什么呀,就这么逛逛不也挺好?"

"是吧,不过那个庙真的不错……"

就像蓄意打断张亮那样,王奎突然说:"张亮,我想和高敏分手。"

"啊,为什么?"张亮的惊讶在王奎意料之中。

"也没什么,时间够长了。"王奎想了想,不是很确定地说,"都烦了吧,你看不出来?"

"拌嘴正常吧,我和李芫不也这样。老实说,我没看出你俩关系已经到了分手这一步。"

"很多事情你不知道,我也不想说。怎么说好呢,我和她不在一个频道上,你懂?"

"别来虚的,你不是都陪她回老家见了她父母吗?"

"是。"王奎懊悔地说,"我只想着借机玩一趟,完全没把这种事当回事。"

二人沉默了一会儿。

张亮问:"高敏什么态度?"

王奎说:"我觉得她也是这个意思。"

张亮说:"慢着,你的意思是不是说,因为你感觉到她想跟你分,你才这么跟我说的?"

"去你妈的。"

"难道不是?"

"绝对不是。到头了。"

三个女的这时候从童装店里走了出来。罗婷燕给女儿买了一顶帽子和一条连衣裙。戏剧性在于,裙子是三个女的同时看上的。纯棉,米白色,放大几倍,大概三个女的都能穿。罗婷燕的女儿目前显然还穿不得,她的意思是,总有一天女儿会穿上它。

"像个仙女?"高敏非常诚恳地问。

罗婷燕愣了片刻,然后喜笑颜开,"没错,仙女。"

张亮告知了关于寺庙的事情。高敏和王奎的态度差不多，并不一定要去那儿，就这么逛逛，挺好。李芫也忘了路怎么走，当然也无话可说。只有罗婷燕听后腰身一硬，怔住了。

"那去哪儿？"

这确实是个问题。此时天光不早也不晚，这么早就原路返回，确实有点浪费汽油。而既然寺庙不可寻，他们就丧失了目标。

"好马不吃回头草呢还。"罗婷燕坚决反对原路返回。

李芫则提议先到江阳县城去。他们可以在江阳县城吃顿晚饭再由高速公路回去。该提议获得了一致认可。五人一行便向江阳县城而去。

路上，王奎说，自己很多年前还是个公司职员的时候，曾经到江阳出过一次差。他非常肯定地表示，从上海到江阳也仅两个半小时的车程。

"不如大家一起去上海，怎么样？一切我来安排。"

这一提议实在虚假，大家只是一笑。张亮李芫明天就要上班，而王奎和高敏定了三晚的房，行李还存留在前者县城的宾馆里。只有罗婷燕假装当真地喊道："好啊好啊。"她当然也不会当真，她的婆婆和丈夫，还有襁褓中的女儿都在等着她回去。

她之所以这么说，是因为她感慨自己毕业离开上海之后就再也没有去过。

"是不是有点可笑？"罗婷燕自我挖苦道，"毕业这么多年了，我居然都没去过一次上海，亏我还在上海念了四年的大学呢。"

"嗯，"高敏在后座探过身去，问，"那你是不是老是有一种感觉，就是刚刚毕业？"

罗婷燕想了想，点头表示这个说法有道理。高敏告诉她，自己大学是在广州读的，跟罗婷燕情况相同，毕业后居然再也没有去过。刚开始那几年，她还经常打算去趟广州，和老同学老朋友们见一见。但总未成行。随着时间的流逝，她不再做此打算，而是近乎刻意地避免一切去广州的机会。她曾不止一次地对王奎说，这样好，这样一来广州在她脑子里永远都是毕业那年夏天的样子，热浪滚滚，下水道里的臭气，校园里巨大的榕树，骑自行车的男同学……

"对不起，你这就是矫情。"王奎每次都会不假思索地下此判断。高敏不否认它是矫情，但她觉得这并没有什么问题，问题恰恰出在王奎的不假思索上，这种武断难道不是一种轻贱？王奎的态度是，记忆都是假象，应该戳破它们。让它们呈现本来的面目，一切都是狗屎一堆。

所以，他也问罗婷燕："你这么多年没去上海，是故意不去吗？"

"故意不去？"罗婷燕反问，"什么意思？你是说我有病？"

王奎哈哈大笑。高敏则脸色难看地扭过头去再不说话。没人知道她眼泪夺眶而出。

在江阳县城的饭桌上，刚开始，五个人因为奔波了一天，加之一路上交谈过频而陷入了冷场。大家只是谈论一下这个菜不错那个菜还行，酒几乎喝不动。后来张亮出去接了个电话，耗费将近一个小时。虽然饭桌上人数减少，但张亮这个漫长的电话本身给大家带来了话题，因为都知道是他老婆打来的无疑。

李芫还出去到走廊上看了两次，张亮都在走廊尽头的那扇窗前听电话。窗外就是马路，很吵。他宁愿如此。李芫也无法听到他说什么。李芫告诉在座，张亮从来没有和老婆在电话中说过这么长时间。有事说事，没事挂掉，这是张亮八年来对妻子一以贯之的态度。所以，在张亮返回饭桌之前，这个电话对大家有足够强大的吸引力。

罗婷燕作为表妹，她对兄嫂之间的事也有一定程度的了解。还在罗婷燕读高中的时候，张亮就结婚了。罗婷燕至今还记得表嫂那时候是多么年轻和腼腆。她甚至还记得自己和表嫂娘家的一个男孩在迎娶时发生了一个矛盾：无论从门缝里塞进多少红包，后者死活不开门放新娘走，罗婷燕则隔着门骂他。而当他最终打开门的时候，罗婷燕脸红了，因为她发现那个男孩和自己差不多大。

此外，这些年亲戚之间的走动，虽然她并不觉得自己的表嫂有什么不好，但既然表哥想离婚，那她就支持。在她看来，离婚对表嫂也是有好处的。她告诉表嫂，离婚等同于辞职，重新嫁人，有了选择的自由，哪怕是不再嫁人，也可以谈恋爱，就算不谈恋爱，没有了性生活，也没什么大不了的。

"男人都不是什么好东西，女人也不是，没必要是。"罗婷燕的结论。

张亮终于回来了。

因为在黑暗中时间太长，进房间时他眉头一皱，脸色灰暗。他没有急着将电话情况告知在座，而是先喝了一杯啤酒。众人也相当配合，不急于问。过了好一会儿，他才对着李芫神色凝重地说："她同意离婚了。"

"真的？"王奎问。

"真的。"

李芫说："她到底怎么说的？"

张亮说："就是聊了聊这些年她的苦，然后说同意离婚，并且还讲到了房子和存折的问题。"

李芫没好气地说："一个小时电话就这两句？"

张亮也没好气地说："那你还想叫我说什么？"

"先别吵。"王奎打断二人，问，"都闹离婚这么多年了，她怎么突然就同意了？这太不可思议了。"

"照你说，怎么才可思议呢？"高敏在一旁冷笑道。

王奎知道如果接高敏的话，将又是一场唇舌之争，他对此厌烦并恐惧。他只能继续对张亮说："张亮，我要是说恭喜你，可能也不对。总之，你的一个事情算是了了。"

"是。"张亮说，但接着往椅背上一靠，长叹了一口气。在那口长叹的尾处，张亮自嘲道，"盼星星盼月亮一样盼离婚，现在离成了，却并不是我想象的那个样子啊。"

李芫说："少来了，你就装吧。难道你还舍不得了？"

"放你妈的屁，你在说什么？！"张亮从椅子上绷直身体几乎暴怒着喊道。

李芫一下子愣住了，但很快就站起身，拿上自己的包出了包间。王奎一看不好，作为二人的主客，也赶紧起身去追李芫。这是他的责任。

李芫走得很快。眼看着她消失在走廊楼梯口，王奎跑过去，她已经下了楼。追到楼下，李芫已经出了饭馆。大街上车来人往，并不见李芫的踪影。王奎正在想自己是否应该喊李芫的名字时，在一辆停靠在路边的面包车后，李芫出现了。

李芫说她暂且不想回到饭馆。当然，她也没法真走。在这么一个陌生的县城里,她甚至不知道怎么坐车回去。为此,她哭了。

"我确实有点不明白。"王奎说,"张亮离婚了,你俩怎么还闹起了矛盾?婚离成了,你们该高兴才对。"

"没什么可高兴的。"李芫说,"王奎,不是你想的那样。"

"那你不希望他们离婚?"

李芫破涕苦笑,"你也太不了解女人了吧,怎么会呢。我和罗婷燕一样,一直支持他离婚。"

"是不是你父母那边通不过,你俩也不可能结婚啊?"

"父母?呵呵。我没想过和他结婚。那么我问你,你会和高敏结婚吗?"

王奎没法避开这个问题了,他很认真地回答:"不会。"

"哈哈,"李芫像女鬼那样狂笑了起来,引得路人侧目而视。笑了好一会儿,她才说,"我知道你俩不会结婚,我全知道。我和张亮也是。"

"哦,我就不问你高敏私下里是怎么跟你说的了。"王奎说,"我想分手也没有什么其他的理由,我只是觉得我和她的关系已经到头了。"

"好吧。"李芫说,"那我告诉你实话吧,我和张亮的关系也到头了。"

"哈哈。"二人都笑了起来。他们就这么站着聊了好一会儿。在他们的印象里,二人还没有私下聊过什么。对李芫来说,王奎只是张亮的朋友,是高敏的男朋友;对王奎来说,李芫只是张亮的女朋友。现在,他们似乎刚刚意识到,对方是一个人,而非某个人的什么人。他们甚至一起回忆了一个月前,他们四个人在王奎家那次的一些细节。比如高敏起身上厕所,经过王奎,她将他在一边拨开时用力很猛,而这是因为之前谈到的一件事情所起的争执,这一切李芫是感觉到了的。由此上溯,他们又追忆了一番三年前王奎来县城李芫曾想撮合他和罗婷燕那次。而眼下,苦于婆媳关系和家庭暴力的罗婷燕也许正享受着这一次五人同行,但她似乎并不是真的那么欢乐。

"如果当初我和罗婷燕结婚了。现在会是什么样呢?"王奎问。

"那只有天知道了。"李芫答。

《收获》2015年第2期

评鉴与感悟

如何书写无聊？

七〇后作家中，存在着一个擅写县城生活的群体，曹寇就是其中的代表。《在县城》不仅仅关乎爱情，更关乎一种生活状态，无聊琐碎、无所事事，这没有方向感的一代人，将何去何从？

故事讲述了一对在上海生活的城市男女王奎和高敏，去拜访县城的朋友张亮和李芫。他们和张亮的表妹罗婷燕，一行五人各自怀着不同的目的，在县城一起相聚游玩，短短几天的相处，百无聊赖地游荡闲逛，五个人都发现了自身在爱情中所处的窘境却又无力挽回。

张亮和李芫借着聚会的名义，实则逃避周围人的监视，继续他们的秘密"爱情"；王奎和高敏遇到了感情危机，他们为了修复爱情而来到县城；罗婷燕苦于牵挂孩子而默默忍受不幸福的婚姻，其实，她参加聚会只是为了来看望曾经暗恋的王奎。五个人各自都被爱情束缚着，他们的生活或爱情并没按从前想象的那样维持下去，相反，爱情由"共生"向"破灭"的变化之快简直出乎意料。

究其原因，他们爱情脆弱是因为生活的贫乏无血和精神上的软弱无靠。整部作品呈现出来的人物精神状态同雷蒙德·卡佛小说中的生活状态相似：沉闷、空虚、琐碎、无聊。比如王奎和高敏一起逛店铺不是因为感兴趣，而是为了打发时间。到了旅馆，两人开始猜测哪张床是贞洁的。之后，两人因为睡不着而做起爱来，可在这个过程中，王奎脑子里一直想的是小县城里的其他人。张亮和"小三"李芫看起来确乎是因为真爱而走到一起，张亮背叛老婆，李芫不顾父母反对。可最后，当张亮的老婆同意和他离婚时，张亮获得了与李芫爱情"共生"的自由时，他却大发脾气，似乎这个结果并不是他想要的。总之，在这里，没有人知道爱情是个什么东西。

故事发生的空间被设置在县城，也别有意味。作家张楚在谈到"县城"时说："生活在城镇就像生活在水面之下，你身边不断游过一些浮游生物，你跟它们碰撞、接触、纠缠，然后各奔东西。"县城特有的复杂人际网络，使人们更加考虑人情脸面问题；小县城的封闭环境，没有希望、一成不变的生活，让那里的人或者沉迷或者逃离。这样的地方会产生特别的素材，无聊得闪光的东西，催促作家动笔。"县城"因此成为作者发掘灵感的一个突破口。曹寇让这群游走在城市与县城之间的年轻人，以其不知所踪的人生轨迹，漫无目的的飘荡人生，见证着失去信仰的文化衰败。（陈柠）

有什么事在我身边发生

/ 艾玛

天光未启，一阵电话铃声把我从梦中惊醒。也许潜意识里我还是很担心铃声会把我那患有神经衰弱症的丈夫吵醒，未及睁眼，我就翻身一把抄起了话筒。等我完全清醒过来后，才明白自己的担心是那么多余，我的丈夫罗浩睡在书房内，并不在我床上——他睡在书房已经许多年了。我手里握着话筒，发了一会儿呆后，拧亮了台灯。

床头柜上的小闹钟指向凌晨四点，会有谁在这个时候往我家里打电话呢？我把话筒贴到耳边。

"小莲……"电话里传来姐姐木菡的哭泣声。两年前，姐夫钟华心梗发作去世，姐姐的生活显然受到了极大的影响。不过，在凌晨四点打电话给我，还在电话里哭泣，这可是头一遭。我赶紧坐了起来，问她怎么了，她抽抽搭搭哭个不停。于是我又换了个问题，问她在哪里。她抽泣着说，在北京。

我这才想起来，三天前，木菡从她工作、生活的鹿城打电话给我，她说她要去北京参加书展，替她所在的单位鹿城市图书馆采购些书回来。她还问过我有什么书要买。书展为期一周，可不正好在北京。

我又问她出了什么事。我猜她不过是因为梦见了老钟，心生悲伤的缘故。凌晨四点多，差不多是黎明前最黑暗的时候，如果你不幸在这个点醒来，而你又恰好孤零零一个人睡在一张宽二米、长二米二的双人床上，伸手一摸，半边床冰凉……请想象一下吧。谁还能没点伤心事？

木菡没说什么事，她只是哽咽着问我，你有空吗？你能来趟北京吗？

我当然有空。我还能有什么事。我刚被我的学生告了一状，因为我对学术意识形态化的批评引起了他们的不安，学校宽大处理，让我暂时停课休病假了。我的上初中一年级的女儿住寄宿学校，一个月才回家一次，她从不中途打扰我们。我的丈夫——丈夫没什么好担心的。好在无霾，航班难得地准点，当天下午三点多钟我就赶到了北京，在海淀区的一家星级宾馆内找到了木菡。木菡房门上挂着"请勿打扰"的牌子。敲开门后我吓了一跳，房间里堆着齐膝深的海绵碎屑。见了我，她什么也没说，转身深一脚浅一脚地走到窗前的一张圈椅边坐下。她两手抱膝坐着，一张脸蜡黄，眼角的鱼尾纹也比平时深了许多。不用问，这一天她应该都还没出过门，也没吃过东西。我跟过去，在她对面的圈椅上坐下，问她："这些东西哪来的？"我指了指地上的海绵。

"床垫里的。"木菡说。

我起身掀开床单看了看，床垫开膛破肚，惨不忍睹。我不明白发生了何事，一时间有些蒙了。木菡看了我一眼，怏怏道："小莲，我病了。"

"什么病？"

"大约是……精神病。"

"掏床垫的精神病？"我松了一口气。坦白地说，我真怕听到什么更令人难堪的病。

"我总是无法自控地寻找东西。"

"寻找什么东西？"

"我也不知道……"

木菡的眼神看上去像个精神病人一样无助，她说的那些话听上去也有些不正常。人不正常不是一下子就能解决的。于是我开始把地上的海绵往床垫里塞，同时吩咐她去洗漱。无论如何，我们得先出去找个地方吃点东西。木菡收拾好自己后，我们把"请勿打扰"的牌子依旧挂在房门上，去了一楼的咖啡吧。我们要了些西点，还有咖啡和水果拼盘。木菡不说话，窝在沙发内的样子看上去特别疲惫、憔悴，仿佛刚刚经历过一场特别辛苦的旅程，人看上去也老了不少。中年女人真是经不得什么。东西上来后，木菡埋头吃了起来。一杯热咖啡、几块点心下肚后，木菡眼光流转，脸色也红润起来，就像吸血鬼干尸吸到了几滴人血，立马又生机焕发、活了过来。我用小勺搅着咖啡，仍然在想着房间里的一地碎海绵，那里就像个我无法处理干净的凶案现场。我不怀疑那些海绵都是木菡从同一张床垫里掏出来的，但是，我相信任谁也不可能再把它们都塞回到同一张床垫里去。生活中到处都是这样蹊跷的事情。

"你不想知道吗？那个床垫？"木菡用餐巾纸擦了擦嘴角，看着我小心翼翼地问道。

"你想说的话，自然就会说的，不是吗？"

木菡叹了一口气，用她那双依然美丽的大眼睛看着我，说："小莲，我病了，病了很久了。"

"医生怎么说？"

"这不是医生能解决的！"她挥了一下手，就像在赶苍蝇。"老钟死后没多久就开始了，"她把屁股下那把沙发椅往前拖了拖，说道，"我就都告诉你吧……"

"你晓得的，我十七岁就开始谈恋爱了……"

"十六岁好不好！"

"好吧，十六岁就十六岁，其实只差两个月就十七了。你别打断我，让我说吧。"木菡调整了下坐姿，接着道，"到老钟，他大概是第七个，也许是第八个男朋友了，记得不太清了。在恋爱这事上其实你比我有天赋，不要不承认，你一下手就比较准，你没费多少周折。罗浩和你还是很登对的，你看你们，一个是研究法制史的法学教授，一个是研究法制史的史学教授，你们有多少共同语言！"听到这儿，我张了张嘴，想说点什么，但木菡打了个手势制止了我。

"你不用跟我争论，旁观者清。唉，倒是我，白瞎了许多工夫。第一个男朋友是个公交车司机，跟他谈恋爱，只是因为他长得像牛虻。有几场恋爱，我一无所获，我不是在说金钱，也不是在说成长什么的。大概有那么两三个男孩吧，我后来连他们长什么样都记不起来了。真的，这很无聊，就是当你回忆起来时，脑海里竟一片空白，你就会在心里问自己：怎么回事？一场恋爱，总要留下些回忆才行，才像场恋爱嘛。不然，爱情有什么乐趣可言？可就有这种情况：白谈了一场。所以到老钟时，我大学毕业两年，人已变得现实多了，已学会对男人不抱不切实际的期望。图书馆的工资不高，而我一直希望能过稍微宽裕点的生活。你还记得奶奶那把象牙梳子吗？经历了那么多批斗后，奶奶还是给自己留住了一样好东西。抄家的人以为是塑料的，这是奶奶笑着告诉我的。这把梳子现在在我那儿。小时候，我常常把玩那把梳子。我自小对这些东西就比你有兴趣，你一直就是个书呆子。这把梳子隐约让我看到奶奶年轻时所过的日子，穿着绫罗绸缎，跳舞看戏，上新式学堂，家里仆佣成群……小时候我曾暗暗希望自己是奶奶的女儿，不要是妈妈的女儿。当然我爱我们的妈妈。我爱妈妈，可我还是希望自己是奶奶的女儿。如果我是奶奶的女儿，我距那样的生活就会近一些。你一定觉得很可笑，是吧？可那时候我就是这样想的，至少在遇到那个公交车司机之前，我都是这样想的。后来，爱情让我生出了别的欲望，要做奶奶的女儿的念头才淡了下来。妈妈去世的时候，我哭得那么伤心，并不完全是因为她的离去，主要是因为我觉得对不起她，因为我曾竟然希望自己不是她的女儿。过了那么多年后，想起这件事来，呵呵，我还是会感到羞愧。"

我有些惊讶，默默喝着咖啡，说实话我不记得什么象牙梳子，奶奶在我印象中也不像是过过仆佣成群日子的。解放前她做过鹿城女中的校长，读过很多书，这没错，但在我记忆中的奶奶，却是个胆怯邋遢而又可怜的老太太，我从她炒的菜里吃到过头发、沙子和蚯蚓。在我们的母亲以及邻居们面前，她也总是一副讨好的表情——这一点曾让年幼的我深感难过。我从来不知道木菌竟然有过那样的想法，希望自己是奶奶的女儿。我的惊讶还没过去，木菌却又开始谈老钟了。

"你晓得的，老钟是我的一个同事介绍的，就是那个在我们婚礼上喝多了，把酒吐了一地的中年女人。那时老钟的条件对我很有吸引力，比我大六岁——我一直希望丈夫比我大点。干部家庭出身，呵呵，中人之姿，短婚未育，独自住一套三室一厅的房子——这房子是他母亲单位、市体育局分的，我们婚后一直住在那。这房子虽说跟我以前憧憬过的深宅大院没法比，但在二十多年前，对普通的工薪阶层来说差不多等于豪宅。老钟那时已是市委宣传部的笔杆子,副处级干部,前途很光明。我们见了两次面,就把关系确定了下来。第一次见面,他告诉我为什么离婚,他说他不喜欢小孩,而她前妻婚前也答应不要孩子,可是婚后不久就开始逼他了。这方面我们真的是有共同语言,我很开心,那时我是真的不想要孩子……"

我很吃惊。我记得木菌曾对我说,她之所以挑中老钟,是因为老钟的"才华"。

"你知道吗? 我曾经很嫉妒你,因为你最像奶奶,你们的脸型、肤色都很相似,你看你生完小星,很快就恢复了好身材,奶奶就是那样,到老了还有着很得体的身形。我很怕变成妈妈那样,我觉得我像她,生完孩子后一定也会像她一样不可收拾地发胖。在孩子这个问题上的一致让我和老钟都很高兴,我们很快约着见了第二次面。我记得第二次见面时,我们谈论了文学。他问我,中国古典小说中,你认为最好的描写孤独的诗词是哪句? 我说的是哪句,我记得不太清了,左不过是'孤标傲世携谁隐,一样花开为底迟'之类。我倒想说《金瓶梅》来着,'懒把宝灯挑,慵将香篆烧,挨过今宵,怕到明朝'。没好意思说罢了。才见了两面嘛,不想把他吓跑。老钟说的我却还记得很清楚:'夜深独立无人问,一点流萤过曲廊。'很好的两句是不是? 当时我一听他说出这两句来,就很高兴,暗自想笑,呵呵,你要知道,这是《九尾龟》中的两句,嫖界精英章秋谷的诗。当时我就在心里想,这个看上去板板正正的男人,可能背地里还是蛮有趣的。那时我二十四岁,自以为成熟、历经沧桑,能看懂男人的了。现在我才知道,我那时还是太天真了,有一些男人,他们在心里给自己修了许多的路,哪里有红绿灯,哪条路通向哪里,只有他们自己知道,他们根据不同的情况选择走什么样的路,做什么样的人。老钟就是这样的男人。年轻时看古典小说,小说中的绅士,除了帅,有钱,他们还讲义气,很正直。不要以为现实生活中的男人会这样,尤其是那些聪明的中国男人。当然他们大都很善良。老钟他们这样的男人就更不会了。他们必须更现实些。他们做事情,永远讲究目的性,而不是目的的正当性。这样的人远不是你能想象的。我们在一起生活了二十一年,有些事情,要不是他突然去世,我可能永远也不会知道,他就有瞒你一辈子的本事。接下来我要跟你说的这件事,就是在他死后我才知道的,就是这件事,让我变成了今天这个样子……"

我把手里的杯子放下，凝神细听。

"老钟葬礼后的第二个周末，你去鹿城看我，你见我像个没事人一样，照样打扮，照样逛街坐咖啡馆，到处找好吃的，一开始你的神情很担忧，还以为我是过激反应。你还记得吧？ 你在卫生间偷偷给罗浩打电话，要他帮你调课，你说你想多陪我几天。你打电话时我都听到了，不过我也想让你多待几天，免得你就这样回去了还担心我。末了你住了一周才走。我也确实难过过，不要说是个人，就是和只猫啊狗啊的在一起过了二十一年，它突然闪下了你，搁谁谁不难过啊。老钟的葬礼过了两三天后，我擦干眼泪，打起精神来收拾屋子。头两天不时有领导、同事来慰问，屋子一团糟。三两天一过，大家都上班，都忙，谁还管你？ 我就想啊，生活要继续，一个人也是要生活的，于是我开始慢慢收拾起老钟的东西来。我把衣帽间里他的衣服围巾什么的都搜了出来，堆在地板上慢慢清理。他有一个手包，是他出访欧洲时买的，他上班天天拎着，出事后他的司机把它捎给了我，就扔在客厅沙发上。整理了一会儿衣物后，我觉得有点累，就去沙发上躺躺，他那手包正好在我边上，我就顺手打开看了看：一点零钱，几张信用卡，还有就是名片啊记事本什么的。可笑的是，翻他包时我还跟他说话呢，我说老钟，对不起啊，从来没翻过你的包，但现在我要翻了，你不要见怪。结果我在一个很不起眼的夹层里发现了一把钥匙，一张门禁卡。刚开始我也没当回事，我想大约是办公室的。我就把包放好，躺了一会儿后就又接着整理他的遗物去了。他有几十条名牌领带，都很新，有些甚至没拆包装。我想清出来看看能不能送人。我在打开一条阿玛尼真丝手绣领带时，脑子里突然像打了个霹雳。我现在还记得那一刻的感觉，就是脑袋里啪的一下，电光四射！那条领带上的鸢尾花好像活了，跳起舞来。我扔下手里的东西，跑到客厅，翻出那张门禁卡仔细瞧了瞧，是一个叫华府世家的小区门禁卡。我的心怦怦直跳，赶紧上网查华府世家，发现是鹿城市中心一个规模不大的精装修小区，大约是五六年前落成的，闹中取静的好位置，过马路就是烈士公园，护城河从小区边上流过。我马上拿着那张门禁卡，还有钥匙，开车去了那里。一路上，我的心情很复杂，感觉不像是真的，但是有一点我无法否认，就是我也很兴奋。到了那边后，我先把车停在华府世家对面的街道边，坐在车里打量了下。六栋小高层，带着宽大的落地窗，错落有致地排列开来，每一栋都无遮无挡，私密性非常好。小区大门距街道约有三十多米，两排樟树亭亭如盖，给人庭院深深之感，中间花坛种着紫色薰衣草。大理石门柱，电子控制栏杆，大门两边各有一个神情严肃的穿灰色制服的保安。我第一眼就喜欢上了这个小区。我把车开过去，到了门口，降下车窗玻璃，拿出门禁卡对着电子读卡器晃了晃，只听'嘀'的一声响，栏杆抬了起来，保安冲我敬了个礼，放行。进小区后，我顺着指示牌往左拐，看到地下车库入口，车库入口处也有电子栏杆，我再次拿出门禁卡试了试，栏杆抬了起来。我笑了，哎，太欢乐了！当时我已大概猜到是怎么回事了。没吃过肉，成天见猪跑的嘛！后来我想了想，把车从车库门口倒出来停在路边，然后下车去找物业中心。那天是个星期二，下午两点钟，时间正好，如果这是老钟金屋藏娇处，那娇此刻不在屋子里的可能性就很大，我只需进去看一眼，就可以一清二楚。我下了车，先到小区里转了下，小区的南面就是护城河，河两边种着高大的垂柳，风一吹，数千万条绿丝绦迎风摇摆，看得我入了迷。楼与河之间，是一片狭长的树林，桃、李、杏花开得极灿烂，林下绿草如茵，小径上落英缤纷，散个步真是再好不过的了。家家户户宽大的弧形阳台下，就是这片美景，谁看到都会心生妒意。我一边走，一边想着几种可能的情形。一、户主是娇，那我就没什么搞头，转身离开。二、户主是老钟，里面有娇，我要怎样把她弄走，又不让别人知道，这得好好想想。三、没娇，户主还是老钟，没说的，我会去给他烧香烧纸钱，感谢他给我这巨大的惊喜。四、户主不是老钟，是某个我不认识的人。五、户主是我……那一刻我的脑子飞速乱转，快得我都能听到它转动的声音。我很快找到了物业中心，物业接待处像个酒店大堂，非常舒适。我在接待处坐了一会，喝了杯水，发现他们工作非常认真，想来如果我回答不出相关信息，恐怕很难让他们告诉我这钥匙到底能打开哪扇门。于是我离开另想他法。说实话，我离开的时候心情很愉快，很好的物业嘛！我对所有工作认真负责的人都怀有敬意。后来，我花了两天时间，找到了个高手破解门禁卡的内置信息，五号楼一单元601。好朝向好位置啊！拿到内置信息后我立马再次开车去了华府世家，我直接把车开到五号楼下的车库里，随便找了个车位停车，然后我去了一单元601。为谨慎起见，我先敲了敲门，无人应声，我这才拿出钥匙开门。钥匙没费什么劲就插进了锁孔，我屏住呼吸，默默念了声芝麻开门，转动钥匙，上帝啊！门开了！那一刻，我这辈子都不会忘记的了！小莲，这次回去后你一定要去那儿看一看。那套公寓非常宽大，有三个卧室，两个有窗的卫生间，除了那条护城河，站在阳台上还能看到烈士公园里的小山、湖泊。房间里空荡荡的，除了客厅里一张朝向阳台摆放的长沙发外，没有其他可移动的家具。我特意打开门厅处的鞋柜看了看，里面只有一双男士拖鞋、一双男式运动鞋，看尺码显然是老钟的，两个卫生间都没有发现女人的化妆品。主卫的浴缸上搭着一条棕色浴巾，衣帽间的柜子里挂着老钟的两件T恤，一件睡衣，那睡衣的颜色、款式都和家里那件一模一样。那一刻我前所未有地思念起老钟来，假如不是突发心梗带走了他，他一定会选择个合适的时间带我过来的，最有可能的是在他退休之后。我了解他，他一直非常谨慎、克制，肯定不想让我知道太多。我觉得他是在保护我，我太感动了！那一刻真有一种永失我爱的伤感……"

"等等！"听到这里，我忍不住插嘴问道，"你是说老钟偷偷给你留了套房子？"

"可以这么说吧，一套不错的房子。"木菌笑道。我万分惊讶，却也无话可说。

"我光了脚在屋内走来走去。后来我走累了，就在客厅的沙发上坐下来休息，这时我才发现沙发一侧的地上有个小纸盒，里面有一叠病历本，几盒药。我把那纸盒子捡起来搁在腿上，一件件检视翻看。病历有三十来本，有的很旧了，显然是多年积累起来的。这些病历是不同医院的，有北京协和、北京天坛、解放军307医院、上海医科大附院、香港威尔士亲王医院的，等等，甚至还有一本是鹿城某男性专科诊所的，就是那种深藏小巷中的小诊所，典型的病急乱投医。每本病历上面写的名字都是钟广菊，一个陌生的名字。我都糊涂了，就又拿起那几盒药来看，有两盒是六味地黄丸，还有什么他莫西芬片，硫酸锌糖浆，天知道是治什么的药！有一盒药，我拿起来看时，突然就控制不住地大笑起来，这药叫什么五子衍宗丸，天啊木莲，你能想象吗？ 五子衍宗丸！让人想到江湖骗子。老钟会不会就是钟广菊？ 如果是，那他并不是不想要孩子，而是他有毛病，这辈子都在疯狂治病，到死都没有放弃！如果他不死的话，他要治到什么时候才罢休？ 如果治好了的话，他是不是会和我离婚，去娶一个适合生养的年轻女人？这么一想，我不免浑身发抖，抑制不住地一阵阵犯恶心，可同时我还在那儿笑呢，简直停不下来。你要知道，曾有那么一阵，我也想过要孩子的，大约是在小星两三岁的时候，可爱的小星让我想要一个孩子，是老钟打消了我的念头。宝贝，他这样叫我，他对我说，宝贝，我不想家里多个第三者来分享我对你的爱。唉，你知道我总是需要很多的爱的，这是我的致命伤。他就这样说服了我。可谁能想到，他不要孩子，并不是为了全心全意爱我，却是弱精症——这可能是他第一次婚姻真正破裂的原因，也可能是他和我结婚的真正原因，到哪里去找一个真的不想要小孩的傻女人？他的a级和b级精子数从未超过百分之五十。但从病历上的日期来看，情况也一直在好转。这是一个多么坚忍不拔、一个多么执着又多么恶心的男人！等我打起精神从沙发上爬起来的时候，我就像换了一个人。我感谢上帝让老钟突发心脏病死了，并让他体面地死在了工作岗位上，他得到了应有的惩罚，不是吗？"

我想了想，道："也许他并不想要孩子，他只是想治愈自己。"

"谁知道？"木菡撇了撇嘴，接着道，"第二天，我跑到鹿城中心医院挂了个男科，把钟广菊的病历拿给医生看。医生表示了祝贺，说从检测结果来看，患者的精子成活率快接近正常水平了。从医院出来后，有那么一刻，我为老钟感到难过，功亏一篑啊。记得那天天气特别好，我站在医院门口的台阶上，抬头看着蓝天白云，下定决心要好好活着，即便是作为人民的好干部钟华的遗孀，我也要好好活着，还有许多事要做，不是吗？接下来，我打电话给单位领导请假，我什么也不说，只用了一种忧伤的语气说需要休息，近期不能上班。单位领导爽快地答应了，说市里领导早已打过招呼，要他们好好关照我，有什么需要尽管说。呵呵，这也是老钟的遗产，我没有理由不接受。我从医院出来后马上去找了家价格不菲的餐厅吃饭，想好下一步该做什么。我理清头绪后，开始了我的探索之旅，可以这么说吧，这两年多来，我基本上都是这么度过的，寻宝。那房子里的每个角落我差不多都翻了一遍。小星生日时我去你那儿，傍晚我们在你们校园里散步，路过图书馆门前的莲池，你知道我当时想到什么了吗？我看着那个莲池，心里想，这池里会不会也有人藏着点什么东西？呵呵。最初发现自己还有套房子，我是非常兴奋的，悲伤一扫而光。所以，过了两天，你来看我时，我正处于亢奋状态呢。你在我家的那一周，我也没耽搁。我打电话找了个可靠的同学，他的姐夫在房地产管理局上班，我让我同学替我去房地产管理局查那栋房子的户主。户主是钟广菊，没错，就是那个患弱精症的男人！这房子上无抵押贷款，也就是说房产证一定在钟广菊手里。你离开鹿城的那天，我把你送到火车站后，马上开车去了华府世家，途中我在一家五金店门口停车，下车买了劳保手套、钳子、起子、撬棍、锥子等各种工具。我先从主卧室开始，把所有的墙纸都撕了下来，撬掉踢脚线。撕墙纸比我想象得难多了，一开始总是撕不干净，总有一层白膜撕不下来，后来熟练了。现在我用不了多少时间，就能把墙纸从墙上整张揭下来，而且不留痕迹。第一次干，我可是费了不少劲。卧室的地板是实木地板，撬地板不是件容易的事。天很快黑了，我也累得不行了，我就劝告自己不要太着急，我对自己说，有的是时间，慢慢来。我坐电梯下到车库时，看到一个保安拿着对讲机站在我的汽车前，正对着对讲机说着什么。边上停着一辆迷你宝马，一个年轻女孩坐在车内，满脸不悦。我意识到我占了她的车位，于是马上过去道歉。保安对对讲机说，不用找了，业主到了。他的一句业主提醒了我。我把车开出来后停在一边，告诉保安我是几号楼几号房的业主，以前都是老公过来看房子，自己很少过来，记不得我家的车位了，请他帮我查一下——我在心里责怪自己，为什么一开始没想到这一点呢？看来太兴奋是容易误事的。保安通过对讲机与物业联系后，问我，业主叫什么名字？我说钟广菊。保安告诉我，业主名下登记了一辆车，一个车位，B区107。我谢了他，把车开到B区。如果说那天拿钥匙开门时我还有过剧烈的心跳，可这次我很平静，我知道我会看到什么。我找到了107，这个车位在电梯井背面，不显眼的位置。车位上停着一辆黑色本田雅阁，和我的那辆车一模一样，只是颜色、车牌号不同而已。一辆白，一辆黑，情侣车！很搞是不是？车是锁着的，车身上有一层薄薄的灰尘，显然好久没人动过它了。我把额头贴在车窗上往里瞧了瞧，车里除了一盒纸巾，什么也没有。我的心情很愉快，愉快得什么也不想说。老钟，你他妈的！我只想骂娘。这下可好，除了房产证，我还需要寻找汽车钥匙了。这是老钟死后不到一个月内发生的事情，接下来两年多，我都是这样过来的，找到了这个，又发现了那个，找到了那个，又发现还有别的。我总能找到点东西，总能。我觉得我应该去检察院反贪局工作，现在我能找到任何人藏起来的东西。你在哪里藏了点什么没？让我去找找看？相信我，我能很快找出来。"

"没有。"这是实话，除了一些危险的思想，我没什么东西可藏。

木菌从手袋里摸出来一根香烟点上，她抽了一口后，接着说道："踢脚线是比较方便藏东西的，一般在两根踢脚线相接的地方，掏一个圆形的小洞，可塞下银行存单或是小根金条之类。衣柜的拉手，浴缸底下，还有好太太晾衣架的晾衣杆内，都是好地方。千万别小看冰箱内冻着的鱼，鱼肚子里藏得下许多东西。空调壁挂机的出风管道内也是藏东西的好地方，室外挂机也是——真不知他是怎么爬出去的。署假名的那个身份证可能一直藏在你眼皮底下，书房里某本你可能永远也不会去翻的书，钟广菊的身份证就夹在《马克思恩格斯选集》第五卷中——不明白为什么是第五卷，而不是第一卷或是其他几卷？我还坐飞机去过张家界，从老钟办公室清回来的他的私人物品中，有一本《中国十大国家公园》的书，底页上夹着一张图，看上去像是随手涂鸦，翻过来是张家界的宣传标志。可我真就靠那张图在张家界天子山的一棵松树下挖到了东西。我还找到了老钟的一个私密记事本，非常小，用胶布贴在橱柜底板下，上面记了件很有趣的事，有个女人敲诈老钟，说她怀孕了。老钟什么也没说，只把自己的医疗检测报告拿给那女人看，后来这女人再没出现过。老钟为此很得意。君子断交，不出恶声。老钟在记事本里这样写。弱精症给他带来的也不全是坏处。我把这记事本又给他藏了回去，我就当自己从来没有见过它。很多东西我一时用不着，又不知该怎么办，我也慢慢藏回去，我藏得跟老钟一样好。我也当自己从未发现过它们。我在藏这些东西的时候，有些可怜老钟，这家伙生前活得该有多孤独啊，像个鼹鼠！记得他的司机把他的私人物品给我送过来时说过一句话，他的司机很哀痛，说，我跟过很多领导，钟局长是个好人。后来，我在翻箱倒柜找东西的时候，和在我把那些东西又藏回去的时候，我都会想起司机这句话。这句话对我来说是个线索。一个好人会怎么藏东西？尤其是一个群众心目中的好人。跟一个大家认为是坏人的家伙藏东西肯定是有区别的。事实证明，我这么想是对的！"

我不知道该说什么好，当听到木菡说把那些东西又藏了回去时，我暗暗松了一口气，好像这对她来说是个不错的选择。

"不是全部。"木菡似乎猜到了我在想什么，她看着我，吐出一口轻烟，"有些东西藏不回去的了，有些是不方便再藏回去的，比如，我不可能再飞一次张家界吧，再说我也不可能还找得到那棵树。"

这我能理解，就像楼上房间内的那些碎海绵。回不去是人生常态。

"你想过上交单位吗？"

"你说什么呢！这不是要吓死人吗！"木菡拍着胸口。过了一会，她又说道："不过，那辆汽车后备厢里有些现金，我以钟广菊的名义捐了出去，捐给了鹿城白血病患儿基金会。"

"我可以这么理解吧，你现在，即便不工作，生活也不成问题？"

木菡笑而不语，过了一会，她说道："我很花了些时间才去掉不劳而获的罪恶感，老钟这个人，你还真是不能不佩服他。"

我沉默了，一时有些难过，不知该说什么好。她经历了这样不可思议的事情，可两年多来我竟然一点也没察觉。除了小星，除了罗浩，我还有什么亲人？木菡就是我在这世上唯一的亲人。我看着她，想起她在凌晨四点钟的哭泣声，心里很清楚她已为此付出了代价。我感到揪心，叮嘱她道："不管怎样，你得赶紧从这种状态里走出来啊。"

"是啊，我也这么想。有时候刚躺下准备休息吧，可视线一落到某个地方，突然就会觉得那里看上去像是藏有某件东西的样子，于是好奇心又促使我马上爬起来。我看人的眼光也不像从前了，刚刚给我们拿水果拼盘的那个女孩，她转身离去的时候你知道我在想什么吗？我盯着她的背影，想她会不会接受客人的邀请去房间服务？不知道为什么我就觉得她会。我知道这很不好，可一时间却也控制不住。看什么都可疑，寻宝后遗症？这次出差，头两天都好好的，我还以为我好了呢。可是到了昨晚……今天一早起来，我可真被我自己吓到了——"木菡脸上露出一股严肃的神情，"小莲，我的生活确实是出了问题。"

谁的生活不是呢？

我想起了我那过分乖巧的孩子，她正在郊区那所寄宿学校里知趣地静悄悄地长大，我的丈夫罗浩，他已在书房那张狭小的沙发上度过了许多夜晚，我也想起了那些告我状的学生——尤其是那些学生，我一直都很爱他们，可是谁能想到，我不过就是给他们推荐了几本他们以前从未读过的书，我不过就是在课堂上讲了几句他们以前从未听过的话，可这就把他们吓坏了。

"给他们钱，应该就可以了吧？"

"你说什么？"

"那个床垫……"木菡不好意思地笑了下。

"哦，是的，给他们钱。"我说。给他们钱，让他们去买张新床垫，这件事就算解决了。生活中有些事情就是这么简单。可是，木菡以后，以后她要怎么办呢？

木菡现在显然不在想这个问题，确定钱可以解决眼前的麻烦之后，她的表情看上去又轻松又愉快。于是我也决定暂时不去想它，想又能怎样？这不是一个一下就能解决的问题。于是我问木菡："那个名字，为什么是钟——广——菊？"

"噢！天知道他是怎么想的！"木菡拍了拍自己的脑门，欠身把烟头熄火在烟灰缸内。她端起杯子，将杯子里剩余的咖啡一饮而尽："钟广菊！广菊！"她把杯子重重地搁回到茶几上，"这名字总是让我想起我们图书馆的一位清洁工大姐，她有个特别宽大厚实的臀部……"木菡比画了下，笑道，"像张桌子！"

《上海文学》2015年第5期

评鉴与感悟

关于世界,能知道什么?

当我们真真切切经历了什么事情在我们身边发生,当惯常的生活经验已经让我们有足够的信心,确立当下所处的环境是生活的主场,当我们认为不论未来怎样变化,都笃定会与如今生活的发展轨迹有着一脉相承的紧密联系,却忽然发现淹没在海水之下的还有庞大的冰山主体。那么,原有的生活轨迹、个人生活重心乃至个体精神世界都会发生改变甚至坍塌。《有什么事在我身边发生》就是一部对日常生活体验进行无情颠覆的作品。

木菌在丈夫心梗意外死亡后,开始了一场犹如难缠梦魇亦如热烈狂欢般的"寻宝"盛宴。她如同上瘾一般,病态地寻找丈夫遗留下的财产。背后的原因却并非是对财富的渴求。随着一个又一个"财宝"和小秘密被发掘出来,她对世界的信任也被逐一击溃。她发现,丈夫生前偷偷买了一所高档公寓,不是金屋藏娇,却是为了治病;她发现,丈夫竟然患有弱精症,那么他的主张不要孩子,并找到也不想生孩子的她结婚,就是一种利用;她发现,丈夫竟在百处求医后,奇迹般地治愈了自己的病。那么接下来,如果他不突然去世,他是否会抛弃自己和更年轻的女人结婚生子?

木菌的精神病态随之而来,她开始怀疑一切:怀疑图书馆门前的莲池是否会藏着什么东西,吃饭时看到端水果拼盘的女孩,会想到她转身后会不会接受客人的要求去房间服务。她开始无法正常的、按照惯有逻辑去思考。因为,两年来她所经历和发现的一切,证明了人心是无法破译的,世界是无法完全被了解和全面感知的。木菌所表现出来的怀疑一切、逻辑混乱的病态,正是其精神世界堪称奇迹般的自我修复。

小说中除了木菌发病这一主线,还存在一条"我"的辅线。因为学生的告状,作为妹妹的"我"被暂时停课了。所以,"我"才有时间到姐姐木菌身边得知这些事情。这个情节作为推动故事开端的隐线,与主线部分夫妻关系的疏离,共同指向人和人之间诚信问题的终极思考。小说选取了现实空间中无关宏大的"小事情",却映照着其后的大背景。作者创作时的用力和深度可见一斑。

小说通篇层次感显著,故事呈渐进性推进,悬念的设置也丝丝入扣。在木菌的"寻宝"过程中，他人永远不知道下一步会发生什么，但每一个结局都出乎意料而不落俗套。结尾处，叙事者对"钟广菊"名字的处理，是一种无奈而又颇具戏谑意味的黑色幽默，力道深厚，带着刺痛的滋味。（李晴）

疯迷

/ 裘山山

1

冉仕科跟在母亲后面,往山上走。雨还在下,虽然不大,也架不住持续时间长,把一条山路泡得稀烂。尽管他特意换了双运动鞋,还是哧溜哧溜滑了好几下,小腿肚子不由得发紧。他看了眼走在前面的母亲,手上提溜着一个大编织袋,一走一碰腿,但依然很稳当。这让他不好意思,看来自己的确是在城里待得太久了,久到不会走山路了。

母亲忽然说,你把伞拿出来打起吧。他说,打伞更不好走了。母亲不高兴地说,不打伞我脑壳淋了雨就发痒,我才洗过没两天。冉仕科才知是母亲需要打伞。他不敢再违抗。今天上山扫墓是他坚持的,母亲说又不是祭日又不是清明,扫个啥子墓嘛。他说好不容易有空回老家,怎么也得去祭拜一下父亲嘛。他不敢说他就是为了扫墓才回来的,怕母亲心寒。母亲说那就等雨停了再去嘛。他说不行,他只有三天时间。母亲这才很不情愿地陪他上山来。

冉仕科侧身,斜过背后的背囊取雨伞,不料雨伞拿出来的同时,插在背囊旁边的水杯滑了出来,那是他临出门前泡好的一杯热茶,热茶咚的一声,不偏不倚地砸在了母亲的脚背上,母亲哎哟哟地蹲下去。

冉仕科连忙弯腰问,怎么了怎么了?母亲没好气地说,怎么了?你砸到我脚了,唉哟哟,痛死我了!

冉仕科不吭声,只能让母亲抱怨。因为下雨,母亲穿了双很旧很旧的胶鞋,鞋面薄得快成网了,一点儿保护作用都没有。不想母亲没抱怨他,转而抱怨起死去的丈夫来:你个死鬼,冤家,死了那么多年了还不让我安生!我到底是哪一点欠了你嘛?你要折磨我到啥子时候嘛!我硬是霉到头了。

冉仕科很意外,不知母亲这思路是怎么走的,转眼拐到父亲那儿去了。而且,他一直以为,母亲和父亲感情很好。他几次提出接孤身一人的母亲进城去住,母亲都拒绝,拒绝的理由就是,我走了哪个守你老汉?不承想她会说出这样的话。听那语气,是真抱怨,真生气。看来,母亲和父亲感情好,是自己一厢情愿臆想出来的。

到了父亲坟前,荒凉的程度超出冉仕科的想象,如果不是母亲指认,冉仕科肯定找不到。野草茂密高深,几乎遮挡住了坟头。显然,母亲已经很久没来扫墓了。现在是七月,若清明扫过,也不至于如此。

母亲一句话不说,开始蹲下去薅草,冉仕科收起雨伞,也跟着一起薅,很快,手心就有了血丝。冉仕科暗想,算是一种弥补吧,父亲走了三四年了,下葬之后,他还是第一次回来扫墓。

清理干净坟头,雨也停了。冉仕科拿出热茶,很惬意地喝了几大口。母亲则从拎着的编织袋里,拿出塑料袋。塑料袋里装着纸钱。又取出个旧脸盆。旧脸盆旧得不能再旧了,底子锈得洞洞眼眼的,还有火烧火燎的痕迹。还在冉仕科很小的时候,就见母亲用它给爷爷奶奶烧纸钱了,感觉那盆子从出世起就是用来烧纸钱的。

母亲又拿出几个橘子,两块豆腐干,一一摆在坟前。再拿出一瓶酒和一个杯子。冉仕科接过来,把酒杯倒满放在坟前,又点了两支烟插在土里。然后两个人默契地蹲下去,把叠好的纸钱拆散松开,再点火烧。尽管空气湿度很大,纸钱也极易点燃,一串串的,十串纸钱很快就烧完了。

冉仕科在飘荡的烟灰前,很认真地跪下去给父亲磕头,心里默默念叨:老汉,你在那边还好吗?我那天梦到你,说没钱花了,今天我跟妈来给你烧了钱,你尽管用就是了。喝点儿酒,割点儿肉,再找个婆娘,好生自在地享受……老汉,跟你说点儿实在话嘛,我这一年很不顺,公司做不起来，屋头也不顺，你见过的那个媳妇儿，跟我吵了两句就带起娃娃回娘家了。不是你儿无能，是那个女人欲望太强烈，我没办法满足她。她看我挣不到钱了，就拍拍屁股走人了。老汉，你在天上要保佑我哟。你跟爷爷祖爷爷都说一下嘛，保佑一下你们的后人嘛，保佑一下你的孙子，你的儿挣到钱了，孙儿的日子才好过，还可以再找个媳妇生两个……

父亲在世时，冉仕科很少跟他说话，现在却好像有说不完的话，其实他心里明白，他不是在跟爹说话，是在跟祖坟说话，跟冥冥之中的命运之神说话，真希望能把祖坟说得冒青烟。

冉仕科在那里念念叨叨时，母亲一直蹲在一边儿，跟墓地旁那些大石头一样无声无息。风吹过她满是皱褶的脸庞，头发扫在眼睛上，她也没去捋一下。冉仕科念叨完了，起身，让到一边，意思是该母亲拜了。

母亲还是蹲着不动，一只手在脚背上默默地揉着。

冉仕科很奇怪，只好喊了一声，妈。

母亲忽然说，我不想拜，我不想搞这个假。

冉仕科问，你啥子意思呢？

母亲突然大怒：啥子意思？就是这个意思！我不想给他磕头！他在的时候对我就不好，好吃懒做的，害我做牛做马，还要被他打，他走了我还要拜他吗？懒得！我才不想假模假式地给他烧香磕头。今天只是陪你来，给你带路，以后找得到了你自己来，我不来。

冉仕科大惊，简直无法相信这是自己母亲说出来的话。如果刚才母亲抱怨父亲，还可以理解是一时有气，现在这番话，就完全是字字血声声泪的控诉了。

他结结巴巴地说，咋个这样说呢？我觉得我们老汉对我们还可以的嘛。

母亲说，你晓得个屁，你就晓得读书，找家里要学费。学费是咋个抠出来的你根本不管，我做了田头做屋头，腰杆累断几回了！你老汉逮到机会就溜到镇上打麻将，还把你学费拿来输光。好不容易把你和你妹儿供大了，他就病了，还得个富贵病，啥子活路都不能做，还吃那么贵的药，生生把家里的钱全部造光了，留一屁股债。我上辈子做了啥子孽哦，嫁给这种男人……算了不说了，说起都是气！真的，说起都是气！要不是为了你和你妹妹，我早就喝耗子药了！

母亲说的事，冉仕科倒是知道，他老婆之所以对他不满也有这个原因，工作几年好不容易攒下点儿钱，都拿回家给父亲治病了，不得已才辞职做生意的。

但冉仕科还是想不通，母亲竟然对父亲这么大怨气。父亲死的时候她哭得很伤心啊，一把鼻涕一把泪的，看来那伤心是为了她自己，为自己白白受苦那么多年。

冉仕科心里不痛快，又无法埋怨母亲。回想起小时候，的确是母亲在忙里忙外，父亲爱闲逛，还振振有词，说是要和村干部搞好关系。有一回母亲做好了饭去叫父亲，大概抱怨了几句，父亲竟勃然大怒，说母亲不给他面子，一回家就拿起手上的烟杆扔向母亲，母亲躲闪不及，打到了额头，流了好多血，吓得妹妹哇哇大哭。

可是，村里不少男人都这样，还有把老婆打断腿的，打流产的，相比之下，冉仕科也没觉得父亲特别过分。冉仕科把茶杯递给母亲，说你喝不喝？母亲一摆手，没好气地说，苦巴巴的，有啥子喝头？一会儿回去泡蜂糖水喝。

母亲一直都忍气吞声，是个不敢高声说话的人。现在好像变了，开始有脾气了。是不是那次生病，差点儿丢命那次，在昏迷中转了世？这次回来，冉仕科感觉母亲并不像他想得那么凄苦，家里也打整得干干净净。而且，并没有像以往那样，见面就问他孙子如何，而是谈起了她自己的计划。她想把家里的几棵柚子树卖了，把自留地转租出去，让儿子再赞助点儿钱，在村里开个网吧。"我做不动地里的活了，开个网吧，我可以坐着挣钱。"母亲的想法很让冉仕科吃惊。

见冉仕科在瞪她，母亲恼怒地说，你老盯着我干啥子嘛？我就不能发牢骚吗？

冉仕科没有说话，把茶杯收起来插回到背囊里，伸手扶母亲站起来。母亲却甩开他的手，自己费力地挪到坟前，将脸盆酒杯橘子豆腐干什么的，一一捡进布袋。母亲不过五十出头，但干燥花白的头发，粗糙褶皱的脸庞，还有很不灵活的腿脚，都让她看上去像个老太太。自己那个丈母娘不过比她小一两岁，看上去却像四十来岁的人，成天穿得光鲜亮丽，跳坝坝舞。

人和人，真的太不一样了。

2

就在冉仕科和母亲上山扫墓的时候，警察王小进和刘大兴冒雨来到了冉家坳。他们是骑电瓶车来的，弄得身上又是汗水又是雨水。

冉家坳藏在川北的大山里，交通非常不便，幸好现在有电瓶车了。放过去的话，只能搭乘那种突突突冒着黑烟颠簸不已的火三轮。

镇派出所一早接到电话，说冉家坳的疯子死了，脑袋上有血。怀疑是非正常死亡，所长就把他们两个派过来，做现场勘查。

冉家坳很多年没出刑事案件了，偶尔有人告状，大不了就是偷鸡摸狗，或者男女勾搭之事。严重的刑事案件，要倒回去几十年前才发生过。

那是二十世纪七十年代，乱，有外面的人跑来斗地主。不是游戏，是真斗。乱起来，打死了地主。因为乱，也就不了了之。改革开放后，家家户户都忙着发家致富，做小买卖的，出门打工的，有点儿血气的青年壮汉都去山外面了，剩下些老人孩子，村子里太平得了无生气。

这次不一样了，这次疯子忽然死在这么平静的年景里，对冉家坳这样的山村来说，是大事。冉家坳因交通不便，一直比较封闭，说得好听点儿是民风淳朴。忽然有人死于非命，就惊动了众人。

两位警察到现场勘查后，初步确定死者属于非正常死亡。头部流血，倒毙户外。虽然下雨，额头上的血还是清晰可见。尸体旁的泥土里，也有血痕。

他们便开始在冉家坳走村访户，摸排线索。这样封闭的穷山村，肯定是一个摄像头都没有，查案只能靠老办法，一家家走访，查找蛛丝马迹。不料却很不顺，一向热情助人的村民都不愿协助两个警察，他们要么不说话，要么顾左右而言他。连那个三十多年的老村长都打哈哈说，不好查就不查嘛。说不定是他自己活得不耐烦了，喝了耗子药嘞。

警察很奇怪，尤其那个年轻的，刚从警校毕业没多久的刘大兴，他不解地问他师傅王小进，哎王哥，你不是说这里的村民特别淳朴，特别有正义感吗？怎么这么不配合嘞？

王哥，叫王小进，虽然比刘大兴大个六七岁，但常年在基层工作，长相也显老，已经像中年人了。他说，那绝对热情。上次有人在山上偷猎，全村老老少少都协助我们去围捕，那个阵仗，都让我担心他们出问题了，拦都拦不住，好家伙……

刘大兴知道师傅一说起过去的案子话就多，连忙打住他的话头：可是今天咱们连着问了几个，都不言语，要么傻笑，要么摇头。刚才那个光头老汉居然说，反正是个疯子，整那么清楚干啥子嘛？这叫啥子话哦？每个人的生命都是珍贵的，不能因为他是疯子就该死嘛。

王小进笑起来，他是笑刘大兴那个学生腔。

两人从光头老汉家出来，打算去下一户人家。雨停了，但空气依然湿热。村里的路泥泞不堪，两边的房屋也显得破烂，柴草乱七八糟地堆在墙边，不似从前那样垛得结结实实，再盖上油布，一副得过且过的样子。这十来年，村里的年轻人都进城打工去了，挣钱之后，也没人回来建新房，只是接了孩子去城里过。村子渐渐有了被遗弃的破败迹象。王小进的老家也是如此，地也成片成片地荒了。也许有一天，这样的山村会彻底消失。

刘大兴没有这样的感慨，他家在城里。他一门心思在想案情，他琢磨着说：刚才那光头老汉说，疯子一天到黑骂人，村里人个个都讨厌他，怕是被全村人咒死的。你说，人真的可以被咒死吗？意念真有那么强大吗？

王小进说，这个还没有科学证明哈。不过这个疯子的确是招人嫌，去年就有村子里的人来我们派出所告过状，说他扰民。但是我们有啥法呢？

他只是骂人，又没动手，又没偷东西，够不上犯法，只能是说服教育。可是哪个会去说服教育一个疯子嘛，完全是对牛弹琴。你要是把他弄来关起，只能是自己找麻烦。

这是个地道的山村，村庄依山势而建，弯七弯八，地形复杂。到处是石块垒起的平台和阶梯。要一家家走过来，至少得两天。刘大兴说，唉，这案子要放城里，调取几个监控录像，坐屋里就能查清楚。

王小进说，越是缺少科学手段，就越能检验我们警察的侦破能力，你晓得不？靠大脑还原作案过程，晓得不？要动脑子。

刘大兴说，是不是像大侦探波罗那样，调动灰色小细胞？

王小进没理大兴，轻描淡写地说，不过也没必要太担心，因为越是落后的地方，作案手段也就越简单，我估计费不了多大个事就能查出来。

刘大兴说，为什么？

王小进说，因为社会进步了法制健全了，犯罪手段才会复杂。你想嘛，他不提升作案能力，不是太容易被抓获了吗？而这种地方，根本不用太复杂的手段。

刘大兴频频点头，很崇拜地摸出一支烟递给王小进：那这次我可得跟王哥好好学学。

他们走到一户人家，还没踏上台阶，就惹得院子里的大柴狗无比兴奋，仰天狂吠。

王小进点了烟，眯着眼说，我现在琢磨的是，这个疯子骂人已经骂了两年多了，一直平平安安的，全村人都习惯了，权当他是更夫，是个巡夜的，咋个会突然想起要弄死他呢？一个是，有人忍耐到了极限，另一个是，有人头一回听到这样骂受不了。总之，此事必有蹊跷，"元芳你怎么看"？

这后两句，他是用普通话念白的，把刘大兴逗得哈哈大笑。刘大兴的笑让柴狗生气，吠声更猛烈了。一个老太太开门出来，笑眯眯地迎候他们：来，进屋来。就好像有人来走亲戚般地高兴。

刘大兴压低声音说，王哥，依我的看法，是你说的前面那个原因，有人忍耐到了极限，一时间鬼火冒，恶向胆边生，果断下手！所以我敢肯定，是熟人作案。

你咋个能确定呢？王小进问。

刘大兴说，你想嘛，不是熟人的话，跟他无冤无仇的，他又无财无色的，杀他个疯子干啥子？

刘大兴为自己的总结感到得意，又复述了一遍，无冤无仇，无财无色，哪个会杀人？再说，这个村子也没有外来人嘛。

王小进说，恐怕现在还不能下结论哦。我告诉你，绝对有外人，我一进村就发现了，村子里有外人，不是我们两个，是其他人。

刘大兴吃了一惊：真的哇？是哪个？

王小进说，你说是哪个？肯定是城里人嘛。

你咋个发现的？

我看到有人拎了个家乐福的购物袋，还蛮新的。家乐福，是很大一家超市，我们县城都没有，要成都才有。

3

疯子死去的那天，村长起得特别早。他当然不是起来杀疯子的，虽然他也厌恶他，恨不能他去死（死了才会闭嘴）。村长起得早，是因为头天夜里他翻来覆去睡不着时，忽然想到要做一件事，一旦想到了就急不可耐，恨不能马上起床去找人，于是起了个大早。

村长想把自家院子到路口的那个台阶，安一个门。夜里他听见疯子在外面叫骂时，忽然有了担忧，那疯子会不会哪天突发奇想，走上台阶到他家门口来叫骂呢？即使不给他开门，也够心惊胆战的。他儿媳妇马上要生了，可不能受那种惊吓。还是拦一下为好。

这么一想，他越发地恨这个疯子，本来安安静静的一个村庄，被他搅和得夜夜不宁。而且疯子每次骂人，还从他村长起头，似乎在他那个疯疯癫癫的世界里，这个秩序依然要维持。

"你这个狗官，你这个流氓，你多吃多占，你霸人妻女……"

疯子骂人有唱戏的风格，押韵，尾音略微拖曳。据说他早年跟着县剧团跑过，虽不会唱戏，只是给人家搬道具拉幕布，也还是受了些熏陶。他喜欢上一个女演员，迷得不得了，每天跟在女演员屁股后面，挣的那点钱都给女演员买小吃，买花，买擦脸油了。可女演员都不正眼看他，还骂他骚扰她，找团长撒娇哭诉，剧团就把他开了。

疯子回村时还基本正常，虽然疯疯癫癫的，但不乱来。就是迷女人，迷女人也正常，三十多了还没老婆，见了女人肯定如饥似渴的。只是他表现出来的样子很不雅，眯着眼，流着口水傻笑，并且明目张胆地往女人身边凑。夜里还趴过人家的窗户。但女人们并不特别讨厌他，除了村里男人太少外，还有一点，他总是无条件地帮她们干活儿，脏活儿重活儿，路上遇见了，笑一笑，就能把自己肩上的重物往他肩上放。为此他总是在村里晃荡，四处献殷勤。他哥哥气死了，好好的身板，却放着家里活路不做，万般无奈，咬咬牙，给他娶了一个老婆。哪知那女人体弱多病，娶过来就病倒，三天后就呜呼哀哉。疯子受了刺激，便彻底疯了。

估计疯子把死老婆这事，怪罪到了全村人头上，从那时起就开始骂人了。他家住在山坡上，他吃过晚饭就出门，如同城里人饭后散步那样，遛着弯儿往坡下走，边走边骂，指名道姓。

你说他疯吧，他骂的还基本靠谱——哪家儿子不孝顺，给老娘吃剩饭剩菜；哪家公公欺负了儿媳妇；哪家经常把邻居的鸡捉回自己家；哪家的娃偷别人地里的菜是他妈指使的；哪家的老公出去打工，在外面采了野花；哪家媳妇喝农药寻短见，是婆婆咒的……坏人坏事一箩筐。连自己都不放过，叫着自己的名字说，你这个狗日的倒霉鬼，女人见了你都会吓死……

有时耍起横来，他还会跑到人家家门口去大小便，把尿撒到柴火堆上，把牛粪扔进做豆瓣儿腌咸菜的缸里。村里人不恨他是不可能的。有时气不过，追出来打他，他跑得飞快，转眼就不见了。脑子虽然有毛病，腿脚却来得个利落。

据好事者统计，全村没被骂的就两家，一是他嫂子（他哥哥气死之后嫂子还是天天给他做饭送饭），二是他三叔（据说小时候父亲死了三叔一直关照他和哥哥）。连大家公认的老实人，冉家的寡母，他都要骂，说她偷男人，装贤惠。村里人都觉得好笑，冉家大妈都五十多岁的人了，偷什么男人嘛。

虽然私底下大家承认，疯子骂的大多"事迹"是沾边儿的，靠谱的，但面子上绝对否认，一致对外。因为如果你跟他认真，就等于承认被他骂痛了（骂对了）。比如村长，他心里就明白，疯子骂他的事儿不是没影的，他挪用过几次村里的提留款，也睡过几个老公在外打工的妇女。可那都是前些年的事了，自从儿子娶了媳妇，他感觉自己是做长辈的人了，便收刀检卦，开启了稳重正派的新模式。可疯子却不依不饶，骂个没完。

村长便摆出很大度的样子跟村里人说，一个疯子，狗嘴里吐不出象牙来，莫去理他。有时候又说，我们村子太安静了，他出点儿声也算添点儿人气嘛。

于是乎，疯子骂声经久不衰。

村长天不亮就起床了，匆匆吃了碗面，就去找村里的水泥匠，打算在自家台阶下面修两个墩子，然后安个门。因为没睡好，他感觉脑袋有点儿发沉，脚下有点儿轻飘。早上的村子很静，静得能听见山对面孙家村的鸡叫声，空气湿漉漉的，一点儿不像七月的天气。

刚下了个坡，就遇见一个学生娃惊诧诧地边跑边喊，死了死了，村长他死了！

早上的雾气罩在他流着冷汗的脸上，让这张小脸看上去像死神身边的小鬼。村长生气地拦住他，喝道，谁死了，说清楚！

学生娃一脸惊恐地说，疯子，疯子死了。

村长心里一凛，但还是很淡定地说，在哪里？带我去看。

村长的脚步越发地轻飘，下坡时有些软。怎么才想修个门拦住他他就死了？这也太奇了。莫非老天爷听见自己的祷告出面帮他了？还是媳妇肚子里的娃是个小天使，阻挡了魔鬼？不管怎么说，这事儿来得太突然，即使是件好事儿也让人惊悚。

村长跟着学生娃走了没多远，就看见三五个人围在一条坡道上，路边倒着衣衫褴褛的疯子。疯子摊手摊脚地躺着，仰面朝天。

村长走过去，围着他转了一圈儿，不能确定他是不是真死了，因为他经常很随意地躺在路边（或者地头或者树下）睡觉。他夜里骂人，白天睡觉，虽然有个家，但很多时候他找不同的家。大部分时候村民见到他的样子，就是倒在地下的样子。他把整个村子都当他家了，想睡哪儿就睡哪儿，自在得如同天人。

可是，这么躺在湿乎乎的雨地里还是头一回。

村长蹲下去，用手在疯子鼻子底下挨了挨，果然没有气息了。村长站起来问，咋回事？

学生娃的惊恐已经散去，亢奋还在：是我发现的，我发现的。我上学晚了，架势跑，差点儿被绊倒了，我就骂他挡路，他不动。我踢了他一脚他也不动，肯定是死了嘛，我就跑去叫你了。

村长又盯着疯子看了一会儿，疯子的嘴微微张着，焦干，几颗黄牙齿露了出来。牙齿之间，曾源源不断地冒出恶言恶语，现在却被锁定了，再也不会一开一合了。就在昨天夜里他担心他上家来的时候，他死在了路上。肯定不是冻死的，现在是夏天。那么是饿死的？也不像，疯子从来不缺吃的，他嫂子总是定期地给他放一盆饭在他小屋门口。何况，前半夜他还很正常地巡夜，高声叫骂。

忽然，村长发现了血迹，在疯子蓬乱的头发下面，隐约可见。再细看，头的下面也有血，虽然被雨水冲过，还是能看出来。莫非是夜里走道不小心，摔死了？

村长开始发布指示：学生娃都赶紧上课去，不要再围着看了。你，去叫他嫂子来，你，用你那电话，给派出所报个案，就说疯子死了。

被分派报案的，是路边杂货店的女老板。女老板不动，说这个也要报案啊？他自己摔死的，寿期到了嘛。让他嫂子侄儿来收尸就行了。

村长说，那么多血，不好说嘞！前半夜我还听到他在骂人，咋说死就死了？他天天走夜路，咋个会突然绊倒？

村长说这话的时候，恍惚觉得疯子嘴巴又动了起来，心里一惊，随手从路边捡了一片编织袋，盖在疯子的脸上。

正说着，疯子的嫂子来了，毕竟是自家人，脸上的表情比众人要悲戚几分。疯子父母早亡，哥哥在他发疯那年走了，就一个嫂子，带着俩儿子住在村子下面路口上。

咋回事？疯子的嫂子惊恐地问。

村长如此这般地跟嫂子学说了一遍。然后商量地问，他家嫂子，你看，咱们给派出所报案不？

嫂子有些没主张，迟疑着说，昨天还好好的，我傍晚放在他窗台上的一大盆饭都吃光了，今天早上我去送面，屋头就没人了，咋个突然死了呢？

村长说，谁知道呢，是不是寿期到了？本来这话是学刚才杂货店女老板的，但一抬头看见疯子的嫂子正死死盯着他，心里忽地发虚，连忙说，报案。我已经让人报案了。

他指指杂货店女老板，杂货店女老板无奈地转身，去家里打电话。

村长想，如果按疯子骂人的顺序来排，他的嫌疑最大。因为每次疯子都是从"你个该死的村长你个流氓村长"开始骂的。即使是在他疯疯癫癫的世界里，他的地位也是不可动摇的。但是骂了快两年了，他已经不生气了，听习惯了，肯定不会去杀他。自己心里没鬼，干吗不报案？万一是凶杀，埋了再让他们挖出来就麻烦了。这种事，他可是在电视上刚看到过的。

4

冉仕科搀扶着母亲，一瘸一拐地下山，在村口遇见一个男人。

男人是个瘸子，真瘸，不是受伤了。冉仕科当然认识他，村里人都叫他瘸子三叔，三叔不但瘸，还是个鳏夫。

几年不见，瘸子三叔老了很多，脸上的皱纹像核桃皮，面色也发黄。在冉仕科的记忆里，小时候瘸子三叔常来他们家，地里的活帮不上，但手很巧，编个篮子修个桌子椅子什么的，特别在行。还会理发，有一套理发工具，时常背着，上东家去西家的，挣点儿盐油酱醋钱。每次来他们家，母亲都要给他煮两个荷包蛋，这很让冉仕科嫉妒。母亲说，他帮我们做了那么多事，从来不要钱，吃两个鸡蛋算什么？吃一篮都不过分！哪天我还要杀只鸡给他吃呢。

说是说，母亲始终也没舍得杀鸡。但冉仕科的记忆里，瘸子三叔每次都埋头把荷包蛋吃完，从来没让过他一个。而且父亲脾气再大，对这个瘸子还是客气的，因为他的脑壳，也是指望三叔剃的。

三叔见母子二人搀扶着走过来，就问，咋个了？受伤了？

冉仕科点点头，正想说句什么，母亲却立即反问道，你咋个了，把脸盘整成那个样子？冉仕科这才注意到，三叔脸上有伤，还挺明显的，颧骨那儿蹭掉一块儿皮，发黑。

瘸子三叔摸摸脸，小声叽咕说，没有啥子，在门口绊了一跤。那个，你脚受伤了，还走啥子路呢？喊科娃背起嘛。

冉仕科说，她不让我背。

母亲说，他那个身子板儿，背我还不得一起摔地下？

三叔转脸冲着冉仕科笑，科娃，回来啦？辛苦哈。

冉仕科应付道，不辛苦不辛苦。

昨天夜里睡好没有？三叔继续问，一脸的讨好笑容。

还可以。冉仕科不想跟他多说，可三叔还是不走，他动手动脚的，想去接母亲手上的编织袋，母亲不松手，生硬地说，你不用管我们，我们一会儿就到家了。

三叔收了手，忽然对母亲说，来了两个警察，刚刚。

母亲有些诧异，咋个了？

三叔说，疯子死了。

母亲一愣，疯子死了？多久死的？

三叔说，昨天夜里。

咋个死的？母亲似乎非常在意。

嗯，可能是摔死的，他们说脑壳上有血，躺在杂货店下面那条路上，一个学生娃早上发现的。

母亲愣了一会儿，说，该遭！死疯子，天天夜里出来骂人，看来阎王爷都看不过去了，收了他。

三叔又嗫嗫地说，警察怀疑，是遭人打死的。

母亲没好气地说，哪个半夜起来打他哦？肯定是自己绊死的嘛。

冉仕科扶着母亲继续走，刚挪两步，母亲又回头对三叔说，他三叔，我们科娃从城里头带了云南白药，还有创可贴，你来家里拿嘛，那个很管用的，把你脸上的伤敷一下，不要感染了。

三叔连连点头，嘴上说谢谢喽谢谢喽！但依然站在原地没走。

冉仕科再笨拙，也看出母亲和三叔之间超出常人的关系了。他们说话的语气，他们的眼神，既有自家人的默契，又有不是自家人的暧昧。尤其是母亲，刻意用生硬的语气说话，但眼神却是关切的，甚至有少见的温柔。

冉仕科简直想不明白，他老妈怎么会跟这个瘸子好？

他忽然想起，父亲去世后的第一个春节，自己把母亲接到城里过年，母亲只住了几天，就心慌慌地要走，冉仕科怎么留也留不住。临走前的晚上，母亲吞吞吐吐地跟他说，有人要给她介绍个老伴儿，她想征求一下他的意见。冉仕科大吃一惊，死死盯着母亲，好像母亲说她打算杀个人似的。是哪个？冉仕科问。母亲眼睛看着别处说，还没说是哪个，只是问我想不想找一个，互相有个照应。冉仕科想也不想就说，不行，像啥子话嘛。过了一会儿又说，你要是孤单，就到我这儿来住。母亲说，城里我住不惯。过了一会儿母亲又说，我问了你妹妹的，她说随我的意愿。冉仕科以长子的口吻再次明确表态说，不行，我不同意。你也不想一下，全村人都认得我爸，你又去找一个，羞死先人了。母亲不再说话，从此不再提。

难道人家介绍的所谓老伴儿，就是这个瘸子三叔？幸好自己没同意，一个瘸子，怎么照顾母亲？母亲照顾他还差不多。万一以后母亲先走了，自己还得赡养这个莫名其妙的继父。

转念又想，母亲一个人确实孤单，只要不结婚，他们两个要咋样都行，自己就当不知道。

他问母亲，哪个疯子死了？我怎么不晓得村里有个疯子？

母亲没说话，冉仕科以为她不打算回答，走了两步母亲却忽然说，就是那个一天到黑骂人的疯子，昨天夜里你不是也听到他骂人了？

哦，就是那个半夜唱戏的？

母亲说，唱啥子戏哦，他是在骂人，满嘴的狗屎。

冉仕科想起了。昨天夜里，具体说是前半夜，他的确是听见外面有个男人的声音，又像唱戏曲，又像喊口号，在那么安静的山村里显得非常突兀。他很疲惫，刚想入睡，就被这个声音吵醒了。竖起耳朵听了一会儿，也没听清，四言八句的，有点儿像唱戏。

"你以为我不晓得，我啥子都晓得……"

后面的意思就听不清了，他对家乡的土话已经有些隔膜了。他好奇，起身出门想看看。刚开门，就看见母亲正站在院门口，朝外面大声呵斥，那感觉有点儿像呵斥要饭的，又有点儿像呵斥野狗。

母亲回头看到他说，你睡你的，不用管。

冉仕科太疲倦了，没心思再问，就回屋里倒头睡了。今天起来光想着扫墓的事，也忘了问。

他咋个疯的呢？为啥子要骂人呢？骂哪个呢？冉仕科按捺不住好奇，一一问道。

母亲一言不发，好像有点儿心不在焉。

回到家，冉仕科让母亲脱掉鞋袜，一看，脚背居然肿了。没想到那一杯热茶有那么大的杀伤力。冉仕科问，要不要去镇上医院看看？母亲说，二十几里路，你背我呀？冉仕科想想也是不现实，除非是搭人家的拖拉机，昨天他就是搭了一个拖拉机回来的。母亲又说，哪有那么娇气，我又不是头一回受伤。

冉仕科只好把毛巾浸了冷水，给母亲敷脚背，然后再喷了些云南白药。回来之前他打电话问母亲要带些什么，母亲说，买点儿创可贴，买点儿外伤用的药。他很意外，后来一想，在乡下劳动，肯定会经常伤到手脚的，就买了两盒创可贴，两盒百多邦膏药，两瓶云南白药的喷剂，没想到马上派上了用场。

冉仕科原计划第二天就走，现在看来只有多待两天了。虽然母亲一口一个没关系，你走你的，冉仕科还是下不了这个决心。尤其看到母亲那个苍老的样子，心里有些难过。看来那个算命先生还真是说到点子上了，自己的确是尽孝不够。"先生你要想转运，须先尽孝。不在世的长辈要经常烧香磕头，在世的长辈要好生经佑（侍候）。"

他让母亲躺床上歇着，母亲不肯，说要做饭，要洗菜，还要去杂货店买豆瓣酱。他发火说，你想当瘸子啊？这些事我不会做啊？

母亲这才靠在床上歇息，但依然是不安宁的样子，蹙眉，发愣，看着窗外。

冉仕科想，自己实在是不了解母亲。

5

村长领着两个警察到冉仕科家时，已临近黄昏。

冉仕科和母亲端起碗正要吃饭，听见外面有人招呼。他放下碗，走出门去，看见村长带着两个警察在院门口。村长说，科娃，这两位是镇派出所的王警官和刘警官，他们来调查案子。

尽管冉仕科早已是城里人了，村长还是习惯按从前的叫法叫他科娃。冉仕科只能重新习惯这叫法。村长又转头对二位说：这个是他们家儿子，刚从省城回来看他妈妈的。

刘大兴跟冉仕科握手时忍不住笑说，哦，原来你就是那位从大城市回来的外地人啊。家乐福，哈哈。

冉仕科奇怪，不明白他啥意思。

王小进连忙岔开话说，他是听村长介绍说，你在城里做生意，是个老板。

冉仕科讪笑，啥老板，就是混口饭吃。

村长说，科娃，你晓得不，我们村子那个疯子死了，昨天夜里死的，这两位警察是来查案子的。

王小进说，不要老说疯子，要说名字。死者叫冉仕祥。

村长只好说，就是，冉仕祥死了。

冉仕科想，看来这疯子还和自己同辈呢。他说，我听说了，是不是摔死的？

刘大兴说，现在还不能下结论，还要仔细调查。所以来请你们协助。不好意思耽误你们吃饭了。

冉仕科晃晃筷子说，要不，你们就将就在我们家吃点儿？

王小进说，不不，我们要抓紧时间查访，还有好几户人家没去。

刘大兴直截了当地问，你昨天什么时候到家的？

夜里听到外面有什么动静吗？

冉仕科说，我下午到家的，夜里刚睡下，就听见外面有人大声喊，有点儿像唱戏。我爬起来去看，我起来的时候，我妈已经把他撵走了。我就回去睡了。所以也没听到什么。

王小进说，哦。这么说，你妈昨天夜里见到疯子了？

冉仕科说，我也不清楚，我就看到她站在院门口，好像是在撵人。

刘大兴立即说，那我们进去跟你妈聊聊吧。

冉仕科，我妈脚受伤了，在床上睡着。

两个警官不再跟他多说，撇下他，直接进屋去了。

冉仕科只好坐在院子里陪村长。村长低声道，未必你妈昨天夜里出来骂了疯子。

冉仕科说，我妈是害怕疯子吵到我瞌睡，赶他走。也就是喊了几嗓子，不可能把他喊死嘛。再咋个怀疑也不能怀疑到我妈身上嘛。

村长说，肯定不能嘛。唉，说句不该说的话，这疯子早该死了，谁弄死他的，谁就是为民除害，全村人都感谢他。

冉仕科，他有那么可恶啊？

村长说，两年前他刚娶的老婆死了，病死的，也不晓得咋搞的，他给他老婆下葬后就疯了。跟着没多久，他哥哥也死了。我看是他们那家人风水不好。他疯了以后就开始骂人，每天晚上天一黑就开始骂，而且是指名道姓地骂。除了他嫂子和瘸子三叔，哪个都要骂。

冉仕科忽然问，那我妈呢？他也骂？

村长迟疑了一下，点点头。

他骂我妈啥子呢？我妈有啥子好让他骂的？冉仕科愤愤地追问。

村长说，唉，反正就是那些话，偷男人啥子啥子，都是乱说的，你不要当真，哪个当真哪个就气死。

冉仕科在一刹那想起了村口的三叔，又想起了母亲在山上对父亲的抱怨，两点连成一线，挑开了脑中的疑惑，他不再说什么。想想也是，村子里一个疯子，每天挨家挨户骂人，全村人吐唾沫都要淹死他。

那警察调查了大半天，找到啥子线索没有？

村长说，警察说，疯子是从上面那条路，就是你们家门前这条路摔下去摔死的，警察怀疑是有人故意推了他。

冉仕科说，不会吧？是不是他自己摔倒的？半夜三更，坡坡坎坎的，太容易摔倒了。

村长说，我也这样认为嘛，但警察不相信，他们围着疯子的尸体看了好长时间，坡上坡下来来回回好几遍，就跟在数蚂蚁一样。他们说坡上那条路有打斗的痕迹。就是说，疯子死的时候不是一个人，是有人跟他打架，把他推下去了。他们还把疯子的血取了样，找人送到城里头去化验了。

两个人正聊着，听见院门口有咳嗽声，抬头一看，是瘸子三叔走了进来。三叔小心翼翼地问，警察在你们屋里？

冉仕科点点头，起身招呼他，哦，三叔，你是来拿药的吧？

三叔说，嗯，我来拿药。不不，我来找警察。

这时，屋子里忽然传来母亲的声音，喉咙很响很响：是，是我打死的！你们把我抓走嘛！

冉仕科连忙冲进屋子，见母亲正要下床，他连忙按住，然后问警察，咋个回事？咋个回事？

刘大兴也有些回不过神来的样子，他解释说，我们就是问你妈昨天夜里的情况，你妈说，她听见疯子骂人，很生气，就轰他走，轰不走，就扔了根柴棒出去。我问她打到疯子没有，你妈忽然就发火了。

冉仕科说，不可能哦，我妈哪有那么好的身手？

刘大兴说，我也没说就是她打的嘛，但我们肯定要问清情况嘛。哪里晓得她老人家突然就冒火了。

王小进接过话说，我们的确在你家门前这条路上发现了血迹。人命关天，每一个疑点都必须查清楚。

这回轮到冉仕科回不过神了，他看着母亲，希望母亲赶紧撇清自己。母亲却丝毫没有害怕的样子，继续嚷嚷说，他平时骂人都算了，我儿好不容易回来一回，也被他骂得睡不成瞌睡，老娘就是想打他。打到了正好为民除害，死疯子！

冉仕科瞬间鬼火冒，上前猛地推搡了一把母亲：你乱说啥子？在警察面前都能乱说吗？你以为警察是你儿，你随便说啥子都无所谓？我看你简直是疯了！不想过了！

瘸子三叔跨进了门，用少有的大声音说，警察，村长，不是她打的，绝对不是她打的，不要相信她乱说。

几个人又把三叔盯着，三叔顿了一下说，那个疯子，就是我那个疯侄儿，是我打死的。我来坦白。

冉仕科目瞪口呆。同时目瞪口呆的，还有村长和两个警察。

只有冉仕科的母亲，有些哀怨地看着他。

接下来，瘸子三叔一五一十地交代了案发时的情况：

昨天黑夜，我在路上遇到疯子了，他又在骂人，我好言相劝，不要再骂人了，回去睡瞌睡。疯子不但不听我劝，还突然骂起我来，从没有过的事……

王小进问，他骂你啥子？

三叔迟疑了一下，说，反正就是那些难听话嘛，我懒得学。我从小把他当儿待，他居然这样对我，我简直是气惨了，就扇了他一耳光。哪晓得这个疯子疯凶了，连我也不认了，回过头来扇了我一耳光。他力气大，一下把我打翻在地上，他也不管我，自顾自地就走了，还是边走边骂。

王小进问，又骂哪个呢？

瘸子三叔说，骂哪个？哪个都骂，反正挨着骂。我一摸，脸上都是血，老子也毛了，就爬起来去追他，揪住他，想把他拉回家。我哪里打得过他嘛，他又把我推倒在地下，我都不晓得他咋个掉到路坎下去的。黑乎乎的，我也没看见。我听没声音了，就回家去了。今天早上才听说他死了。算我倒霉。

刘大兴说，你咋个不早说？

三叔说，我一直在屋头等着，你们没来找我嘛。

王小进说，我们一家一家排查，很费时间，但肯定要问到你的。不过你主动来坦白，是对的。

其实王小进心里明白，他们的确把他排除在外了，因为想到疯子是他侄儿，疯子从来不骂他。没想到会出现这样的意外。

不过他还是有很多疑惑：据村长说，瘸子三叔住在村子上面，他为啥子要半夜走到冉仕科他们家来呢？第二，疯子从来不骂他，昨天夜里却开骂了，到底骂了他啥子把他惹火了？第三，刚才三叔进来之前，冉仕科的母亲为啥要把事情揽过来，说自己用柴棒打了疯子？

他还来不及说什么，村长就忍不住说话了：他三叔，你老人家住在上面，三更半夜的，咋个会在这里遇到疯子呢？

瘸子三叔看了一眼冉仕科的母亲，小声说，我听说科娃回来了，我想过来看看。我怕疯子吵到科娃睡觉。

冉仕科的母亲恨恨地盯着三叔说，多事！要你管！我自己晓得撑！

冉仕科也很恼火，时而盯一眼瘸子三叔，时而瞪一眼自己母亲，显然他在克制自己。

事至此，算是基本明了了。

刘大兴合上本子，关了手机录音键。他想，这案子，最多也就是个过失杀人吧，或者连过失杀人都算不上。实在是让他意外，意外中还有些小小的遗憾。真的像王哥预测的，一点儿技术含量都没有。从现场勘查的情况看，三叔所说的基本符合事实，疯子掉下去，脑袋磕在了路边的石块上。三叔自己，脸上也的确有伤。

刘大兴还是不能释怀，他跟王小进嘀咕说，王哥，你说真就这么简单吗？

王小进说，未必你还想把它搞复杂吗？

刘大兴说，那倒不是，我只是觉得，有点儿奇怪。

王小进道，要说复杂，不是案情，是人心。先带回去，再慢慢讯问吧。

村长在一旁结结巴巴地说，王警官、刘警官，能不能宽大他三叔？他三叔肯定不是故意的，他三叔是个厚道人。

王小进说，我们会酌情考虑的。

6

所有的人都离开了。屋里归于平静。

冉仕科重新热了饭菜，端给母亲。母亲说，我吃不下。冉仕科就端着碗站在那儿不动，母亲只好接过来，扒拉了两口，嚼木头一样地嚼，就两口，又放到了床边。

冉仕科没滋没味地勉强吃了碗饭，站在院子里吸了根烟，再回到屋里时，母亲还是那个姿势靠着，眼神空空洞洞，冰冰凉凉。天黑透了，很静。冉家坳终于有了安静无比的夜晚。

冉仕科坐在母亲对面，看着母亲。母亲却不看他。

冉仕科实在忍不住了，终于说，你跟三叔，到底怎么了？

母亲眼睛盯着漆黑的窗户，很清楚地说，他是我的男人。

冉仕科虽已料到，还是有些恼火：妈，你也是，找谁不行，干吗跟他裹一起嘛？一个村里的，还是个瘸子……

母亲一字一句地说，我不跟他裹一起，我跟谁裹一起？你倒是说说看？我告诉你，这辈子对我最好的人，不是我爹妈，不是你老汉，不是你和你妹子，是他！只有他把我当个女人看，他怜惜我，对我好，他就是我男人。

冉仕科听出了母亲的哽咽，一下有些心疼，他知道母亲说的是实话。母亲在家里是老大，又能干，外公外婆就不让她读书，八九岁开始上山下田，样样都做。那次母亲跟他进城，因为一个字不识，连公交车都不敢坐，就曾经抱怨过父母，为什么不让她读书。

母亲转过脸来，眼里已经有泪水了，说起来还不是怪你！你那个时候坚决不让我再婚，如果那个时候我正大光明地跟他在一起了，就不怕疯子骂，就不会有今天这些事。

冉仕科不满地嘟囔说，咋个怪到我身上了？

母亲说，当然怪你！他还不是怕你听见疯子骂我们两个，怕你不高兴我，怕我为难，才去拦疯子的！要不哪里会有这些事！

冉仕科低头，不敢再顶撞。母亲索性哭出声来，呜呜咽咽的，透着伤心委屈难受绝望。冉仕科第一次有了深深的内疚。他起身，递了毛巾给母亲，拍拍母亲的肩膀安抚说，好好，是我不好。你还是跟我一起进城吧，以后我照顾你。

母亲擦了把眼泪说，不去。

冉仕科说，都这样了，你还要待在这里吗？

母亲说，他会回来的。他又没杀人。

停了下母亲说，真坐牢了，我就给他送牢饭。

长久的沉默。

冉仕科想到了自己的婚姻。奇怪的是，回家这三天，母亲都没问过他媳妇怎么样。母亲不喜欢这个媳妇，他早看出来了。媳妇对母亲更是过分，母亲不习惯用马桶，用了没有冲水，她居然写了个"请注意卫生"的条子贴在厕所门口，幸好母亲不识字。但还是把冉仕科气得够呛。

冉仕科忽然说，那个，宝宝他妈，回她娘家去了。你跟我去的话，就咱们俩住，你要是愿意，我就把宝宝接回来你带。

冉仕科拿出手机，翻出儿子的照片递给母亲。母亲接过去，脸上总算有了点儿笑容：乖孙儿。我的小乖孙儿。

母亲把手机还给了冉仕科，温和地说，你看你多久方便，就带他回来看看我嘛。

冉仕科再无话，只好点头。

睡吧，那么安静，可以好生睡一觉了，有啥子事都明天再说。

母亲说完，衣服也没脱，就那么侧身躺下去，闭上了眼睛。

《作家》2015年第5期

评鉴与感悟

现代性视野下的女性书写

既不编制颠荡起伏的传奇，也不故意摒弃故事因果或颠覆故事在小说中的意义，这是裘山山小说的故事形态。《疯迷》中通过疯子死亡作为切入点，从破案的角度来揭示冉仕科母亲和瘸子三叔的情感。这是一个完整而清晰的故事框架。合乎逻辑的事件，一个连贯的过程，其中不存在大起大落，没有刻意去制造矛盾，也没有离奇曲折的情节和激烈的矛盾冲突，但在娓娓的叙述中，母亲的情感问题却异常鲜明地凸现。

在平庸的生活中发现幽暗的隐秘，在最不现代的环境中寻找现代的质素，是裘山山作品中最好看、最能激起人们阅读欲望的部分。

《疯迷》所探寻的是农村妇女的情感生活。小说最重要的叙述技巧，是将两个不相关的谜面并置，一个是给父亲上坟时，母亲对父亲的态度，一边骂骂咧咧一边又不离不弃的谜，另一个是疯子莫名其妙的死亡之谜。这两个谜团并置，暗示着命案不仅仅是刑事案件，母亲与父亲的关系也并不像看起来的那么简单。

一开始的上坟，大段大段描写母亲态度的变化：在儿子冉仕科的心中，"母亲一直都忍气吞声，是个不敢高声说话的人"，但是"现在好像变了，开始有脾气了"。这样的开始，让人不禁想问为什么母亲态度会变化，接着疯子的死亡将事件和母亲以及瘸子三叔联系在一起。疯子代表着真相，是道德的化身。疯子虽然疯，但是所骂之事都有现实的影子，比如村长的权力问题，村里的婆媳关系、母子关系，村里人的性散漫问题，当然也包括母亲和瘸子三叔非同一般的关系。最后，随着刑事案件的侦破，母亲和瘸子三叔之间的情感被一步一步地揭示出来，小说真正的谜底正是两位老人之间偷偷摸摸的爱情。

读裘山山的小说，始终可以感受到一种女性天生的同情心和知识分子的人文情怀。弥漫在小说中的情感，不是基于廉价的同情和怜悯，而是在对人平等、尊重的基础上，达成的人与人之间心灵的沟通和理解。《疯迷》中的母亲，在她的前半生中都是以宽厚的情怀、忍辱负重的坚韧支撑着全家的生活。但从没有人关注过她的情感需求和内心的苦痛，直到她遇到三叔，才知道世界上有真正对自己好的人——"这辈子对我最好的人，不是我爹妈，不是你老汉，不是你和你妹子，是他！只有他把我当个女人看，他怜惜我，对我好，他就是我男人"。母亲的态度，不仅透露着农村女性的情感问题，也标明着作者所秉持的女性主义立场，这是看待中国农村妇女的现代视角之一。（张娟）

鬼子坟

/（满族）叶广芩

鬼子坟隐藏在北京安定门外护城河北岸一片灌木葱郁的荒地里，是俄国东正教在北京的墓地，知道的人不多，很是僻静。背靠着那些绿叶掩映的墓碑，向南望，可以看见巍峨的安定门城楼和翻飞不歇的燕子，特别是在夕阳西下的时候，护城河凝滞的河水腾起薄薄水雾，教堂的尖顶反射出金色的光芒，一切便变得混沌诡异，让人有虚幻之感。当然，现在的人已经寻不到那些墓碑和烂树，感受不到那些扑朔迷离的风光，一切均被高楼替代，面目全非了。护城河的河水还在，成了休闲的带栏杆的小河，城墙改作了热闹的二环马路，以往的痕迹再无法寻觅。我想，那些魂灵应该不灭，那些曾经的气息应该存留，它们随着电梯在豪华写字楼内升降，跟着疾驰的汽车无停歇地在马路上翻滚，飘散在我们的身前身后，在我们眼前倏忽闪过，那些细碎的飞絮偶尔也会落脚于我们的文字，幻化成散淡的故事。远了……

1

躲在树荫里的我看见谢尔盖神父从教堂的拱门里走出来，在正午太阳的直射下，神父苍白的脸如同蜡铸的一般，仿佛顷刻就会熔化、蒸发。这让他有种远离尘寰的虚无，让人感到他不是这个世界的人，至少他不属于几百米外城圈里火热的日子，不属于方家胡同口卖炸油饼、老豆腐和鲜鱼水菜的早市，不属于雍和宫僧人们嗡嗡的诵经声和善男信女燃起的缕缕香烟。他像只年老衰弱的猫，悄没声儿地存在于安定门鬼子坟这块奇异的地界。

神父用手遮着阳光，朝东南张望，东南那片建筑是俄国东正教的建筑群，我们称之为北馆的地界。北馆的前面是南馆，一座花木蓊郁的园子，里面有洋式的白亭子和说不出名堂的纪念碑。无论北馆、南馆，都是我们的乐园。

神父转过身，把那张没有血色的脸移向了我们，我们知道，他的视力有限，十几米外他什么也看不到，他的头发是白的，皮肤是白的，连眼睫毛也是白的。墓地东边钉马掌的老孟头说，谢尔盖是丘子托生出来的，前世他的尸体没有入土。棺材被封存在地面，北京人谓之"丘子"，是对棺木一种临时性的安置，被丘的灵魂轮回转生，就是这般模样。要不人们为何老说"入土为安"呢，什么东西该在哪儿它就得在哪儿，违背了这个规矩就得出麻烦，谢尔盖神父就是如此。我爸爸说老孟头的说法是迷信，白发、白皮肤是一种病，白化病，无法根治的遗传性疾病，跟前生入不入土没关系。我的同学李冬生说谢尔盖神父姓肖，有一半俄国血统，俄国人是白人，白人自然长得白，眼睛正面看是蓝的，侧面看是绿的，像波斯猫。三种说法我更信冬生的，因为冬生的爸爸是东正教教徒，给教会养牛，冬生他们家就住在北馆里头。冬生还说，谢尔盖喜欢人家叫他肖神父，不喜欢人家叫他谢尔盖，在北馆里，人们都叫他老肖。老肖在北馆，级别只是助理诵经士，跟工友差不多，北馆里级别最高的是司祭，老肖是干杂活儿、看管墓地的，教会管理的事且轮不上他呢。我们这些局外的孩子搞不清那些复杂的关系，见了穿袍子的男的统叫神父，女的叫嬷嬷，也不管他们是哪国人。但是我们一直管老肖叫谢尔盖，因为谢尔盖这个名字很洋气，很外国。

出了教堂的谢尔盖径直朝大门走去，他的黑袍子如同一片阴影，在阳光下无声地移动，眼瞅着就要移出我们的视野了，这时候小四儿一声尖厉的喊叫"谢尔盖，老肖，你妈拉×——"声音划破了沉闷溽热的夏日空气，如同一把寒冷锋利的小刀，将一幅静物画割裂开来。神父没有因小四儿的恶作剧停留，这样的伎俩我们重复得太多了，已经毫不新奇，他行走的速度没有丝毫改变，那巨大的阴影依旧滑动在墓园的土路上。我们几个立即钻出树丛，朝着谢尔盖齐声高喊：

　　谢尔盖，大脑袋，黑袍黑帽黑腰带。
　　走一步，踹三踹，一屁崩出安定外。

一遍又一遍重复，一遍比一遍急促，一遍比一遍声高，没有目的，就是为了好玩，就是因为我们嘴痒痒，那些太多的剩余精力无处发泄。

神父在墓园出口停顿了一下，没有回头，还是走出去了。

我们迂回在墓园里，这里虽然荒芜，但是并不恐怖，不似中国的乱葬岗子那么令人沮丧。这里好玩的东西很多，隐藏在各处的小虫子们是我们的乐趣源泉，金龟子、磕头虫、花大姐、天牛、呱搭扁儿、蝲蝲蛄……只要你有心，随处可见。小虫子们只要到了我们手里，下场都很悲惨，几乎没有善终的。这里是人的墓地，也是虫子们的墓地，在我们眼里，人和虫子没有什么区别。鬼子坟石碑背阴的青苔下面有水牛儿（蜗牛），那些水牛个头肥大，比城里墙根儿下的能大一倍。我们捉了来捏在手里对着它唱：

　　水牛儿，水牛儿，
　　先出犄角后出头哎。
　　你爹你妈，给你买了烧肝烧羊肉哎，
　　你不吃，喂猫吃，
　　猫不吃，喂狗吃。
　　狗不吃，还得给你吃。

并不是因了我们周而复始的喊叫，而是因为热手的蒸烤，那些水牛儿极不情愿地从壳里探出脑袋，伸开两只犄角，犄角上有眼睛，晃晃悠悠面目可憎。只要它们一出来，我们立刻把它们排列在墓板上，让它们赛跑。大多数水牛儿爬了几步就缩回去了，没有哪个愿意在炎炎夏日里为我们奔命，于是我们就整治它们，把它们的壳在石头上磨，磨出一个小洞拿小棍扎。这时候的水牛儿会疯了一样从里头挣出来，迅猛地在地上爬，身后留下一条长长的水印儿……

那些红肚子的蚂螂（蜻蜓）非常傻，落在草叶上睡着了一样，我们轻轻地用两个手指头一夹，就能夹到一只。用线儿拴了，拽着一头让它飞，放活风筝，它们最终的命运是脑袋和身子分家，在我们手里，没有哪只蚂螂能活过半个小时。天牛是会夹人的虫子，有一口钳子一样的大牙，黑壳带白斑点，张开翅膀飞，硬壳下面有红色的衬，像一层薄薄的纱，头顶两条长长的须子，活似戏台上戴雉鸡翎的武将，是虫中珍品，但是不能轻易逮到。逮到几只全须全尾的可以让小四儿和李立子拿到北小街花鸟市上去卖，一只天牛能卖一分钱，我们拿钱去小人书铺看小人书。小人书铺一间门面，一个老头打理，一分钱看一本。我们通常分两拨，小四儿、冬生、李立子，男生看《三国演义》，我和大芳看《嫦娥奔月》。老头不太欢迎我们，因为我们五个人看两本书，占了他长长一条板凳。墓园里，细长的磕头虫闪着黄绿的身子，在我们的拿捏下不住地磕头求饶，我们让它把头磕在我们的指甲盖上，叭、叭、叭，一声比一声响亮，痒痒的，很好玩。趴在树干上的唧鸟（蝉）亮着大嗓门"伏天儿——伏天儿——"没完没了地叫唤，我们用一根竹竿，一头粘上面筋，去粘它们，一下午粘十几只，塞进玻璃瓶子里，看它们在里头掐架。蝉们互不相让，能把腿掐折了。粘唧鸟的白面由我到厨房去偷，小四儿负责洗面，洗出面筋来才能有黏性。经常偷面被我妈发觉，她让做饭的莫姜管好家里的面口袋，被人这样一把一把往外抓面不是个事儿。莫姜说，小孩子都爱玩这个，连皇上都不例外，我在宫里的时候宫里还有粘杆处，是专门伺候皇子、公主们粘唧鸟、逮蚂螂的。都是打小时过来的，四太太不要管得太严。

莫姜过去在宫里当过宫女，溥仪被赶出紫禁城，她来到我们家当女佣，主要从事做饭，管我妈叫四太太，是个麻利干净的老妈子，我们俩关系不错。

虫子之外，鬼子坟本身也很好玩，那些造型奇异的墓碑没有一个是相同的，现在回想，每一件几乎都算得上艺术品。记得我曾面对着一个卷发美女石像仔细审视，石像是半身的，比我略高，她侧脸低视的目光正好与我相对。我喜欢这个大姐姐一样的石头美女，我的姐姐也有很多，但是没有一个面貌如此清晰、轮廓如此分明的。我的姐姐们都已出嫁,平时极少回家,每到过年正月初二,她们会带着女婿和一帮儿女回一次家,点到为止,上午来下午走,见她们甚是不易,不似这个石头像,想看了随时来看就是。石头姐姐忧伤地看着我,嘴角微微有些翘,像是要跟我说什么,如果说脚下的长方石头就是她的安歇之处,那么石头下面应该睡着一个卷发美女。石头上全是洋文,我能读出的是"1880—1900"几个数字,那是她的年龄,二十岁。冬生告诉我,这个是义和团捣毁北馆时候的遇难修女,叫达莉亚。义和团杀洋人,也杀信洋教的中国人,甚至谁懂洋话、谁家有洋书也难逃一劫,那年光东城一带就有二百多教徒死在义和团的大片刀下。那些人的遗骸没有入土,被安放在北馆的致命堂地下室里,这是他们的习惯,受尊崇的人死后都放教堂里,比如说教会领导和圣徒。他们认为遗体能搁在教堂里就是留在了神的身边,是至高无上的、很荣誉的事情。我听了却别扭,才知道常去玩耍的北馆还有过这么要命的故事,北京这块地界真不得了,保不齐哪个犄角旮旯就藏着一件大事情,让世界震惊,要不怎么叫古都哪。

　　李立子从墓地的草窠里钻出来,耳朵上别着两朵喇叭花,他说他在学西门庆,《水浒传》小人书上,西门庆耳朵上就别了一朵花,倜傥无限,很是惹人。见我在石头人像前站立,他不管不顾,一把将石像搂住,叭地亲了个嘴,看来他还没有从西门庆的状态滚出来。我想骂李立子,一想,反正也是个石头东西,说不定躺着的死鬼还希望他亲呢。

　　鬼子坟墓碑的雕刻五花八门,有卷叶的,有花朵的,有十字架的,有三角的,很多的上面还嵌着照片,有男有女,看着都不太顺眼。让人感到亲切的是一只石头松鼠抱着一颗大橡子,蹲在一个墓的墓角,很是惬意的模样。我想搞清楚松鼠墓里边是不是埋了个孩子,找了半天也没找到字迹。

　　墓地的灌木中,时常能寻见一些意想不到的东西,一个正向你张望的大骷髅,骷髅的深眼窝里积着一汪清亮的水,像是刚刚哭过。几块堆积的大腿骨,一片精美的铜饰,抑或两三颗说不出质地的彩色珠子……这片墓地曾经被彻底捣毁翻腾过,地面的东西十分丰富,当然那也是义和团干的事情了。我想象不出义和团是些怎样的人,听说他们是刀枪不入的半仙,打仗很勇敢,烧了很多洋教堂,跟《水浒传》里的"哥哥"一样能打架。

小四儿的爷爷就当过义和团,常给我们讲攻打北京西什库教堂的故事,可是我见他削萝卜的时候削了手,照样流血,捂着跑到街道卫生所去包扎。连小刀都抵不住的义和团能刀枪不入?肯定是瞎掰,吹呢!

鬼子坟的墓碑大多是义和团以后立起来的,再早的都躺在护城河河沟里,歪斜在草丛深处,深埋在泥土下面了。有一回我无聊地坐在路边抠一块小石子,那石子竟然越抠越大,最后加上小四儿、冬生和大芳,我们一起连续抠了两天才抠出来,是一个长着翅膀的光屁股小小子儿,露在路面的小石头不过是它的一个脚指头。当然也有让人不愉快的,下坡我一脚没刹住,冲进墓地的深沟里,沟里满是烂泥、杂草,还有小蠓虫。蠓虫烟一样围着我飞,臭气熏得我出不来气,一转脸发现我旁边睡着一颗人头,是个小孩子,黄头发、高鼻子,眼睛烂成了两个白球,嘴巴大张着……一群绿头蝇嗡嗡地落在人头上,落在我的脸上,我不敢喊叫,翻身往上爬,那些苍蝇追赶着我,锲而不舍,一股恶臭,一阵闹心,感觉真是不爽……回家被妈按在水龙头下冲了半天,说我身上有股冲不掉的恶毒气息,隔老远就能把人熏俩跟头。晚饭后就发烧,精神恍惚,起了满身的红疙瘩。莫姜老太太说是"鬼风疙瘩",一定是撞着了什么不洁的物件。妈问我到哪儿去了,我说哪儿也没去。问我看见了什么,我说什么也没看见。

有些事绝不能实话实说。

病好了以后鬼子坟照去不误,这样的地方是多么难得啊,它比公园的游乐场,比那些秋千、浪木、转椅、滑梯更刺激,更有吸引力。秋千算什么,悠过来荡过去,两根绳一块板来回折腾,没劲!

我不能设想,如果没有鬼子坟这样精彩的地方,我的生活还有什么乐趣。

2

我们的学校方家胡同小学在雍和宫西边,与有牌坊的成贤街平行。我认为成贤街是全北京最美的一条街,路北有中国最有名的学府国子监,那些整齐的绿树红墙,那座"文武官员到此下马"的古老石碑,显出了"京师首善之区"无可替代的威严和传统,是北京精气神儿的集中体现。作为它旁边的小学校,无疑也彰显了自身的文化内涵和品位,方家胡同小学上追二百年是八旗学堂,民国时候改为第十七平民小学。学校离我们家是极近便的，课间十分钟，我可以跑回家去喝两口凉茶再跑回来，并不耽误上课。家里给我选择这所学校大约就是看上了这一点，过条马路的事儿。学校胡同东口，马路对面是雍和宫，一大片黄琉璃瓦建筑，那些金龙和玺的彩绘牌楼，那些几个人抱不拢的大柏树，每天上下学都要路过，成了日常生活的一部分。学校西口是安定门，那座陈旧高大的城楼连同它那几乎要垮下的屋檐以及马道上的酸枣树，都是那么自然亲切，仿佛千百年来就是这个样子的。我们可以沿着马道像大马似的奔上城墙，也可以蹬着狭小的砖缝，一步一挪，蒙面侠客一样攀缘女墙。安定门城楼上的每根柱子每块砖，我们都了如指掌，熟悉得如同自家书包里的物件。李立子突发奇想，说犯敌攻打北京，何须云梯火炮，把我们几个找来，顺着砖缝就上来了，多省事！大芳说李立子里通外国，跟他爸爸一副德行，美蒋特务！

从安定门到雍和宫豁口一段最有意思，沿城墙里头几百米的路面摆满了小摊，北京人称之为安定门小市。小市上都是卖旧货的，有估衣古玩，有手使家具，还有旧书钟表，琳琅满目，出人意料，美不胜收。摆摊的有专业卖主，也有临时将家里的闲置物件拿来出售的，还有些莫名其妙、来历不明的人和物，小四儿告诉我，这些人多是贼，卖的东西也很蹊跷，摆一天就换地方，怕失主追来。崇文门外也有小市，天黑才摆出来，卖的买的打着手电，点着油灯，黑灯瞎火进行交易，如同布袋买猫，天一亮呼啦啦走人，所以叫"鬼市"。鬼市的东西基本来路不正，买对了能淘着真货，买错了只能怪自己看走了眼，没有找后账一说。我的三哥喜欢在安定门小市和崇文门鬼市上走动，常常能给我爸爸淘换来一些老旧版本的书籍，我爸爸是搞版本学的。有一回老三花一毛钱买回来一双紫色的栽绒高跟鞋，不是为了穿，是为了便宜，大概是被哪个姨太太或是舞女抛弃的。高跟鞋鞋跟锥子一样，细而高，妈不穿，姐姐们也不穿，扔在窗台上让雨淋着。我穿，穿上高跟鞋感觉不错，有华贵的气质，穿着它我能在胡同里跑百米赛，惹得赵大爷啧啧称奇，不知我的"两只小脚是怎么捯的"。后来，别出心裁，我让鬼子坟外钉马掌的老孟头把鞋后跟锯了，想的是更方便，却穿不成了，跟没了，鞋尖也朝了天。

舞女的鞋跟鬼子坟那些虫子一样，彻底寿终正寝。

放了学我也爱在小市上溜达，主要是看热闹，我手里没钱，买不来什么东西，尽管小市上的东西都很便宜，可大多于我无用。一个老太太，坐那儿卖珠花，有人蹲那儿挑，挑着老太太从怀里摸出一根点翠扭丝金钗，说是从宫里流出的物件。一个中年汉子，眯着眼靠城墙坐着，揣着手，脚底下平铺着两排书籍，搭眼一看，是《七侠五义》《儿女英雄传》《镜花缘》《施公案》一类，我顺手翻开一本《七侠五义》，竟然还是带绣像的，虽然是黑白，还是很传神。我一向对书里的插图感兴趣，想买，却没钱。看《七侠五义》的下边还压着一本画书，彩色的，精美无比。拿在手里翻阅，无字却有些看不懂，画面上大多是一男一女两个人物，也有三个的，女的把脚跷得高高的，男的趴在女的身上啃。旁边一个男人大惊小怪说，丫头怎看这书！

我说，我怎不能看？

那人说，春宫画，少儿不宜！

我抬头看卖书的汉子，竟是一脸诡笑，寻思不是什么好事，就把书放下了。自此记住了"少儿不宜"。

乱哄哄的摊贩中，有一对大洋花瓶，在污杂的旧物中绝对是独树一帜，鹤立鸡群地显眼。花瓶被卖主用包袱皮遮着，有意露出一个角，谁要看他把包袱皮揭开一个缝，看一眼立刻盖上。洋瓶子上有金色的花朵，有牧羊女放羊，还有小洋人吹喇叭。我站在那儿不想走开，盼着有人问津我能再看看那美丽的瓶子。小四儿在我耳边悄声说，这对花瓶是偷来的。

我问何以见得。小四儿说，你看那卖主，俩眼闪烁不定，贼眉鼠眼，四处乜摸，破毡帽，烂棉袄，哪里是趁洋花瓶的主儿，再看那价钱，分明是急欲出手的价。

小四儿一说，我才窥出卖主的不同寻常，遂知道小市的水很深，下头藏着许多看不见的内容，就跟北馆的致命堂似的，往深里追，下头就是两百多具遗骸。

我们的班主任姓马，回族，女性，长得白皙漂亮，她老在班上说，下学不要去逛小市，那里五方杂处，三教九流，遇到"拍花子的"会把我们拍走，再也回不了家了。"拍花子的"是老北京吓唬孩子的话语，说是有帮人，专门诱拐小孩，手上抹了药，往孩子脑袋上一拍，孩子就迷迷瞪瞪跟着人家走了，带到远地方卖了。我们谁也不信有拍花子的，谁也没见过拍花子的，老师拿这样小儿科的瞎话骗我们，是把我们估计得太幼稚了，但确实，小市的环境不是让老师能放心的地方。她让我们互相监督，发现谁去小市就立刻告诉她，她要"请家长"。"请家长"是马老师的撒手锏，凡是遇到她不能和我们本人沟通的事情，她就把我们的爹妈叫到学校来，直接告"御状"，一点儿不留情面。她要家里和学校共同管住我们不到小市去，说在那样的地方学不出好来。

谁管得了哇，我们都是长腿儿的，放学回家多走二十米就转到小市去了，一切都是"放学路上"……

有一回，我正在小市上看人打架。一个卖留声机的，说买主划了他的唱片，抄起板凳就往买主脑袋上砸，买主也不含糊，抢起留声机的大喇叭就往城墙上摔。我正看得出神，远远看见马老师在西头出现，金刚神一样叉着腰在人群中堵截她的学生，她要抓现行。我当然不会往枪口上撞，趁她没看见，哧溜，从东头跑了，径直回家，一点儿没耽误事儿。有一回被老师按在了小市东口的城墙根儿，老师问我在这儿干什么，我说看王八。老师问什么王八，我说听说城墙豁口拆出了一只王八，明朝的，还活着哪，我来看看。老师看着我一脸苦笑，问我能不能编点儿新鲜的。我把她领到马路东边，指着豁口的墙洞让她往里看，她说，哪儿有王八，里面有块石碑，明朝砌城墙的时候砌进去了。

我说，石碑不是坐在王八脊背上吗？

老师没说什么。

这些我是听爸爸和老三闲聊时聊出来的，应急用在这儿罢了，还挺恰如其分。大北京，随时随地能给我解围，对这点，我深信不疑。

老师不让去小市，但是她没有交代不让我们去鬼子坟，这是因为她可能压根儿不知道鬼子坟这个美好的地方。

去鬼子坟，每回都少不了冬生。冬生是个好学生，不似我们，每天混打混闹，没心没肺，对什么都感兴趣，就是对学习不上心。冬生对学习抓得很紧，平时话语也不多，学习成绩在班里数一数二。有一回，那是我们刚刚接触古文的时候，老师头天讲解《木兰辞》，第二天一上课就让我们背，一人一句，背不下来就站着。第一个叫起来的就是小四儿，昨天我们在鬼子坟疯跑了一下午，又看了老孟头收拾了两匹马一头骡子，回家累得贼死，谁还有精力和花木兰周旋。被叫起来的小四儿一脸茫然，巡视四周，乞求援助，有人在下边小声提醒："唧唧复唧唧，木兰当户织。"

小四儿唧唧、唧唧、唧唧、唧唧……小鸡儿一样叫唤了半天，没有下文，老师气得把教鞭啪地往讲桌上一拍，朝他瞪眼。小四儿一急，背出来了：唧唧复唧唧，木兰生小鸡……

老师说，门外站着去！

小四儿就出了教室，站在了外面灿烂的阳光下。

那天，能接下来背的没有一两个，老师的脸色越来越难看，眼瞅着同学们森林一样站了一片，坐着的没几个了，我坐在最后一排，知道罚站是迟早的事儿，心里就比较坦然。书背到冬生这儿情况发生了逆转，他站起来朗声背道："……万里赴戎机，关山度若飞。朔气传金柝，寒光照铁衣。将军百战死，壮士十年归。归来见天子，天子坐明堂……"

老师没喊停，他就一直背了下去，直到完了。

把后边的我救了。

老师说，很好，李冬生同学坐下，其余都站着。那天同学们站着听老师分析《木兰辞》课文，老师坐着讲，很是独特，大家记忆都十分深刻。

包括老师在内，大家对冬生刮目相看。

那时候谁学习好谁就当班干部，冬生自然成了我们的学习委员，这个从河北乡下转来的、剃着光头、穿蓝色对襟夹袄的插班生，比我们这一帮北京胡同串子能干多了。我们课间是玩，冬生要到教员室把下节课老师用的教具拿到教室来，比如木头圆规尺、演算珠算的大算盘、挂图什么的，实在没的拿了还有粉笔盒跟教案……他认为这都是学习委员应该做的。老师们都喜欢他，说他身上有农家子弟的朴实和憨厚，我倒是觉得他更像瑞蚨祥布店的小伙计，穿上长袍，一顶一的像。

六一儿童节，要举行庆祝活动，要求女生穿白衬衫花裙子，男生穿白衬衫蓝裤子。冬生的白衬衫样式很老旧，胳肢窝下头还有个蓝色字母"M"，升旗的时候一敬队礼，那个"M"就清楚地露出来了。见我老朝那个"M"看，冬生悄悄告诉我，白衬衫是他妈妈拿面口袋给做的，这个"M"放到胳肢窝是万不得已，实在是躲不开了。

我知道了，冬生的家境很一般。

冬生有个弟弟叫秋生，像画上的人物，长得很好看，安静瘦弱，梳着中分，穿着棉袍，小毛窝窝，见了我鞠躬说，姐姐好。秋生在北馆小学读一年级，北馆小学是东正教的教会学校，有一批很老派很正统的先生，对学生的要求也很严。有一回学校开家长会，冬生的爸爸来了，带着秋生，秋生在他爸爸旁边规规矩矩地站着，不闹也不说话，大眼睛四处看。那天我妈也参加了家长会，拉着秋生的手直夸秋生懂事，说到底是教会学校教出来的，很绵很乖，她要是能有秋生这么个听话的小儿子，这辈子也知足了。我妈这人看谁家的孩子都比我们家的好，老是拿我的缺点比人家的优点，时刻不忘打击我的自尊心，这是她一生教育最大的失误。人家的妈都是护犊子，我妈绝不，每回我在外头吃了亏，跑回家来哭，妈都说，再接着出去打！

那天，秋生爸爸说秋生身体不好，断不了药，孩子能维持成这样是托了圣母的护佑了。

秋生有肺病，我周围生肺病的人很多，这个病得静养，得吃好的，是个富贵病。养牛的秋生爸爸每天给秋生带回一缸子牛奶，牛奶是北京小孩根本见不到的东西。我们自小都是吃人奶，没吃过牛奶，实在没奶了吃糕干粉。天津卫西边杨村的糕干粉很有名，也便宜。要是连糕干粉也吃不起就只有吃糨子了，打一小锅稠糊糊的糨子，搁点儿糖，拿手指头往孩子嘴里抹，小孩叭叭吃得还很香。牛奶是大人吃的东西，现代派儿的家里，老爷子能吃上牛奶，老太太一般还轮不上。我们家订了一份牛奶，是给我爸爸的，门口挂一个小木头箱子，每天有人来送。我的任务是头天晚上把空瓶搁箱里，第二天早上把一满瓶牛奶取回来交到厨房莫姜手里。我得到的犒劳是拴瓶盖纸的猴皮筋。一来二去猴皮筋攒了不少，那时候，猴皮筋是女孩儿的重要家当，跳皮筋是游戏的首选。北馆小学的秋生能正儿八经喝上牛奶，还真是托了圣母的福了。

秋生很少到鬼子坟来玩，来了也是一个人待着，他喜欢坐在石头松鼠旁边，看着我们在灌木丛钻进钻出，对我们高亢的兴致不能理解。我则认为秋生这个精致的小人儿和啃橡子的松鼠相搭很和谐，当初刻松鼠的石匠要是把秋生刻上就完美了。我最怕听秋生唱歌，他的歌声尖细高扬，一种很古怪的唱法，歌词也很含混。秋生的声音不大，但是飘得很远，让人的心一阵阵发颤。我问冬生，秋生唱的是什么，冬生说是教会的歌，《神圣上主》，一首赞美神的歌。我说还是我们唱的歌好听：

嘿啦啦啦，嘿啦啦啦，
天空出彩霞呀，地上开红花呀。
中朝人民力量大，
打败了美国兵呀。
全世界人民开口笑，
帝国主义害了怕呀……
多好，简单直接。
冬生说，我弟弟嗓子好，适合唱赞美诗。
我说，我的嗓子也不赖。

礼拜天，我们常到北馆去玩，北馆小学就在教堂的大院子里边，几排平房，几棵大树，跟公立的方家胡同小学不能比。在北馆我们不敢像在鬼子坟那般放肆，特别是进到那高大的教堂里面，看着燃在烛台上的一根根蜡烛，看着墙壁上晃动的一幅幅人像，觉得新奇陌生。画像的脑后都有一圈金光，眼仁儿都很白很亮，一眨不眨地死盯着你，无论你走到哪个角度，他们都在看你，让你躲没处躲，藏没处藏，索性不看。我爱看擦拭烛台的修女，手指修长，黑袍子下头露出精致的皮鞋。烛光照耀下，那张脸光润得比墙上的画好看多了。我认识其中的一个，叫玛丽，她跟我们家的小狗一个名字。我们家那只玛丽狗是我的五哥从狗市上给我妈买来的，白色普通京巴。老五跟北馆的玛丽认识，他向我妈吹嘘他爱玛丽，跟玛丽亲过嘴。老三说，充其量玛丽是亲了亲老五的脑门儿，她亲过很多人的脑门儿，不单是老五一个。被亲过的老五很激动，就把买来的狗叫了玛丽。后来老五死了，玛丽狗也死了，我妈想念老五，又买了一只，还是京巴，还叫玛丽，至今，那只玛丽狗在我们家很欢实很幸福，地位比我要高一个档次。我跟玛丽说起老五和玛丽狗的事，玛丽说她还记得老五，那是一个很有才华、很有个性的人，留学法国，能说一口流利的外语，却穷困潦倒，冻死在后门桥下。我五哥的事，几乎大半个北京城的人都知道，我不想接玛丽的话头,但是我看到玛丽的蓝眼睛有些湿润,她捧起我的脑袋,在我的额头亲了一口,就像当年亲老五一样。她的嘴唇湿湿的、温温的,有股栀子花的味道。我看到了玛丽眼角细碎的皱纹,这个玛丽已经不年轻了,我的五哥活着也该奔五十了,他是我爸爸第一个妻子的小儿子,因为不学好,被我爸爸赶出了家门。

我们经常参加教堂举办的一些仪式,仪式为了什么不知道,只是对那庄严肃穆的气氛感到好奇,对人家没有把我们轰出去而心存感激,它比我们自己玩过家家有意思多了。信教的人排成长长的一队,女的都用头巾包着脑袋,依次到台子上去用额头接触圣像和一个石头棺材,棺材里是谁不知道,圣像是谁不知道,我们只是站在一边看。这时候的小四儿再不敢喊"谢尔盖,你妈拉×",我们也不敢调侃"一屁崩到安定外"了,教堂嗡嗡的歌声和回音让我们这些顽劣小儿变得规矩安静,小小的心变得空洞高远,充满了感动。为什么而感动,不知道。有时候我们会得到一小块松软的饼,饼不咸不甜,巴掌大小,很普通的发面烤饼,却被冠以圣饼的名称,显得别有一番意味。小四儿说饼太小,一口一个不够塞牙缝。我说烤制圣饼的教会应该向胡同口打烧饼的老刘取经,裹进花椒盐蘸上芝麻,神一定更爱吃。

李立子说,神是外国神,不吃中国烧饼。

大芳说,哪天让老刘过来烙烧饼,让外国神也惊喜一下,换换口味。

冬生说,这个饼是用牛奶和的面,所以松软好吃,那些牛奶是他爸爸提供的。

就是说,是教会的牛产的奶做的饼。

小四儿常常多领两块饼,遭到冬生的不屑,冬生说小四儿贪痴之心太重,将来成不了大事。小四儿说,不就两块饼嘛,反正我也不信教!

冬生说,我也不信教,我就不多拿!

3

秋生和他妈妈是后来从老家河北宝坻县过来的,来的时候正好北馆小学招生,秋生就进了北馆小学。还一个原因是秋生爸爸给教会做事,是教徒,秋生也就是小教徒了,秋生爸爸还给小儿子补了场洗礼,这样上学可以不花钱。冬生妈却不信教,她曾用一口宝坻话对我说,屋里有两人进去奏行咧,在天国咱们也算是有人咧,到时候他们爷儿俩在上头还能不拽我们娘儿俩一把?一家子拆开了还能叫一家子?闺女儿你说是吧。

冬生妈不信教主要是怕麻烦,信徒礼拜天黄金时间得去做祷告,她怕耽误工夫,她得做挑花挣钱。挑花是北京妇女的一个副业,跟现在的十字绣相似,冬生妈绣的时候先绣树干,五六条桌布,五六个树干,绣完树干再换线,绣树叶,绣好树叶再绣塔……看着很没意思。附近有北新桥挑花补花合作社,每周她得到那儿交活儿领活儿,靠冬生爸爸给教会养牛那点儿薪水,远不够一家的嚼谷。不是看在每天那保命的一缸子新鲜牛奶,看在小儿子命悬一线的病上,冬生爸爸也早不干了,不得已而已。

我到冬生家去过,在北馆的紧东边,贴近东直门城墙的位置,南边有个空场,长着草,他们家两间土房歪斜在草地北边,大概是教会财产。两只黑白花奶牛卧在地上反刍,我是头一回见到奶牛,原来很大、很健壮,一双眼睛很美。秋生穿着大胶鞋在牛旁边跟牛说话,见我过来他告诉我,近处这只叫大花,那边那只是二花,是母女两个。大花最近不太高兴,刚下了小牛就被拉走了,是公的。秋生说两个花脾气都很好,通人性。他让我摸大花的奶头,我哪里敢,怕那庞然大物顶我。秋生说不怕的,你对它好它知道,它心里什么都明白。秋生拽着我的手,放到牛的奶头上,啊,很奇妙、很细腻的一种相依相靠的感觉。我头回接触这么柔软的东西,大花的奶跟我们家玛丽狗的完全是两回事。我的手攥着奶头,它和我的掌贴合得恰到好处,我揪了揪,没有奶水出来,大花"哞——"了一声,尾巴唰地扫过来,吓了我一跳。秋生说,你把它弄得不舒服了,它不想让你摸了。

我说,可是我还想摸呢。

秋生说,你可以轻轻用手心摩挲它,别使劲掐。

秋生说着咳嗽起来,我从没见过这么猛烈的咳嗽,深沉的发自胸腔内部的震动,让我感到秋生细小的胸膛像是要爆裂了,不停的、不能遏止的、一波紧接着一波的咳,让人觉着十分可怕。此刻对秋生来说简直是到了世界末日,到了昏天黑地的程度。他的小脸憋得通红,咳嗽让他无法喘息,直不起腰,他无力地跪在地上,身子蜷缩在一起,两只手紧紧地攥着,有些顾不过命来了。我想过去拍拍他的脊背,让他好受一些,但是我想起了妈妈的话,对痨病病人,尽量离得远一点儿,免得传染。我想后退,又觉得不应该,踌躇在进退两难的境地。倒是大花,弯下大脑袋,用嘴蹭秋生的衣裳,牛不怕传染,牛比我心地善良。

冬生从屋里跑出来,嗔怪他的弟弟不该在外头站着,刚刚吃过雷米封,是要静养的。冬生蹲下来,秋生无力地爬到冬生的背上,让冬生把他背回去。哥儿俩的脸紧紧挨着,和牛一样,冬生不怕被传染,秋生也不怕传染人,显得我有些生分。

冬生的家里除了一副锅灶,穷得可算是一无所有。一座盘的土炕,炕上有一床棉絮,其实就是个烂棉花套子,是全家过夜抵寒的物件,两块锃亮发黑的砖大概算作枕头了。三条腿的桌子可能是教会淘汰的,靠墙那边用砖支着。桌子上有磕了边的粗瓷碗,两三个长了芽的蔫土豆,黯淡的土墙上有黯淡的画,画的是圣母抱着耶稣,悲天悯人地注视着这个世界。我问冬生晚上睡在哪里,冬生指着门口的一口白茬木箱子说,他就睡在上边。箱子上有条薄薄的毯子,边沿已经磨脱了线。我问他睡这上边能伸开腿吗,他说,人睡觉都是蜷着的,难道你不是?

我想起了自己那张舒服的小床和干松的棉被,没有吭声,想的是改天让妈收拾出一些哥姐们用过的被褥,让小四儿帮着送过来,反正哥哥姐姐们已经成家另过了。

李家的精彩全在冬生、秋生两个孩子身上,冬生的穿着在我们班不是最差的,秋生穿的小棉袍在小学生当中更是精致得体。这些都是来自他们爹妈的节衣缩食,来自爹娘要强的心劲儿,他们不希望孩子在外头稍有逊色,他们的儿子得挺胸做人,跟别的孩子站在一条线儿上。

那天,我头一回听到了"雷米封"这个词儿,知道雷米封是刚刚研究出来的专治结核的特效药,在国内的市面上还极少见到,价格很贵,疗效奇佳。李家倾全家之力购买雷米封,只是为了秋生,想的是这外国的神奇新药,能让中国的秋生命运有所改变。

雷米封,救命的药,我牢牢地记住了它。

在家里收拾出了三床被子,要抱到北馆去,妈说,先抱过去一床吧。

我说,为什么?我和小四儿两个人,我们拿得了。妈说,先送过去一床。

妈的语气不容商量,我认为她有点儿舍不得,老娘儿们家常常出尔反尔，动辄就冒小家子气。看出我的不高兴，妈说，今天先送过去一床，其余的明天再说。

我说，背着抱着都是送，何必这么吞吞吐吐的？

妈没说什么，递给我一床紫花的说，就这个吧。

这床被卧是我二姐盖过的，最新最厚，二姐跟着她中意的男人私奔了，把所有东西都扔在家里，一走十几年，再没有回来过。她不是不想回来，是爸爸压根儿不让她回来，不认她这个闺女了。我和小四儿轮流抱着紫花被来到了北馆，一直把它送到冬生家的土炕上。花被在两间土屋里显得各色突兀，成了一抹鲜亮的阳光，不能融入那些黯淡色彩当中。正因如此，我和小四儿都觉得很得意，好像办了什么了不起的大事一样，在屋里不住地走动，敢情施舍的感觉是如此美好！

李家的人对紫花被卧的到来并没有现出怎样的惊喜，冬生妈沉着脸没有一句感激的话，冬生爸爸对我淡淡地说了句"让您惦记了"，客气得能拒人千里之外。冬生本人窘得脸通红，低着脑袋不敢直视我们。秋生正好放学回来，见了家里的花被卧有些吃惊，闪到冬生的身后，偷偷观察爹妈的脸色，好像我们不是雪中送炭，是夏日添火了。

一床棉被惹得李家全家提不起精神，这是怎么了？

我和小四儿怏怏不乐地走出冬生家、冬生爸爸站在屋地上说，谢谢了。

连我也听出了话语里面的敷衍和言不由衷，热脸贴了冷屁股，心里懊恼得很。冬生追出来送我们，在教堂门口说，以后别给我们送东西了，我爸妈……知道你们是为我们好……

教堂的钟叮叮当当敲响了，晚风中我望着教堂蓝色的葱头屋顶，第一次感觉到了它们的与众不同，在夕阳的映衬下，清冷孤傲，矜持得如同女神。那几只停滞在白色房檐上的灰鸽子，大概是附近的土著，咕咕咕地叫唤，显得有些不知深浅和自作多情。

并不是谁都能接受施舍，这和穷富没有关系，敏感而自尊，这个家庭有自己的处世原则。

我知道了，好心也能伤人。

从北馆到我们家只有五分钟的路程，五分钟的时间里，在小四儿喋喋不休、抱怨不已的聒噪中，我隐隐感受到了人情的复杂、处世的多个角度，尊重别人、理解别人是挺重要的。

我的妈妈是个了不起的妈妈，她的练达、敏锐够我好好学习一阵子。她让我"先送一床，其余的明天再说"。

好一个"先送一床"。

明天不会再送了。

4

玛丽最近常到鬼子坟来，来给谢尔盖送东西。谢尔盖老得厉害了，已经不能正常走动，很多时候他就是在地上蹭，半天挪不了多远。谢尔盖的眼睛近乎瞎了，他根本认不清我们谁是谁，就是看玛丽，也是估摸个大概。只要我们在鬼子坟，玛丽见到我们也会招呼我们进到墓地教堂去玩。安定门外的教堂对外称圣母堂，比北馆的教堂小多了，只有一个尖顶，上头立个十字架，比较单调，不似北馆五个大葱头，看上去就很轰轰烈烈。墓地教堂虽然比北馆的小，但是内里装修相当华丽，外部金色的顶子也很上档次。平时没人到这里来，北馆的人也压根儿不过来，那边的人好像把这里忘了，没事谁老往坟地跑啊。我们就觉得谢尔盖很可怜，有时候不叫他谢尔盖，故意叫他肖神父，为了讨他高兴。谢尔盖说东北话，他说他的老家在齐齐哈尔，离北京挺远挺远的。我们就顺坡下驴，问他爸爸妈妈可好。谢尔盖说，我都快死了，我的爸爸妈妈还能好吗？

其实就是没话找话。

我们几个不到鬼子坟捣乱，谢尔盖就几天不见一个人影，大概他自己也觉得快成鬼子坟的幽灵了，有我们时常来闹哄一下子还能证明自己是活着的。

玛丽来的时候胳膊上挎个篮子，盖着白单子，里头除了黑面包再没其他东西。见了玛丽，我们抢着接过她的篮子，屁哄哄地随着她往教堂里边走，这种不把自个儿当外人的做法其实是装出来的，因为一般情况下玛丽不领我们进去。

也有例外，那是玛丽拿的东西比较多、比较重的时候，比如说带了盐和胡萝卜土豆什么的。我们跟在她身后，通过教堂大厅，进入谢尔盖那间卧室兼饭堂的房间。房间很小，窗户很高，外面的爬墙虎快把窗户遮严了，使得房间内的东西通通泛出阴森森的绿。搁下东西，我们不想马上离开，在谢尔盖的木桌子前坐下来，谢尔盖用他有限的视力把我们一个一个认真看过，确认就是喊叫"谢尔盖大脑袋"的几个顽童后，会把他叫作"大列巴"的面包赏给我们吃。分的时候谢尔盖把列巴夹在胳肢窝底下拿小刀一片一片地片，鼻涕长长地流下来，他不在乎地用手抹去，又用那手削面包，再递到我们手里。我真不敢恭维那些大列巴，又黑又硬，又酸又咸，吃了一口我再不张嘴，因为那块面包在嘴里嚼不了两个来回，上牙膛就被硌破了。大列巴跟我们在商店里买的小甜面包绝对是两样东西，不可同日而语。跟那些圣饼一样，外国人吃的东西粗犷而简单，形式大于内容。

最奢侈的一次是分了面包以后玛丽还给我们烧了茶，俄罗斯的茶，让我们受宠若惊得都不会说话了。那是我第一回接触俄国茶炉，摆在桌子上，可以自己烧水，下头有小龙头。茶水发咸，有股土腥味儿，描金边的茶杯也不干净，沾满了黄色的茶锈。小四儿说，茶炉是银的，茶碟也是银的，谢尔盖灶台上堆着的脏兮兮的刀叉也是银的。让我觉得墓地教堂虽然偏僻、冷清，级别却是不低。

老孟头在鬼子坟东边钉马掌，摊子就摆在路边上，为的是出城门的骡马能有一个整备，就像今天设在路口的自行车铺、修车行、加油站。钉马掌的摊子旁边是铁匠炉子，打马掌的，是老孟头的女婿，两个人一个打，一个钉，一条龙服务，配合默契。安定门不比德胜门，德胜门是北京往北的通衢大道，出城门一头扎下去就是清河、昌平，奔了明皇陵，人来人往不绝如缕。安定门不行，出城走不远就没正路了，来往的行人和车辆有限。老孟头的生意不忙，很多时候他是坐在板凳上喝茶。来他这儿给马钉掌的也多是熟人，骡马从城里出来，在老孟头摊位旁边卸下套，拉到一个木头框子跟前拴住，老孟头穿起厚帆布围裙，把自个儿披挂起来，然后搬起一条马腿，拿绳套住，吊在木头框上，再用刀子把马掌片平了，把半圆的铁掌钉上去。那些骡马都很乖，没有哪个尥蹶子，因为它们自己也知道，钉了铁掌才好在硬路上行走，要不，走半天掌就磨下去了。老孟头说马掌看起来很厚，其实挺软，只要走官道就得钉掌。我问老孟头，三国里张飞骑的马是不是也钉了掌，老孟头说张飞骑的马连鞍子也没有，马身上的物件都是后来才发展的。驴一般不钉掌，因为那都是不上路的货，拉磨、驮脚，没见哪个老娘儿们坐驴屁股上，哪头驴脚底下叮儿当儿的……

我爱听老孟头侃山，远的近的，他把什么都能扯到一块儿，他什么都知道。老孟头说旁边的鬼子坟是罗刹国的地界，东直门里头还有罗刹庙。我问罗刹国是哪国，老孟头说是俄国，康熙大帝时候咱们跟罗刹国打了一仗，俘虏了一批罗刹鬼。皇上想看新鲜，都弄北京来了，这些鬼红发绿眼白脸，模样丑陋不堪，皇上一高兴，给领头的封了四品官，编入咱们的牛录，让他们驻扎在东直门羊倌胡同，还给他们盖了罗刹庙，就是现在的北馆。二百年下来，慢慢地这些鬼就有了人形……

我问罗刹鬼吃什么，老孟头说当然是吃人，哪儿有不吃人的鬼。鬼吃人的时候先从头吃起，用利爪在人的头顶钻一个洞，然后用嘴嘬，把脑浆嘬干，再一点儿一点儿吃肉，精华都没了，剩下也没什么吃头了，边吃边吐渣儿。

我说，就跟吃甘蔗似的？

老孟头说，对，就是跟啃甘蔗似的。

我说我们家老三常管我叫夜叉，母夜叉，夜叉跟罗刹是怎么个关系？老孟头想了想说，可能是两码事儿，两种鬼，一个是白脸，一个是蓝脸。

我喜欢和老孟头有一搭没一搭地闲扯，亲热地管他叫大爷。当然，我的大爷不是白叫的，老头会把片下来的马掌给我留着，我将这些马掌带回家去，拿罐泡了，不久就会沤出一罐上好花肥。我们家院里的大牡丹、芍药开得比北海公园的好，跟这些肥不无关系。

老孟头建议我不要到鬼子坟来玩，说这个墓地不是一般墓地，煞气太重，怨气太深，阴气压得这里连大树也长不起来。老孟头当时用了两个与他身份极为不符、很文化的词汇："乱草丛生，明灭空影"。我问怎叫明灭空影，老孟头神秘地说，这事外人不晓，我却是知道。

我让他快说，别兜着。老孟头说，前两年这里下葬了七口铁皮棺材，里面装满了宝贝，沉得挪不动。埋进土里的时候棺材里的人还在说话，唱罗刹歌。

我问前不久是多久。老孟头说，前两三年儿吧。

我说，"前两三年儿"是哪年？老孟头说记不清了，女婿补充说就是他娶媳妇那年。谁也不知道打马掌的是哪年娶的媳妇，老孟头说他外孙子明年该上小学了。

小四儿让老孟头说详细点儿，老孟头说，棺材是偷偷从北馆运过来的，里头装的是俄国皇上的亲戚，七个人，不是亲王就是郡王，保不齐还有太上皇，据说是俄国上峰下命令让埋的，跟咱中国没关系。俄国主教亲自跟过来，穿着大袍子，嘴里念念有词，很神秘，对外不让说。

小四儿问，那您怎么知道？

老孟头指着女婿说，我们俩挖的坑。

……

我们　这么瞎聊的时候冬生一直在旁边听，不说话，我能看出，他对这些不着边的内容很关注。

安定门墓地埋皇亲的事我问过我爸爸，问过历史老师，他们都不知道，直接问谢尔盖，那个老糊涂连他自个儿姓什么都忘了，哪还顾得上皇亲。还问过玛丽，玛丽给了我们一个反问，是吗？

毕竟我们小，对这些地底下的东西不太感兴趣，我们关注的是草里的虫子、蛐蛐蛄、蚂蚱、呱搭扁儿，关注的是地面的酸枣、野草莓和大赤包……

有一回过队日，老师领着我们到安定门城墙上拾捡垃圾，下起了雨，我们就在城楼的檐下躲避，闲着没事，老师让我们每人发言谈自己的理想。这是学校老师惯玩的把戏，动辄就是"我的理想"，虚无缥缈的事，全是扯淡！我们同学中，想当教师的居多，大概除了教师他们也再想不出别的什么了，其次是当医生，我一直闹不明白这个职业怎么那么招他们喜欢。我的几个朋友不愿随大流，他们都是有个性、有思想、与众不同的人物，轮到我们发言，理想的内容就变得五花八门，十分出彩儿。小四儿说他要当武师，练一身好本事，拳打宣武崇文二城，脚踢奉台朝阳二区，看谁不顺眼就打谁；李立子说他的愿望是解放台湾，把他爸爸从台湾揪回来，枪毙；大芳说她的理想是不用上课，改成天天看电影，而且是不花钱白看；我还真没考虑过自己将来要干什么，靠着城楼的大柱子抓了半天脑袋，突然看见天上出了一道彩虹，便说我要上天，看看骑在那上头是什么感觉。

老师坐在地上，把脸埋在臂弯里，不敢抬头，她已经笑得直不起腰了。

临到冬生，他指着河对面的鬼子坟说将来要研究历史，把俄国东正教在北京的事儿调查清楚，把对面墓地的情况弄明白。

老师看了冬生一眼，把视线转向北边那片灌木，半天没有说话，大概在我们漫天飞舞的理想中，这个还算是落在实地上，比较靠谱的。

日子一天天过去，转眼到了冬天。快放寒假了，我们忙着期末考试。冬天的北京滴水成冰，教室的铁炉子一整天都半死不活，冻得我们伸不出手来，几乎所有的同学手上都生了冻疮，红肿奇痒，流水生痂，连笔也拿不住了。北京的孩子，没有谁没受过这个苦处，方家胡同小学的孩子亦是如此。上学的时候，西北风呜呜地吹，带着雪末子往脖子里灌，害得我们不敢伸头。隔着河远望鬼子坟，被一片皑皑白雪覆盖，杳无人迹，死气沉沉，没有谢尔盖，没有玛丽，没有虫子们，连钉马掌的老孟头也没有出来，只有教堂在迷蒙的雪雾中站立，仿佛与蓝天紧紧地冻在一起。

这天冬生没有来上学，冬生从来没缺过课，我想，一定是他家里发生了大事。第二天冬生还没有出现在教室，我决定放学和小四儿到北馆看看。小四儿不想去，说这样冷的天去空旷的北馆，还没走到就被冻翻了。结果，没等到放学，在课间操的时候小四儿就被叫到学校教导处，上课铃响过了还没被放出来。我们犯了错，至多被叫到教员办公室，被老师训斥责骂一番，臊不耷耷地出来就算完事了，直接被弄到教导处去尚无前例，可见小四儿的麻烦大了。放学的时候才见到小四儿，脸色甚不好看，我问他怎么了，他像地下工作者一样看了看周围，小声对我说，冬生惹事了。

我说，冬生会惹什么事？他连架也不会打。小四儿说，要是打架就好办了，他偷东西！

我说不会，小四儿说局子来人了，现场抓住的。

原来冬生趁着严寒无人，偷了鬼子坟教堂的银器，那些刀叉盘盏，包括那个银茶炉，拿到小市上出售，一件东西没卖出就让人追来了。小四儿说冬生傻，从鬼子坟到小市过一条护城河，在门口销赃，这不明摆着找倒霉嘛。要是他，怎么也拿到崇文门去，等夜里再出手……

冬生的事让我们常去鬼子坟的几个很没面子，看起来是一帮疯玩傻闹的少年，原来却是贼。

这事儿闹的！

冬生再没有来上课，听说是进了少年管教所。我不明白，为什么一个连馈赠也不好意思接受的同学却要去偷。一想起冬生课堂上精彩的古文背诵，总是觉得可惜。

二十世纪五十年代中期，鬼子坟有了次大举动，致命堂地下室那些教徒遗骸被用浸过油的粗麻布包裹着，拉到墓地就地深埋。我们都去看热闹，看着那些小布卷依次被摆放整齐，扬土夯实，地面没留印记。在墓地，我没有看到教会的人，连冬生也没见到。见到钉马掌的老孟头，问及谢尔盖，他说，老肖啊，那个看坟的，冬天前就死了。

问埋哪儿了，老孟头说，好像是教堂地下室，他们不讲究入土，浮搁着，老肖下辈子还是个白人儿——倒是好认。

5

秋生死了，死在了他的病上。

得到信儿，我和小四儿都去了，没有见到冬生，也不好意思问。秋生躺在土炕上，穿着小棉袍，依旧是中分，头发一丝不乱。脸颊上的潮红还没有褪尽，长长的眼睫毛让他像一个熟睡的小姑娘。秋生的妈妈坐在炕沿上默默地淌眼泪，见了我们，也没说什么话。倒是秋生爸爸低声说，孩子走了。

我不知该说什么，我还是第一回遇到这样的事。小四儿人五人六地说，李叔您节哀。

我不知小四儿还有正儿八经的时候，还懂得"节哀"这个很专业的词，深感平时小瞧了这小子。我摸出一个信封，是临出门妈塞给我的，里头装了三块钱，妈说李家过白事，不能空着手去。我怕又像紫花被卧一样惹得人家不快，妈说不会，这是礼数。

果然，秋生妈接了，瞅着信封，眼泪唰唰往下流。她大概想起了冬生。

秋生爸爸把秋生从炕上抱起来放到狭小的棺材里，棺材很简陋，就是冬生睡觉的木箱子，把秋生放进去刚好。北京的孩子死去，没有装棺材一说，都是放在几块薄板钉的木头匣子里，谓之"火匣子"，木箱子装殓秋生倒是恰如其分，而且很厚实。但让我没有想到的是木箱里铺着曾经属于我二姐的紫花被卧，那被卧半边铺半边盖，将秋生严严实实裹在里边。

秋生爸爸要把箱盖盖上，秋生妈扑过来，扒开被卧，一遍遍摩挲秋生的脸。秋生爸爸说，秋生该走了……太阳快下去了，天一黑，孩子害怕……

秋生妈这才把被卧给秋生掖好，依依不舍地退到旁边抹眼泪。小四儿帮着秋生爸爸把木箱盖子钉上了，秋生爸爸一边钉一边说，儿子，躲钉！儿子，躲钉啊……

听得让人心酸。

秋生妈妈自言自语地说，再也看不见了……我的秋生……

本来我想说还有冬生呢，话到嘴边却没有说出来。秋生妈妈说，到走也没吃上药，断了顿儿啊，妈妈对不起秋生……对不起，对不起，对不起……

我隐隐感到了这个家庭的难言之隐，或许冬生的作为和这个有关。

秋生爸爸拉着架子车，车上放着装殓着秋生的不是棺材的棺材，顶着猛烈的西北风往鬼子坟那边走。我说，您把秋生埋在松鼠啃橡子的石雕旁边吧，这个地方容易记，看见了松鼠就看见了秋生。

秋生爸爸莫名其妙地看了看我说，这冰天雪地的上哪儿去找松鼠？

他没听懂我的意思。

那天我们没提到冬生，大家都有意地回避着这个敏感的话题。走出北馆，小四儿突然说，那些刀叉未必是银的，那天我就是那么随便一说……有人就当了真。

看来，小四儿想的和我一样。什么是发小啊，发小就是心有灵犀，不点也通。我回头望了望北馆的钟楼，感到了它的破旧苍凉，荒败的院落不见人迹，几片枯叶被风高高地旋上了天空，我说，教堂的钟许久没响了。这儿的人都哪儿去了呢？

小四儿作了一首诗，写在他们家的月份牌上：

秋天过去了，秋生死了。
秋天过去是冬天，
秋生走了有冬生。

狗屁诗还值得往月份牌上抄！

冬生只是被教育了一段时间就出来了，我们都上了中学，分散到北京各个角落，再难凑起来。听说冬生考上了崇实中学，是个好学校，但是他一直回避着我们，不跟我们联系，大概是怕提起鬼子坟的事而难堪吧。

北馆用高墙围起来了，教堂高高的钟楼和葱头屋顶都不见了，有兵在门口站岗，改叫苏联大使馆。

养牛的范畴被划入高墙之内，无论是冬生还是牛，都不可能出现在那里了。

"文革"红卫兵到鬼子坟造过反，把墓地彻底刨了个底儿朝天，所有的石碑都被打烂，所有的棺木都被刨出。谢尔盖·肖的遗体也未能幸免，据说他被从教堂地下室启出，拉至光天化日之下，暴露在众目睽睽之中，长了一身白毛，听着都觉得可怕，我们分食过他给的黑列巴……

有隔世之感。

后来教堂拆了，低洼的地面挖成了湖，叫青年湖。各校的学生们都去参加义务劳动，挖湖工地上人山人海，打着红旗，唱着歌子，一改旧日的清冷荒凉。我在工地上遇见了小四儿、李立子、大芳等过去的同学，休息的时候大家纠在一起说笑，从大铁桶里舀出工地供应的茶水，碰杯！闹哄哄的，引得不少人朝这边看。小四儿说冬生也来了，随着小四儿的手指，我们看到了不远处坐在土筐上的冬生，他正在看书。应该说他早已看到了我们，看书是一种掩饰，他是不想过来。我大声喊，冬生！

冬生朝我摇摇手，又把视线转向了书。

大芳说，这人怎么了？劲儿劲儿的。

小四儿说，要不咱们过去？

李立子说，心理障碍了，过去也没用。

大芳说，我们也没招他惹他。

李立子说，我们没招他，事儿招他了。

小四儿说，这事搁我身上就不是个事儿，我是没被逮住……

我说，在生活中，有时候我们得学会当二皮脸。

大家都说我说得对，上工的哨子响了，我们手手相叠，大声高呼"二皮脸万岁"，散了。

一别五十年。

城墙没了，代之以二环马路，小市不见了踪影，换以排排绿树，一切变得美好光鲜，蒸蒸日上。是的，首都北京应该这样。

有一年我去北海滑冰，在熙熙攘攘的人流中看见了冬生，冬生穿着一身在当时颇为时髦的黄军装，围着灰色拉毛围巾，英俊潇洒，在人众中显得很突出。冬生拉着一个女孩子，在场子里穿梭，做出种种花样，如入无人之境。那天我背着冰鞋没有下场，下意识地躲避碰面，冬生仰着脑袋微笑着，头发一甩一甩的，舒展而洒脱。我坐在游廊上默默地看着他，一圈又一圈，他和他的女孩从我的跟前滑过，我一次次感受到他的气息，体味到他的兴奋和幸福。他没看见我，他看见的是北京冬日湛蓝的晴空、北海美丽的白塔和身后动人的女友，我想到的是装入木箱子的秋生和白雪中孤零零的圣母教堂。我觉得见面非常的不合时宜，在冬生这样快乐的时候。

避免尴尬。

我因为工作被分配到西北，有一年回北京探亲，意外地在北馆西边遇到了冬生妈妈，她是来北新桥挑补花厂"革委会"领工资的，老太太胖了，头发全白了。冬生妈告诉我，他们搬到了南馆公园的羊倌胡同，两间北屋，冬暖夏凉，冬生爸爸给一个招待所烧锅炉，老两口日子过得很舒坦。问及冬生，说是大学历史系毕业后分配到了宁夏，在银川教书。我说冬生是个好学生，他在我们当中是学得最扎实的。冬生妈妈说，可不，冬生是个孝顺孩子，难得的孝顺孩子，月月给家里寄钱，孩子知道没钱的难处。那些年，真是的……

老太太摇摇头，往事不堪回首。

近年我看到了李冬生的一篇学术论文，文中他详细考证了北京东正教发展的始末，谈到了安定门外俄国东正教墓地的来龙去脉，甚至对老孟头们埋葬的七口棺木都有交代，那是沙皇尼古拉二世的亲族，伊丽莎白公爵夫人，皇后的姐姐，还有几个公爵。他们是一九一八年俄国革命，在沙皇家族被处死的同时，在俄国叶卡捷琳娜堡附近被推下一口废弃的铁矿矿井。后来这些尸体被取出，当时正值俄国内战，便被运往中国，想的是等条件好了再运回去。这些遗骸在一九二〇年到达北京，原拟放入北馆致命堂，但是北京人不允，因国人有死人不能入城的风俗，故而棺材只能运到安外东正教墓地，在教堂地下室存放。一放就是十几年，十几年中无人问津，无人知晓，历史记载，其间只有一个中国人来吊唁过，张宗昌。以后趁着中国跟日本打仗，战乱中俄国皇亲们终于进了城，进驻了北馆致命堂。这才有了一九四七年苏联政府让从北馆迁出，入葬安定门一说。

文章完全是学者的论述，事实缜密，考据严实，让我对儿时光顾的鬼子坟一目了然。李冬生做了件了不起的事情，他完成了在安定门城楼上的许诺，老师的这份作业他做得最好。

一种由衷的敬意从内心生起，我在文章的"评论"栏写了几句赞赏，追述了童年鬼子坟的友谊。在点击"发出"的时候鼠标一下滑出了界面。

不打扰了吧。

大概是秋生不乐意呢。

《人民文学》2015年第6期

评鉴与感悟

多重历史的叙述者

《鬼子坟》回避了宏大的社会主题，择取的是微观视角，描写日常世俗和平静琐碎的生活世界。小说以第一人称"我"为视角，叙述了小四儿、冬生、秋生、李立子、大芳、玛丽、谢尔盖、老孟头等人的生活往事。第一人称"我"在小说中的娴熟运用，使得创作主体能够在作品中最大限度地融入真切的"自我"，弥合现实与虚构的裂痕，使得外部世界的生活逻辑与作者的内心体验达成一致，而"我"又是一个有个性的儿童，是一个天真活泼的叙述者。"我"以儿童的眼光去观察和打量所在的生活空间，用单纯稚嫩又有点傻气的叙事口吻，讲述不易为成人所体察的生存世界。正如小说中所描写的，"毕竟我们小，对这些地底下的东西不太感兴趣，我们关注的是草里的虫子、蝲蝲蛄、蚂蚱、呱嗒扁儿，关注的是地面的酸枣、野草莓和大赤包……"，那些关于皇帝、关于鬼神的事，只是生活中的小插曲，并不是"我"和小伙伴们的兴趣所在。儿童的叙述视角，有助于揭开覆盖在现实生活表层的荒诞，因为在孩子所感受的现实和大历史的对比中，常常蕴含着物是人非的历史沧桑感。

从叙事时间来看，《鬼子坟》包括了过去和现在两个向度：过去的鬼子坟，有墓碑和烂树，一派扑朔迷离的痕迹；现在的鬼子坟，处于北京热闹的二环马路，周围高楼林立。这两个向度，包含着不同的人事沧桑，一是"我"的记忆，指向拥有丰厚个人经历、生活细节的小历史，二是冬生在学术论文中，对安定门外俄国东正教的来龙去脉进行考证的大历史。将二者并置，可以看出作者在讲述历史时的一个独特立场，即家国历史抵不过个体记忆中的小历史，后者更真切地贴近着不可重返的历史现场。

小说的叙述指向时时散开，从谢尔盖的出现到儿时玩耍的小动物，从小市的千奇百态到冬生和秋生一家，小说始终保持着一种家常叙谈式的姿态，呈现明显的散文化特征，形成行云流水般的散文化叙事风格。作者成功将一百多年的风雨变化，融汇于一部短篇小说之中，将那些在鬼子坟玩耍的小伙伴们的友谊和从前的生活状态娓娓道来，叙述绵密厚实，舒缓自如。可以看出，作家以超然平静的心态将自己的感伤和悲悯潜隐在对往事旧人的追忆中，在平淡朴实的叙述里，不经意地传递出个体的沧桑感受和醇厚的文化韵致。（张娟）

作家的敌人

/ 阿乙

靠已经获得的荣誉安度晚年。

——爱伦·坡：《辛格姆·鲍勃先生的文学生涯》

年轻人就坐在那儿（他叫什么来着）。那是由当代艺术家张春条设计的半截公园椅，钢制腿，红木的颜色，但是塑木椅条，隐喻着尼侬家的沙龙性质。公共场所，人来人往。平时，他们将它拖到牌桌旁，当茶船用。今天，年轻人就坐在上边，右小臂搭在仅只有这一边的黑色扶手上，露出可怕的彤似竹荪的手背，从这瘢痕可以推算出，或许有一天他真的将什么呕心沥血的东西投诸火中，然后又伸手去取。这只手捉着一只用红色绸带系着吊在颈前的只值几十元的海泡石烟斗（他的烟抽得很笨）。左手的两根指头按压住腹部，暗示那里藏有宿疾。一双腿穿着滴过不少调味酱与棕榈油的牛仔裤，显得过于寒瘦，上身着枣紫色的保暖内衣，外罩一件不知是哪个女人馈赠的雪氅。

每个人进来时，都瞟了一眼这怪物。简直是从菜市场拎回来的由火鸡与家鸡杂交出来的东西。他们在将外衣放进衣帽间时，用眼神交流了一下对此人的看法。而那早衰得看起来就像有四五十岁的年轻人，想必是度过了初期的尴尬，正一劳永逸地摆着那不卑不亢的姿势，一动也不动地坐在那里。在他那苍白得就像放完血的脸庞（连嘴唇也如此）的外沿，髭鬓相连，呈黄色，就像是马戏团里燃起来的火圈。他的手微微颤抖，显示有很长一段时间（至少一年）他处在极度营养不良的状况下。他不吃饭，或者说是吃得少而不及时。可能就这样打发：

早餐：法式软面包4枚合计80g、即冲咖啡1杯合计150ml

午餐：法式软面包2枚合计40g

晚餐：法式软面包3枚合计60g、纯牛奶1盒合计250ml

面包是成袋采购回来的，纯牛奶则请小卖部的人整箱送上来（有时需要一点热食他就扛回一箱老坛酸菜面）。他可能已经向人解释过为何要吃面包，因为一旦做饭就要刷锅，吃饭只需五分钟而做饭刷锅则可能要耗费一至二小时。出门吃饭也要费些周章。写作最忌讳被打断，犹如做梦。有时，一位作者仅仅只是离开自己的作品一小会儿，去接一个不见得需要接的电话，便再也没办法回去。据说南方一个省的曼亚洲文学奖得主就拒用手机，后来即使是打进座机，也只是他内人在接听。吃面包是最节省的方式。另据说清华一位教授废除了自己的午餐，以保持写作的连贯性。

不过也因为此，年轻人的免疫系统看起来已坏得差不多。间或他会捂住嘴连咳数声，痰中时有血丝。他现在就处在这种大作已成的虚弱状态中，力气用尽，再也没法从坐下去的座椅中站起来，然而衰竭中又满是踏实。他将打印稿交给尼侬大姐，由后者逐一分发给这三三两两进来的文学界的看守们。现在，他的眼珠与其说是在看着什么，还不如说是在勉强感受着外边。感受点光。眼眶，那下睑部分业已松弛，然而眼袋内并没有堆积出什么脂肪。透明的耳郭露出细细的血管。几乎没有颧骨，倒是有法令纹。轻轻报着的嘴唇神经性地微微抽搐。这二十七岁的年轻人如今就是带着这样一股神情坐在这儿：就像是已经接过噩耗，然后放下所有的事情，平静而慵懒地沉浸在那理应受到人们同情的悲伤中，他交出一切自己应当肩负的义务，对此有恃无恐。他冷冷瞧着将这里当成自己家的文坛前辈，等待他们坐好，一只手端起青花瓷茶杯，将之送到唇边，吹几口放下去，然后展开那打印稿。那是他过去一段时间以来焚膏继晷、发愤忘食所写出的作品。

窗户朝室内凸起，木质窗框用砂纸磨过数次，但未上漆。业主尼侬认为这种未完成的感觉更好。用的是没上色的老式平板玻璃，又薄又脆，一共两组，共分八格，供上下推拉，它们时常蒙灰，这种稍稍蒙尘的感觉也是老尼侬所要的。如今，光线自玻璃窗射入，披盖在年轻人身上。这里只有他一个人觉得冷。

在接到打印稿的同时，绑架就开始了。发到陈白驹（1961—）面前时，尼侬发现少了一份，这使陈白驹心里添了些被忽视的落寞。然而当尼侬从诗人兼画家潘和平手里取回一份（"你一画驴的就别看了"）并交给陈白驹时，后者又为自己终于没能逃过这场奴役而沮丧。倒了血霉啊，他握着被卷成筒的它，掂量出应该有二十万字。二十万字，每晚夹着一泡溺，慢慢写，慢慢改，一晚七百字，得弄多少个夜晚啊。也因此，别说是批评了，就是对它表现出一丁点冷漠，事主可能都会记恨（"这些不识货的老东西。"他们在心里愤愤不平地骂着，准备结一辈子的仇）。虽说，在每一份打印稿的封面上都写着：敬请批评。可要是细看，就发现这加粗了的霸道的黑体字，意思其实是：奴才，来赞美吧。

对这些脆弱的写作者来说，他们写作的历程就是这样：

一、自以为是地弄出一堆文字

二、搜刮和收集各界人士特别是业界人士对它的赞美（最好是仰视式或跪拜式的，灵魂上来点战栗之类的）

总而言之，你表扬也得表扬，不表扬也得表扬。也因此，经常接到这类打印稿的人都储藏了一堆废话，用以应付这些难缠的、歇斯底里的、疯狂的、容易记仇同时对荣耀又极为饥渴的文学界的恐怖分子或者说上访者。现在的这位，难说不是这样。陈白驹最怕别人这样半死不活地瞧着自己。

陈白驹总是劝尼侬少招惹这些水平可疑的外省文学青年。有次一位叫帕潘的即兴诗人还盗走她的铜雕花圆盘。大家都看见了，她却让大家闭嘴，任高度近视的他将它搬出门。这些个货自认高贵却又管教不好自己的自卑，显得特别敏感和神经质，一批批的，遮蔽得天昏地暗，日色无光，堪比蝗害，陈白驹这样说。可你当初不也是这样出来的嘛。尼侬说。陈白驹能说什么呢。尼侬还保留着她的母性。我到这儿是来喝瓦罐汤的，可不是要读什么主张道德重返的现实主义巨著的,他真想这么对她说。

墨鱼猪肚汤,花生排骨汤,茶菇土鸡汤,食材简洁明了,从菜名上就可看出,莲塘人尼侬虽然隐瞒了中间加入的药材,但能加出什么呢。就是这样灌进去井水加点精盐炖出来的清汤寡水,吸引着一堆来自五湖四海的诗人、小说家和评论家。相比之下,粉蒸肠、啤酒鸭、狮子头只能算是给它的配菜了。早上,陈白驹在有条不紊地给自己打领带时,就在惦记这个。他想到,在办公室随便坐一个上午之后,中午就去尼侬家,从中午到下午享受她两餐饭。尼侬的先生是名热爱山水的画家,前年随手拍卖了一幅画,付完佣金,纳完税,剩余的钱够尼侬买四百年的菜。

令尼侬眉飞色舞论及再三者唯三样:

一、在国外读书的二十五岁公子(谈及他犹如谈及襁褓中学笑的婴儿)

二、偶然发掘抬举出的几名小说写手(全他妈是势利小人)

三、做菜

这其中最为其擅长的正是最后一项。她常说自己就是名暗娼。是啊,来自暗娼的勾引深入骨髓。她的厨房里放着天平,对佐料的配放精确到克,她知道甲对花椒的接受是两颗半而乙迷恋李锦记家的蒸鱼豉油。她熬取猪油给他们做菜而不是采用超市买回的各类植物油。她有条不紊,耐心细致,耕耘着这些老友的味蕾,使他们魂不守舍,一日不见如隔三秋,像驱逐不走的老狗那样三两天就跑回到这里来。早上,陈白驹像往常一样离开自己鳏居多年的二居室时,想到的就是《这一天的美好》(恰如韩东诗歌《在世的一天》所言:今天,达到了最佳的舒适度,阳光普照,不冷不热……或者如雷蒙德·卡佛《一天中最好的辰光》中所言:灯亮着。水果在碗中。你的头在我的肩上。一天中这些最愉悦的时刻……)。那时他并不能预见自己当天会像落水狗一样归来。他记不起挽在右手小臂的银灰色西装丢弃在哪里,应该不是在尼侬那里(价值两万多呢,当初阿姨一股脑儿将它和别的衣服一起洗了,他切齿地问:你洗前不看标的是吗。结果阿姨翻出标来,显示是能洗的。他又气得差点哭了)。大半个晚上,他都捏着自己的名片(上边写着他是诗人、作家、博士生导师,市作协、书协副主席,中国小说学会理事,师大文学院院长及归有光文学院荣誉院长,《文库》

杂志联合主编,袁枚小说奖、归有光文学奖、恒安散文奖等奖的终审评委),沉浸在一种想要去投缳自尽的沮丧情绪中。当他去卫生间撒尿时,发现小便淋漓不止,颇像台风下飘刮的细雨。而柜镜中的自己,发根那里已白白一片。早上看还是黑的。

早上他意气风发。出门前鼓动两腮与唇部,用李施德林漱口水漱口,然后又在好一阵犹豫中拉开冰箱的门,伸出右手中指好好蘸了一块黄油。之所以用中指而非食指,是这样揩油的面积会大一些。"好吃极了。"每回陈白驹都这样,一边舔一边对着它忘情地赞叹。

两年前,或者三年前(时光真是快啊),如果没记错的话,陈白驹是见过这年轻人的。当时是在虎坊桥的一家餐馆。说来奇怪,陈白驹能记得这一日的细枝末节,还是因为包厢脏兮兮的墙壁上挂着一个凶残的钟。它就像是在铡草,一边铡,一边将碎掉的让人心慌的时间拨落一地。闷坏了。什么样的出价什么样的就餐环境。捐客范春三像领着待售的奴隶一样将年轻人领过来。"这是两届鲁奖得主。"春三介绍陈白驹,然后捉起那拘谨的年轻人。他姓甚名谁,陈白驹已忘了,只记得春三说:"他也是位写小说的。"此语一出,一团火便在年轻人的脸上燃烧起来,那是羞惭的火。不是不是,年轻人嗫嚅着,痛苦地摇晃脑袋。也因此,当时陈白驹就判断他一篇小说也没发表出来。

人人都是这样过来的,没有人一生下来就会走路。陈白驹斜睨着他,想起最初的自己。虽说如此,可有些人还是到死也不会走路呢。

在春三的张罗下,年轻人从帆布包内取出一叠打印稿。齐齐整整,边沿新得可以划破手。这些不能到期刊杂志分一杯羹的文学青年,往往苦心经营打印稿(这虽然是永恒里最低级的一种,但毕竟隶属于永恒不是吗)。他们反复校对、排版,为标题是居上还是居中,字体用仿宋还是黑体而纠结(有的人不知怎么想的,会用哥特字体做标题,用的还不是英文而是拼音)。他们选择最雪亮的纸。如今它们就像一团团的光被分发到各位手中。稿子是用彩色长尾票夹夹好的,纤巧的小铁夹像一只只妖冶的蝴蝶,在桌间飞舞。瞧瞧,瞧瞧,捐客是这么说的,那些接过稿子的诗人、作家也是这么说的。他们这一桌被请的,都像是建立了功勋的船只,满载而归靠了岸，如今虽抛锚多年，却还是拥有太多的经验与荣耀。他们就是受捐客的邀请，来评定这即将起航的年轻人。

因为过于局促，年轻人一直笔挺地坐着，右手手指搭在筷子上，自始至终没吃什么。有些人在席间就翻起来，每当此时，年轻人就紧张地望过去，有时眼皮是抬起的，有时则视线下垂，陷入一种沉思或者说是没落的情绪中。嘴角则始终保持若有若无的笑。陈白驹觉得不自在。当然对这一伙长袖善舞的人来说，也没什么自在不自在的，有些人越是这样被看着，越是来劲（你看那唤作蒋饼乡者，某刊副主编，这会儿掸烟也掸出一种姿态来，就像是医生在用手指敲打什么体温计）。

"哎呀，这是好稿子啊。"有人故意这么说。

好什么呢，只是随手那么一翻（就如为了达到动画效果而快速翻动书页一样），陈白驹便感知出对方的水准。比文盲稍好一点，准确地说，作者为了证明自己比文盲稍微好一点，对每句话、每个词汇都实施了装裱。看起来就像是还乡的打工妹，臃肿，妖冶，形同夏威夷火鸡。就有那么夺目，那么刺眼。虽说很久都没有实战操练几篇文字，但陈白驹对自己的评断能力或者说是鉴赏力还是深信不疑。知道何为好何为坏，并轻易走出坏的榜样所布下的迷魂阵（那些坏的东西就像是盛夏飞舞在农家厕所的长着金色翅膀的肥蝇），然后选择最适合自己的路子去写，是当年陈白驹能火上一阵子的资本。

这个年轻人是词汇的穷人。没什么幼功。他能认识到自己这一点，然而摆脱不了来自虚荣的诱惑。他开始往死里打扮自己，使着劲儿地打扮自己。他所表现出的执拗与固执，一看还是说服不了的。他用词，不用走，用行，不用没有，用无有，不用也能，用亦能，不用都有，用皆有，不用为什么，用为甚，总之，是怎么别扭怎么来。有时他还会得意扬扬地用上一些"呵烘""安惬融洽""龟裂""憨荞""叶的臂展饶沃""袭照"之类大家好像明白又在过去的文献中查无出处的词儿。怎么说呢，他写作的第一要务就是摆弄这些奇形怪状长着彩色瘤子的词汇，像是穷人晾晒腊肉。他自以为展现的是富贵，却不曾想人们看见的都是荒凉与贫瘠。什么"擦过皮层的空气抚扫出无可名状的实在感，似被丰润的流质包裹、充满""是将生活泥泽中咕哝发酵的菌种酝酿成一坛黯然神伤酒""清明与深远就在这沸腾中""造物主遣罪于殁亡之际又给我们淫欲的恩赐""他(也许是她,他中有她,或者'是她还是他')耳窝里早已植下这名字""风吹起如幻梦般破碎的流水之年,而你的笑靥闪晃,成为我命途中奔跑犀牛一般的点缀""尼采在哀绝呼喊上帝已死后隆誉的酒神精神与超人意志的美学琼浆,重新在二十一世纪的金钱崩毁游戏中灌入上帝遣来的救世主唇纹里"。

这种令人恶心的节奏或者说腔调,这种过于庸俗过于空洞就像是毛毯盖住一粪缸蛆虫的字句,这种穷酸,让陈白驹无名火起。他将稿子扔在旁边空着的红色椅面上。这种作者连起码的羞耻心都没有。散席时,他拉开范思哲皮包,将桌上的诺基亚Vertu Signature手机、普拉达名片夹及固特齿牙线盒逐一收进去,西服挽在臂间,一切都收拾好。他反复看了几眼,甚至掸掸座椅,确定不曾遗留什么,才走掉。那份就像阳光照在冰面上一样、闪闪发光的文稿,就留在原地。小伙子看着它,想提醒他,然而又没有。最后小伙子悄声嘟囔:省得再花钱打印了(他得胜了,瞧,他都知道自己找台阶下去了)。陈白驹半举着一盒由西北翻译家胡宗锋带来的茶叶,用脚推开那门。

　　士别三日,即更刮目相待。
　　　　——《三国志·吴书·吕蒙传》

这一次呈现在小伙子稿子里的,却无一处不合适。那些花里胡哨、可笑、像骨刺撑起皮囊、合本逐末因而不值一提、当时想让陈白驹拎着对方的衣领叫对方滚的词汇或修辞,全部消失了,或者说,它们不是消失了,而是在一种新的、宽大的,又很严苛的秩序的安排下(那是只有上帝才能制定出的秩序),奇迹般地生还。你甚至能看见这些语词残废在获得新生后泪流满面的样子,它们在新的交响乐中显得极为驯顺、振奋,对创造者感恩怀德。陈白驹打开文稿,一看那开头,就被一种"准错不了"的评断冲动裹挟,虽说这么多年来,他对年轻人的东西早已形成刻板成见,充满不信任,有时还没看稿他就认为对方语言各色、情节支离、结构毫无心机、人物难以成立,要么就是思想还停留在幼儿园层面(大班)(他总是对私交掏心窝子，评审工作无非就是从一伙侏儒里挑出那么几个不矮的），而年轻人也以自己的表现差不多百分之百地验证了他这一傲慢的论断。今天，他和这些来到尼侬家的同行，心态都是这样的，这样的状态是他们长年以来所积累的心态的一个写照。他们慢悠悠地拆开系在卷筒稿纸上的红丝带（真他妈搞得隆重啊，弄得跟国宴上拆茅台一样），好好舞动脑袋以缓解颈椎的压力，然后才拉开那总是止不住要蜷缩回去的全木浆A4稿纸。过去他们会貌似认真地看上好大一会儿，场面看起来很安静，静得能听见有人在吞痰，而其实他们的脑袋什么也不接受，只是草草记住几个词（当然能记住完整的一句话最好），好等下根据它们谈出作者目前所展现出的实力、水平、令人鼓舞的东西以及未来所拥有的希望及空间等。他们腹中藏着十几万套废话，他们因人制宜，因地制宜，因货制宜，精心地挑出一套来宣讲，保管立意又新又宏大然而从根本上讲又毫无所指，既适当地满足对方的虚荣，又避免使自己看起来像一名全无原则的吹鼓手。今天，情况有变（甚至可说是突变），至少是他，陈白驹，像中弹一样，死在了对方的第一句话上。

整个中国很少有人能写出这样的第一句话了。

这句话让陈白驹想起阿尔贝·加缪《局外人》（在郭宏安、徐和瑾、柳鸣九、郑克鲁、袁筱一等人的译本里还数柳鸣九的流传最广）的开头：今天，妈妈死了。也许是在昨天，我搞不清。或者像奥地利作家奥斯卡·叶林内克的小说《演员》（瞧瞧他们连标题都起得如此精到和节制）的开头：青年演员恩斯特·路德维希在得到一个角色的同时得到了他母亲病重的消息。这些开头使用的都是最平凡的字眼，然而却像"1"一样制定了"2""3"以及万物的规则。它们充满预示性。像海面上所显现出的，冰山那最玲珑剔透同时最富于线条的一角。你对将要了解的世界有了一个轮廓上的把握，对其中所隐含的人物脾性、使命以及彼此之间注定会有的矛盾冲突了然于心，然而这丝毫减耗不了你往下探索的欲望，相反欲望还会变得越来越强烈。你觉得作者的感觉真他妈对极了。你为自己能和这样一个富于极高理性、非凡概括力同时又在细部拥有极强敏感性的作家同行而自豪。你恨不得敲其坟茔，进去与他卧谈。陈白驹将脑袋凑向压在镇纸下的文稿，以不可遏止的速度（就像被狗拉的铁橇拖着疯跑）朝后阅读。此后所有的检阅毋宁说都是为了论证这一起初的评断：准错不了。与此同时，一股难以名状的痛苦从他的内心生发出来。不是作者出了什么差错，相反，是作者——那稳坐在一旁，几乎是揶揄地看着他们（是的，揶揄！）的人——奇迹般地，什么错也没犯。没有一个字不妥，没有一个标点不妥，没有一句话不妥，没有一个段落不妥，你自负鸿儒硕学，没有你斧削改订不了的文字，然而今次你却往里插不进任何字，也无法从中摘出什么东西来。不可以再多，也不可以再少，即使是那偶尔出现的错别字，你也害怕去修改，因为正等你提笔要将正确的字写下去时，分明又看见那隐藏在文字下边的作者的笑。作者对此本就了然于心。在紧张的阅读间隙，陈白驹偷觑了一眼旁人，却是发现他们个个也像是被冰冻了，正陷入巨大的惊愕中。啊，就像狂信者见过圣子的裹尸布或者佛的舍利子，就像山区的人望见大飞机，或者街上走来已在史前灭绝的动物。了不得啊，他们感觉自己的双手都快承托不住这神圣的稿纸了。那剩下一两个还没动手看的，或者打开稿子还处在心不在焉状态的，这会儿都追读起来。女主人尼侬像打满鸡血，昂首挺胸在厅堂来回走动，不时握拳，向后抽动小臂（Yeah, yeah）。她不停给那些根本已忘记喝茶的人加茶，脸上露出扬扬自得的红光。我说吧，我说就是个天才。她实在是没办法更开心了。

  出于一种害怕，就像行夜路的孩子情不自禁蒙上双眼，陈白驹合上文稿，以为凭此就可以躲开那种优秀对自己的折磨。然而徒劳。在掩盖好的白度较好的纸张内，各种被制定了基本条件（命定）的人物及他们之间注定会发生的事情还在有条不紊、生生不息地运转着，就像装了什么神奇的小齿轮或有魔力的大转盘。这种人物与事件在读者离开后仍然自我循环、自我运转的奇迹，以前陈白驹只在格非教授的短篇《迷舟》以及列夫·托尔斯泰的长篇《安娜·卡列尼娜》里领略过，如今他又在不知来历的青年作者这里再次看见。他们是在虚构，然而虚构的东西却比真实世界还不可被剥夺。现在，即使陈白驹忌妒得发狂，夺下每人手中此人的文稿，将它们投入壁炉内全烧成灰烬，这被创造出的人物、人物关系以及他们之间注定会发生的事还是会自成体系、分毫不差地运转和演进下去，就像上帝已经撒手不管的漆黑宇宙，在其深处，无数星球像钟表的齿轮细密地旋转，彼此影响，而空隙间穿梭着总是能安全逃生的彗星。这实在是太瑰丽太可怕太恐怖了，简直是超越于自然的巫术。

如果我只是名读者就好了——去年刚斩获黑斯廷斯奖的陈白驹想——我就可以单一地、纯粹地来享受这伟大的作品了。这种阅读的快感如何形容呢：就像赤身站在刑房，栗栗危惧又极为焦渴地等着狱卒甩下浸过水的鞭子，尽管从精神上他从未出现过什么虐恋的倾向。啊，年轻人，只用了三年，或者说是两年，就达到他陈白驹几十年梦寐以求想达到却怎么也达不到的境界。就完成了他的梦想。那所有的文字都是陈白驹想要，想据为己有，想捂在胸口反复抚摸的。在过往的某一天，在大病一场之后，陈白驹理智、清醒或说是无奈地中止了这一对理想文字的求索，他判定以自己的资质不可能完成这样的作品，放眼望去，整个文坛谁也不能，而且以白话文目前发展的态势瞧，怕是五十年内也不会有人完成。然而今天他却实打实地瞧见了。如果我只是一名普通读者就好了，我就可以全身心地投身于这疯狂的阅读，一头扎入那密集的有如绵绵不绝的橙色暖雨的长句子——那干净、透彻、带有一丝甜味、像一堆堆银鱼飞来、似乎是由南方种植园主后裔威廉·福克纳亲授的长句子——中，放肆地哭泣。就像饥寒交迫的旅人跋涉到了尽头。然而我不是。我恰恰是一名和他一样的作者，是吃同一碗饭的同行。陈白驹痛苦地闭上眼睛。

那些打定主意来尼侬家混吃混喝的，此刻和陈白驹一样痛苦。今天来的恰恰都是些诗人或小说家。所幸没来什么以领养和占有新人为己任、就像是生意人的职业批评家，要不然他还不得大喊大叫，将这一可怕的消息满大街地宣布：天才！我们这个时代最伟大最为欠缺的天才诞生了！毋庸置疑！他们面面相觑，就像一群贼，心怀鬼胎地围在一起。他们关心的不是对方的前途（那是毫无疑问的），而是自己因此要被大幅削减的影响力。他们感觉自己一下子被置身于无足轻重的位置。牛爆了、实在是牛爆了、简直是牛炸天，他们仿佛听见别人一边这样称赞年轻人一边疯狂地朝其涌去，而他们只是被当作一名被问路（请问年轻的大师在不在这儿）的圈内人（就像在传言中，文学青年纷纷涌入陕西省作协，向尚不知名的陈忠实打听路遥在哪间屋子）。用不了多久，普天下流传的都将是年轻人的名字，传唱的也是他的文字，他将盖过余华、莫言、高行健、哈金、阿城、耶利内克、凯尔泰斯·伊姆雷、布勒东、科塔萨尔、凯鲁亚克、巴尔加斯·略萨、雷蒙德·卡佛、耶茨、麦克尤恩、波拉尼奥、乔治·奥威尔这些可疑的名字，混进奈保尔、吉卜林、马尔克斯、胡安·鲁尔福、弗兰纳里·奥康纳、巴别尔、霍桑、坡、菲茨杰拉德、梅里美及卡夫卡的序列，不，这还满足不了他的野心，也满足不了那些批评家的胃口，说真的，就是将他保送进雨果、福楼拜、塞万提斯、托尔斯泰、陀思妥耶夫斯基、歌德、斯丹达尔、莎士比亚、但丁这样的巨匠体系也不为过，他们拥有共同的特点，就是在高度上极度接近上帝，又在广度上覆盖整个人类。这并非没有可能，毕竟你还没找到它有哪一点不像名著的地方，你还没找到它有哪块地方显得不结实（关于它是不是一部只是带来短暂阅读快感的伪经典，他们已做过多次检测。对他们这些有皮有脸的人来说，最怕的就是在冲动之下将赞语送出去，然后眼瞧着它每日减色几分，最终露出贫瘠的本来面目来。往昔，他们总是在受邀看过电影的首映式后，未加反刍便妄加赞唱，反而让那些后知后觉的观众笑掉大牙。有一次他们在醉酒后盛赞一篇据说是由一匹文坛黑马写出的代表作，酒醒后便后悔无及，后得知那果然是好事之徒在测试一种叫"小学生作文速成"的写作软件。其实检测一部作品是不是尖货很简单，就是闭上眼睛想今天后或者几个月后自己还会不会这样激动。只要这样冷漠地等待一会儿，那原本可疑的作品就会把持不住，露出自己的平庸来。现在他们反复计算，确信自己的判断并没有受到冲动或狂躁的影响，它就是要比《白鹿原》《围城》好上几倍）。这会儿，从孤独的公园椅那边传来试图起身的响动，想起身然而未遂，又坐回去了。年轻人诡异地笑了一下，抬起眼茫然地望了眼天花板，然后继续一动不动，悲伤地坐在那儿。陈白驹为此打了一个寒噤。他想到自己迟早是要与对方再次打照面的。自己是要重新去面对他的。这回去面对他，情形将发生根本的转变：他不再是那傲慢的文学圈的看守，而仅仅只是一名给大师提鞋都不配的羞惭的门外汉。他无法想象自己将怎样去掩饰那现在就已经到来的耳赤面红以及低眉顺眼。他感到口干喉燥。他不怎么敢总是去瞧那坐在角落的作者。他心态复杂地感受着这样一个又贫寒又伟大的人，感受着他由很差的身体所传导出来的囫囵的呼吸声，不敢相信自己与对方竟然同处一室，紧张得像一名歌星的粉丝。而对方呢，正像被泥壳包裹的皮蛋或者塑料薄膜覆盖的树木，还不知道自己的本来面目，还不知道自己是这世上最为罕见的人物之一，是神呢。他（那年轻人）正半是羞惭半是赌气（赌气是为着提前迎接他们的冥落）地坐在那儿，并不清楚，作为阅读者之一的陈白驹，此时心里正大片大片地淌血呢，而自己作为翱翔于天空的巨翅鸟，早已用阴影遮蔽了他们原本安然享受的暖暖阳光。他还在紧张地、忐忑地、惴惴不安地，然而又控制得很好地等待来自他们可能是差评的评价。

该怎样去评价这头已走到房间来的大象？在阅读过全文的四分之一时，他们都忍着不说话（往昔看完电影或话剧，他们总是彼此相问：怎么样），都不甘于将自己此时的真实心态交出去。此时无论是吹捧还是攻击，都无法掩盖住他们内心强烈的酸楚。唯愿他早点死！陈白驹从他们沉默的脸上（痛苦像闪电一般从上面擦过）读出这样切齿的话，不不，最好不要马上死，因为早逝恰恰会放大一个人的声名。最好让他活下去，用酒精泡着他，泡软，像泡张枣泡余华那样泡着，将他泡成一个比庸人还平庸的人，泡成一个连文盲都敢晒笑的反面例子。有的是比自己还按捺不住的人，陈白驹想自己永远也不要第一个出手，就让他们先忌妒起来吧，目下要做的就是借用别人的嫉妒来掩盖自己的忌妒，就让那些迫不及待的人去咬死他吧，咬死他咬死他，咬死。陈白驹这样想时，用余光偷觑年轻人，后者就像死去一般，深陷于一种原本只应雪莱、济慈、切·格瓦拉才有的衰竭气质。按压腹部的手指已经没有力气了。唉，吃多了成都小吃、桂林米粉、沙县小吃、驴肉火烧，经历太多地沟油的洗礼，只是为了恢复战斗的体力才去睡眠，屋内贴满备忘的纸条（到处加满粗暴的感叹号），身体不差才怪呢。陈白驹想起自己当年最疯狂的时候，曾经在长考写作中的一处梗阻时，陡然吐出一口鲜血，他对着它发怔良久，后来竟然忘记这墙壁的血迹由何而来，竟潜心描摹起来，将之当成是剧中人怨愤的表现。而现在呢，现在这个陈白驹，已经用健康交换走伟大，用的是红木书桌，整整一上午待在那儿，却只是利用光滑的桌面玩撞棋子的游戏（就像是在玩冰壶）。除开将几位女性抱着搞出胎儿来，他在这儿什么也没播出来。他回想自己一生只写出一部反响不错的长篇，接下来的两部等而下之，没有获得评论家的持续关注。当时情况如此：只要是推动一下（比如召开研讨会，发车马费），关注就来一下，否则就死如灰烬。陈白驹将三者勉强凑成三部曲，走出版社出了所谓的集子。当然他也写出不少连自己都瞧不上的短篇。因为名气，是的，不知道怎么就积累起来的名气，而不是作品，他一步步混迹到现在，当上文学院院长及多项协会职务，每次印刷名片时都要挑落不少不那么紧要的头衔。他现在的生活逐渐被——

观看
  798画展
  云门舞集演出
  孟京辉话剧
  王晓鹰新剧
  过士行新剧
  青戏节
  国家大剧院演出
  张艺谋新片首映式
  姜文新片首映式
  刁亦男获奖片国内首映式

参加
  文联会议
  作协会议
  出版社会议
  政府会议
  学院会议
  新浪组织的智库会议
  中日韩三国作家座谈会议
  两岸四地作家交流会议

参与
  各类文学奖评审
  学科项目评审
  杂志重点稿件终审
  ……

等等事务，给塞满了。他用最新款式的手机，用里头的记事本管理着这些事务，那些懂事体的年轻男女总是凑过来，装着好奇地看着他拨拉屏幕，啧啧称赞，说驹叔您可真时髦。他喜欢这些孩子，他对此感觉良好。到哪里都有吃的，自助餐，西餐，中餐，中西餐结合。他的肚腹因此愈来愈大，再也望不见交合时彼此迎送的性器。他对性欲的追求也不再是高潮，而只是将自己停留在对方年轻的身体内。这就够了。早上，他就是带着这样一种满足感出门的，他感觉一切好极了，然而，在这享受的终点，在这飘荡着世俗烹饪美味的厅堂，他看见那原本只应该在噩梦中出现的敌人，或者说：给他敲响丧钟的人。年轻人十分凄惨地坐在那儿，就像陀思妥耶夫斯基一样令人作呕、讨厌，又令人害怕。陈白驹看着他，就像看着一面镜子，他无法不审视自己，他意识到这些年来，自己的创作能力其实已永不可逆地衰竭了，消失了，就像绝经的女人。他开始埋怨自己有一张比床还大的书桌，埋怨这像温水煮青蛙一样的富足生活，开始憎恶自己在签字时使用的是一支七千港币的钢笔——这些有什么用呢——你还写不出这孩子的十分之一。其实他早已意识到这种灵感与技能的消失，他曾找朋友马原打听，马原告诉他人工光要比自然光好，后来马原还实践用口述的方式来写，即作者说弟子打在电脑上，然后投影于墙上。陈白驹照这种方式实验，却发现他和马原一样，都未能召唤回当初的自己。现在，他感到老本吃完了，好日子过完了——不知道他为什么会这么想——他甚至在幻觉中看见年轻人走过来，交给他一份皇帝的任命书，然后耐心地退到一旁，等他交出意味着权势的钥匙与公章，并离开过去很长一段时间属于他因而使他误会自己对此拥有所有权的座椅、办公室与宫殿。在比自己小几十岁的年轻人面前，陈白驹窘迫如热锅上的蚁子。如果是年轻人有意来赶自己走就好了，那他就可以指斥这是一场针对自己的不公的阴谋，是一场蓄意的夺取，然而不是，年轻人表示来这儿并不符合自己的意愿，是上意要他如此。

　　二十七岁，让人艳羡的黄金年龄啊，一个爆发的年龄啊：
　　欧内斯特·海明威写出《太阳照常升起》；

阿尔贝·加缪写出《局外人》；

约翰·斯坦贝克写出《黄金杯》；

川端康成写出《伊豆的舞女》。

"我想，我们还是应该一起过去，无论从哪个角度说——"最终，陈白驹意识到众人沉默，还有一个因由，就是数他最为年长，理应由他先发声。就在此时，角落传来一声闷响，是年轻人扑倒在地，公园椅跟着倒了。众人愣怔着，看见这陌生人有如中毒，脸色铅青，上颈部连续鼓涌着，呕出黑血来。他就这样死狗一般扑在地上，凄惨又充满敌意地看了眼他们，用雪氅上的毛领擦了一下嘴角，昏死过去。大家慌乱地冲过去，又颇富自知之明地止步于外围。尼侬抓着急救包，心急如焚地跑来（这是所有人第一次见老妪她如此奔跑），她将年轻人抱入怀中，探察鼻息，掐人中，而后让保姆解开年轻人裤带，自己用剪刀剪开他那闷坏人的内衣圆领。在毛毯递来后，她扯着盖向已躺下的他，心疼地叫唤：崽啊，崽啊，我崽啊。她把什么样的年轻人都当成自己的儿子。她就这样大颗大颗地流出眼泪，悲惨地呼唤，试图唤回飞逝而去的这伟大流星，让开始凋零的昙花复还。

陈白驹趁众人惊魂未定，悄然离开尼侬家。他对抢救毫无经验，也不愿掺和此事。也许只是饥饿和营养不良引发晕厥，不过从吐血看，也可能是由重疾带来的休克。他就这样搭乘出租车，和奔驰而来的急救车相对而行，回到家中。一路上他都无法原谅自己：在这仓皇的逃亡途中，他还不忘扯走女主人留在门前烘烤着的半张煎饼果子，另半张尚粘在煎饼炉上。他把它吃了。吃完还吮舔指尖。就像小偷忍不住还是去偷，赌徒忍不住还是去赌。这种难以遏制的食欲再度无情地发作，进一步论证了他是这场文学较量中平庸的那一方。

他仓促埋怨着尼侬家的多金有钱。要多有钱，才能在寸土寸金的大都市拥有一间像农家院那样的大宅子啊。院内还掘了一口井。然后在将钥匙插进自家居室的锁孔时，他想起那件在途中就隐隐不安的事：他还不知道年轻人的名字。他不记得对方的名字，只是记住那文字所带来的刻骨铭心的感受，比如只要闭上眼，就能意识到有一滴闪光的水珠，正从发黄的岩壁滑落，或者看见青苔掩盖下的蚁路有一谨言慎行者正在耐心等待猎物，或者闻出一股自密林深处飘出的由阳光照耀然而又被自然打湿的清新气息。伟大、令人发狂而且是终生不可磨灭的感受啊。然后他记不起来那件Brunello Cucinelli西服遗失在哪里，原本挽着它的右小臂空空如也。他匆匆推开门，大步走到书架前，翻开自己的作品就朗读起来。如果上帝他老人家是长了眼睛的……只读了不到十句他就为自己的笨拙哭出声来。他将自己的一本本书扯拉下来，坐在地上，悲伤地发呆。他这样发呆时，荷马、维吉尔、薄伽丘、普希金、巴尔扎克、大仲马、狄更斯正驾驶着金色马车轮番从墙壁上绕着圈儿跑过去，后边跟着新晋的年轻人。此时，这病人脸色正红光着。一切得其所哉。

《十月》2015年第3期

评鉴与感悟

写作及其写作之外的讽喻

作家阿乙的早期作品充斥着凶杀、暴力等极端化叙述并以此著称于文坛。但今年的短篇小说《作家的敌人》不同以往，阿乙开始关注自身即作家群体不为人知的隐秘处境，借助主人公自身遭受的精神裂变去揭露社会上层人士的奢靡之风及其产生的自我颠覆性的后果。这篇小说的结构并不复杂，只是写了知名作家陈白驹的两次阅读体验，以及作家内心世界的巨大变化。那就是当他第一次读那个年轻人作品时，陈白驹不耐烦其拙劣花哨，拂袖而去；而时隔两年后的第二次阅读，陈白驹却被年轻人堪称伟大的作品所震慑，同时内心产生了巨大痛苦与焦虑。当他面对这样一个天才的杰作，想的却是"如果我只是名读者就好了，我就可以单一地、纯粹地来享受这伟大的作品了"。显然，深谙文学的陈白驹鉴赏力非常高明，他深知眼前作品的真正价值，但内心早已不再纯粹，因为他根本无法面对后起之秀创作力的勃发，也无力正视自身创造力的衰减，因为无论哪一方的打击对一位成名作家来讲都是致命性的。

那么，正如小说题目所提示的，"作家的敌人"意指为何？从小说情节安排来看，显然是针对知名作家陈白驹来说的，"敌人"自然就是那个名不见经传的年轻人。后者必将冉冉升起的事实，已经完全遮蔽了陈白驹阅读优秀作品的快感，他和在座的评委作家们一样，此时想到的只有自己势必下降的文坛影响力。因此心生妒意，似乎属于人之常情。

但从小说的诸多细节来看，"作家的敌人"还别有深意。从陈白驹名片上的一系列头衔和他经常参加的社会活动可知，这是一个占有广泛社会资源和权力的文坛显赫人物。尽管小说借他人之口强调作家本人"当初不也是这样出来的嘛"，但一旦跻身于上层权力社会，他的写作在遭受物欲侵蚀之后，早已经沦为"靠已经获得的荣誉安度晚年"的阶段，这不仅仅是因为创造力的下降，更是因为他已失去最初写作时的动力，深陷权力的暖箱中不能自拔。他享受着权力、荣誉带给他的幸福感，享受着奢华的物质生活和年轻的情人带给他的满足，而这些，和写作又有什么关系呢？权力、世俗化甚至恶俗化倾向，正是陈白驹写作的敌人。进一步推想，初出茅庐的年轻人一旦成名，在文坛上积聚多年势力后，是不是也会如同现在的陈白驹一样，被浸泡在声名中而丧失写作的原创力？至此，小说的批判力得以凸显，而最有趣的是，这在很大程度上又形成了对中国当下文坛症候的隐喻。

客观地说，小说有着较强的寓言色彩，也存在对现实的愤然所导致的用力过猛的问题（如某些情节设置过于夸张），但并不失为一篇具有讽喻色彩的独特作品，或许能引发现实中某些作家的一些思考。

（杨毅）

高小九题（节选）

/ 曹乃谦

1　离别

我父亲一九四四年从应县老家下马峪村出来，参加了革命工作，在大同的北三区跟小日本打游击。当时的北三区也就是现在的大同市新荣区。解放后的"肃反"运动一结束，我父亲就被选送到太原的省委党校去住校学习。学了三年毕业后，领导没有让我父亲回新荣区，而是安排在了大同县民政局工作。后来大同县和怀仁县合并在了一起，叫大仁县。可合并了不久又分开了，又分成了大同县和怀仁县。按说我父亲理所当然地应该是还回到大同县工作，但情况并不是这样。原来是怀仁小县城的那些人，只要是会活动会钻营，就乘机到了大同工作。我父亲没有活动，一个心眼儿等待着听从组织的安排。

其实当时那些掌权领导的胃口并不大，我父亲只要给送上五十斤全国粮票或者是五十斤胡麻油，这个事情就解决了，但我父亲不是那种向权贵低头折腰的人，于是他所信任的组织就让他继续留在了远离大同八十里外的怀仁县。先头是在怀仁县的组织部，后来在"三面红旗"（总路线、"大跃进"、人民公社）的指引下，说他有农村工作经验，就让他到了怀仁的金沙滩公社去了，后来又调到了清水河公社。

我父亲上班的地方是离家越来越远了，我母亲很有意见，骂他是个

"担大粪不偷着吃的真心保国"。我母亲没文化，她的这句话有点语句不通，但她就是这样地骂我父亲，骂了一辈子。我父亲不好跟人吵吵嚷嚷，母亲骂他，他总也是不言语不吱声，最多说个"你看你没完了"，我母亲接着说"今儿就跟你没完"，我父亲也就再不说什么了。我母亲骂来骂去闹来闹去，最终也解决不了问题，最终也得接受现实，每当我父亲跟怀仁的公社回来送工资，她就又忙着给父亲割肉吃饺子。

那次吃完晚饭，我母亲又唠叨这件事，说我父亲跟村里出来"把脑袋别在裤腰带上，转山头打鬼子闹革命"，可革了一辈子的命，临完又革回到村里去种地。我父亲说你不提我也正想跟你说说，你不是种地的能手吗，那你正好跟我到村里来种地。我母亲说，我好不容易跟着你来了大同，你又叫我跟你去村里种地，我越看你越……我母亲正要说"越看你越是个担大粪不偷着吃的真心保国"，我父亲打断她的话，"跟你说个正事哇。"说完，他看了一眼在旁边睡觉的我，压低声音说："叫我看，不出明年，全国就要遭年馑闹大饥荒呀。你赶快跟我到村里种点地，积攒点粮，日往后咱娃娃就不会饿肚子。"母亲知道父亲从来不好跟人开玩笑，也从来不压低着声音说这种怕外人听着的话。这时她不骂了，疑惑地看他。

我父亲又看了看我后，仍然是压低着声音，说出了好多对形势对时事分析判断的话。父亲的话我每句都能听得到，可我听不太懂，但我觉得我母亲是被说服了，同意了父亲的看法。她说："要这么说，咱们可真的得做个准备。"父亲说："手里有粮，心里不慌。"母亲说："为了娃娃也得做个准备。说啥也不能把娃娃给饿着。"父亲说："做个准备好。"母亲说："你说让我去你们公社种地。可那地都是公家的，我去哪儿找地种。"父亲说我在那里工作，你开点荒地还是没问题的。但我不能出面，得你去做这个营生。母亲说我去开荒种地，那咱们娃娃呢？父亲说："我也是想到了娃娃，要不我上个月送工资的时候就跟你说这个事了。"母亲说："反正是，说上个啥也不能让娃娃饿着肚子。我知道咱娃娃在学习上头很是自觉自愿的，不用人监管，那就还让他到五子家。"

父亲说这回不是个临时的三天五日，要放五子家咱们得给五子个生活费。我母亲说，得给。父亲说你看哇，你说多少就多少，一个月给二十也行给三十也行。母亲说二十块就不少了，五子家在家用缝纫机做零活儿，除了奶孩子做饭，剩下的时间都是趴在缝纫机上，"咔噔咔噔"地一天有明没黑地受，才能挣个六头七毛，一个月下来也挣不了二十块。

他们说的五子，就是说我五舅舅。我五舅舅小名叫五子，这是按照村里叔伯弟兄们排下来的。

他们说的五子家，就是说我五妗妗。也可以把五子家说成是五子街。这是我们应县老家土话。叫"家"叫"街"是一样的意思，都是指男人的女人。这里有个区别是，如果是远远地呼叫的话，一律是叫"街"。比方说，我妗妗走远了，我妈想把她喊住，那就是呼叫"五子街——"，而不能呼叫"五子家——"。

我妈又说，他们紧罩，小女女去年的奶就不够吃，可他们连两毛钱一斤的牛奶也舍不得给孩子打，就喂米汤来补，小女女都一岁多了，还不会站。父亲说，有这二十块也正好补贴补贴他们。母亲说那就这了，就把招人搁五子家吧。

这时我爬起身说，我也想去农村，跟你们到金沙滩去上学。我父亲说我妈："你看，把娃娃吵醒了。"我说："爹，金沙滩是不是杨家将和金兀术打仗的金沙滩？"我爹说："就是。"我说："我要去金沙滩上学。"我爹说："爹现在已经又调到清水河公社了。"我说："那我就跟你们去清水河。"我妈说我："不行，你还在大同念，住你舅舅家。"

我妈要去我爹爹那里种地，那得走多长时间呢？我七岁前基本上是在姥姥村住着的，我知道农民种地是在做些啥，那可不是一下子就干完的营生，得经过一春天一夏天一秋天，才算是种完，才能把粮食收拾回家。我不想跟我妈离开这么长的时间。可我妈是大人我是小孩，小孩管不了大人，我就得听我妈的，就得照我妈主意去做。即使再不乐意，也没办法。

我捩转过身，背对着他们。我想快快睡着，盼着我妈在第二天把主意改了，说不去了。

第二日一大早，我爹就赶火车走了。我一见是我爹自己走的，我妈没跟着一块儿走，我高兴了，心想着她是改变了主意。我问说："妈您不是到怀仁呢，不去了？"我妈说："妈得先安顿安顿才能去。"我一听，心又凉了。

我妈说你进后院去跟师父说说，就说我们走呀，让他给打照着点门。

"打照"是我们的家乡话，打是打听的打，照是照看的照。

我进了后院跟慈法师父说："师父，我妈到我爹公社种地去呀。我也到我舅舅家呀。我妈让您给打照点我家的门。"慈法师父看看我说："你妈咋种地去呀？"我说："我爹说闹年馑呀，得赶快种点地给我攒点粮，要不就会把我的肚子饿坏。"师父说："闹年馑？这话可不能瞎说。"我说："我不瞎说。是我爹说的。您不信等他回来您问他。"师父说："这话你可甭跟别人说。叫别人知道了不好。"我说噢。

跟师父家回来，我妈问我说，从舅舅家到你们学校你知道咋走不，我说不知道。我妈说，先到九龙电影院，再走皇城街，再出大北街。我说我不知道。其实我知道，这就是跟舅舅家到我们旧院草帽巷的路线。可我是专故意说不知道。我妈说，那妈领你去认认路。

我五舅舅家住在仓门街十号。这是路南的一个高坡大门院，院里有十多户人家。房东姓狄。但这个时候的房东已经不能像以前那样，收人们的租房费，他们家的房归了公，院里人们的房租费是由城区房管所的一个房管员进院逐家逐户地上门来收。但院人们仍然管原来的房东叫房东。

仓门街十号院门前很是宽阔，因为东面是大同二中的大门，但这个大门却用砖砌住了，学生走另外的一个门。

西边的十字路口还有家纸铺。纸铺就是小卖铺。里面卖酱油、醋、糖果什么的。当然了，还有纸张，要不就不会叫纸铺了。里面卖家庭用的草纸、窗花纸、围墙纸，还有学生写仿用的麻纸，钉本儿用的白联士。当时学生很少买本儿，都是买上白联士纸，自己回家钉本儿。

我跟我妈到了舅舅家，正碰上房管员上门来收房费了。妗妗赔着笑脸跟房管员说："小黄求求你了，下回的哇。"她看着炕上卧着的小娃娃说："我没奶，想给娃娃打牛奶也没钱。"小黄说："不行。你每回都说是下回。你看你们家都四个月没交了。不行，这回你不交我不走了。"起初他是在地下站着，说完这话就一捺身坐在了炕沿上。

小黄说："这次不交，明天就来封你的门。"我舅舅说："封门？打不起房钱就封门？啥话你还想说。这可不是旧社会。"小黄说："一个当男人的，交不起个租房钱，还好意思说。"舅舅说："我就是个交不起房钱的男人，但你来封封门看。"起初我们是在门外站着，一听里面好像是吵起来了，我妈赶快进去，问小黄，差你多少房钱。小黄说，一个月九毛，四个月三块六。我妈说我给我给的同时，掏出钱数了三块六，给了小黄。

舅舅跟我妈说："动不动就拿封门来吓唬人。姐姐你那会儿甭给他。叫他来封门。"小黄说："你就试试甭交。你看我姓黄的敢封不敢封。"舅舅说："姓黄的，我看你是个黄世仁。"我妈冲着舅舅说："少说上句行不行？"说着把舅舅往里面推。妗妗也冲着舅舅说："交也交了还吵啥？"说完转过身，连哄带劝，把小黄请出门外。

小黄走后，妗妗跟我妈说，这个小黄真正的比黄世仁也厉害。

舅舅家有三个孩子，表弟叫忠义，八岁了，上初小二年级。大表妹叫秀秀，四岁，二表妹叫丽丽，一周岁多点。

忠义拉着我的手，叫我表哥。我说妈我领表弟上街耍去呀。我妈说去哇。秀秀也要跟，妗妗不让她出去，让她看妹妹。我跟秀秀说表哥给你买糖去。我妈叫我甭走远，就在二中门口耍上会儿。我说噢。

舅舅院有五六个年龄跟我差不多大小的孩子，他们见我来了，都跟着我出来了。我以前也常来舅舅院，跟他们都熟悉。我到纸铺买了十块没包纸的糖蛋蛋，给他们一人分一颗，还剩几颗，让忠义给秀秀送回家。

不一会儿，我妈和妗妗舅舅出来了，我妈喊我说，走吧，妈领你认认路。

我们走过纸铺，我说妈咱们别往九龙电影院走了，我想起来了，我知道跟舅舅家咋到学校了。我妈说那你说说，我说先到九龙电影院，再走皇城街，再出大北街，再往一医院那儿拐，路过一医院门口再照直往前走，就是我们大福字小学。我妈一听我说得很对，就说，那咱们就回家哇。

路过鼓楼西街，在南戏院门口，我妈主动给我买了一个大的烤红薯，她自己掰了一小块儿，剩下的都给了我。

我很清楚地记得，那几天我妈啥都跟我商量，征求我的意见。这在以前是没有过的事。那天她还主动地问我说："想吃啥好吃的想要啥好东西，妈给俺娃做，妈给俺娃买。"我的心思主要是不想离开我妈，可我知道再把这个心思说出来是没用的，我想了想就说，我想要个新口琴，我妈问多少钱，我说三块多。我妈二话没说就给给我五块，让我去买了，剩下的钱也不跟我要了，说，俺娃留下哇，碰猛有个啥想买的花去哇。

我很清楚地记得，我妈是在又一个礼拜日的晚上，我俩在家吃完饭后，她正式地把我送到了舅舅家。她说她第二天就要早早地赶火车到怀仁。

因为先前两家的大人已经好多次说过要把我留在这里的事了，所以我妈这次把我交代给妗妗她就要走。我和妗妗把她送出大门。

我妈说，给小女女把奶订上哇。妗妗说，这就订呀姐姐。

我妈下了台阶后，突然地捥过身手指着我说："好好儿学习！我赶一个月回来要是发现你退了步，那你就干脆回姥姥村跟存金放羊去哇。"我说："噢。"

我妈说："在妗妗家甭害！你要害，回来我就往断打你的狗腿。"我说："噢。"

妗妗说："不会的不会的，姐姐您就放心走哇。"

我妈这是又突然地跟我厉害起来，可她越是专门地这样，我越是不想离开她。

她的背影让二中门口的路灯打得长长的。

我和妗妗一直瞭得我妈走过了纸铺，又往西走去。

我瞭着她一直是头也不回地往前走去，当走到我一点儿也看不见她时，我控制不住自己，一下子哭了，大声地呼喊了一声："妈——"同时，眼里便哗哗地流下了泪。

是妗妗拉住了我，也或许是我原本也不敢追上前。我就那么蹲在大门口的台阶上，大声地哭着。

第二日早晨我从妗妗家出发，按照我妈前些日教给我的路线到了学校，可让我没想到的是，我妈就在学校的门口站着。

是我妈先"招人招人"地喊我，我才看到了她。我一看是我妈，心里一下子高兴了，高兴得不知道说啥好，跑到跟前叫了一声妈后，就再不知道问我妈个什么话，只是看她。

我妈大清早地在学校门口等我，我想那一定是应该有重要的话要跟我说，可她只是说，在舅舅家要听话。我说噢。

"在舅舅家要听话，不要让妗妗黑眼你。"她说。

"黑眼"是我们应县的家乡话，意思是斜视你，讨厌你。相反，"白眼"就是正视你,喜欢你。

我说噢。

"要好好学习,好好做作业。"她说。

"不要在街上乱跑,看让洋车撞着的。"她说。

这样的话我妈已经吩咐了有一百回。

趁我妈说话停顿的当儿,我问说,妈您不是说一大早就到怀仁呀。我妈说妈误了火车了,前晌坐长途汽车走呀,在舅舅家俺娃要听话。我说噢。

我妈说,妈去种地也是为了俺娃日往后不饿肚子,不是哇,妈也不想把俺娃搁舅舅家。我说噢。

我妈说在学校要好好儿学习。要帮妗妗做营生,别叫妗妗黑眼你。我说噢。

她说:"妈走了你不要想妈。"我说噢。

她说:"妈听你夜儿晚妈走过纸铺,你给'妈——'地喊了一声妈。妈听着了。"我说噢。

她说:"你多会儿要是想妈了,你就想想妈以往是咋打你了。"我正要说噢,没说。她接着又说:"妈走了以后你不要想妈。"我说噢。

学校拉响了预备铃。我说妈铃响了。我妈说,俺娃进去哇俺娃要好好儿学习。我说噢,就揢转身进了校门。

"招人招人!"我妈在后面边又急急地喊我,同时还追进了校门里,她从兜里掏出钱,"夜儿给了俺娃三块,这再给上俺娃五块。俺娃想吃啥买点儿。"我说我不要了不要了,我妈说:"俺娃装上,装上。给妈装上。"我这才把钱装上。我妈说,去哇。

自上小学,我四年没有离开过妈,这时候我一想到要好长时间见不到妈妈了,我一下子拦腰抱住她,"妈你别去给我种地打粮了,我不怕挨饿。"我妈一下子把我推开,差点儿把我推倒,"去!上学去!"

我哭着转过身往教室跑去。她在身后喊,"别跑!摔倒!"

跑到快拐角的地方,我回头看。她还在校门口看我。

2 值班

五舅舅在城区缝纫社当会计。妗妗是家庭妇女,没工作。

城区缝纫社是一九五六年公私合营时才组建起来的,是一个手工业小单位。舅舅一个月不足三十块钱的工资,养活着家里的几口人,光景过得紧紧巴巴。为了贴补些日常的生活费用,他就跟单位揽回零活儿,让妗妗在家里做。妗妗就成天地坐在缝纫机前"咔噔噔咔噔噔"地做着活儿,经常是要做到半夜。

那天妗妗跟我说,明儿是礼拜天,你今儿黑夜跟妗妗到缝纫社值班去。我问值班儿是干啥。妗妗说就是在那儿睡一觉。

吃完晚饭,天快黑的时候,妗妗说招人咱们走哇。又说妗妗蹬了一天缝纫机,腰疼,招人我孩给妗妗把丽丽背上。我说噢。妗妗就用一块专门的兜布,把丽丽给我兜在了背后,让我背着她。

路上,妗妗跟我说,我孩好好儿看护丽丽,以后就把她给你,当妹妹。我问是不是当亲妹妹,妗妗笑着说,那作准的。我问,您说以后,可那以后是多会儿呢?妗妗说,等她不吃奶,就给你们呀。我问我妈也知道?妗妗说那作准的。我问那她以后就也跟着我姓曹呀?妗妗说那作准是了。

我真高兴。我往上掂了掂背上的丽丽,她好像是睡着了。

到了缝纫社,妗妗正给往下解丽丽,我觉得背上热乎乎的,是丽丽尿了。我说妹妹给尿湿我背了,妗妗说妗妗一会儿给俺孩把裤子洗洗。

跟妗妗一起来值班的还另有两个女工,都比妗妗年龄小,叫妗妗叫何姐。她们都是缝纫社职工的家属。

有一个来得迟些的,见到睡在裁案上的丽丽说,何姐,这个孩子没问题,一看脑门就能看出来,不是别人的,肯定是张会计的。妗妗说,小毕又灰说呀。小毕再一看丽丽说,呀,这孩子是个六指儿,以后一准是个有出息的,凡是六指儿都有出息。

丽丽左手的大拇指外又长出一个小的大拇指,我觉得很好玩儿,常常捉住她的这只小手看。我一看,她就跟我笑。

小毕又说,何姐以后一准能指望上这个孩子。妗妗说,但愿你能说得准。可我听了她们的这两句对话,觉得有点问题。妗妗您不是说丽丽要给我当亲妹妹吗?可您回答她"何姐以后一准能指望上这个孩子"时说"但愿你能说得准",这不是说丽丽还是您的孩子吗?没有给了我妈来当女儿吗?

我心里觉得很不是滋味,很不好受,可我不能说出来。

在她们的对话中我听出,她们这三个家属,也算是缝纫社的临时工,她们盼着能快快转正,好正式坐在车间里上班,而不仅仅是揽些活儿拿回家做。

妗妗把她的褂子脱下来叫我穿,让我把所有的衣服都脱下来,要给我洗。替换的时候,我有点躲躲闪闪,旁边姨姨逗我玩儿,说我:"一个小麦鸡鸡还怕人看。"另一个说:"长大就是好东西。"一个说:"东西是一样的,人才见高低。"另一个说:"拉灭灯是一样的。"我有点听不懂她们在说什么。

妗妗冲她们说:"甭灰说!"

妗妗又跟我说:"看丽丽醒来掉地的。"

她就抱着衣服到了茶炉房。洗回来,那两个姨姨都说乏了一天了,快快睡觉。

裁案很长很大,我们几个人都要在裁案上睡。裁案上铺着线毯,线毯上铺着深米黄色的斜纹布,躺在上面感觉挺舒服。

妗妗说我,你就光白(读bo)牛睡哇。我说我不光白牛睡。妗妗跟小毕说:"那就麻烦小毕姨姨给他往干烙烙。我给奶奶孩子。"

小毕姨姨把我的裤衩和背心给烙干后,给了我。又开玩笑说:"一个小屁孩睡觉还非要穿裤衩背心。光白牛怕啥,谁稀罕看你那个小狗鸡。"

我们身上都盖着新盖物,新盖物是给哪个单位做的,一样样的。拉灭灯,她们三个大人又在说灰话,可没说两句,都呼呼地睡着了。她们白天在家里做活儿都做乏了。

半夜,我梦见教室里都是烟,学生都被呛得跑出外面。我也跟着往出跑,一下子给醒了。我不知道自己是在哪里,想了想才想起是跟着妗妗来值班了。这时,我的鼻子里真的闻到了一股难闻的味道。我就"妗妗,妗妗"地喊,把大人们喊醒了。拉着灯,才知道是出事了。

满家都是烟。

是睡觉前小毕姨姨给我在裁案上烙干背心后,忘记拔插销了,把电烙铁下面的布和线毯给烤得冒烟了,拿开烙铁后,才知道,下面烙得更厉害。小毕姨姨吓得哭出声。就哭就骂我，"就赖你个小屁孩。光白牛睡觉就咋了？这下好了？"

妗妗劝她："小毕没事儿。跟你没关系。是我自己用完烙铁忘记拔插销了，要赔是我赔。跟你没关系。"小毕姨姨说："咋没关系。咱们是一个组的，这下我们都别想转正了。"说完，还又指着我狠狠地骂："就赖你个小屁孩。"妗妗说："你先别骂我外甥。要说转正的话，火烧财门旺，这说不定是好事呢。"另一个姨姨说："对！火烧财门旺。这真的或许是个好的兆头。"妗妗摸摸我的头顶说："到时候我们还都得感谢我外甥呢。"

我知道妗妗是在安慰我，她是见挨了骂的我，眼泪汪汪地站在那里，很是懊恼的样子。

我原想跟妗妗说，要赔就让我妈赔，可后来又听说这事还跟她们转正有关系，那我妈就赔不了了。我真的是很懊恼，我真后悔，我要是光白牛睡觉，也就没这事了。

我盼着她们说的"火烧财门旺"是真的。真要是"火烧财门旺"了，她们都转了正，那就好了。我想着这样的事情是不是会发生，只有我们院慈法师父才能知道，我就偷偷地跑回到圆通寺，问师父。

师父详细地问了时间地点和过程后说，招人你放心哇，她们很快就会转正的。我说真的？他说，你放心哇。

这事发生后的第三个中午，我在屋里见舅舅在门外打自行车，车后有个大布包。我心想着舅舅这是又跟厂里给妗妗揽回了零活儿。我赶紧出去帮着舅舅往家抬大布包。

舅舅笑笑地说："不用俺娃不用俺娃。看打了的看打了的。"舅舅一进家门，就大声地说："喝酒喝酒。"说着跟大布包里掏出一瓶二锅头酒说："喝！"

原来妗妗她们真的都转正了，舅舅说："但厂长说，亲家是亲家，政策是政策。张文彬你老婆烧坏的东西是要赔的。"舅舅打开大布包，里面包着裁案铺着的那块深米黄色的大苦布。

妗妗说："转了正比啥也强。你几年了，出来进去老虎下山一张皮。这块苦布还是新的，正好给你做一身衣裳。"

舅舅说："厂长说，从下个月开始，你们也有了正式工资。"妗妗说：

"火烧财门旺,这得感谢招人。"

舅舅说:"招人命好,走哪儿都能给人带来好运。"妗妗说:"就是就是,不是招人来咱家,丽丽能喝得起奶?你看丽丽,这些时吃过来了,你看那脸……嗨,你还没说我们的工资是多少?"

舅舅说:"厂长说了,半年内一个月十八块。半年后,等雁塔下的新厂房盖好了,你们正式坐进了新车间上班,那一个月就是二十四块。"妗妗说:"火烧财门旺。这可真是好事。小毕我跟她没完。不能白叫她骂我外甥。"

没用一个星期,妗妗就拿裁案的那块深米黄色的斜纹布,给我和舅舅还有忠义三个人一人做了一套新衣服。给我和忠义做的是三个兜的学生装,给舅舅做的是四个兜的干部装。

我穿着这身新衣服到了学校,常吃肉说:"老曹你穿这身衣裳像是国民党的将军。"我说:"我是共产党。"他说:"共产党是灰色的,可你这是深米黄的。"

穿着这身将军服,我专门返到圆通寺,我说师父您算得真准,就是火烧财门旺了,我妗妗就是转正了,你真会算卦。

师父笑着说,也不是师父我会算卦,师父当时是想,全国都在高举着总路线、"大跃进"、人民公社这"三面红旗",轰轰烈烈地搞运动。缝纫社不招工的话,咋能跟得上形势呢?

3 思念

我梦见我妈了。梦见我在炕上趴在小桌看《林海雪原》,看到了《白茹的心》那一章。正看得起劲,她站在地上呵斥我说:"尽顾着看闲书。做作业!"我头也没抬说:"作业我做完了。"她说:"作业还有个做完的?再做!"同时,她用尺子"啪"地敲打了一下炕沿,警告我。

我一下子给醒了。

我醒了后才知道,我不是在圆通寺家的炕上看《白茹的心》,我是在仓门十号院舅舅家的炕上睡午觉。地上也没有站着我妈,是我妗妗坐在缝纫机前做营生,她把尺子搁在了缝纫机板面上,发出了啪的一声响。

这是个星期天的午饭后,包括我在内的四个孩子横七竖八地在炕上睡觉。我没有起来，还躺在那里装睡，我在心里头算了算，我妈走了三个星期了。

我心想说我妈一准是回来了，要不她咋知道我看闲书。这两天我的书包里装着同学借给我的《林海雪原》。

我认准是我妈回来了。

我认准我妈现在就在圆通寺我们家等着我。

我坐起哄妗妗说，我得回圆通寺，去跟慈法师父要我的书，他拿我线装的《唐诗三百首》，是我借同学的，同学跟我要呢。妗妗说我孩去哇。还说路上别跑，看车的。我说噢。

我在七岁的时候从院里往街上跑，叫街外的自行车给撞得嘴角缝了好几针，当时我妗妗还买着好吃的，到家瞅我来了。以后大人们动不动就提醒我"路上别跑，看车的"。

我一出大门，就跑开了，向我们家的方向跑去。跑到鼓楼东街路北的那个大门院，才停下来。我站在门口往里面瞭。

在二十多天前的那个星期日晚上，我妈把我送到舅舅家，她就走了，她要到怀仁农村去种地。第二天的早晨她在学校门口等住我，又给了我五块钱，她就要坐长途汽车到怀仁去了。

那一上午，我静不下心来听课，中午一放学，我没有等着班长整理队伍，和同学们相跟着出校门。我是头前溜走了。我没往仓门街舅舅家去，我是又顺着以往回家的路，往圆通寺跑去。我一心盼着我妈没有走，早晨她说她是误了去怀仁的火车，只好得坐长途汽车，可我现在还盼着她又把长途汽车也给误了，那她只好是明天再走，我更盼着她改变了主意，一了儿就不去怀仁种地去了。我跑上圆通寺院台阶，又跨过石门限，跳进院里，可我远远地看见我家的门上吊着锁子，窗玻璃拉着窗帘。我的心一下子泄了气，但我还是慢慢地走向了门前，从门缝儿往里瞅，可我什么也看不见。

慈法师父在我背后说，你妈早起走了。又说，你啥时候回来的话，就进后院儿。我说噢。他说那你这阵儿就进后院哇，师父给你做好吃的。我说不了，我到舅舅家呀。我掮转身走了，他又在后面说了什么，我也懒得回答，懒懒地出了大门朝东拐，从牛角巷儿向舅舅家走去。

走到鼓楼西街的南戏院门口，我一下子看见了我妈，她在那里买烤红薯。我高兴地大声喊着"妈——"，跑到她跟前，可她一抆头，我才认清，她不是我妈。她拿着红薯，就走就吃，向东走了。我也是要向东走，她走的跟我是一个方向。她在前面走，我在后面跟着，为的是看着她的背影。她的背影就是我妈的背影，一模一样。我盼着她就那样一直走下去，好让我一直就是看着我妈的背影。可跟着跟着，她进了鼓楼东街路北的一个大门院，我没有再跟进去，我怕让她发现我是一直在跟着她。

以后，我每天的上下学都要路过那个大门。按我妈教给我跟学校到舅舅家的路线，是不路过这里的。我妈教给我的路线是背巷，我妈怕我走大街让自行车给撞了，就教给我走背巷。可我没听我妈的走九龙电影院，我是走了鼓楼东街，为的是要路过那个大门院。我每次路过那个大门院，都要站在大门口向里面张望，盼着那个背影像我妈的女人从里面出来，我好再跟着她，她走哪儿我跟她到哪儿，我好看她的背影。可我一次也没有再碰到，她那天大概是来这里做客串门儿来了，她根本就不是这个院里的人。

碰不到她，我也还是要走鼓楼东街，还是在路过那个大门院时要向里面张望，这已经是成了习惯了，就连一次也没有忘掉。

我跑乏了，也正好跑到了鼓楼东街那个大门院，我停下了跑，同时习惯性地向门里张望，那个像我妈的影子没有出现。

我不稀罕你出现了，你出来也是个假妈。我的真妈回来了，现在就在圆通寺我们家等着我。

我认准是我妈回来了，要不你看天上的云彩，你看那块白云，那块白云多像我妈侧面的影子，越看越像。我就走就仰望着天上的那块白云。

"嗨！不看路瞭天！"是一个骑自行车的人"嗨"我。

我赶快收回心来，又迈开大步子，向我们家跑去。

跑跑走走跑跑走走，跑到牛角巷儿，我加快了速度，一口气跑进了院。

哇——真的是我妈回来啦。

我看见，窗帘拉开了。

"妈！——"我高兴得大声喊着。

我妈推开门，跟家里出来。

她跟我笑，笑着问我："俺娃咋知道妈回了？"

我喘着气，回答："刚才，我，梦梦，梦见您了。"

我说："我还看见，天上的云彩，就像是您。"

我说："我断定，一准是您回来了。"

我们进了家。我问："妈您刚才是不是给我托梦了？"

我妈说："刚才？对，刚才妈想着你是不是没人管了，不好好儿学习了。尽看闲书。"

我说："妈，我好好儿学习着呢。我一点也没有不做作业。也没有尽看闲书。您不信问妗妗。"

我妈说："妈信。妈知道俺娃是个好好。"

"好好"是我们应县老家的说法，意思是好孩子。要说他是个"灰灰"的话，那就是说他是个坏孩子。

我妈很少正面地表扬我。这好像是她第一次在夸我是好好。

我妈见我穿着一身新衣服，问说是妗妗给做的？我跟我妈说了跟妗妗去值班"火烧财门旺"的事。我说这是里院慈法师父给算出来的。

我妈说你多会儿回师父这儿，一定得跟妗妗打招呼。我说噢。

我问我妈你回来干啥？我妈说，她这是在上午刚跟怀仁清水河回来的，到粮店换粮票。

那年月，本月的供应粮如果不买的话，是可以到粮店换成粮票的。但只能是当月换当月的。当月如果不换或者不买的话，那就要作废。

我妈说已经办理好了，明儿一大早就走呀。

我说，那我今儿黑夜跟您在家住呀。我妈想想说，妈明儿一大早就走呀，你一黑夜跟妈住啥，你还回舅舅家去哇。

我说妈我可想您呢，今儿我跟您住一黑夜，啊妈。

我妈说，那你妗妗不知道你要在这里住，我说那我返回妗妗家说给一声。

她说你怠要得来回跑。我说怠要的。我说妈您黑夜给我做搁锅面。

我妈说，你明儿还要上学，记得把书包背回来。我说噢。我妈说去哇，妈给俺娃做搁锅面，俺娃路上甭跑。

我说噢。可我一出大门，就撒开腿，向舅舅家跑去。

一路上，我真高兴。我跑跑走走，跑到了舅舅家。跟妗妗打过招呼背着书包，又跑跑走走跑跑走走，回到圆通寺。

我真高兴。

我妈早已经把搁锅面的菜汤做好了，见我回来，就往汤里下挂面。

我看见了炕上的苍蝇拍，说："妈我往走拿这个苍蝇拍呀。"我妈说："拿那干啥？妗妗家哇没有？"我说："妗妗家的忠义还要往学校拿。"

我妈看着我说："往学校拿，往学校拿苍蝇拍做啥？"

我说："学校让除'四害'。"

"又除呀。去年不是除过了？我见那时候街上到处是你们小学生，哇哇哇地喊说'除四害讲卫生'。"

"去年是让学生们上街宣传，今年是让学生们也要做到人人动手。我们高小生，在这个学期一人要交两条耗子尾巴，两只麻雀腿，二十盒苍蝇。"

"啥？那么多？蚊子呢？也交二十盒？"

"哈——妈您真红火。蚊子咋能攒够二十盒呢？"

"那蚊子是几盒儿？"

"蚊子不交。见了往死打就行。"

"噢，我就说。"

我还说学校说了，多交五盒苍蝇可以顶一只麻雀腿或者是一条耗子尾巴。

我妈说："今儿做个这明儿做个那，一满是不教娃娃们念书了。"说完又返过身去搅锅里的面。

我们家一进门墙上有个小的壁橱，我们都叫它窑窑儿。我撩开布帘看看说："妈我记得窑窑儿里面有火柴，咋没有了？"我妈说："没有了，该买了。要洋火干啥？"

"放苍蝇呀。可我的火柴盒不够。"

"你莫非真要打二十盒苍蝇呢？"

"人家班长要统计，还要排名呢。"

"排名。一个打不够苍蝇坐红椅怕啥。"

"妈我不想坐红椅。"

"好好儿学习是正经的。别的都寡。"

我不敢说了，我是见我妈有点生气了。我知道我妈不是跟我生气，她是生学校的气。可我要再说的话，我怕妈说，"一了儿甭学了，回村放羊去哇"。我只是这么想的，但我妈自从决定到怀仁种地，对我的态度不像以前那么生硬不讲理了。

吃完饭，我进后院跟慈法师父要火柴盒儿。他把他家的两整包火柴都扯开，找了个硬袼褙壳壳，把二十盒儿火柴棍儿都倒进了壳壳里。

当时的火柴还不是现在的这种保险火柴，当时的火柴是白头的，随便在什么硬地方上，都能够划得着，不用火柴盒儿也能划得着。

我高兴得像得了什么宝贝，立马就回家取书包，来装这二十个空盒。

师父还说了，也要帮我打苍蝇，叫我过些日来取。还说来取的那天你下午放了学来，你提前跟你妗妗打好招呼，就在师父这儿吃饭哇，吃完饭就在师父这儿睡觉哇。我说行。我说不定哪天就来了。

第二天一大早，我妈又给我做了搁锅面，吃完饭，她跟我相跟着，把我送到学校。

在学校门口，我吩咐我妈说，妈，您要是啥时候又回来，您就再给我托个梦。

我妈笑着说，赶快进学校去哇，好好儿学习。我说噢。

这时候，我妈突然问我："你是不是有弹弓？"我说："我没有。"我真的没有弹弓。因为我妈以前一再地强调过我，坚决地不许我耍弹弓。

我妈又问："没弹弓你咋打麻雀？"

我说："我不打麻雀。早就想好了，我多打苍蝇来顶。"

我妈把刚才的严肃的表情收了起来，笑笑地说："这才是个好好。妈这才放心了。好了，你进去哇。妈走了。"

我妈揿转身，欢欢儿地向长途汽车站走去。

我在校门口一直瞭一直瞭，直到再瞭不见她，我才转身进学校。

常吃肉过来，问我说："老曹你咋不进校门，瞭谁？"

我没有回答他，反问他你做梦准不准？他说他一倒头就睡着了，没时间做梦。

我说我做梦可准呢。他说知道，你那次梦郑老师回老家了，郑老师就真的给回了老家了。

我们就说就向教室走去。

常吃肉说:"你做梦准,那是你有老和尚教你,你能不能也教教我?"我说:"要想做梦准,那是得有人给你托梦才行。没人给你托梦,那你做出的梦,也是不会灵验的瞎梦。"说着,上课铃响了。我们各坐各位了。

我盼着我妈再给我托个梦。

4 除"四害"

四年级第二学期,我们的班主任郑德清老师去世后,我们班又让张老师给临时带。她是我们在一二年级时的班主任,当时她待我很不好,总觉得我是个村猴,很是讨厌我,可这回对我的态度有了变化。她看完教室后墙上贴堂的仿,跟我说,曹乃谦你的毛笔字写得更好了,过大年时张老师家的对子就叫你给写呀。我说我没写过对子,她说能行,你可比我男人写得好。

五年级一开学,校长站在操场讲台上宣布,市爱卫会说了,要把过去两年放松了的爱国卫生运动重新发动起来,并提出一个"以卫生为光荣,以不卫生为耻辱"的口号。城区教委说,这次除"四害",我们每个学生都要动手,打苍蝇打蚊子捉麻雀捉老鼠,把这"四害"消灭尽。最后,校长宣布了这个学期,初小生高小生每人除"四害"的具体任务。

他还告诉同学们,把苍蝇盒麻雀腿老鼠尾巴交给各自的班长做登记后,班长再统一交到学校西小院,去焚烧。

他说,焚烧是什么意思呢?焚嘛,焚书坑儒,就是烧掉。

回了班,张老师跟我们说,校长的话大家听明白了吗?那就是,从今往后,同学们不仅要除"四害",还要讲卫生。哪个同学不讲卫生,那你就别来上学。"以卫生为光荣,以不卫生为耻辱",你不懂得耻辱,你来上学干什么,别上了,回去哇。

她大声问:"同学们说说,咱们班最讲卫生的是谁呢?"她永远也改不掉她的这种对幼儿园小朋友讲课的方式。

同学们都看她,见她看着我。同学们就大声回答说:"曹,乃,谦——"她说:"对,那我们以后都应该向曹乃谦同学学习。做一个以卫生为光荣,以不卫生为耻辱的好学生。大家说对不对?"大家说:"对——"张老师用手指扫射着大家说:"可你们,看看你们。一个一个的。明天都穿着干干净净的衣服来。要不你就别来。"

那些日,我正好穿着妗妗给我做的,常吃肉称作是国民党将军服的一身新衣服。张老师就说我是个讲卫生的好学生。别的同学们大部分还都穿着大裤裆的中式裤,他们就被说成是不讲卫生。

又过了些时日,一堂作文课上,张老师让同学们写"除四害"方面的诗。高小的作文要求写够五百字,写诗的话,四行就行,但都是当堂就让完成。

她又特意把我叫起说,去年你写的"耳边呼呼是风声"被抄写在了学校的墙报上,老师一直还记着。你看,老师给你背:

"耳边呼呼是风声,脚踏一朵紫仙云,见了玉帝先声明:我要一颗人参果,再加一匹小白龙。要这宝物有何用?送给亲人毛泽东。"

背完,她问我:"老师背得对吗?"

我说:"好像是。"

她说:"写得真好,老师跟别的老师说,这个曹乃谦我教过,可是个好学生。"

张老师说了我一大通的好话后说,这次的作文你再好好给老师写上一首诗,咱们拿出来,去跟别的班比比。她问我:"信心有没?"

我没听懂她说的"信心"指的是什么,站起说:"啥信心有没?"

同学们都笑。

她说:"你好好写一首除四害的诗,就像上次你那个'耳边呼呼是风声'。咱们拿出去跟别的班比一比,咱们要压倒他们。信心有没?"

我说:"我写。"她又问:"有信心没有?"

张老师非要我说个有信心才行,我只好说有。她说这才对。然后抬头跟同学们宣布:"大家开始,都写,下课班长就收作文本。"

张老师让我写诗。我想了想后,没用十分钟就想出一首。八行,每行七个字。我是在模仿古书上的"有诗为证"写出来的。上一学期时写的那个"耳边呼呼是风声",也是模仿古书上的"有诗为证"写的。

《大八义》《小五义》《施公案》《彭公案》这些线装书里,有好多的

"有诗为证"。有些同学看这些书，只看故事情节，一看到"有诗为证"，就跳过去，不看。我不，我是一首不落地都往下看。这些"有诗为证"又不难懂，大白话似的，记得哪本书里描写雪景的"黑猫过街变白猫"这一句，我还把它用在了作文里，当时郑老师在旁边的批注是"想象丰富"。看来郑老师她没有看过公案武侠这样的线装书。

张老师看出我写完了，过来要看，我捂住不让她看，我说我还得改改。她笑着走开了。

我这八句的第一句是"各位看官听仔细"，下面就说有只黑猫好几天了没吃到耗子，这不是因为黑猫手懒不去抓耗子，而是耗子在除四害中让除没了，黑猫没耗子可抓。猫说，没办法，我总得吃东西，你们这是逼得我去偷吃鸡。我的最后一句是"也学时迁去偷鸡"。

在快下课时，我又把这八句改成了四句：

"黑猫咪咪叫声低，腹中无物来充饥。老鼠耗子都灭尽，逼上梁山当狐狸。"

我的这首诗被评为是全年级的最好的除四害诗，但是没有被抄写在学校的墙报上。倒是另一个班同学写的被评为第二名的那首，被抄在了学校的墙报上。张老师说，真正地可惜了呀，人家教导主任的看法是，"逼上梁山当狐狸"这句不好，说黑猫想干什么？反天呀？

同学们都笑。班长晋财笑得最厉害。他那深情又夸张的大笑，笑得把同学们都惊动了，都看他。

张老师又说，真正地可惜了儿呀。说完她朝着我又大声说："咱们把最后一句改改，再交上去，或许下期的黑板报上还能用。明天就改。"

我没听她的，我没改，我写作文原来也不是为了往学校的黑板上抄。

第二天她没来，以后我在学校里也再没有见到她。后来才听班长晋财说，她是因为初中没毕业，一直转不了正，学校没办法给她发工资。她本来指望我的那首诗能登在学校黑板上，也算是她班主任的成绩，可最后没达到愿望。

晋财是学校总务主任的亲戚，他消息灵通。我知道是这个原因后，为没能把那首诗写得被学校看对登在校黑板上，而感到很是对不起张老师。她让我给写大年的对子，我也没答应她，我也感到很是对不起她。

我们的班主任由教导主任临时代理了一些时，正式的新班主任来了，叫杨淑贞。教导主任给我们介绍，说她是大同二中高中毕业的高才生，本来考住了山西大学，可因为家里有事，不能去太原上学，就来咱们学校当老师了。

教导主任大声说："大家欢迎！"同学们都拍手时，杨老师的脸红了。

她教我们语文。

中午放学回家，我见仓门十号院里的家家户户都在擦玻璃，隔壁狄大大端了半碗用白石粉调成的白糊糊，用毛笔在已经擦好的窗玻璃上点白点。白点儿点得很大，像是一颗一颗的大白枣儿。妗妗看见我说："快快，招人，我孩给妗妗擦玻璃。妗妗给调白石粉。午饭后街道就要来查卫生。"见忠义也回来了，妗妗安排说："忠义你背着丽丽到院里耍去，看尿炕上的。秀秀把丽丽的尿褥拿院里晒去。"忠义说："今儿咋叫我背丽丽。表哥呢？"妗妗说："表哥跟我擦玻璃。"

舅舅回来了，妗妗指挥他赶快担水，说水瓮里快没水了。舅舅担着水桶走后，我把瓮底的水全都舀出在洗脸盆里，把水瓮里面擦洗得干干净净的。这时正好舅舅也担水回来了。

街道干部查卫生，不查大面儿，专找门头呀抽屉呀这种犄角旮旯的地方检查。上次是查电灯盘。在检查别家时，忠义跑进家说，妈，灯盘灯盘。妗妗赶快站炕上，探着把灯盘擦净。最后检查的结果，妗妗家得了个甲。街道干部把原来挂在狄大大家的甲牌摘下来，挂在了妗妗家的门头上。

这次街道检查卫生的干部们，知道别的地方居民们肯定是都打扫干净了。这次专门是检查水瓮。而且是先跟上次是甲的人家开始查。那个女干部拿着个长把勺子，探进妗妗家的水瓮里搅。院里探风儿的孩子们赶快回各自家里报告说"搅水瓮呢搅水瓮呢"，可是，事先如果没淘净的话，当时是来不及了。

检查的结果是，别家的水瓮都能搅得漂浮上沉在水瓮底毛毛絮絮的脏东西，只有我妗妗家的水瓮，无论怎么搅，那水都是清凌凌的。

妗妗家的甲牌仍然是保持着。

妗妗是个很要强的人，为这个再次的甲牌的荣誉，她高兴地说，招人我孩就是有算计。

"招人我孩咋就算计出他们要搅水瓮?"妗妗问。

我说:"我也不知道他们要来搅水瓮,我是擦玻璃舀水时,看见水瓮底有脏东西给漂浮上来,我就把水瓮底的那些水全都给舀在脸盆里,把瓮里给淘洗净了。我在我们家见我妈也是这么做。"

妗妗说:"你看他们正巧就是检查瓮里的水。"

舅舅说:"我跟你说过招大头命好。"舅舅夸我时,老也是叫我"招大头"。

仓门十号院里的上学孩子有七八个,人人都有苍蝇拍,人人见了苍蝇就打,打得家里院里就没有了苍蝇。孩子们就进厕所打。厕所也没了苍蝇。新的苍蝇又一下子没生出来。

一个院是这样,十个院也是这样。那个时候,大同城真的是没了苍蝇。午休时候很安静,没有讨厌的苍蝇往脸上爬。但是没苍蝇来打,完不成任务,孩子们心里着急。

星期天吃完午饭,我和武叔家的顺顺相跟着到东关菜园去打苍蝇。菜园里有粪池,苍蝇打不完。但那里的苍蝇不往地上落,就在粪池上空飞来飞去。有个小孩儿让引逗得差点儿掉进粪池里。我们回家时,一人才打了三盒。回家我都给了忠义表弟。

那天临明时,我们还都睡着,听到有人在街外"咚咚"地捣后墙。妗妗让舅舅出去看。不一会儿舅舅进家,说是姐姐给招人送来了蝇盒儿。当时我也醒了,我问我妈呢,舅舅说,又急着走了,要到矿上拉炭。我一听,外面的衣服也没顾得穿就跳下地,跑了出去。

跑出大门,看见有拖拉机拐过了纸铺,还看见我妈就在拖车车厢上坐着。我"妈——妈——"地大声呼喊着,往前追。

我妈听到了我的呼喊,让拖拉机停住了,跳下车厢。我跑到跟前哭着说,妈你咋不进家跟我说说话就要走。

我妈穿着不知道是谁的一件破大羊皮褂,坐在车厢上。拉过煤的车厢上,风旋起的煤尘,把她的脸刮得黑黑的。我妈说"俺娃冷着俺娃冷着",说着要脱她的皮褂。司机把他的皮大衣脱了,给我披裹在身上。

我妈说:"男子汉,不哭。"

我说:"你咋也不先给我托个梦。"

我妈说:"行了行了。快回去哇回去哇,叔叔着急着还要到矿上拉炭,要迟了今儿就拉不上了。"

司机叔叔说:"你妈是半夜就起来,搭我的拖拉机来给你送苍蝇盒。我没见过世界上还有这么孝敬儿子的妈。"

我妈说:"我是怕娃娃顾着打蝇子,掉到粪池,出点事。"

我说:"妈,你咋知道我到菜园打苍蝇去了。"

我妈说:"啊?怕的是啥可偏偏是啥,你原来真的去菜园了。倒好我给你把任务都完成了。这下好好儿学习哇。"我说:"噢。"

我妈说:"妈刚才都让你舅舅拿给你了,是三十盒苍蝇,七根耗子尾巴。"

我问:"有麻雀腿吗?"我妈说:"麻雀不能打。"

司机叔叔说:"麻雀是益鸟,在村里是不能打的。"

我妈说:"毛主席说,'麻雀就不要打了'。以后它就不是'四害'了。"

这时候妗妗也跟大门跑出来,给我送衣裳。

跟妗妗打过了招呼,我妈说:"俺娃好好学习。"我说:"噢。"

我妈说:"我要是知道你跟孩子们要弹弓,小心我打断你狗腿。"

我妈有时候总是这么突兀兀地骂我。我想起上次她也是问过我弹弓的事。

我说:"我又没耍弹弓。"

妗妗说:"姐姐放心。我就没见他有过弹弓。"

司机叔叔说:"快走吧。"

看着拖拉机突突突地开走了。我跟妗妗返回家。

妗妗说:"三十盒儿苍蝇也不知道咋打了。"

舅舅说:"咱们可从来没想起帮孩子打打苍蝇。"

妗妗说:"又是远天大地的在半夜五更给送过来。"

舅舅说:"你当是啥。想做个好家长,真也难呢。"

5 坏分子

那回,我妈一大早坐着拉煤的拖拉机,跟怀仁清水河给我送来三十火柴盒苍蝇和七根耗子尾巴，我一下子就把一学年的除"四害"任务给完成了，而且在全年级里我也是头一个完成任务的学生。

班长晋财说我："别看你是完成了，可总务处说了，你这任务完成得不全面。因为你没有麻雀。"我说："毛主席说了，'麻雀就不要打了'。"班长听了瞪大了眼，说："为啥？"常吃肉说："老曹的妈说了，麻雀不是害虫了，麻雀是益虫。"班长说："为啥？"我说："因为麻雀吃庄稼地里的害虫，对庄稼有好处。所以毛主席说'麻雀就不要打了'。"班长说："你咋知道毛主席说了？"我说："我妈说的。"班长说："你妈算老几？"

我最不会跟人吵架了。我一下子不知道该怎么反驳班长，而且他还是在说我妈是老几这样的话。常吃肉替我出头，说班长："你妈算老几？人家妈打过日本鬼子，你妈打过？你妈算老几？"

班长又让常吃肉给问得没的说了。

同学们都笑。

班长愣怔了一会儿后，反应过来了，指着问我说："毛主席跟你妈说来？说别打麻雀了？"

我又不知道该怎么说，看常吃肉。

常吃肉指着班长说："说了。毛主席跟老曹妈说了。"

班长说："你见了？说的时候你在跟前呢？"

常吃肉说："我见了。我就在跟前呢。我亲眼见了。信不信由你。反正我是见了。哎，爱咋就咋。"

同学们又都笑。

杨老师进班来了。班长赶快跟杨老师报告说："曹乃谦造谣说毛主席说了不让打麻雀了。"

杨老师看我。我说："我妈说，毛主席说了'麻雀就不要打了'。"

杨老师说："这话不能乱说。"

班长指着我说："他以前写过一首诗，说'逼上梁山当狐狸'，他是想反天呀。我看他是咱们班的一个坏分子。"

杨老师说："什么坏分子！这话更不能乱说。"

班长说："您那时候还没来呢。您不信问张老师。"他又学着张老师的口气说："张老师说，教导主任说'逼上梁山当狐狸'想干啥？反天呀？"

杨老师没理睬班长，提高声音对大家说："同学们听清楚了啊。刚才的事，谁也不许出去乱说。同学们听清楚了吗？"

同学们都大声回答说："听清楚啦——"

杨老师跟班长说："回家也不许说。听清楚了吗？"

班长说："听清楚了。"

班长当着老师和同学的面，说我想反天呀，说我是坏分子。在二年级时，张老师还把我当成写反革命标语的怀疑对象，推荐给学校去审查。他们明明知道我不会是反革命也不会是坏分子，可他们又为什么要这么说？

常吃肉本来是住石头巷，出校门往东走一点就往北拐。常吃肉见我闷闷的样子，放学后他没往北拐，一直陪着我往前走。他说："你妈是打小日本儿的，你怕一个烂班长干什么。"我说："我不是怕他。我是闹不机敏，他为什么明明知道我不是坏分子，可为什么要这么说。"常吃肉说："这还用问。不就是因为老师常表扬你，他不高兴。"我说："老师表扬我又不是我的过。"常吃肉说："就凭他有个当总务主任的姨夫就当了个烂班长，大多得他。爷尿他他才是个班长，爷不尿他他是爷的鸡巴。"

"大多"是个"夈"字，学校的孩子们说谁爹，不说爹，都说"大多得他"。

我说："对，咱们不尿他。"

常吃肉说："对。老曹。咱们背操手尿尿。不理他。"

那天，常吃肉一直把我送到钟楼街，才在我的一再催促下，往他家返。

过了些时，校长在大操场宣布，不让学生交麻雀腿，还宣布"四害"里面把麻雀换成蟑螂。

常吃肉高兴地跟我说："老曹，咱们赢了。毛主席就是说了，'麻雀就不要打了'。你妈真厉害。连毛主席说啥都早早地知道了。看来，毛主席就是跟你妈说了。"

我笑着说："你那天不是说还亲眼见了？"

常吃肉笑着说："我当时就要那样说，就要气气烂班长。"他突然想起什么了，说："不行，现在搞清楚了。我得问问晋财，谁是坏分子？"

我拦住他说："甭价甭价。咱们不是说好了。不尿他。"

常吃肉翻着白眼儿，好像是在想，想了一气说："也对。老曹。咱们背操手尿尿。不理尿。"他还告诉我说："记住，咱们见了班长就把手背操起来，把头挍一边儿。不理他不看他。"

那以后，常吃肉一见了班长，就真的是把手背操起来，把头挍一边儿，而且是做得很夸张，样子也很好笑。

在我上六年级头一个学期的那天中午，我们在家正吃饭，收房钱的小黄进来了。妗妗赶快说："小黄你好几个月没来了。房钱我都给你准备着呢。"

小黄说："房钱你就给别人吧。我不管了。"说完掭转头冲着我舅舅大声说："张宏苑，放下筷子。跟我走一趟。"

我舅舅平素很讨厌这个小黄，可不知道为什么，我见他愣了一下后，态度很和软地问："去，哪儿？房管所？"小黄大声地说："派出所！"

妗妗问："小黄小黄，咋的回事？你让他到派出所干啥？"

小黄没理我妗妗，用大拇指比画比画门外说："快点。跟我走。"

舅舅笑着说："兄弟，你……"

小黄用鼻子"哼"地冷笑一声说："叫兄弟？叫爷爷也迟了。"

"那，那是怎么回事呢？"

"怎么回事？到派出所说去。"

"兄弟，派出所在哪儿？"

"半个小时不到，我们就下传票。"小黄说完头也不回，转身走了。

舅舅和妗妗相互看看。

妗妗说："小黄让你到派出所。这是怎么回事。样子还挺横。"

舅舅说："闹尿啥？"

妗妗说："你忘了你骂过人家一句黄世仁。"

舅舅说："看今儿的这个来头比黄世仁也凶。"

妗妗说："一进门叫了你声啥？张啥啥？"

舅舅说："这个兔子。他跟派出所有啥关系。"

妗妗说："啥不啥先去去派出所。"

舅舅饭也没吃完，出去了。

那以后舅舅和妗妗总是在悄悄地说话，说话也总是把我们小孩先打发到院外边，不让我们听。

那以后舅舅一吃完晚饭就出去了，很晚才回来。有时候他什么时候回来我们也不知道，可我好几回半夜醒来尿尿时，看见舅舅趴在灶台上就着个蜡烛光，写呀写的在信纸上写什么。

我们小孩子虽说是什么也不懂，但也看出这是有了事。我带着忠义他们出街玩儿时，丽丽也不吵着要我背了，只要我一向她招手，她就欢欢把小手伸给我，让我拉着她往外走。

天黑下来，我们想回家时，都是放慢着脚步，悄悄地走路。忠义和秀秀还把手压低在腰际，相互地摆动着比画，意思是别出声。

院孩子们都看出了我们这家的这个变化，顺顺问我说，你舅舅咋了？我说不知道。

过了些时，连着有两天了，我没见舅舅回家，我心想是不是让警察给抓起来了，让送到哪里去管教。后来见妗妗给舅舅去送饭，这才知道不是被送到外地。第三天中午妗妗给我们做好了饭，用笼布包了两个馒头要出去，我说："妗妗，我给去送。"

听我这么说，妗妗一下子流下了泪，把我叫到一边儿说："看来我孩是大了。今儿妗妗跟我孩说说。你舅舅遇到了麻烦，小黄说你舅舅当过国民党的兵，让他写思想汇报。你舅舅写一个说不对，写一个说不对。可又不告给是咋不对。说是没讲清楚。"我说："那个小黄不是个收房费的吗？"妗妗说："人家现在不知道咋就又当了警察。麻烦的是，小黄现在又不叫你舅舅在家里写思想汇报了，让在派出所里写交代材料，交代不清不让回家。小黄还让我劝你舅舅赶紧交代，你舅舅说他又没做过啥坏事，交代啥。我孩想想，这问题是不是就有点严重了。"

我想想说："妗妗，要不我给回我们院问问慈法师父，看看他有啥办法。"妗妗擦擦泪，苦笑了一下说："原来以为没啥事，只不过是你舅舅骂过人家黄世仁，让人家叫到派出所吓唬吓唬出出气也就完了，可现在看来这事过不去。前晌我给清水河打电报了。你妈明儿回呀。"

听说我妈回呀，我心里高兴了一下。可想到眼下的麻烦事，又高兴不起来。

妗妗说:"按说当过国民党兵的人多了。咱们院西耳房的吴叔叔也当过,年龄也跟你舅舅差不多。可人家没事。就怨你舅舅脾气灰,跟人家吵架,还骂人家。这可真是应了那句,为人一条路,恶人一堵墙。"

我没听妗妗的,晚上放学先回圆通寺,跟师父说了舅舅的事。师父说:"我们这些时也是天天集中在佛教会学文件。现在上面的形势是,阶级斗争要年年讲月月讲天天讲。你舅舅的事,得从这上头想想。"他又问我:"你妈知道不?"我说:"我妈这就回呀。"师父说:"听你刚才学说,你舅舅妗妗好像是慌了神。而这时候最需要个有主见的人在跟前拿主意。"师父摸摸我的头顶说:"放心哇。你妈回来就好了。"

我妈不是妗妗以为的"明天"回,而是在接了妗妗的"速回"电报后,就让公社的拖拉机以要上矿拉炭的理由把她给送回来的,回的时候已经是半夜了。她又是像那次给我送苍蝇盒那样,敲后墙。

听见有人敲后墙,妗妗一下子就猜出是我妈。

我妈没进家,她在街外问清妗妗是怎么回事后,就又返走了。妗妗早起跟我说:"你妈分析说,千千有个头,万万有个尾。派出所叫你舅舅叫'张宏苑','张宏苑'这三个字只有村里人才知道的。你妈当时就麻烦拖拉机司机,把她连夜送回应县老家。"

我妈在姥姥村里只待了一白天,就搞清是怎么回事了。

原来是派出所的小黄到我舅舅单位翻档案,知道我舅舅当过国民党的兵。为了报复我舅舅骂过他黄世仁,就趁着这个"要加强阶级斗争"的大好形势,没事找事地到了我舅舅的出生地,也就是我姥姥村,了解收集我舅舅的情况,后来知道这个张文彬原来叫个张宏苑。

小黄认为,这个张文彬一定有问题,要不为啥改名字呢?最后终于在村干部的发动和配合下,跟村里的人了解到,这个张宏苑在张家口当国民党兵时候,"腰里别着手榴弹,回村咋呼过老百姓"。

我妈知道是这么回事,心里有数了。她很清楚当时的那个事,那是在我姥爷去世后,舅舅跟部队回家奔丧。他是个小医兵,没有武器。路上怕有危险,跟长官借手枪,长官不借给,他就别着个手榴弹防身。又没伤着人又没炸着人,办完丧事就又返回了张家口。

"咋呼过老百姓",这算是个啥罪名。

我妈又连夜让拖拉机给送回了大同，一大早到了舅舅家。司机在我姥姥家白天睡好了，把我妈送过来就真的去矿上拉炭去了。

我妈好像是不避讳我们小孩在不在跟前，当着我们的面谈论了一气舅舅的事儿。

妗妗说："姐姐，这个小黄喜欢个物件儿。我有个陪嫁的玉镯，送给人家吧。可这个时候不知道人家要不要。"我妈问妗妗，你咋知道他喜欢个物件。妗妗说那个小黄有次来家要房钱，看见您给忠义的那个银锁儿就拿走了，说顶两个月房钱。我妈骂小黄说，这个王八蛋，那银锁是河南姐给的，那最少也值两年的房钱。

妗妗说："我看把这只玉镯送给人家吧。咱们好过这个关。"

我妈说："恶狗当道卧，手拿半头砖。我这就找他去。"

我妈洗了脸梳了头，还让妗妗拿出她的好衣裳，把坐拖拉机弄脏的衣服换下身，出了门。

中午，我妈跟舅舅相跟着回家了。

他们进屋还没站稳，我爹也进家了。他是知道了这事，坐着火车跟怀仁回来的。

我跟妗妗脸上的表情看得出，这下子，她是发自内心地放松了下来。

我妈说："招人，给舅舅跟你爹打酒去。"说着往出掏钱。妗妗赶紧说："有有有。"

我妈把钱给了舅舅说："五子，还是你去吧。看还买些啥下酒的。"舅舅攥住钱要出门，我妈又大声吩咐："把那头抬起来，把那步走得那钢钢的。国民党也是人，傅作义还是共产党的大官儿呢。你是他手下的一个小医兵，怕什么。"

大家都笑。

吃饭当中，我妈给讲她是怎么把舅舅跟派出所给领回来的。

我妈是在派出所街门口等住了那个小黄，招手把他叫到跟前。

我妈说："小子，我兄弟叫你兄弟你不理，大姐我叫你小子你得理。因为大姐转山头打鬼子时候，小子你大概还在耍尿泥呢。小子，大姐是来提醒你，派出所这个工作可比房管所强多了。但你可得闹清楚，小子，那锁儿别看是银的，那可是我们的传家宝。"

我妈说，小黄一听，当下就赶快说："姐姐，文彬的事我们审查完了。没事儿。我们正打算让文彬回家，你来了，正好跟他相跟着回去吧。"

就这样，我妈就把我舅舅给领回来了。

一家人让我妈说得都高兴了起来。

妗妗说："姐姐，我看出来了。关键的时刻多会儿也是还得姐姐您。"

我妈说舅舅妗妗："多大点事。把你们吓成这。天塌不下来。"转过身冲着我们小孩说："你们也别见人三辈儿小似的。把那头抬起来。你告诉院孩子们，我爹是共产党，是打小日本儿的游击队长，是剿灭土匪的英雄。"我妈还要说什么，让我爹给打断了，"行了行了。看你。"

大家都笑。我们孩子们也带点起哄似的，放声大笑。

但，我们高兴得有点早了，这个事并没完。

冬天，街道治保主任给我舅舅下了通知，说他被定为坏分子。原因是，说他经常偷听敌台。

舅舅被留在派出所审查的那三天，小黄不让他睡觉，让他老实交代。舅舅实在是想不起什么事，又一心想睡觉，就问："我在单位值班时听'美国之音'，算不算？"小黄说："你先写上。算不算我做不了主，那得上面来定。"舅舅就在交代材料上写了，说每次值班时都好听听"美国之音"。

舅舅不把听听"美国之音"当作这是个什么事，或许是他当时迷迷糊糊地直想着睡觉，把"交代"过这个事给忘记了。他回家没跟任何人说起过。

我妈找小黄算账，小黄哭丧着脸说："大姐你行好呢。我也不知道听听'美国之音'这能成为个啥事，就那么报上去了。谁想着审查委员会审查的时候，给定了个'偷听敌台'的罪名。姐姐你行好呢。那我当时真要是把文彬哥哥'手榴弹'的事报上去，那说不定还得让收监。"见我妈不明白，他又说："收监，就是让捉进去。姐姐你行好呢。那要捉进去，就成了敌我矛盾了。可现在咋说也是人民内部矛盾，要不为啥是由街道通知，而不是我们派出所通知呢。行行好哇，我的亲亲儿的大姐呀。"

我妈最怕别人下软，小黄哭丧着脸这么一解释，我妈放了他一马，没把他的银锁儿的事给捅露上去。

这下，舅舅以"偷听敌台"的这个罪名，被上面给戴了个"坏分子"的帽子。

《山西文学》2015年第6期

评鉴与感悟

民间智慧勾勒的风俗画

山西作家曹乃谦在《初小九题》《初中九题》《高小九题》《高中九题》等一系列回忆自己在家乡求学经历的作品，极富晋北地域特色，以清新自然的笔触书写了独具民间经验的中国故事。其中的《高小九题》则是今年此类作品的杰出代表。

作家人到老年，愈发回忆起传统中国社会里的风土民情之宝贵，丝毫不掩饰他对自己山西应县老家各色人等的喜爱。小说采取了第一人称的叙事，借助儿童视角勾勒出特定历史时期，即二十世纪五六十年代民众的真实境遇。在反思中国当代历史的小说中，常有运用儿童视角的作品出现，这一方面可以增加作品的趣味性，另一方面也使得原本宏大的叙事通过孩子的所见所闻加以具象化，因此去除了抽象的道德批判的可能。因为在儿童的眼里，波诡云谲的政治风云早已成为日常生活的一部分，这反而在微观上考察出政治对民众生活的介入。

作家把处于特定年代下，"我"观察到的老家的各式人物连同淳朴的民风民俗一道融入作品。小说中的人物，要么是淳朴勤劳的仓门街十号大院的邻里长辈和学校老师，要么就是天真无邪的少年玩伴，还有略带传奇色彩的后院慈法师父。总之，这里的一切都散发着纯然的灵韵和不可复制的真实气息。作家曾坦言"我的文章不虚构，不仅仅是因为我不会虚构，还有个原因是，我认为散文也好小说也好，只有是写真事儿写自己，才能写得更好"。这或许是因为，作品的魅力在于其对真实性的想象，或者说小说经过散文化之后生成了一种超越生活现实的艺术真实，从而获得了独特的审美体验。

当真实性成为介入历史叙事的姿态，那么小说以何种方式去呈现这段历史上独有的文化景观，就成了结构作品的关键。"我"在高小的种种个人经历，于是成为中国历史的微缩景观，于是读者看到了"大跃进""三面红旗"以及"文革"发生的历史事件，及其与个人生活之间纠结的复杂关系。

同样是记叙风云变幻的共和国史，作家在叙述中流露出异常冷静客观的笔调。"我舅舅"因为得罪过小黄，当这个昔日的房管员摇身一变成了警察企图借势打击报复时，"我妈妈"机智地化解了这个"敌我矛盾"，舅舅也就摘掉了"坏分子"的帽子。也就是说，当淳朴的民风和勤劳善良的人们遭遇到政治的不测时，他们能依靠朴素的民间智慧最终将其一一化解。而作家的高明之处就在于，以另类的叙事手法再现了极端政治加之于这个古老民族的苦难。换句话说，历史与苦难在作家的笔下，不是道德批判的工具，而是直接表现社会生活的目的。当我们声嘶力竭地去揭露和声讨历史之于人们的不公，去控诉极"左"政治对个体无法挽回的伤害，也许尝试想象另一种视角去窥探"大历史"中"小人物"的命运，会发现别样的风景。因为即便是在最贫瘠的土壤上，也可开出用人性浇灌出的灿烂奇葩。（杨毅）

禅 修

/ 邱华栋

1

最近一些年，禅修开始流行。有各种层次的禅修，最简单的，就是去禅寺住上一段时间，以居士的身份，去做功课。此外，还有一些人，虽然不是佛教徒，自己也办了一些禅修班，以盈利为目的，招收了一些喜欢禅修的人，实际上，那是一种集体心理治疗———将一些人按照群组组织起来，通过互相辅助的方式进行心理治疗。所以，各类禅修层出不穷，五花八门，良莠不齐，真假难辨。

所以，当龚蓉蓉告诉谭朝阳，她要去禅修一段时间的时候，谭朝阳首先认为自己的妻子是上当受骗了。

"去山上的寺庙里禅修？为什么？"谭朝阳的眼睛瞪大了，他不相信妻子会选择离开家庭去禅修。

"我需要去禅修。我们家族的很多人到了中老年，出家的出家，当居士的当居士。这你是知道的。"龚蓉蓉很平静地说。

谭朝阳将手里关于李叔同的传记摔到了茶几上，心情很不好。他想起来，就在去年，两个人回南方老家，到龚蓉蓉老家的那个山坳里，给她的家族健在的老人们拜年的时候，看到的她家里的情况：他的岳母、她的老母亲已经是一个虔敬的佛教徒了，每天就在那里吃斋念佛。她的父亲更是离奇，不久前出家做了道人，挽起了高高的发髻，穿着黑色的道袍，扎着绑腿，离家云游去了。她的爷爷和奶奶，也都曾经常年给一座寺庙帮工。叔伯辈也有出家当和尚的，也有迷信鬼神的。谭朝阳想，她父母变成这样，可能是因为家里所有的孩子都长大了，又都在外乡生活，没有人再愿意回到这穷乡僻壤，这偏僻之地，这山村之中了，他们再无挂碍了。

龚蓉蓉的父母亲和家族其他人对佛道禅的信奉，对龚蓉蓉产生了很大的影响。但是，谭朝阳和她在北京奋斗十年了，刚刚买了房子，眼下正计划准备生一个孩子的时候，龚蓉蓉却决定要去寺庙做禅修，这对谭朝阳来说，的确是一个很大的打击。他们俩是校友，上大学的时候同一个专业但不同年级，他比她高两届，大三岁。在学校的学生会里就认识了，毕业之后，他们先后来到北京，谭朝阳在一家政府机关里当公务员，龚蓉蓉在一家文化企业做文员，他们的恋爱关系很快确定下来，就同居了。过了一年，他们领了结婚证，从什么都没有的状态，一步步地走到了今天。他们买下了一套不错的房子，生活日益平和稳定，但似乎随着时间的推移，表面平静的生活反而出现了裂隙。但到底是什么裂隙，谭朝阳也不知道。他们的生活出现了裂纹，那只是一种感觉。可能生活如同冰封已久的冰面，并不容易看出是什么时候出现的裂隙，男人和女人每天相处在一起，是难以察觉到那裂隙的潜伏、出现到裂开的过程的。生活的冰封有时候非常坚固，有时候又很浅薄，一触碰，就会断裂开来。可他们之间到底有什么裂隙，他根本就不知道，只是知道她不爱说话了，他们不太做爱了，家里虽然有两个人，但是常常十分安静。

对于妻子要去做禅修的想法，谭朝阳认真想了想，说："蓉蓉，你不能去。咱们把孩子生了再说。得给我父母一个交代。"

龚蓉蓉笑了笑："孩子？现在，我生不了。有了牵挂，就无法出远门了，求求你，老公，让我去禅修吧。我的内心非常缭乱，只有安静一段时间，我才可能回来，否则，我可能会真的离开你。"

龚蓉蓉平静但决绝的话，让他镇定了下来。这么多年的相处，谭朝阳知道，龚蓉蓉是一个刚烈的女人。她曾经遇到一次险境，那是三年前的一天晚上，她晚上走路回家，要路过大山子一处非常隐蔽的铁道口，走过一片树林的时候，被一个歹徒给打劫了，歹徒抢了她的包，却不放过她，还要强奸她，把她按倒在地，结果她用手边的石头砸破了歹徒脑袋，歹徒被打昏过去了，然后，警察及时赶到，抓住了他。她最终毫发无损。这可是一个宁死不屈的女人，谭朝阳知道自己的老婆的品性。那么，现在，她想要做的事情，她决定了的事情，她就一定会去做的。否则，她可能真的会离开他了。

谭朝阳想着她说的话，看着自己的老婆，他这一时刻感觉老婆带给了他陌生感。他们在一起那么多年了，怎么忽然有点形同陌路了呢？他看着龚蓉蓉的眼睛，希望看出这一个变化是从什么时候开始的，怎么他就没有想到、没有料到，完全没有准备呢？她到底想要做什么，她遇到了什么难题了呢？但她的眼睛里什么都没有，甚至只有一片空茫。是的，在她的眼睛里，似乎只有一片白云在飘荡。他什么都没有捕捉到。

"你真的想好了？"他有些不甘地问。

"我想好了。我明天就出发了。你就好好安排好自己吧。记住，我是去禅修，不是去出家。我又不是去做尼姑。"

谭朝阳笑了起来，他心想，可能她这一走，就真的出家去了，她可能就要离开他了。他忽然感觉到了一种旷世的孤独，这种孤独感过去短暂地有过，但是现在却清晰了起来。他感觉很悲凉，觉得除了父母，这世上没有人是自己的真正的亲人。

"而且，我有一个要求，就是我出门之后，一般是我主动和你联系，我不给你电话，你就不要给我打电话。你什么都不要多想，我就是想去禅修，去面对一个更深入的自我的灵魂，修复自我的缺损。"她看着他很认真地说。

谭朝阳想了想，也点了点头。既然她要出门，她一定是深思熟虑了。即使她是一时冲动，那也是她决定了的，就让她出门去修复自我的缺损吧。

2

第二天，龚蓉蓉就背着行囊，去了机场，真的离开了家，说是先去山东半岛行走一段时间，然后去贵州铜仁的梵净山禅修。

谭朝阳在北京继续过着朝九晚五的机关公务员生活。一开始，妻子的离开让他并没有产生特别强烈的感觉，他安慰自己，这就像是妻子出了一趟远差，而且，也的确是这种感觉。谭朝阳所在的单位是很有权力的一个部委。他这个北京大机关的公务员，一个处长，比外省的很多厅长都牛。由于掌管着国家大工程大项目大投资的审批权，在机关里，往往一个处长都能让外省的副省长靠边站着，下不来台。在机关衙门里，权力的大小，就决定了一个人说话做事的分量。所以，一上班，他的办公室就川流不息地来人，按照日程安排，一拨拨的外省官员前来拜会和商议事情，实际上，他们都是为了省里的一些工程和项目来的。这里面少不了一些客气和礼尚往来，隐秘的权钱交易和利益输送也是有的，是看不见，但有些人是心领神会的。但有一个新情况出现了，那就是，自从二〇一三年初国家的反腐败举措加码之后，他所在的部委也出了问题，有一个副部长和几个司长副司长被带走了，还有更多的处长副处长也随即被抓起来了。他们都是因为涉及腐败问题、收受了巨额贿赂、搞了利益输送而被带走的。

于是，在机关里，气氛就变得紧张和肃然了。一听说今天谁谁被纪委带走了，他就想，他们肯定是完了，因为他知道，只要涉及受贿，一般都是双开，被开出党籍，开除公职。现在机关所有的人都比过去绷紧了神经，在项目审批的程序中非常注意了。过去，他们这些处长的脸都很难看，现在，不管谁来了，谁进了他们的办公室，他们都变得和颜悦色了，门难进、脸难看，变成了脸好看，门也好进了。不过，外出被请饭、进门就送礼的情况，就几乎绝迹了。

这也好，少了很多应酬，谭朝阳就可以早早回家了。

妻子离家去远修，他回到了家里，感到孤独和寂寞，而且，这种感觉伴随着时间的推移在加深。

一开始，龚蓉蓉每天都会和他联系一次，时间不固定，有时候是在傍晚，有时候是在早晨。这是他们多年以来养成的习惯，那就是不管谁出门，两个人每天至少联系一次。所以，一开始妻子离开家门去禅修，他还没有特别强烈的感觉，加上他的工作状态十分忙碌烦乱，他没有心思想这想那。但随着时间的推移，当妻子的这次出门超过了半个月，他就感觉自己有些不想回家了，不想回到那个不开电视就没有什么声响、过于寂静的家了。他开始想，她为什么要去禅修呢？什么是禅修？她是真的去禅修了吗？

他问自己，这才发现自己没有答案。他是如此被动的反应着，他发现他对自己生活的变化基本上是顺从，而不是主动去研究、研判。

他对禅修发生了兴趣。他先是找到了一些关于禅修的书。那些书，都是讲解禅修的必要和原因的：当代社会的现代人，因为工作压力和环境压力导致心理失衡之后，采取静心、养心、稳定精神的方法，结合本土佛教禅宗的一些教义和教理，进行内心的自省、自我认识和自我的调节。这是结合了宗教和心理治疗的一种修养精神的方法。而且，他还发现，电视台有个频道，在固定的时间里专门辅导做家庭禅修。

他就跟着练习了起来。这套家庭禅修，分为静功和动功，静功，就是沐浴，更衣，焚香，打坐，静心，内视。然后阅读一些禅宗的公案和禅理。练习静功，需要一些物品，比如檀香、沉香、蒲团、禅宗书籍，人可以在屋子里非常安静地做这些事。动功，则有一套运动操，有些像瑜伽，必须要做到挥汗如雨，又静若处子。这是现代的禅宗师傅创造出来的。谭朝阳很喜欢静功，因为，他每天在办公室都太忙碌，太喧闹。在机关食堂吃了晚饭（过去都是回家吃龚蓉蓉做的饭），他躲开了交通的高峰期，回到了家里，就练习禅修的静功。这静功有些像过去的气功，通过打坐和安静地玄想，逐渐让他看到了内心里的自己，那个一直很躁动的男人，为了在这社会上有一个位置，为了能够有点成就，在努力地攀爬至今。本来社会给人设定的道路是多样的，一个人成功的途径和选择也是多样的。可是，现在男人只有沿着世俗意义上的成功之路攀爬，去抓取权力、地位和金钱，别人才看得见，才能够竖起大拇指。这种价值观太单一和俗气了。但难道每个人不都是俗气的吗？

经过了静修，内视，他渐渐地看到了他的另外一个自我，看到了一个似乎在和妻子疏离的谭朝阳。他这才意识到，他和她的婚姻出了一点问题。但是，是哪里出了问题呢？他不知道。他只是感觉到，那种弥漫在他和龚蓉蓉之间的疏离感在加深。

有一天晚上，他在打坐，渐渐进入到一种万籁俱寂的状态里。他的家在机关宿舍楼小区的最后一幢楼，靠近安静流淌的昆玉河，宿舍楼是多层玻璃窗户，密封性、隔音都好，外面的都市嘈杂声进不来，屋子里非常安静，安静到可以听到小虫子的嗡嘤声，和蚂蚁的簌簌爬动。如此安静的感觉，在龚蓉蓉走了之后就开始在家里出现了。

在这种万籁俱寂的夜晚，他内视得很深，渐渐地，从对自身的内视扩展到了外部的世界，他飞出了自己的体内，跃上了广大的天空。他看到了苍茫的云海，芸芸的众生，无限的世界和一个个大地上的生命个体，他们面目清晰，姿态匆忙地奔走在这个世界上。这些人的脸就像花朵一样，倏然开放，又忽然消失，那种感觉是时间的重叠和共时性的发生，那么多人的脸迅速变幻，不断闪现，他在其中寻找妻子的脸。忽然，在众多的脸庞中，他看到了他的妻子龚蓉蓉，她的面容闪现了。他拉开了视线，将近景放大成中景，看到了现在的她，穿着一身灰色的女居士服，扎着绑腿，戴着斗笠，腰间系着一条黑色的带子，背着行囊在一座不知名的大山间的雨天小道上奔走。与和她一样装束的大约几十个女居士，她们排成一字长蛇阵，在翠绿的山间快步行走。她们的装束都是一样的，行动的敏捷程度也是一样的。她们在干什么？他凝聚着内视力，想看得更清楚。忽然，他看到了大雨滂沱，龚蓉蓉的脸从那些女居士的行列里浮现出来，显得明亮、年轻和坚毅。然后，她们沿着山路一拐弯，就隐入雨幕当中了。中景变成了远景，拉开视线，在远处的大山上，一座寺庙的金黄色顶端的飞檐斗拱在天幕下闪现。

他睁开了眼睛，汗如雨下。她怎么会和那么多女人在一起呢？我看到的是什么情景？现在，龚蓉蓉由每天，变成了两三天与他联系一次，逐渐地拉长了时间的间隔，显示了她正在远离他的世界。

这是确定无疑的。但谭朝阳有了疑问，她去禅修，真的像她自己说的那样，他们家有这个传统吗？是不是他们的婚姻生活中的什么东西导致她想告别这样的生活呢？想来想去，他还是想不明白。因为，从世俗意义上看，他们的感情关系良好。她所在的单位，和他所在的机关，都是不错的，福利很好，房子、车子、票子都够用。只是他们还没有孩子，他想要，但是她说自己没有准备好。他仔细想了想，觉得自己的生活中没有出现让妻子感到很不满的地方，唯一的理由就是，她选择去禅修是想摆脱日常平庸生活的努力，是偶发的，激情性的。过去，龚蓉蓉没有对和他一起营造的生活感到不满，要不然他们早就吵架了。而大城市带给人的压力，也是很重要的因素确实，现在很多年轻人还在涌入到北京、上海、广州、深圳这些一线大城市，光是在北京的地铁里，每天的流量都在一千万人次以上，非常拥挤。自从部委机关公车改革后，像谭朝阳这样的处长，就更没有公车可用了，只有自己开车。好在有油补，钱还不少，打到工资卡里了。但他觉得开车很麻烦，机关大院里的停车位也不够，部长、司长、局长、主任、巡视员、副巡视员的车子，顺序停放，车位总是不够用。有时候他开自己的车子去上班，碰巧和上级领导争车位，也是很不好意思的事情。所以，他就改坐地铁上班了。虽然就坐几站路，但他也感受到了北京这样的大城市给在这里打拼的年轻人带来的压力。地铁里拥挤的空气都是热乎乎的。

那么，躲开大城市，回到中小城市，或者，干脆去山上和田园里做了隐士，也是一些人的选择。当他偶然看到一本杂志介绍终南山上今天还有几千个隐士的时候，他感到非常吃惊，他对这些隐士发生了一点兴趣。

昨天，龚蓉蓉给他发来最新的信息，她和伙伴们正在山东半岛的大山和寺庙间游走。就像他打坐的时候内视所看到的情景，她与一个苦修女居士团在一起，她们计划拜访半岛上的一些古老的寺庙，然后前往贵州梵净山。她一切都很好，尤其是身体感觉很清爽，心灵感到非常自由，叫他不要有任何担心。

这个短信带给了谭朝阳别样的感觉。他不知道龚蓉蓉到底要找什么，他开始有些焦虑了。毕竟，他现在过的，已经不是一种正常的家庭生活了。

3

这一天，楼司长找谭朝阳谈话。楼司长是一个四十多岁的中年人，他毕业于清华大学和牛津大学，是学者型的官员，很有修养和个人魅力。楼司长请他坐下，倒了茶水，自己也坐到了并排的单人沙发上，看着他，一副很亲切的样子。但房门是关上了，显示了楼司长要找他谈的可能不是公务上的事情。他张了一下嘴巴，不知道怎么说，但司长先开口了：

"我就直话直说。朝阳啊，最近我听到传言，说是你的妻子离家出走了。这是怎么回事啊？有这事吗？"

谭朝阳点了点头："司长，有这回事，她说她是去禅修，过一段时间就会回来。目前，她隔两三天就会给我发来短信息。都很正常。她家出过些佛教徒，可能，我想这是她的一次寻求精神平静的自助旅行吧。"

楼司长嗯了一声，"看来，问题不大，是不是？没有影响到你的工作状态吧？"

"有一点影响，但是不大。我们过得很平静，没有吵过架，也没有婚姻危机的问题。她就是出去转转，虽然时间长了点，但没有影响到我的工作状态，您放心。"

"我在想，她是不是身体不好，有什么情况没有告诉你，才出去走走的？"司长漫不经心地推测，"比如，她会不会得了什么病？"

谭朝阳一惊，觉得有这个可能性，"啊，我没有往这方面想，因为她一向身体很健康。我回去看看她的体检材料——我觉得，似乎没有问题啊。"楼司长笑了笑："只要你的生活没有发生什么婚外情之类的事情，就好。你看，现在通报的一些官员腐败案件，通奸这个词，都用上了，而且，对男女都通用。咱们司现在没有人出任何问题，有个处长是调到别处出的事。朝阳，我对你是放心的，无论是工作，还是别的。你一定要处理好工作和家庭问题。不过，听你这么说，我也比较放心了。"司长接着和他又谈工作上的一些事。

从楼司长的办公室里出来，谭朝阳的脑子里，就转着司长的那个猜测：他的老婆是不是得了什么病，比如癌症，没有告诉他，而是打算采取禅修的治疗方法才离开了家。这是有可能的。

下班回到家，他就开始寻找妻子的病历。他记得，他将他们俩的病历和体检报告都放在电视柜的抽屉里了，他很快找到了那个塑料袋，翻检出几份体检报告，有他的，也有她的。他将自己的拿开，又一份份地看妻子这些年的体检报告。到去年为止，几份近年的体检结果显示，龚蓉蓉并没有任何异常病情。他忽然想起来，今年早春，她和几个同事去一家高端医疗体检机构，进行了更为详细的检查，但那份体检报告不在这些三甲合同医院的例行体检的单子里。合同医院的体检部门都在专门划出的固定区域，与门诊楼分开了，形成了流水线式的检查项目流程，很多项目检查得很简单，不能说这样的体检有大病检查不出来，可要是能查出癌症等大病，也是晚期了。

那份高端医疗体检机构的检查结果呢？他继续在家里翻箱倒柜地找，

也没有找到。他开始怀疑了。

第二天，他打电话给那家医疗机构，请求查询龚蓉蓉的体检结果，对方说，是有她体检挂号的记录，但检查结果材料本人已经取走了。这说明，的确有这样的一个病历，但这个病历现在找不到了。唯一的办法，就是去医院里，寻找那次体检的底单。他请假去了那家医疗检查机构。这家医疗机构在北五环外的一处温泉宾馆里，来检查的客人能够在这里一边洗温泉，一边检查身体。这里的体检项目非常繁多，也很细致，使用的检查仪器大都是世界最新的仪器。

他找到了负责人，告诉了他自己的想法和苦衷。那个负责人说，病历已经被本人取走了，而且，他们这里的体检，是要为本人严格保密的，医院留底得不多。除非一些很特殊的情况，比如，检查出有人有严重问题，那这里是留了底子的，为了在今后相关的治疗当中可以调取，作为参考。他说，我去找找看，希望没有你妻子的底子是最好的了。

但这里果然有龚蓉蓉的体检的底子，负责人带回来一张胸片，后面还跟着一个大夫。大夫告诉他，他妻子在上次的体检中，发现肺部有阴影。阴影虽然不大，但经过细胞检验，发现是恶性的肿瘤。

谭朝阳现在明白了，司长的预感是对的，龚蓉蓉就是因为检查出了身体的异常，才选择了一个人独自离开家庭，前往大自然的寺庙中去寻找心灵安慰之地了，把他一个人孤零零地留在了家里，留在了他自己的生活中。

他回到了家里，感觉到了痛苦。他第一次给龚蓉蓉的手机拨打电话，电话通了，但她没有接。就像她说过的那样，她不会接电话的。他又发去短信，问她在哪里，说他知道她病了，他已经找到了医疗机构，了解到这些了，她也没有回复。等到过了几个小时，他再拨打过去，那个他熟悉的妻子的电话号码，就变成了空号。很显然，龚蓉蓉根本就不想和他联系。她正在广大的茫茫世界中行走。

4

想了几天之后，谭朝阳去向楼司长报告了这一情况，并且感谢楼司长的敏锐。楼司长感到很宽慰，但另一方面又很忧虑，"我直觉会是这样的。朝阳，那你接下来打算怎么办？"

谭朝阳说:"我想请假,出去找找她。我有她行踪的一些信息。她先是去了山东半岛,接着,去了贵州的大山,后来又去了云南。从那里好像往陕西方向走了。我一定要找到她。"

"你家里这个情况太特殊了。要不要我们请求相关的部门帮忙?比如,求助公安系统的力量,帮助你去寻找呢?"司长很关切。

"不,司长,这个事情,还是很私人的事情,何况她还不是失踪,就无法去请求公安协助。我请求您先保密。我想请一段时间的假,出去寻找她。"

楼司长想了想,说:"好,那容我向主管的姜副部长请示之后,再告诉你。现在部里工作太多了,总理上次都批评我们部了,认为我们的工作节奏慢,与其他部委的协调存在扯皮现象,你是工作骨干,你出去了,我还真的很挠头呢。"

由于他的理由充分,且需要小范围保密,第二天,主管的部领导同意了他的请假要求。但楼司长给他建议,最好是寻求公安机关的帮助,会更快地找到她。但他拒绝了,他认为,这完全是他自己的私事,妻子外出,连失踪都算不上,虽然是离家出走,但她是一个成年女人,有理性有能力有决断,动用公共资源去寻找她,是不合适的。

他积极地准备着,将路上要带的东西准备好,几天之后,他就出发了。

他先到达了贵州的梵净山,根据妻子发来的短信,种种迹象表明,龚蓉蓉最开始是跟着一个带有苦行性质的女居士团,在山东行走。她们有着统一的装束,就像是居士那样,身着灰色的衣衫,扎绑腿,戴斗笠,穿蓑衣和雨衣。她们集体行动,三五十个人一组,一群女人行走在苍茫人间,她们拜访名山大川,佛教道教的名寺名刹,或者停留化缘。人们看到这些人,会觉得有些奇怪,这些中老年女人,统一打扮成这样,无论走在大街上还是山道上,的确是一道风景。她们风餐露宿、饥餐渴饮,她们就是在路上行走。不过,后来,龚蓉蓉采取了独自的行动,到了梵净山了。

可能现在她已经不在梵净山了。他想了想,还是决定直接前往贵州梵净山。在飞机上,忍受着飞机遭遇高空气流的颠簸,他在思维中仔细地勾勒着妻子龚蓉蓉的相貌,他发现,她现在变得模糊了,面目不清了。这让他惊骇。他随身带着她的照片,拿出来看了看,觉得照片上的人还是龚蓉蓉，可是闭眼去拼贴和搜索出的龚蓉蓉，就是一团模糊的样貌。这是怎么回事？难道她在他的心目中，就是这样，在逐渐地融解和消失吗？

从贵阳到铜仁的梵净山，需要走大半天。中间要经过乌江。他在乌江那里吃了无鳞鱼乌江鱼，休息了一会儿，感觉到一出北京，这空气就变得清爽了。梵净山处于贵州和湖南的交界处，这里的大山非常有气势，云雾缭绕，是一座非常适宜修炼的山。过去，山上的寺庙有很多座。沿着盘山路走，可以看到这里钟灵毓秀，仙气缭绕，云雾的氤氲不断地上升和下降，的确是进行修行的好去处。

出发前，他仔细地研究了妻子断续给他发来的短信，并且绘制了一幅草图。他发现，妻子并没有直接前往五台山、九华山、普陀山、峨眉山这些最为著名的佛教道场，而是去了大地上一些边边角角的地方。不知道她为什么要这么走。她有她的什么隐秘的想法吗？他在自己绘制的草稿地图上，大致绘制出妻子行走的路线，这条路线看不出有什么别致的计划。不知道在这条线路上，有什么有意思的地方可以停留，可以改变她的心境。不过，他知道她是有伙伴的，她很可能在网上参加或者联系了一批人，就像他曾经在打坐的时候看到的那群女居士，行走在大雨滂沱之中，也依然继续前行。谭朝阳打算从梵净山开始，沿着妻子走过的路线走一遍，去寻觅她的行踪，和她内心的痕迹。他觉得，自己应该能够找到妻子行迹和心迹的线索。和她生活了一些年，现在这些反而成了谜团，他要解开这个谜团。

当他开始了在路上的行走，实施了寻找妻子龚蓉蓉的行动之后，他确信自己是爱她的。假如他不爱她，那么，无论她跑到哪里，他都不会去过问。现在，他出来寻找她，肯定是舍不得她，需要有一个答案。实际上，寻找她，他也是在寻找自己。

他隐隐地觉得，自己在某个时候，或者在某一个生活的层面中丢失了一些东西，甚至是他在大城市中生活，也丢失了自己。难道自己在成长中没有虚与委蛇、卑躬屈膝？难道自己在成长中没有丧失真我、人格缺失？他问自己，活了这些年，到底丢失了什么，他说不上来。他现在只是感觉到自己很平庸罢了。在大学里学习的时候，他还是激情四射，觉得自己肯定能够成为改造社会的栋梁，等到工作以后，这种空洞的想法，就被日常的琐事所替代了，不能说每天做的就是无益的，但他已经变成了茫茫尘埃中的一粒不起眼的灰尘了。

在梵净山的寺庙中，他假装自己是个居士，先是在附近的宾馆里住下来，然后，每天去寺庙里帮工，观察那里的情况。他发现，这里有很多游客和香客、虔诚的居士、云游的僧人、跑到寺庙里的流浪者、挂单的诵经师，各类人等都有，都在寺庙里来来往往。有的人出现没有几天，就再也看不见了，一问，说是已经走了。每一天，这里都在变化，在梵净山，谭朝阳忽然对云雾的变化有了兴趣，他观察云雾，观察一朵花的开放，长时间地在溪水里凝视一块顽石，发现每时每刻都不同。云雾不同，花草在生长，顽石在变化，他的心绪也在瞬间变化着。看来，这本来是一个风流云散的世界，这又是一个云去云来的人间，没有什么是不变的。

熟悉了这里的人与环境后，他拿出了龚蓉蓉的照片，去问寺庙的负责人，这个女人来过这里没有？寺庙的人记忆力很好，告诉他，这个女人来过，她还专门在附近的一处山洞中坐禅修行了半个月。这让谭朝阳大喜过望。

他沿着梵净山的一处山脊线上的石阶路，向着和尚说的那个山洞走去。山道两边云雾缭绕，杂树生花，鸟语蝉鸣，一派大自然和谐生动的风光。山上的空气非常好，湿润，清爽，簇新，感觉肺部很舒畅。他可以看到远处的山峦层峦叠嶂，山峦淡淡的影子像是国画的淡笔一样。近处的山势崎岖雄伟，还有一处飞来石，是一块竖起来的大石头，陡峭地立在了那里，成为这里的标志。

假如龚蓉蓉真的得了肺癌，那么，这里的空气一定比北京的空气更适合她养病。他猜测，妻子一定是听了某个人的建议，或者，就是她自己通过网络，了解到了新的治疗方法。现在，在大医院里，假如一个人得了癌症，总是要化疗、放疗，最后就是死亡。很多人家钱花完了，人也死了。因此，那种过分的医疗折腾的是病人，可能就是不如保守的治疗更好。据说，每个人身上都带着癌细胞，但很多人的癌细胞并不增长，只有遇到了强刺激，才开始生长。但假如进入到化疗、放疗的过程中，杀死癌细胞的同时，正常的细胞也都大受损伤，所以，有的人就选择了中医或者保守治疗，反而能够多存活几年。

可能龚蓉蓉自己得知肺部有阴影之后，她并没有选择告诉自己的丈夫，而是在默默地寻找着治疗的方案，然后，通过网络，她找到了自己的方法，那就是，出门远行，在大自然中寻找归路。可以想象她给自己下了一个决断和决定的时候，也是很艰难的。因为这可能会让他误解，让丈夫远离她。但她还是进行了这次远游，这一次出走，并没有选择让丈夫分担和化解的方法，而是独自去面对和承受。她什么时候变得这么的坚强和决绝？或者，变得游离和冷淡？

谭朝阳看到，那个山洞被一丛灌木掩映着，洞口有一个石凳，石凳上有一座香炉，香炉里还有香烟在袅袅升起。是香客点的香。石洞的进深只有几米，可以容纳两三个人在里面打坐休息。他走进去，看了看，感觉这里很阴凉。他坐下来，也静默着打坐，感觉着这一刻，世间的声音没有了，内心的声音在响动。他听到了，而且，他感觉到了龚蓉蓉似乎出现在了身边，是的，现在，她出现了，那种心跳，呼吸，感觉，是她的，她就在这里禅修过，打坐过，与山林相融，与日月同辉，与天光并色。她在这里静修，她感觉到了什么？内心会安稳吗？会非常纠结吗？她会想念我吗？会想到我们的生活中波澜不惊的下面，还有什么裂隙吗？洞口外面就是悬崖。大团的云雾从悬崖下面翻滚上来。有一阵子谭朝阳完全看不见外面的一切，包括远处的山影。这使他内心里充溢着一种奇特的感觉，他真的感觉到了妻子龚蓉蓉的一切，她在这里留下的信息告诉他，她最终想要回到他的身边。

他在梵净山又待了几天。其他的信息都是支离破碎的，他把这些信息拼合起来，得到了一个印象，那就是，龚蓉蓉很可能参加了一个类似行脚僧的女居士团，在这里待了一段时间之后，就前往云南了。但具体到了哪里，没有人知道。现在，龚蓉蓉似乎知道他已经出发在寻找她，她已经不给他发短信了。

5

谭朝阳前往了云南。到了云南，他似乎忘记了自己是来找龚蓉蓉的，他开始面对自己了。在云南，他看到了各种宗教和文化在这里的某种奇妙的汇合。既有少数民族的原始信仰，也有外来的天主教、藏传佛教、本土佛教的影响。他到了昆明后，又前往大理、丽江，沿着一种想象中龚蓉蓉旅行的轨迹，在寻找她。但那已经是想象中的她的行走轨迹了，他不能确定，却开始了自我的寻求。人行天地间，那种孤寂感，高傲感，谦卑感，自由感，渺小感，安全和不安全感，信任和不信任感，饥饿和饱食感始终伴随着他。在云南，天地山川，人物、动物，菌类植物，纷繁多样。原来世界还有这么多的面目，在一棵草之后，在一声动物的叫声中隐藏。

在云南，有很多在快乐地游走的人。从世界上各个地方来的人，在大理和丽江构成了流动和复杂的图景。每个人都来历不明，但每个人似乎都目标一致。每个人都心怀鬼胎，但每个人又坦坦荡荡。一个民间的社会何其广大，一个底层的人间那么的繁盛。这些人不是活在新闻里、网络里的，但当他面对他们，却是那么的可感、可知，他认识了很多人，大家都是萍水相逢，多余的话绝对不问。最终，每个人都和另外的人擦肩而过。

在云南行走了一段时间，他的相貌都发生了变化，人变瘦了，皮肤变得黑红而健康。久坐办公室的颈椎和腰椎都好了，睡眠也很好。正当他茫然地在大理古城的喧闹中发愁，觉得自己失去了目标的时候，在一家酒吧的墙上，他看到了一张纸条，这一刻，真的是有如神助，那张纸条上写着：

前往终南山，寻找活神仙。龚蓉蓉。

他惊呆了。这真的是龚蓉蓉的笔迹。她可能是随手写在那里的，她似乎就等待着他看到这张纸条的那一刻，就是现在这一刻。线索重新出现了，他站在那里，泪流满面。

他前往了陕西的终南山。终南山位于陕西南部，是秦岭的余脉，这里山势崎岖险峻，森林草木茂盛，自古就是道教和佛家的养生、禅修和隐居之地，也是避乱之地和隐士藏身之所。终南山的主峰太乙峰海拔两千六百多米，山势崎岖，谭朝阳感觉到这里有一种别的山林没有的气势与韵律，正所谓"天下修道，终南为冠"。

在终南山下，他才知道，这里早就变成了当代隐士最喜欢的一个隐居之地。说是隐士,其实,这些隐士也分为多个层次,最基本的隐士,是有些人只是在每个周末选择到大山里爬山,赏景,找个山洞面壁,住上一两天的时间,就下山了。这也是一种当代人禅修的方式吧。再有一种隐士,是有人组团,来到山里面向大自然,进行一段时间的默祷和辟谷,躲进山里面断食几天,只吃山野菜,饮朝露夕露。一些生活压力大的职场白领,最喜欢这样的禅修和断食方法了。经过了这样的断食和禅修,往往血压、血脂、血糖都正常了,他们恢复了朝气蓬勃,但却并不出世,而是重新返回到世俗人生的战场中。

还有一些艺术家,在终南山中常年居住,搭草棚,住崖居,上山和下山都是为了艺术理想。他见过这样的画家,他们弹古琴,画山林,人与艺术合一。有的是武术高手,在终南山练习武术,切磋技艺,但一有别人靠近,他们却讳莫如深。

再有一些隐士,有的是事业有成的商人,却忽然变成了隐居的人,不再与俗世来往。有的是社会的边缘人,在这里只为内心的平静。有的人是生活失败者,选择变成大山里的隐者,将一切降到了基本,就不再有失败感了。他们选择在山林里住下来,住在石屋、山洞、茅草屋里。他们沉默寡言,与山石森林为伍。不过,因为各种各样的原因,他们和现世社会还都有着联系,不可能完全断绝了联系。

谭朝阳在终南山的山道上行走了一个星期,每一天,他都能碰见不同的人。他现在感受到了这个世界的无比广大,和人生本身的辽阔丰富。不走出办公室,不走出大都市,他不知道这个世界还有这么广阔的景象,和人生选择的多样。人的活法很多,不可能只有那么几种。他明白了,他对成功的理解是那么的狭隘,金钱和权力迷蒙了很多人的眼睛。因为实际上你完全可以选择不去成功,甚至,就选择边缘和失败。这也是人生的选择之一,而且,的确有很多人就是这么选择的。他也理解了几个有名的艺人为什么忽然选择了出家。他也多少懂了李叔同出家的决断,和他的书的一些奥义。

不过,假如真的作为一个隐士存在于终南山里,人是依旧生活在今天这么一个具体的时代里的。不管是真隐士假隐士,人人都依旧受着这个时代的氛围、环境和制度的影响。不过,既然是隐士,那你就可以是不存在的。这个社会的考评体系对你就不发生作用了,你就是不存在了。但你实际上依旧存在着,存在于广袤的大自然中,你有你的生命的质感,有你的眼光和情绪,有你的世界——面向大自然的世界,面向内心和自我。最终,真的从这世界上消失为隐士,因为死亡会收走我们每个人。

在终南山,各种各样的隐士让谭朝阳眼界大开。这些人的生活态度各异,但他们都喜欢隐居和面对山林。这是最为关键的。

在终南山,谭朝阳没有找到任何龚蓉蓉来到过这里的线索,站在一处高高的岩石上,看着眼前的云雾翻腾,谭朝阳忽然明白了什么,他决定回家了。

6

在大自然中行走,在广阔的世界上行走,谭朝阳看到了世相的真实面。当你向下看的时候,你看到的,一定是更为平庸、惨烈和淡然的人生。一个人失去的东西再多,也没有比失去亲人更多的了。世上的人们,亲人关系是最重要的一种关系。人是动物,有血缘的联系,就是亲人,只有血缘能够将人们汇聚在一起。

现在,龚蓉蓉消失了,他们之间没有血缘,但是有一种关系存在,不是法律意义上的夫妻关系,而是情感的关系。他出来这些天,每天都感觉到这种关系在加强。只有他的生命消逝,他才不会再感受到这种关系了。

他知道她也爱他,但他不知道,她决定出一次远门,是不是为了更好地回来。当她一个人在梵净山的山洞中面壁的时候,她就开始了一个人的行走,最终,她踪迹全无。

现在,谭朝阳可以基本判断她要寻找的,就是她内心的平衡。当得知她得了不久就要告别人世的重病之后,她需要离开家庭,自己独自去面对这一事实。按说,两个人面对,总比一个人面对要好。现在,她一个人走在大路上,也促使谭朝阳走出了自己的生活,也这么走出来,走在了大路上。

当谭朝阳站在终南山的一处高高的岩石上,面对这初升的太阳,面对着翻腾的云雾如同变幻的人生图景,他忽然悟到,自己应该回家了。

谭朝阳后来又根据一些信息在江西、浙江、福建的一些山清水秀的地方去寻找龚蓉蓉,但他每一次得到的消息,都是她刚刚从一个地方离去。

几个月过去了,谭朝阳最终没有找到他的妻子龚蓉蓉,她消失了,消失在了大地上,行程中,空气里。她不见了。而谭朝阳也在这次的寻找中,发现自己也许更适合过一种边缘人的生活,比方说,他也许可以在昆嵛山的道观里出家,成为一个道士。法号白鹤山人,成为一个隐士。或者,他在别的地方找到一份新的工作。总之,妻子的消失让他深受刺激,无法重返过去的生活形态,他彻底改变了自己,变成了另外一个人。

《长江文艺》2015年第7期上·原创

评鉴与感悟

都市人的精神之旅

曾作为"新生代"作家跻身于文坛的邱华栋,一贯秉承其对当下中国转型期都市社会的思考与想象,致力于建构独具中国经验的城市文化景观。今年的短篇小说《禅修》同样讲述了身处都市中人,因一场突如其来的"禅修"所遭遇到的一系列精神裂变。

小说的情节并不复杂,起因是妻子龚蓉蓉向丈夫提出的"禅修"打破了家庭原本的平静。妻子所说的"禅修",原本是古时修道信佛之人出于教义而做的功课,但在当下社会,这成了摆脱城市压力喧嚣的心理治疗术。作为乡土世界的"背叛者",龚蓉蓉无力去面对这个早已物化了的城市里的"冰水时代"加之其上的痛苦。于是,禅修成了她逃离都市、寻求精神救赎的旅程。

极具深意的是,原本反对妻子远行的谭朝阳在"寻妻之旅"中,竟慢慢被禅修,准确地说是被陌生化了的世界所吸引。原本仅是为了追寻妻子的跋涉,后来逐渐转变成寻找自己内心的精神旅程。小说不止一次地写道,"实际上,寻找她,他也是在寻找自己""到了云南,他似乎忘记了自己是来找龚蓉蓉的,他开始面对自己了"。而到了终南山下,谭朝阳最终完成了这场精神旅程带给他内心的超越与不平静,他已然实现了人生观的彻底转变。"因为实际上你完全可以选择不去成功,甚至,就选择边缘和失败"。至此,禅修的意义早已超越了心理治疗而成了脱胎换骨般的精神洗礼与价值重构。

不难看出,小说呈现的是两个人各自的旅程,之所以强调各自,是因为尽管两个人一前一后的路程可能是相同的,但当这个旅程从追寻他者的旅途最终演化成寻找自我的精神之旅时,即在各自不断叩问着灵魂深处而走近自我之时,两个人的心理距离早已渐行渐远。或者说,在谭朝阳超乎道德和情感的追寻中,妻子早已成了仪式性的存在,成为用来找寻真实自我的引路人。

就整体而言,小说并非以情节取胜,而是注重这场精神之旅的内在感悟。从北京到梵净山,再从云南到终南山,地域上的转移使谭朝阳逐渐发现自己不曾想象的另一种生活的可能。小说结尾写道,"总之,妻子的消失让他深受刺激,无法重返过去的生活形态,他彻底改变了自己,变成了另外一个人"。不难看出,作家借此隐喻传达出现代都市人的集体性症候与解决之道,即只有走出城市、摆脱桎梏,方可找到"内心的平衡"。因此,谭朝阳最终不再偏执地找回妻子,两个人都已经完成了各自内心的洗礼,从这个意义上讲,对方的存在与否似乎并不那么重要。

由于作家理想之光的强烈投射,禅修带给人的是那么美好的精神洗礼,仿佛因为一次禅修、一次找寻内心的旅程,甚至连同人生观的颠覆都显得那么超脱而妙不可言。令人深思的是,这种美好与超脱在提供一种暂时躲避城市的现实而精心制造出的浪漫想象之余,能否真正救赎现代人的焦虑内心?或者说,面对当下文化转型或人性的整体性变迁,现代都市人是否可以借助"禅修"这一手段来解决心灵的难题呢?(杨毅)

别让爱你的人去香港

/ 邓一光

包爱君刚把保姆车驶上北环路，那只鸟就从路边的绿化带里冲出来，斜刺里迎向保姆车。鸟儿斑斓杂色，向前挣着小小脑袋，两翅快速翦合又打开，在撞上车头的一瞬间迅速拐了个弯，触须般粘在车头前面，与保姆车同向飞翔，把开车的包爱君吓了一跳。

北环路上车流如泄，车辆默契地保持着时速80码的匀速，那只鸟同速，夹在保姆车和一辆奥迪A6之间，像是有人派它来给保姆车引路，这让包爱君有点奇怪。

"是蜂虎！"周思爱在后座上说。她兴奋地往前探出身子，手自然地搭上坐在副驾座上的梁鼎肩头，同时下意识地捏了一下。包爱君在余光中看到了，她知道周思爱不是故意的，只是有些习惯没有改掉。

"不是蜂虎，是云雀。看见凤头没有？"梁鼎盯着鸟儿说。他个头高，坐在副驾上微微偏着头，不然看不见车头上方的鸟儿，"蜂虎喜欢几只一起，不会只有一只。"

"你什么意思？"周思爱生气了，用力拉一下梁鼎的肩膀，"你的意思，你比我懂得多，是不是？你的自以为是怎么一点也没改？"她扭头对驾驶员喊，"包爱君，你是怎么管教的，他干吗什么都抢，什么都要占上风？太不可思议了，你们为什么不离婚？"

有一阵他们没有说话，包爱君，周思爱，还有梁鼎，三个人都没有开口。他们从西乡出来，去皇岗口岸，送周思爱过境去新界。包爱君朝旁边看了一眼，梁鼎僵硬着身子坐着，一眨不眨地看前方，不知道是不是在看那只忽上忽下的鸟儿。包爱君猜，周思爱的本意并不是要她和梁鼎离婚，这个主她做不了，主要是她出了事，心情不好，看什么都不顺眼。

车在并入新洲路后慢了下来，密集的路口制造了车流滞缓。那只鸟儿也减了速，和保姆车保持着距离。包爱君又看了一眼梁鼎，他还是坐在那里没有动，看不出打算开口的样子。

梁鼎是包爱君和周思爱的男人。过去是周思爱的，现在轮到包爱君了。

梁鼎和周思爱相爱了十年，爱到捅刀子，差不多一两年就要酿成一次血案。三年前，周思爱用一把折叠刀再度伤了梁鼎，在他小腹戳出一个三公分长的口子，不是特别严重，但血流了很多。他苍白着脸拦住人不让报警，说谁要报警他就把谁的脑袋砸碎。但这也没拦住什么，他伤口痊愈后，俩人还是分了手。

包爱君和梁鼎没有结婚。在西乡那个居民来源复杂的社区里，像包爱君和梁鼎这样不是夫妻，但以夫妻名义一起生活的，不止他俩一对。据说，这个城市有超过三成的家庭法律关系缺失。有时候人们觉得前景迷茫，不知道能走多远，于是就凑合着过。

"按喇叭，吓吓它，让它离开车。"周思爱拍驾驶座椅背，大声指挥包爱君，好像车头前飞翔着的不是鸟儿，而是她妈妈，包爱君正开着车去撞她。

包爱君有稳定收入，合法交纳营业税所得税和五保一险的时间超过十年，凭多年积蓄，在西乡买了一套一百〇八平方米的公寓房，国土局网站上能查到手续完备的房契登记，她不会违规在城市快速道上鸣笛。而且，包爱君有点好奇，想知道那只鸟儿想干什么。她三十多岁了，不相信安徒生童话中那种为人领路的好心鸟儿的故事。她没想到，在通过红荔路口的时候，她提速跟上车流，那只鸟儿突然拐了个弯，径直飞向保姆车，重重地撞在前窗玻璃上，前窗玻璃上立刻鲜血四溅。

"你怎么开的车？"周思爱立刻愤怒了，冲包爱君大喊，"你杀死了它！"

包爱君吓一跳，下意识踩死刹车，引得身后一片刺耳的刹车声。

保姆车停在路边，包爱君打开应急灯，他们都下了车。周思爱手插在裤兜里，站在那儿很不耐烦地看快速通过路口的车流。她那条皱巴巴的水磨蓝牛仔裤有点脏，裤子是包爱君的，她从东莞跑出来之前没带换洗衣裳，只能借包爱君的衣裳穿。她腿长而直，不得不说，她穿牛仔比包爱君好看。

包爱君和梁鼎贴着路边心惊胆战地往回走，想找到那只鸟儿。他们走过路口，又返回来，在肇事地点来来回回找了几分钟，什么也没有找到。

"也许在马路对面。"周思爱站在保姆车边朝他俩喊。

根本不可能，路口车流不断，就算想违反交规，他们也走不进行车道。但完全没有必要，双向六车道，包爱君和梁鼎视力都不错，完全能够看清楚。事实上，马路上一根鸟儿的羽毛都没有，那只鸟儿，它不见了。

包爱君觉得不舒服，心里有强烈的愧疚感，回头看梁鼎。他站在那儿发呆，然后蹲下去，伸着脖颈大口大口呕吐出来。

包爱君去应付一辆驶过来停在保姆车旁的交警摩托，周思爱从她身边擦过，去了梁鼎那边。包爱君很快就听见他俩在身后说话：

"没事吧？让我看看。早上没洗脸啊，这么脏。来，抓住我的手。"

"我能行。"

"怎么还犟啊，最烦你这样知道吗，离婚前就烦。好了，别看地上，呕吐物没有长得漂亮的，就算自己的也不好看。吸口气，起来。"

包爱君向交警解释，他们遇到了什么事情。

车窗上有还没干涸的血腥，以及一撮黏住了在风中抖动的绒毛，这些都能证明，几分钟前的确出了一桩车祸，只不过交规不管这类车祸，不算违章。年轻的交警大概昨天熬了夜，情绪不大好，他不断往景田路方向看，那里有一群情绪激动的居民，有人从小区楼顶天台往下悬挂条幅，"保卫家园""我们不想掉在行驶的地铁上"，一群戴着防暴头盔的警察在维持秩序。年轻的交警查看了包爱君的驾驶证，要她尽快把车开离现场，然后骑着摩托去了景田路那边。

"走了。"包爱君收好驾照，对远处的他俩喊。

他俩站在那儿没动。周思爱抓着梁鼎的手，急匆匆对他说着什么，然后他对她说着什么，两个人的手没松开。路上噪音大，包爱君听不清他俩的话。她拉开车门，上车去坐着，希望交警不会马上回来，再回来就算违规了。

东莞扫黄打非的时候，周思爱不在那儿，警察动手前几天，她陪两个台湾客人去了山东，等她回来的时候，鸟去巢倾，城市褪去脂粉气，一下子萧条起来。本来警察抓人时周思爱不在现场，躲过一劫，她决定换地方生活，只是走之前，她打算找一位熟客讨账，追回账再离开东莞，没想到，那个绰号叫"传说哥"的人不肯还钱，两人争执起来，"传说哥"动手揍她，她顺手抓起一把工具刀捅了他，然后连夜逃到了西乡。

周思爱进门的时候梁鼎吓坏了，不知道该怎么处理这件事。包爱君接到电话，赶回家里，看见周思爱站在客厅当中，手心里还捏着带血的刀子，冲动地冲梁鼎大喊大叫。包爱君不由分说，把周思爱推进卫生间，让她从头到脚洗涮一遍，沾满血迹的衣裳打成包，丢进垃圾桶，找出自己的衣裳让她换上。

包爱君拿着干净衣裳进卫生间的时候，周思爱湿漉漉地蜷曲在角落里，双臂环抱着身子发抖，像是睁眼做着一场噩梦。包爱君无意间从镜子里看到周思爱私处浓密的黑毛，那是一片丰饶妖冶的丛林，那一刻，包爱君后悔拿了自己喜欢的石磨蓝牛仔，而不是一件穿过可弃的宽大裙装。包爱君说快起来吧，试试衣裳，不行我去商场买一套。

梁鼎忙乱了一通，给他在东莞的朋友打了一圈电话。发生在石碣镇的凶杀案很多人都知道，"传说哥"在当地是个有头有脸的人物，但警察已经接管了案件，没人说得清受害者伤得怎么样，是不是死了，这让梁鼎五心不定。

为怎么处理周思爱的问题，包爱君和梁鼎发生了争执。包爱君认为，是"传说哥"先动手，周思爱才从桌上抓起刀子捅了他，凶器是"传说哥"自己的，周思爱没有故意杀人的动机，她应该向警察自首，法庭会考虑正当防卫情况，也许不会判她坐牢。

"就算法庭不判，对方也没死，"梁鼎犹豫不决，"医药费、营养费、误工费、精神损失赔偿，这些肯定要付，她钱没要回一分，拿什么付？"

"我们可以帮她。"在讨论了一番周思爱到底有没有钱，是不是在东莞赚到了钱这个问题之后，包爱君说，"你可以帮她。"

"我不管她的事，管不了，想都别想。"梁鼎立刻拒绝。

"那我出钱，让她以后还。"包爱君想尽快把事情解决掉，"她需要一个律师，我替她请，总不能看着她这样吧。"

梁鼎坚决反对送周思爱去警局，不是赔偿费问题，她坐台出台，替人洗钱销赃的事都干过，这种风头下，等于送上门去，司法机关肯定会下手往死里判，要这样，就算"传说哥"活下来，她从监狱里放出来，也是百无一用的老太婆了。

梁鼎决定把周思爱送过口岸——这也是周思爱自己的意思——警察要走司法程序，来不及发通缉令，她可以逃去香港，在那儿待上一段时间，要是"传说哥"没有死，过一段时间再回来也不迟。

"人要死了呢？"

"别问我，是她的命，她干吗要捅人？"

包爱君猜出梁鼎的心思，他跟红棉树一样，人长得高高大大，个头挺拔，其实木质松软，胆小怕事，他受不了周思爱在监狱里变老这件事。

大约三分钟后，周思爱和梁鼎回到路口，两个人上了车。

梁鼎要包爱君把车往回开，不去皇岗口岸了。包爱君问为什么。梁鼎让她别问。

"不是说好了，送她去口岸，她从那儿过香港吗？事先打电话问过，花一百二十块就能拿到过境签证。"

"赶走我有什么好处，"周思爱不耐烦，"对你当然有好处，可也用不了那么急。我现在不走，我要想一想，为什么会撞上鸟儿？"

"你不应该对她吼，"梁鼎扭过头去责备周思爱，"她又没做错什么。"

"我错什么了？我错了吗？"周思爱像个不讲道理的孩子，朝梁鼎发狠，"谁让他欠我钱不还，他要在车上，我还捅他。"

"知道吗，"梁鼎生气地说，"你的问题就在这里，怎么都管不住自己，这件事不关爱君什么，她谁都没有捅。"

"心疼女人了？"周思爱朝脸色灰白的男人冷笑，"那我怎么办？我一过口岸就回不来了，就成了一个被抛弃的人，你就想看到我这样，像狗一样被香港人打死，你们心里都这样想，是不是？"

这个过程中，包爱君在红荔路上调转车头，沿原路返回。她不明白鸟儿这件事与周思爱去不去香港有什么关系,还有,她觉得周思爱的样子就像招潮蟹,长着两只突出的眼睛,一对见人就挥舞的蟹螯,对谁都摆出攻击的架势。她觉得一开始头绪就乱了,现在越来越乱。

半个小时后,他们返回西乡。

锦纶小区很安静,有几个居民在小区里遛狗,讨论狗沙循环利用的窍门,以及最近开始流行的宠物抑郁症问题。

包爱君把车驶进地库,让他俩先上楼,她找水来清洗车窗。看着清水顺车窗玻璃流下来,她的影子在水迹中模糊掉,她站在那儿有点发呆。

那只鸟儿可能既不是蜂虎,也不是云雀,而是别的种类的鸟儿,他们连它的身份都没有弄清;它收束起双翅,回头一撞,脑浆四溅,却连尸首都不见了,究竟去了哪儿?

包爱君心里有些难受,想那只鸟儿出现在车头前,斜刺掠飞的姿势多么漂亮,现在她盼望它再度出现,她会告诉它,她不是故意的,她想对它说声对不起。

包爱君回到家的时候,梁鼎在泡茶。周思爱坐在沙发扶手上,没精打采地撕一张包玉胚的牛皮纸。包爱君绕过他俩进了厨房,打开冰箱,找出半打鸡蛋、一袋腊肠和昨天吃剩的米粉,打算为大家做顿简单的饭。下午她会去超市买菜,给周思爱做一顿丰盛的饭,吃完送她离开。她不希望周思爱待下来,继续住在她家里。也许可以再留她住一天,最多两天,然后,要么她去香港,要么她去警察局投案自首。

"确定去元朗还是旺角?"包爱君听见梁鼎在外间问周思爱。他是北方人,泡茶手艺生涩,弄得茶具叮当乱响。

"管它呢,反正没人在乎。你不在乎,对吧?"周思爱嘲讽地说,"为什么人都这么自私?你们把我当成敌人,我做错什么了?"

包爱君能猜出周思爱说话的时候,看梁鼎的怨怼眼神。她的眼睛有点往下吊,外眦上挑,冷漠而严厉,但很奇怪,连包爱君都被它们的流光闪烁所吸引。不得不说,周思爱是个姿色上好的女人,尤其她桀骜不驯扬起下颔的时候,没有几个男人不被她凌厉的眼光所伤害。

"没有人把你当成敌人,"梁鼎把茶水沏入茶杯,听声音,包爱君就能猜出茶案上有水花溢出,"你应该反省一下,这么多年了,十年了吧,你总是捅娄子。你自己才是自己的敌人。你为什么不改一改脾气?"

"你是大人物了,梁鼎,你一直是大人物,连包爱君也是,"周思爱显然被激怒了,"你俩和他们一样,你们是一路货色,我讨厌你说话的口气。"

"别忘了,这是在我家,"梁鼎咬住了,"在我和爱君家,轮不到你说这种话。"

"嗬,"周思爱笑了,"我是一个不知趣的人,你就是这个意思。"

"随你的便。"

包爱君把青菜泡进水里,用搅拌器搅蛋。青菜有些过气,她打算用水焯一下,在水里滴几滴混合油,这样看起来不那么显出颓气。她无法理解周思爱,弄不清她的暴戾恣睢是打哪儿钻出来的,好像全世界都欠了她。

"为什么一见面你就教训我?你教训了我十年,还没有教训够?"客厅里传来茶水泼掉的声音,听上去不是碰翻掉,而是人所为。有一阵,客厅里的两个人没有说话,只听见梁鼎生气地喝茶的声音。

包爱君想,幸亏泼的只是茶水,不是别的。有一次,周思爱和客人闹起来,被客人绑架,打电话要梁鼎去领人。梁鼎匆匆忙忙赶去东莞,第二天回来,进门沮丧地坐在沙发上不吭声。包爱君问他怎么了,他给包爱君看摔坏的手机。她嫌他依了赖账的客人,向人家说了软话,对方赖的账也免了。按她的愿望,他应该提着一把菜刀冲进出租房。

包爱君很生气,手机是她刚给梁鼎买的,他本来用不上那么贵的手机,她自己也只用了一部一千多的3G机,她只是不想让自己的男人被人瞧不起,但谁又在乎这个?

包爱君用围裙垫住灶台,人支在锅边,等着锅里的水烧开,把腊肠煮一煮,这样切成形的腊肠显得好看。

第一次见到梁鼎,包爱君就喜欢上了他。

包爱君经营一家玉石作坊,梁鼎替客户送一批南红石到店里,说好了老坑石,包爱君也是按遗石的价付了定金,结果拿到的货半数是新矿出的柿子红。包爱君不干,拉下脸,让梁鼎给供货方打电话,叫人亲自过来验货。

"马哥不让我给他打电话,他说如果你要问,就说他去缅甸了,不在保山。"梁鼎涨红着脸说，说完后脸更红，低下头不敢看包爱君。

包爱君本来生着气，一下子就笑了，觉得这个男人太有意思了，连撒谎都不会，能干什么呀。那天包爱君故意怠慢梁鼎，人晾在一边，只管忙自己的。梁鼎反而松了一口气，也没闲着，热心快肠地帮上蜡工给玉件煮蜡，忙得满头大汗，包爱君从蜡池边过，听见他埋怨不应该用蜡填塞玉件孔隙，应该把玉件送回师傅手中重新琢磨。

"玉颜本如此，何必马嵬泥。"他举着戴胶皮手套的两只手，在蜡池边转着圈，文绉绉和人唠叨。

梁鼎不英俊，包爱君第一眼看到他时，甚至没有记住他的相貌。但和别的男人不同，梁鼎容易害羞，笑的时候很紧张，嘴唇抿住，死也不肯露出雪白的牙齿，这在如今的男人当中实在不多见。何况，他懂得识玉，疼玉，知瑕不掩，这不能不让有过经历的女人心动。包爱君鬼迷心窍，那天竟然留下梁鼎吃工作餐，不到三个月，两个人好上了。

她和梁鼎第一次上床，两人结束生涩中的忙乱，黑暗中，梁鼎抚摸着她的肩头，动作突然停下来，手指头试探着，人偶似的在她锁骨上站立起来。她不知道发生了什么，有点紧张。他抓住她的手，放在他胸前，示意她像他那样抚摸他；他带着炫耀的口气告诉她，他的皮肤两年前可没这么光滑，夏天连短袖都不敢穿。她一下子明白他的生活中过去发生了什么，汗毛竖立，立刻从他胸前抽回手。他捉住她的手，他说没什么，他说动物都这样，互相撕咬。她不想听他说这个，把他紧紧搂入怀里，希望他停下来。但他还说。他说没有人知道，一个人怎么可以这么恨这个世界，连爱都要用憎恨的方式，恨不能把世界撕碎。她毛骨悚然，用嘴去堵他的嘴，他神经质地吃吃笑着，躲开她的嘴，继续说，他说周思爱十一岁就被文质彬彬的表叔奸污了，她不该长一双吊角眼，那双眼睛给她惹了多少事啊。她放弃嘴，换了乳房。他的声音被堵回嗓子眼里，像是人落入了窨井下。

等他昏天黑地睡去，她去了卫生间，在那里咬着毛巾流泪，直到柳絮在渐至的黎明中飘落窗台，她没有回到他身边。

认识梁鼎之后，包爱君就听人说起梁鼎和周思爱的事情。他俩有多爱对方。

他们生活在同一座小城市里，同届生，不同校，俩人在一场校际演讲赛上相遇，分别是各自学校的主辩和二辩，那场辩论赛的激烈和精彩，至今为小城人记忆。从十八岁到二十八岁，他俩分分合合，死过三次，三次都是一起赴死，闹得周边人全知道。有一次，她捅了他，捅重了，肠子流出来。她害怕他死掉，抢先服下两瓶安定。他在医院里拨不通她电话，拔掉滴管捂着肚子赶回公寓，进门用力抽她的脸，她沉睡着没醒过来，他一急，把剩下的安定倒进嘴里，心如死灰地躺到她身边。

包爱君知道，人们有问题，她自己亦如此；人们害怕失去什么，或者害怕自己什么也不是，于是就折腾，直到自己和牵连者伤痕累累。所以，在知道梁鼎和周思爱的事情以后，她想结束和梁鼎的关系。她觉得，梁鼎的过去太重了，自己的过去太重了，两个有着沉重过去的人，没有资格重新开始。

但他们没有分开。

梁鼎先是不解，每次两人交欢前，包爱君都准备好"杰士邦"，郑重其事地要他戴上。他哈哈大笑，人滑到床下。之前她告诉他，她卵巢早衰，不会再生育，要这样，他们没有必要采取措施，他和她在一起，也没有打算出示HIV唾液测试报告和精子测试报告，虽然他希望有人为他生孩子，而且为此试探过她。直到她歇斯底里发作，哭着告诉他，自打离开内地那个小县城以后，她老是梦见她失去的第一个孩子，还有第二个。她一直在梦中寻找他们，想知道他们是男孩还是女孩，要是她把他们生下来，他们蹒跚走在大街上，会不会引来无数人疼爱的眼光。她至少要骗骗自己，装作自己还有可能怀孕，不然他俩就和小区其他"夫妇"一样，只剩下盒饭式的情欲了。他坐在地上，呆呆地看她，手边是一只形状可笑的拖鞋，然后他朝她爬过去，挨了她一耳光，又一耳光，总算把她搂进怀里。

"我该死。"他说，"我该死。"他说。

那天他一直没有松开她，反反复复对她说一句话。他口气决绝地说，我们会有孩子的，我们想办法。

包爱君在冰箱里找到一根萝卜，看看萝卜还有水分，把萝卜削了，切成条，盛进盘子端进客厅。

"你有没有发现，他现在脾气越来越大了，"周思爱对包爱君说，"过去他对自己的女人从不这样，就像狗一样温存。"

包爱君看周思爱。周思爱脚下堆着一堆纸屑,斜眼盯着不远处的窗帘,看上去她在打窗帘的主意。包爱君想不明白,她怎么才能把块麻质的窗帘布撕碎,就算能做到,她拿那堆碎片做什么?

"你想说什么?"梁鼎皱眉头。

"你知道。"周思爱说。

"闭嘴,你这样对爱君不礼貌。"

"这就是问题,"周思爱挑衅地看着梁鼎,"我不会倒卖假玉石,没钱给你买房,让你吃软饭,你觉得没有安全感。太好了,你们现在狼狈为奸,为什么不给警察打电话,说杀人犯在你们这儿,反正你们已经决定了,我给你们提供机会。"

"水果吃完了,没来得及买,吃点萝卜吧。"包爱君把盛萝卜的盘子往前推了推,推到显眼处。

"拿开,我又不是看人眼色的乞丐!"周思爱愤怒地朝包爱君喊。

"我们小时候都吃过。"梁鼎从盘子里拿了一块萝卜,用力咬一口,讨好地朝包爱君笑了笑,"萝卜很好吃,对不对?"

"你小时候还吃过屎,"周思爱从沙发扶手上站起来,眉头扭曲,"太奇怪了,世界完全颠倒了,人们一点廉耻都没有,"她身子往前倾,好像要冲过来,"我为什么到这儿来?你们很高兴看到我落到这个下场,对不对?"

"周思爱,你有病吧。"梁鼎的脸涨红了。

"别朝我伸手指头,别让我咬断它!"

包爱君看一眼无所适从的梁鼎,再看冷笑着的周思爱。她俩和同一个男人生活过,都熟悉这个男人,他不是什么出色品种,有点害羞,也许正因为这个,她们没有离开他,不想离开他,只是她们当中一个人失去了这个男人,再也回不来了。想到这个,包爱君有点替周思爱难过。

"好了,没有必要激动,我们是在帮你。"她对周思爱说。

周思爱看包爱君一眼,不说话,然后她怒气冲天地离开客厅,去了卫生间,重重地关上门,很快,马桶盖发出啪的一声巨响,然后是惊天动地冲水的声音。

吃过午饭,包爱君给店里打电话,叮嘱人,她今天不去店里,要员工把加工好的黄玉挂件送去南山科技园。然后她带周思爱去步行街买衣裳。

她们一路上没有说话。周思爱脸扭向窗外，看西乡大道两边的街景，指甲神经质地抠着坐垫。包爱君猜她不会是在这一带选择可以居住下来的公寓楼，她只身逃离，一分钱也没有，根本做不到。包爱君在步行街路口把周思爱放下，给了她一张消费卡，是年前送人情没送完的，里面有五百块钱。她想够了，又不是参加聚会，她只希望对方脱下自己的牛仔裤，她不想对方长又细的腿套在自己的裤子里，她再去穿回裤子，然后脱下来，上床和梁鼎厮混。

周思爱站在街边，有点不适应。离着不远，路口的球形石墩上坐着一个蓄着脏兮兮胡子的老男人，老男人穿一件军大衣，把自己打扮成大衣叔，神思恍惚地拉着一把高胡，唱一支大概是随意胡诌的原创绕口，嗓子和琴声真是要了人的命。

包爱君把车从街口开走，去"新一佳"买菜。如果时间够，她打算绕道去"罗家臭豆腐"打包一份外卖。香港什么都有，但不会有正宗臭豆腐，她这样做，也算对得起周思爱。

车离开时，包爱君忍不住从后视镜里看周思爱，想知道这个在逃杀人犯会不会紧张。她看见周思爱蹲在大衣叔面前，手托着腮，然后她站起来，把什么东西塞进大衣叔手里，头也不回地离去。

包爱君心里咯噔了一下，她能判断出周思爱干了什么，她把消费卡当成布施送人了。

晚饭后，包爱君在厨房里洗碗，另两个人在客厅里吵架。周思爱后悔了，不想去香港，她在香港一个人都不认识，没法生存，就算进了香港监狱，刑满释放后也得被送回内地。

"你想我死在那边，你就彻底放心了，是不是？"周思爱朝梁鼎喊。

"那你想怎么样，总不能待在这里害人。"梁鼎有点口吃地说。

"我害谁了？别忘了，你也是一粒灰尘，没人在意你，包爱君迟早会把你扫地出门！"

包爱君把注意力转移开，去看窗外，她不想让自己纠缠在这些事情当中。

窗外是自作多情的城市灯火，西乡河从小区旁边静静流过，在不远处进入珠江入海口。包爱君觉得,这有点像她和客厅里的两个人——梁鼎发源于乌蒙山,周思爱和他汇聚得早,在贵州或者广西两个人就交汇了,断断续续流成一条干流,自己则晚了许多,直到失魂落魄的梁鼎流入三角洲网河区,她才与他交汇。其实,像她这样懵懵懂懂的河流,方圆数百公里内还有高明河、流溪河、沙河、雅瑶河、南岗河、增江、潭江和南坪河,它们只是没头没脑地随着珠江注入大海,根本无从知道汇入的那条干流之前发生过的事情。

包爱君看着窗外夜景,突然就想到早上遇见的那只鸟儿,心里动了一下——它也许就在那儿,在黑暗中的某处河网地带看着她。她不相信它死了,不然怎么会找不到它的尸首,这说不过去。也许那只鸟儿有超能力,在迎头一撞后,去了一趟海湾,在那里梳理好被车窗玻璃弄乱的羽毛,返回城市快速道的植物带中,等待天亮后,再一次振翅而起,迎向车流。

包爱君这么一想,就有些释然,觉得那只鸟儿很像自己,或者说,它和她是一类生命,他们在迎头一撞后,仍然会死而复活,养好伤口,汇入停不下来的生命潮流中。

半夜两点左右,包爱君突然从梦中醒来。她发现梁鼎不在身边,他的枕头乱糟糟掉在床下,人不在卧室里。她起身披上衣裳出了卧室。

客厅里没有灯,有一阵,包爱君没有看清楚,有点紧张和担心,但很快她就判断出了客厅里的情况。

是周思爱,她站在客厅的黑暗中,离窗户很近,指间夹着一支烟,烟是点着的,但她没有抽,好像那支烟只是她的一个陪伴,她需要它待在那里,不然她无法对付黑暗和寂静。

"如果我知道来到这个世界上会遭遇什么,"周思爱好像长了后眼睛,知道身后站着谁,她没有回头,"我会提前把自己掐死,免得人不待见。"

包爱君没有接话,黑暗中,她看不清周思爱的脸,只知道她还穿着自己那条没换下来的牛仔裤,指间的香烟暗淡到快要看不见火头。然后她转过身来,看着包爱君:

"最好他们直接判我死刑,这样事情就简单多了。"

"他们不会。"有一阵包爱君没有明白周思爱在说什么,两个人沉默了一会儿,然后包爱君明白过来对方说的是什么意思,"没有这个必要。"

"他们会，"周思爱隔着两张沙发与包爱君对峙，"他们巴不得，而且你并不知道他们是什么人。"

"但你不能往那方面想。"包爱君不知道自己为什么要说这个，但她就是这么想的，"你要对自己有信心。"

她们沉默了，但这个时间没有过多久。

"你想过你不在这个世界上的事情吗？"周思爱在黑暗中问。

"想过。"包爱君迟疑了一下说。

她回忆在故乡那个小镇上她失去的一切。有一段时间，她渴望离开这个世界，也许这样就会找到她想要找到的那两个小生命。离开小镇时她非常决绝，以为这样自己就会带走所有的过去，包括记忆。现在她不那么想了，她比什么时候都希望活下去，活得好好的，活出新的希望来，这也是为什么她给自己买了一台保姆车的原因。

"我也想过，不止一次。"周思爱说了半句，打住话头，然后不知为什么，包爱君觉得对方在黑暗中笑了一下，"女人需要的不多，一共就两样，爱上一个人，被那个人爱。想一想，那个人是谁？他是否存在？你去哪儿找他？他会爱你吗？还是你和他永远也遇不上？"周思爱停下来，大概是在想自己究竟说了一些什么，然后像是想不明白，怆然地摇摇头，"女人的一生就这么过去了。"

"时间不早了，你最好去睡一会儿。"包爱君不想讨论这个问题，她们的意见不会一致。

"知道吗，我没法和他安静地相处。"周思爱没有那么做，把手中的烟头丢在地上，这一次，包爱君没有觉得有什么不好，"有时候我怀疑，为什么老天让我遇上他。"她腰一折，极累地靠在窗台上，好像找到了一个理由让自己彻底松弛下来，"我俩是劫数，谁也饶不过对方。"她说，突然有些拦不住，语速快起来，"总有一天我会死。谁也逃不掉。也许我会惦记这个世界，我会想我的外婆，还有小学五年级时送跳跳糖给我的那个羞涩男孩，他叫什么我忘了，但也许我谁也不会想。"

她突然打住，在黑暗中惶惑地朝两边看，好像在找什么，其实她什么也看不见，然后她彻底泄了劲，低下头朝客房走去，半路上碰上了什么，发出一阵响动，她像是被提醒了，回过头来。

"我不喜欢你的家,"她说,"收拾得太干净,化妆品也不合我的习惯。但不得不说,你真是走了狗屎运,有一个家,家里有个男人,这太好了。"她停下来,头往下耷拉,看上去有一种放弃的样子,有一阵她没有说话,然后她开口说,"我们都爱过,对吗?"

包爱君松了一口气,她想,当然,但她没有说出来。"去睡吧,"她对黑暗中那个把自己摧毁掉的女人说,"明早还有不少事要做。"

包爱君出了门,坐电梯下楼。她想起有一次她和梁鼎开玩笑,说你的两个女人名字里都有爱这个字呀。梁鼎不喜欢她提到另一个女人,板着脸说,我只有你一个。也可能是受了刺激,也可能是故意,她没有管住自己的嘴,加了一句,怎么是一个,是两个,一个爱君,不爱自己,一个思爱成疾,你得永远管她,不然她病得更重。现在想起来,她觉得自己那句话有点任性,但没有错,大家都病得很重,活着活着把自己活丢了。

包爱君在小区花园里找到了梁鼎,他蹲在一棵过了气的吊钟花树下,像一只失去了判断的草鸦。她在他身边站了一会儿,过去挨着他坐下。有两只鸟儿在他们头顶上,也许是三只,它们在树丛中叽叽喳喳商量着什么,然后嗖嗖地一只接一只飞走。

"是夜莺,看它们的白肚皮。"她惊讶地说。

"迟早有一天它们会被撞死,不是被车,就是被云彩。"梁鼎粗声粗气地说,听口气有点赌气,见她扭头看他,越发赌气,"人们和鸟儿没两样,对什么都好奇,总和一些不相干的东西一起飞,有时候把握不住方向,一头撞在什么上面,一命呜呼,谁知道发生了什么。"

她收回目光,觉得他说得对。他还是头一次说这么严肃的话,那种话不像一个,怎么说呢,一个靠女人生活的男人嘴里说出来的,这让她有些茫然,又有些无名的高兴。她只是有些许遗憾,他说了那么多,但他没有说她现在想的,他们曾经讨论过的,他没有说到希望。希望不是面对世界一个劲地想,或者东张西望,那两种情况都是拿不定主意。希望是你伸出手,让你面前不停旋转的那个人停下来,你们一起闭着眼往前走,在某个离开困境的地方住下来,住妥帖了,为了自己,也为了爱你的人。

"别把你爱的人送去香港。"她脱口而出。

"什么?"他回过头来惊讶地看她,然后说,"我不爱她。"

"你爱过。以前。"她固执地说,"就算现在你变了,她没变,她仍然爱你,你这么做会后悔。"

"那我拿她怎么办?我送她去哪儿?"他被说中了,过了好长时间才闷闷不乐地说,"我总不能把她送到警察手上去吧?"

她没有接话,不是没话可接,是她觉得,这种话不该她说。她挪近他,环住他的手臂。他的手臂有点发凉,但她没有表示出异样,把脸贴上去,整个身子缩进他怀里。她觉得他就像一个孩子,在这个星星稀疏的夜晚有些心神不定,有些懦弱,但没关系,他可以再想一想,或者不想,就这么坐着,借鸟儿离开的机会休息一下,然后再做决定,总之,天亮之前,一切都还来得及,而且,天亮之后,鸟儿会回来。

《上海文学》2015年第9期

评鉴与感悟

别撞死一只属于城市的鸟

邓一光近十年创作中呈现的题材转向令人耳目一新,他的城市小说在混乱现实的精神建构、现代性的剧烈冲撞与模糊的个体处境之间窥见了现实的缝隙,在象征与真实的二元世界中传达作者个人的都市感受。《别让爱你的人去香港》也不例外。

三个在都市中漂泊的疲惫灵魂,以及关于东莞、深圳、香港三个城市的异质想象,构成了小说的全部内容。冲动犯下命案的周思爱到她前男友梁鼎与其同居女友包爱君的家中寻求庇护,说好由他们送她去香港避难。路上,一只鸟的横死阻拦了周思爱前往香港的行程,她与梁鼎、包爱君之间的矛盾再次激化,并不由自主地触及后者安稳生活背后的伤痕与困惑。在这一过程中,每个人都开始反思自己在都市中的生存价值。

小说具有明显的隐喻和象征色彩。各人的不同命运被处理为难以回溯的河流,在不同时空中发生的种种交集就像中国南方密布的河网。那只被包思爱的车撞死,尸体却难以寻觅的无名鸟类无疑与周爱君的命运最为相合:具有原始的野性,敏感无辜、迷茫不安,却与城市的黑暗格格不入，注定受伤又难以自保。但从更广泛的意义上看，鸟与城市的关系就是人与城市的关系。小说中，每个生活在城市的人都受过伤：周思爱作为反复被损害的对象，最终为自保而泄愤杀人；梁鼎与周思爱在一起的十年内流血事件层出不穷；包爱君经历两次堕胎后失去生育能力。作者将此视为被异化的主体为重新获得存在感而付出的牺牲。这种无辜者的受难与在现代交通工具下丧生的小鸟何其相似；而每个人物都在不同程度上背离了社会角色的传统印象，这又与三人无法确定那只鸟的种类暗合。

周思爱的碰壁，说明物质性的城市与人类天性中对关爱与温情的渴望格格不入。在她和梁鼎身上，包爱君发现消费文化对真情的矫饰反而使真情变得尴尬和突兀。现代性带来的认同混乱与存在危机迫使每个人做出应对：周思爱停下来，反叛常理以质问和寻找意义；梁鼎放弃了追问，转而体验瞬时的存在；包爱君希望在混乱的时代中以个人的奋斗创造价值，发现归属感，尽管怀疑与疲惫如影随形。因此，深圳与东莞、香港一样充满危机、悬念和孤独，却因为有了包爱君式的、西西弗斯式的平庸的忙碌，而显出了一点温情的底色。

因此，包爱君认为不该让周思爱去香港，她意识到都市的主流思维模式无法理解周思爱身上个性化的颠覆力量，拘禁或流放无助于解决任何问题，却暴露出社会结构中倾向于规避矛盾的、伪善的、甚至是野蛮的一面。在此基础上，作者提醒我们关注城市居民真实的生存状态与城市化的代价。

然而，邓一光的城市写作所描绘的依然是一种乐观、进步的现代性。他没有停留于城市生活的现代之美或底层乱象的零度叙述，而是在不同都市漫游者极具张力的情感联系中寻找希望、挽救虚无。作者的未尽之语是：如果被撞死的小鸟能够在包爱君的想象里复活，那么城市里的其他畸零人或许也能找到类似的出路。（郑田）

摩洛哥王子

/ 徐则臣

要不是碰上个卖唱的,这辈子我都不会关心摩洛哥在哪里。那家伙唱得真不错,嗓子一会儿像刘欢一会儿像张雨生。模仿田震《自由自在》的时候我跟上他的,那种狭窄、茫然又激越的声音,可以乱真。当然,跟上之前我给了他十块钱。给钱的时候我脸是红的。我心疼,十块钱不是小数目。但已经掏出来了,哪好意思再塞回兜里呢。我明明记得兜里有张一块的,掏出来才发现三张都是十块,要命,硬着头皮也得给人一张。他以为我脸红是因为慷慨,他就对我招手:喜欢就跟着听。他看出来我喜欢田震的歌,接下来他唱的都是田震,《执着》《干杯朋友》《月牙泉》《未了情》。从地铁的这头唱到那头。地铁在西直门站停下,我得下车了。

他停下弹奏和歌唱,扭着身子指自己后背。他的夹克上印着五个字:摩洛哥王子。

回到平房,我跟行健说:"见着摩洛哥王子了。摩洛哥在哪儿啊?"

行健哼了一声:"我还见着西班牙王妃了呢。"

米萝已经从他的百宝箱里翻出了世界地图,旧书摊上花两块钱买的。"北非。在北非。头顶上就是西班牙。老大你太牛了,摩洛哥跟西班牙前后脚你都知道。"

"知道个屁!"行健完全是顺嘴瞎说,但误打误撞也让他的虚荣心有了点小满足。"老子看看,这摩洛哥到底在哪旮旯。"

他把地图摊在我们的小饭桌上,我把脑袋也伸过去。摩洛哥头顶上不仅有西班牙,还有葡萄牙。左边是浩瀚的大西洋,右边是阿尔及利亚。边境之南是我只在地理课本上见过的毛里塔尼亚。

我们漫无边际地谈论了一通摩洛哥。除了国名我们对这个国家一无所知,所以谈得更加充分。我们给这片抽象的国土想象出了名山大川、亭台楼阁和大得难以想象的客流量。关于摩洛哥王子,我跟行健和米萝说,真不知道他长得像不像摩洛哥人,不过鼻子倒是挺高。

聊完就洗洗睡了。很快我们就把摩洛哥和卖唱的小伙子忘到了脑后。不是记不住,是所有激动人心的事情最终跟我们都没关系。我们的生活里永远不可能出现奇迹。我们还住在北京西郊的一间平房里,过着以昼伏夜出为主的日常生活。我依然隔三岔五地出没在地铁2号线沿线,逢人不备的时候,鬼鬼祟祟地帮我办假证的姑父洪三万打小广告。行健和米萝也是,他们帮陈兴多打小广告,偶尔我们会在同一条街或者同一条地铁线上碰头。有一天傍晚,我在西直门站地铁口的背风处吃烤红薯,行健从身后拍了我的肩膀,说:

"看见你那个'摩洛哥王子'了。"

"那家伙是不是只有一件衣服?"米萝说。他们看见的也是那件印有"摩洛哥王子"的夹克。"他还带着个头发乱得像草窝的小女孩。他妹妹?"他们看见他的时候,他正从保温杯里倒水给一个脏兮兮的小姑娘喝。

我哪知道。

"我跟他说起你,"行健说,"他竟然记得。"

我继续吃烤红薯。行健的话你听一半就够了。

"不信?"米萝说,"我们真说起了你。说你给了他十块钱,他没想起来;说你跟着他听田震的歌,从车头听到车尾,他就一下子想起来了。他说,那个哥们啊,背个军用黄书包。"

看来是真的,那天我的确背着一个军用黄书包。其实那几年我背的都是这个包,就一个包。打小广告的一套家伙都装在里面:刻着洪三万电话号码的一个大印章,墨水瓶,涂墨水的板刷,印有我姑父电话的假证业务范围的名片,当然还有纸和笔,以备不时之需。能撒名片的时候撒名片,可以直接盖上个大戳的时候就盖戳,实在不行,用笔在一切可以写字的地方写上我姑父的名字和他的电话号码。

"那是他妹妹吗?"米萝又问,"穿得可不如他啊。"

我真不知道。我也只见过那家伙一次。

吃完红薯,我陪他俩在路边抽了一根烟。秋风乍起,纸片和几片树叶被吹进了地铁口。一群人走出来,像这个秋天的黄昏,有种虚弱的单薄。最后出来的是一串饱满的歌声。海面倒映着美丽的白塔,四周环绕着绿树红墙。小船儿轻轻,飘荡在水中,对,水中,迎面吹来了凉爽的风。没有吉他声,但我知道"摩洛哥王子"来了。果然,摩洛哥王子和一个扎着两个蓬乱小辫的女孩从地铁站走出来。他在教那女孩唱《让我们荡起双桨》。小女孩六七岁的样子,鼻梁不高,脸有点脏,褂子还是用北方乡村里当被面的花布做的。摩洛哥王子该有二十出头,看上去比行健和米萝大。

"你们呀——"摩洛哥王子说。

"来一根不?"行健挥挥右手夹着的中南海香烟。

摩洛哥王子笑笑,从兜里掏出一把零钱递给那小女孩,说:"过马路注意安全啊。别忘了歌词。"

小女孩犹豫一下还是接住了,然后向他摆摆手:"谢谢哥哥,我记着呢。"跳过马路牙子走到对面去了。

我们凑在一起抽烟,像一群不良少年。"你妹妹?"我还是问了。

"小花?不是。"摩洛哥王子抽烟的动作很熟练。"地铁里认识的。"

"她这样——干啥的?"米萝问。

"要钱的。"

"要钱的"就是"乞讨的"。地铁里有各种各样的乞讨者:残疾人;卖艺,像摩洛哥王子这样;老人;孩子,比如那个小姑娘,叫小花?

"最近老是遇到她。"摩洛哥王子说。

"你为啥要给她钱?"米萝问。

"她说一天下来要不够数,回到家她爸会打她。"

我们都火了,这什么畜生爹!哪天逮着狗日的好好修理他一顿。

"少安毋躁。"摩洛哥王子劝我们,"我也想跟小花的爸爸谈谈,小花不让，怕谈过了挨的揍更多。你们是干啥的？"

我想告诉他我们是做小广告的，行健瞪了我一眼，说："你叫啥名字？"

"王枫。"

"你衣服上印着个'摩洛哥王子'，算啥？"

"一直想整个乐队，叫'摩洛哥王子'，我是主唱。不过得慢慢来。还有吗？再来一根。"

明白了。他只是想象中的"摩洛哥王子"的主唱，或者说，是"摩洛哥王子"的"王子"。但他的广告做得好，八字还没一撇，他就把乐队名字印到衣服上了。

我们开始抽第二根烟。西直门的傍晚开始降临，在烟头掐灭的那一瞬间天黑了下来。

第二天下午我们出门比平时早，买了地铁票在2号线上乱坐，反正只要不出站，你坐多少站、坐多长时间都是一张票的钱。我们坐两站就下来，换乘下一班，直到遇上王枫。出门前我们达成共识，只是到地铁上听王枫卖唱；其实我们都心照不宣，我们都想到了"摩洛哥王子"乐队。实话实说，这么长时间以来，这是唯一一件让三个人都心动的事。昨天我们做了半夜的梦，梦见自己成为"摩洛哥王子"乐队的一员，我们和电视里、电影里、街头上那些乐队一样，演奏的演奏，唱的唱，跳的跳——成为乐队的一员，无论如何要比给办假证的洪三万和陈兴多打小广告要高雅和体面，这个我们都懂；可是，所有的乐器我们都不会，唱歌也只能瞎唱，跳舞嘛，只有行健会一段残缺不全的霹雳舞。昨天凌晨回到住处，行健扭了一段，跳不下去的时候他就翻来覆去地"擦玻璃"，那动作实在太像擦玻璃了。我们都想成为"摩洛哥王子"，但我们一无所长，所以我们都不吭声，只说去看王枫唱歌吧。好，同去同去。然后我们在雍和宫那一站找到了正唱梅艳芳的《女人花》的王枫。我们抓着扶手站成一排，王枫余音袅袅地唱完最后一句"女人如花花似梦"时，我们热烈地鼓起了掌，一起喊：

"好！"

乘客们开始掏钱。我咬咬牙，把钱塞到王枫斜挎的敞口人造革大皮包里，我看见行健和米萝放进去的也都是十块钱。

王枫继续往前走，边走边唱。从一班地铁的车头走唱到车尾，下车，换下一班。再从车头唱到车尾，再换下一班。我们跟着，鼓掌，叫好，偶尔投进去一两个硬币，实在没有太多的钱。在我们的想象里，这是整个"摩洛哥王子"乐队在前进中演出。

晚上七点钟，"摩洛哥王子"停下来，王枫说一块儿吃个饭吧，聊聊。我们都觉得好。王枫说，看看能不能碰上小花。主唱发话了，我们当然继续说好。那就一起去找。

在前门站的地铁里，我们看到了小花。她在车厢里慢慢走，端一只揉皱的"康师傅"方便面桶，一声不吭，见人就鞠躬，鞠完躬就眼巴巴地看着对方，直到对方往她的面桶里放了零钱，直到确定假寐的乘客再也不会给她钱，她才挪到下一个乘客面前弯下腰。

"小花。"王枫喊。

小花看见我们，抱着方便面桶颠儿颠儿地跑过来。"哥哥。"她在王枫身边停下，自然地抓住了王枫的手。

"今天够吗？"

小花对王枫摇摇头，委屈地撇了一下嘴，泪花子就出来了。

"没事，小花，先跟哥哥去吃饭。"

前门的那家馆子很小，只摆得下六张小桌子，但我们所有人都觉得味道好。家常菜怎么能做得那么别致呢，我们喝痛快了。当然小花没喝，她专心吃菜，单独给她又炒了一份芹菜炒肉丝。王枫酒量不错，行健数了数喝空的啤酒瓶子，决定还是不比下去了，真喝到底谁倒下去都不一定。我认为还是王枫酒量更大一点，因为最后是他把单买了。他非常清醒地说："兄弟们能来听我唱歌，别说请顿饭，卖两次血我王枫都干。"临别时他还清醒地说，"就这么定了，过两天搬过去和兄弟们一起住。"出了门，夜风一吹，半瓶啤酒我就醉了。王枫清醒地拉着小花的手，说：

"小花，哥哥送你一段。"

回西郊平房的路上，我们一致认为这是一次圆满的聚会、胜利的聚会。虽然没有迅速解决加盟"摩洛哥王子"的问题，但意外地解决了王枫加盟我们的问题。他租的地下室到期了，再不续交房租就得被房东赶出来，他在犹豫。他想住在有阳光的地方，地下室的阴暗生活他受够了。行健敏锐地抓住这个机会,手一挥,好办,咱们屋里空着一张床,欢迎老兄你来!我和米萝也说,欢迎老兄你来。

进了房间,行健拍着宝来留下的那张空床,说:"来了,就是咱们的人了。"

米萝说:"来了,咱们就是他的人了。"

他们俩已经说得这么白了,我就不好再说什么,就嘿嘿一笑。

三天后是周末,米萝翻出来一本算命的书,摇头摆尾地说,良辰吉日,宜乔迁、出行。外面响起了喇叭声,王枫已经坐着出租车到院门口了。

除了一个占地方的大吉他,王枫就两件行李,一个旅行箱、一个蛇皮编织袋,编织袋里装着被褥和枕头。他把几本书摆到床头时,我们才知道他是正规音乐专业的毕业生,尽管那学校我们从来没有听说过,而且是个大专学校。有两本是他念书时的教材,此外都是影像和传记类的书,有讲猫王的,有讲后街男孩的,还有关于滚石乐队、魔岩三杰和黑豹乐队的。我们三个的心立马沉了下去。

按照计划,安顿好王枫就该进入下一个议程,准"摩洛哥王子"乐队狂欢一下,庆祝相互成了"自己人"。具体地说,就是我们来到院子里,王枫弹吉他主唱,我们仨跟着附和、伴奏、配舞。这两天我们去了动物园小商品批发市场,买了廉价的手鼓、笛子、葫芦丝、碰铃,米萝甚至还买了唢呐。这些乐器怎么玩,我们都不会,不会可以学啊,王枫也不是天生就会弹吉他唱歌的。我们一直认为王枫也是半路出家,碰巧了嗓子好,碰巧了模仿能力强,就唱上了;就跟地铁里天南海北来的卖唱的一样,胆子大点、脸皮厚点而已。但人家是科班出身。我们突然就自卑了,我们仨没一个完整地高中毕业的;更要命的是关于猫王、后街男孩、滚石乐队、魔岩三杰和黑豹乐队的那几本书,每一本书里的每一个人都那么洋气。即使只穿一条破破烂烂没有腰带的牛仔裤,赤着脚光着上身也那么洋气,他们怎么看都不像是我们的这个院子里可能走出去的。我们也可以留一头长发,也可以脱得只剩下一条到处是洞的牛仔裤,甚至脱得只剩一条内裤,但我们永远也成不了他们。这个想法让我们黯然神伤。趁着王枫没注意,行健把他的手鼓往床底踢了踢,米萝把盛葫芦丝的抽屉也推上了,我把笛子往被窝里塞时，被王枫看见了。

"你们怎么了？"他说，"有亲戚朋友要死了么？"一把掀开我的被子，把笛子攥在了手中。"啥意思？"

我抓了抓脑门，"不会吹。"

"不会吹可以学啊。"

我笑笑。行健和米萝也干巴巴地笑了。

"哪个地方不对。"王枫转着脑袋把房间看了一遍。我们租的房间不大，放两张上下铺的架子床和一张偶尔兼做饭桌的破旧写字桌，剩下的地方就不多了。他绕过几双臭鞋子走了一圈，伸手拉开抽屉，葫芦丝上的假商标都没有揭掉。"你的？"他问米萝。

米萝说："我也不会吹。"

"我也不会。"

行健拍了一下脖子，声音很大，说："哥们，不绕圈子了，哥几个就想跟你凑个热闹。"他弯腰从床底下捞出手鼓，扔给了王枫。"你不是想弄一个乐队么，哥几个给你打下手。音乐啥的咱不懂，但要出苦力的，哥们没问题。"

"有什么懂不懂的，凑一块儿玩呗。"王枫坐下来，把手鼓放在膝盖上，嘭嘭嘭敲了一阵，站起来说，"要不现在就整一场？"

那肯定是有史以来最怪异的一次演出。我们站在院子里，把扫帚支在椅背上当立式麦克风，王枫抱着吉他站在麦克风后面，边弹边唱。我们三个因为紧张和慎重，坚持站成一排，每人拿一件根本不会演奏的乐器做着样子比画，我的笛子根本就没靠上嘴。米萝的葫芦丝基本上保持在鼻子和眼之间的位置；行健倒是敲了鼓，敲得像抽风，情绪高亢时鼓声就大一点，信心不够了根本找不着声音。但我们都卖力地跟着吉他的节奏扭动了，王枫唱的是轻摇滚版的《我家住在黄土高坡》。如果谁从门外看见了，没准会觉得我们都疯了，一个个又是点头又是耸肩，一会儿挺胸一会儿撅屁股，偶尔也像癫痫发作，扭动得像条惊慌失措的虫子，全无章法。一曲终了，我们自己都笑了，笑得坐到了地上，眼泪都出来了。

"演出如何？"行健开玩笑地问。

"演出成功！"米萝说。

"合作愉快!"王枫握紧拳头举起来,"耶!"

谁都没说"乐队"演出成功,或者"乐队"合作愉快。说都没有说"摩洛哥王子"乐队。

寒气从水泥地面沿着屁股往我们身上爬。王枫先站起来,"起来了,"他说,"来日方长,如果想学,我教你们。有些乐器咱们也得一起学。"

生活在继续。我们三个还是昼伏夜出到处打小广告,王枫还是背着吉他出入地铁和车水马龙的街头卖唱,在外面碰上了,就一起吃个简单的饭。回到平房,一起聊天、吹牛、讲黄段子,爬到屋顶上看着蓬勃生长的北京城打牌喝啤酒,也会在屋顶上学习演奏乐器。我学笛子,米萝学葫芦丝,行健学手鼓和唢呐。王枫经常在屋顶上弹着吉他吊嗓子练歌,也跟我们一起学他陌生的乐器。当然也合作过,牛鬼蛇神似的一起又唱又跳。合作演出的时候通常在院子里,为的是不影响周围的邻居。如果哪天喝高兴了,也会不管不顾爬到平房的屋顶上大喊大叫大唱大跳。只要不是晚上,屋顶上的演出还是挺让邻居们开心的,生活要淡出个鸟来,难得有人在高处死皮赖脸地逗乐,他们就当看耍猴了。不管别人怎么看,音乐的确让我们的生活有了一点别样的滋味,想一想,我都觉得我的神经衰弱的脑血管也跳得有了让人心怡的节奏。

因为王枫,我们见到乞讨的小花次数也多了。他们俩没任何关系,只是王枫在地铁里卖唱遇到过小花几次,他觉得小姑娘挺可怜,买了吃的就分给她一半,天凉了,他把带的热水分一杯给小花喝,就算认识了。那是个招人疼的孩子。我们都觉得小花的爹妈太不地道了,正念书的年龄,拉出来天天让她在地铁上乞讨。但是没办法,孩子是人家的,你报了警都没用,警察也不会天天守着。这样的孩子很多,分散在北京的各个角落向过路行人要钱,有鞠躬的,装残废的,背着小音箱一路播放歌曲的,也有五音不全地演唱的。前阵子新闻上说,某大学教授见到一对夫妻带八岁的儿子乞讨,责问为啥不让孩子念书,那两口子操着方言说:

"没钱怎么让他念书?"

"没钱去挣啊。"

"我们不是正在挣嘛!"

再理论下去,该父母说:"你有责任心,你境界高,你给我们儿子出学费吧。"

围观的人群一阵笑,见怪不怪了。教授败下阵来。

但让我们不能容忍的是,小花的爹妈现在每天都给小花定下任务,今天要到五十,明天就五十五,后天变成六十。有一天王枫卖完唱回到平房,骂骂咧咧地说,小花的爹妈太不是东西了,给小花的定额马上涨到一百了。要不到一百,小心回家挨板子。

在那几年,一天一百块钱是个相当大的指标。

"这事好办,"行健说,"咱们先去给那对狗男女一顿板子。"

米萝说:"打死丫的,看以后敢动小花一根寒毛!"

"问题是,小花死活不愿意带我去见她爸妈。"王枫点上一根烟,"也怪我,隔三岔五给小花点钱,让他们尝到甜头了。这俩孙子得锅往炕上爬,目标越定越高。"

这事还真得赖到王枫头上。头一回他见小花没要到几块钱,在地铁口哭,给了她十五块钱;第二次见她哭,给了二十块钱;第三次看她恐惧着不敢回家,又给了二十块钱;水涨船高,没平息小花的恐惧,反倒把她爹妈的胃口给吊起来了,他们相信闺女一定有能力越要越多,指标就上去了。好心办了坏事。弄得小花现在每天更不敢回家,因为指标越来越高,完全不可能完成。王枫也不能无止境地帮她填坑,毕竟坑越填越大。

"王枫,别弄得跟个知识分子似的,"行健把右脚踩到凳子上,"这事听我的两个字:修理。得把狗日的打痛快了。"

"可咱们根本见不着她爸妈。"

米萝也把右脚踩到凳子上,"顺藤摸瓜。"

第二天傍晚,我们三个睡足了,吃了驴肉火烧,接到王枫的短信:七点,复兴门地铁站。这事没那么刺激,一个小丫头而已。我们仨平常的工作得防着警察突然袭击,基本上也练就了一套反跟踪的小能力。我们懂。倒了两次公交,我们晃晃悠悠地到了地铁口附近时,王枫和小花正在地铁口挥手再见,一个往东,一个往西。米萝把运动衫的帽子戴上,低头跟在最前面。隔二十米之后是行健,然后是我,最后是王枫。

那段路挺绕,我们几个都不记得走过哪些地方。路左,路右,顺行,逆行,过天桥,小花走得犹犹豫豫、心事重重,没事就回头看两眼。我问王枫是不是露馅了,他说没,因为要掐着点儿到地铁口,他催了小花,给了她三十。"我也没剩下几块了。"王枫说。

"上次你送的小花,住哪儿你总该知道个差不多吧?"

"差多了。"王枫说,"也就到了复兴门地铁站,我背个身点了根烟,她就没影了。"

小花停下了,抱着膝盖在马路牙子上坐下来。头顶是盏路灯,她的影子几乎要缩到她身体里。我们慢慢地向前靠近,行人和车辆不断,到处是光影,不必担心被发现。突然,她站起来横穿马路,一辆车紧急停下,尖锐的刹车声只往我脑仁子里钻。小花肯定被吓傻了,那辆奥迪A6在她两三厘米外,小花呆立在原地。王枫撒腿就跑,我跟上。小花还站在原地,王枫抱住她的时候她正浑身哆嗦。车主擦着冷汗从车里出来,气急败坏地说:"你这孩子,不要命啦?还有你,你们,怎么带孩子的!你们不知道我有强迫症啊,以后让我还怎么开车!"

王枫道着歉,把小花抱到了人行道上,小花抱住王枫,哇地哭出来。在路灯下我也看见了小花的眼角和右手手背是青紫的。行健和米萝也聚拢过来。

"他们会打死我的!"小花抽噎着说,"他们会打死我的!"

米萝问:"谁?"

"他们会打死我的。"

我对着行健的耳朵说:"是亲生的吗?"

行健拍了一下脖子,说:"是啊,我怎么没想到这茬儿呢!"

首要的任务是把小花送回去。小花不让送,看着她走都不行,她要看着我们先走她再走。她说离她家已经很近了。

跟踪结束。我们先离开。路上又谈到是否亲生的问题,王枫说他也在怀疑,小花提到她爸妈时,从来都是"他们""他们"。什么样的父母才能让孩子以"他们"相称呢。

我们的担忧应验了。几天后王枫带来了真相。小花在他的诱导下终于说了实话。她在北京的"爸妈"有八个孩子,年龄从五岁到十四岁不等,除了最小的那个弟弟由"爸妈"带着在车站等公共场合乞讨,大一点的孩子都单独行动。早出晚归,自己找地方,每天的乞讨指标五十到一百不等。一大家人租住在一个两居室里,离复兴门不远,她和另外三个姐妹挤在一张地铺上睡觉。那地方小花闭着眼睛都能找到,但说不上来名字,她不认识字,"爸妈"也不打算让她念书。

"亲生的?"

"一个十一岁的姐姐和最小的弟弟是,"王枫说,"其他的都不是。"

"拐——卖?"我说得相当犹豫。这种事报纸上天天都在说,可放到你眼跟前了,你还是觉得有点远。

"被倒了好几手。"

也就是说,小花自己都不清楚她怎么就有了现在的"爸妈",也不明白怎么就到了北京。她离开家的时候刚五岁。

"现在多大?"

"十岁。"

看着有点小。也正常,这么多年担惊受怕,吃得也不会好,肯定营养不良。

"小花记得过去的事吗?"

"记不清了。她只记得,她家里的爸爸身上有酒味,好像家里还有个弟弟。"

"哪儿人?"

"不知道。她说她好像是跟爸爸去看山,在山里。她爸身上有酒味,坐在路边的石头上,低着头。有人对她摇晃一根棒棒糖,在前面走,她就迷迷糊糊跟上去了。"

"然后呢?"

"被带走了。再然后,换了一个又一个地方,换了一个又一个人带着她,有的给她好吃的,有的打她,还不给饭吃。"

"山的名字叫啥?"

小花不记得了。王枫让她回去再想想。

过了两天,下午我们正睡觉,行健的手机响了。王枫的短信:龙虎山。查查有没有这个地方。小花模模糊糊想起这名字,好像离他们家不远。

我们立马从床上跳下来,直奔书店。三个人在海淀图书城分头查。行健找名胜古迹类,米萝找名山大川类,我翻各种地图册。差一刻晚上八点，我在江西省的地图中看到龙虎山的名字。地图右下角注：龙虎山，位于江西省鹰潭市西南二十公里处贵溪市境内。然后我们继续分头查与龙虎山相关的资料，包括周边的地理环境、风土人情、饮食习惯。凡是可能唤醒小花记忆的，我们都不放过。回到住处，王枫已经回来了，一兜子信息我们全汇总给了他。王枫想了想，没准是，小花南腔北调的普通话里的确有点湘赣的口音。

又过了两天，印证完毕，基本可以确定小花的家在江西鹰潭附近。王枫用鹰潭日常生活里最显著的特征——提醒小花，在她邈远的记忆里，部分印象缓慢地浮出水面。小花很谨慎，每透露一个信息都嘱咐王枫别说出去，以免让北京的"爸妈"知道。她想离开，但又恐惧离开，广阔的世界对她来说是个可怕的陷阱。如何帮她找到亲生父母，我们四个人每天都在商量，可头发揪光了也没理出个头绪。她完全不记得村庄和父母的名字，自己原来姓什么都忘了。我们每天都谈，每天都以叹息告终。

一个周四中午，出门两个小时不到，王枫又回来了，身后跟着正在吃汉堡的小花，因为嘴角破了，张嘴小心翼翼，但分明又饿得不行。颧骨上瘀青，左手手腕处也结了一块血疤，走路跛着脚，膝盖受了伤。昨天晚上被她"爸"打的。小花昨天的收成不错，回到家"爸妈"还没回来，她躺到地铺上不小心睡着了，醒来发现口袋里少了三十块钱。旁边的兄弟姐妹都摇头，"父亲"就火了，一顿胖揍。

行健说："这日子没法过了。"

米萝说："先揍丫一顿再说。"

我说："还是自己家好。"

王枫问行健要了一根烟，吸得那个狠，每一口都想要了烟的命似的。"要不——"王枫说，"把小花送回鹰潭？"

王枫说得很慢，我相信这个想法把他自己也吓了一跳。不是送回去就完了，而是要替她找到亲生父母。跟大海捞针没什么两样。房间里突然安静下来，只剩下小花小口咀嚼汉堡的声音。

"小花，你想回自己的家吗？"王枫说。

小花也愣了，把我们四个人轮番看了两遍，恐惧地说："我不知道。"

"小花别怕，跟哥哥说，"王枫把水杯端到她面前，"你想回家吗？"

"哥哥，我真不知道。"小花哭了。

"小花，想回家就点点头，哥哥送你回去。哥哥帮你找到爸爸妈妈。"

我们盯着小花看。小花放下汉堡，一分钟后点了点头。

"好，买了车票咱们就回！"

"想好了？"

"想好了。"

行健、米萝和我，每人拿出两百块钱硬塞给王枫，一点心意。只能做这么多了。王枫让我们别担心，一个月后准回。大不了边唱边找，他唱，小花也可以唱。这些天她学会了好几首歌，一张嘴像模像样。我们在屋顶上给王枫和小花饯行，喝啤酒，吃驴肉火烧。

我在墙上画正字，数着日子等王枫回来。一周过去。半个月过去。一个月过去。四十天过去。王枫发来短信，还在找，没想到鹰潭这么大。好消息是，小花唱得越来越好，吉他也能弹出调了，天生学音乐的料。

两个月过去。北京进入了严冬。

第十四个正字缺一画的那天，北京大雪，我和行健、米萝躲在房间里吃火锅。借来的锅，煮了三棵大白菜和六斤五花肉，我们热气腾腾地接到了王枫的电话。鹰潭肯定也很冷，所以王枫的声音很大，没按免提我们都听得见。王枫在电话里说：

"行健，米萝，穆鱼，你们帮我证明一下，我是不是送小花回家的——"

鹰潭的风声很大，更大的是人声，一个暴烈的江西男声从行健的手机里冲出来："证明，拿什么证明？谁信啊！"

又一个暴烈的江西男声："跟他废什么话！"

在他的尾音里我们听见更大的风声，然后是巨大的撞击和破裂声。行健的手机发出了焦躁的、永恒的忙音。行健对着电话喂喂了半天，还是忙音。他给王枫拨回去，一个优美圆润的女声在电话里说：

"您拨叫的电话已关机。"

三个月后，我们过完春节，和浩荡的返城人流一起从老家回到北京。北京重新变成一个无边无际、五方杂处的大都市。有天下午，我从洪三万那里取完他刚印制好的名片回到住处，发现院门口坐着一个穿粉红底白碎花羽绒服的小女孩。我咳嗽一声,她抬起头,是小花。

"小花,王枫呢?"

"哥哥还没回来吗?"

"找到你爸妈了吗?"

"找到了。"小花说,踢了半天门槛,"可是,我爸,他说是哥哥把我拐卖走的。"

见了鬼了,这跟王枫有个屁关系啊。但小花他爹就认准了,他说你们看,我闺女跟着他卖唱,挣的钱肯定都归他。你们不信?你们听听我闺女唱的歌,好不好?好,你们都听出来了。这么小的娃儿会唱这么多歌,得学多久啊!你们相信他是要把娃儿送回来的吗?鬼才信!你们相信世界上有这样的好人吗?看,你们不信了吧。老少爷们,帮个忙,把他那什么琴下了,还有钱。这样的人得送公安局去!看着长得白白净净顺顺水水的,欺负人欺负到家门口了!

在他们的村口,他们摔了王枫的手机,他们把王枫送进了派出所。王枫和小花怎么解释都不行。王枫当然要辩解,他们不听。而小花要解释,那一定是受了坏人的胁迫。整个事情在他们村里突然变得极其简单,就那么回事。肯定是那么回事。没什么好说的。

那也是小花最后一次见到王枫。

我把院门打开,小花不进。小花说:"我就过来看看,"然后大哭,"我以为哥哥回来了呢。"

王枫没回来。

过了几天,行健和米萝说,他们在地铁里看见小花了。小花在卖唱,抱着一把吉他,唱得还真像模像样。后面跟着个小个子男人,专门收钱。

"你猜那家伙是谁?"米萝问我。

"小花的亲爹。"

"你怎么知道的?"米萝说。

我可以说是我猜的吗。

"长得真他妈像,"行健说,"那塌鼻梁。"

评鉴与感悟

书写底层人无法跳脱的怪圈

和徐则臣以往的"京漂"小说系列一样，《摩洛哥王子》同样是反映北京这座繁华大都市中边缘人的生存窘境。常常被忽视的底层群体，诸如地铁卖艺者、乞讨的小孩以及发小广告的人们，在其笔下不仅获得了被书写的权利，而且因为作者让人物自我意识充分呈现的叙事立场，而在某种程度上，使他们也获得了话语权。

谁能想到游走于地铁之中弹吉他卖唱的王枫曾经受过正规的、专业的音乐教育？又有谁能想到打算组建一个名叫摩洛哥王子的乐队，可只处于想象阶段八字还没一撇的事情，王枫竟然会把乐队名字印到衣服上去了。在常人看来的荒诞与不合逻辑，待到嵌入特定的群体语境之中后，一切便合理顺畅又耐人寻味起来。每个人心中都有那么一个渺远的梦想，也许它被寄托在一座城抑或是一个遥远的永远无法企及的国度之中。正如这位"摩洛哥王子"一样，当真实的生活撕裂了梦想达成的可能，组建一个虚无缥缈但又仿佛已然存在的乐队便成为得偿慰藉的珍贵路径。

本来凌乱、琐碎与漫无目的的生活，被加入这个有名无实的摩洛哥王子乐队的行健、米萝和"我"改变了。如果说癫狂的院落演唱会是变化悄然初生的一小步，那么对现有生存秩序带来真正意义上的震荡乃至击溃的，还是来自于王枫决定帮助小花一起回到她家乡寻找其亲生父母的那一刻。当王枫善意的念想破土而出无限滋长，他在这个过程中便重拾了生活的意义。这个意义是对自我价值感的认同与自身价值的确立，但在实唱的庸常生活中是断然得不到的。

当理想与现实重叠的一刻，王枫竟被当成拐卖者被抓走了。摩洛哥王子消失了，这种向上突破的努力与现有的生存境遇，形成了巨大的无法承受的张力。这般生命不能承受之重最终唯有破碎、清空，哪管这背后有着多少期许后的幻灭、挣扎后的不甘、付出后的徒劳。希望与失落的错落缠绕后，便是无声的叹息。这无声是被湮没了的，主体意志无处立足的缄默。

被拯救的小花的命运令人深思。她一直犹豫是否要逃离虐待她的养父母，"她想离开，但又恐惧离开，广阔的世界对她来说是个可怕的陷阱"。事实证明，亲生父母并没有比养父母好多少。小说结尾时，小花终于可以不用乞讨了，她改为卖艺……后面跟着她的生父。多么讽刺，这是底层人物突围后换来的遍体鳞伤与原地踏步。对于这个群体的上升与精神世界的建构始终是无解的，他们的世界永远少了一个支点。所以，在他们的精神世界中无所谓建构，更无所谓坍塌，如果说社会痼疾每每导致的个体病态化的表现是可怖的，那么这种归零的人生常态，无归属感的、抽离了一切的无意义的空虚、缥缈与无助，是不是更具持久悲凉的怆然？（李晴）

深夜面条

/ 沈熹微

半夜两点半，房门空地一声响，灯亮起，惊醒了我的浅睡眠。一个男子粗浊的声音说："来来来，吃酸辣粉。"隔壁床上的女人咕哝，"这么晚了，吃啥子嘛……"带着浓浓的睡意。只听见男子趋前，大约是到了床边，又说："吃一点嘛，吃一点，趁热。"

女人磨蹭着靠了起来，嘴里半怒半嗔地抱怨："哎呀，别个都睡戳尿了。"

男人笑道："那你这黑儿在说梦话嗦？"

两个人声音低卜去，嘀嘀咕咕，关于女人白天所做的检查。男人说："痛不痛嘛？"女人声音高起来："当然痛撒，不然你龟儿来试哈嘛，保险疼得你惊叫唤！"男人又是嘿嘿一笑，说："你那个病危通知书，把我黑遭了哟。"女人撒娇道："别个又没骗你，白纸黑字写起得，你看嘛。"

她进来的时候，或许因为低着头，且个头不高，并不起眼。仔细看是个团脸的气质娇俏的丰满妇人。与她一同进来的是另一个较为年轻的女子，满月脸，短额头，皮肤太白以至于五官有些隐没，一路碎碎念着些什么，一面搀扶前一女在床上歪下，身材扎实浑圆却动作麻利。

以为她们是姐妹，听说话才知是一对母女。母亲生了硬皮病，关节疼痛，手指长了坏疽。不知是着实很困，还是无所事事，那日正好周末，良久无医生来询问,病人与家属便施施然在床上各据一头呼呼大睡。转眼到夜饭时,女儿问母亲想吃什么,两人商量来去,却不见动弹的迹象。我想怕是生病行动不便,顺手从抽屉里找了一叠外送的餐单给她们,两人拿着单子仔仔细细研究,埋怨道:"好尿贵哟!""扬州炒饭是啥?""不然吃个抄手?"

二人的对话有一句无一句自屏风那边传来,我有些惊异有人不知道扬州炒饭是啥,但又想,平常不去馆子的话,不知道也属平常。女儿似乎对扬州炒饭特别感兴趣,又研究了两三次,终于琢磨不透,点了两份海味抄手做晚饭。

在医院会遇见各种各样的病人,有的吵闹一点,有的安静一点,总归说来,平平常常的人居多,极少遇见特别富有或是有传奇色彩的人物。平常人生病,无非亲戚探望,家人陪护,为昂贵的医药费筹谋,为三餐思量。病得重,难免全家脸上愁云惨雾,轻一点,则一副慵懒茫然既希望出院又有些不安的模样……这位女病人若有什么特殊,大概在于特别爱笑。

电话从天黑起就没有停过,那带着与年龄不符的娇声叠笑,与其说是开朗,不如说更贴近轻佻。加之电话内容中不时传出"你龟儿要是有良心,就去帮老娘充两百电话费""你都不来看看我嗦,锤子大爷骗你,骗你我就是小狗""我病惨了,你也不说关心哈,简直没得良心!"如此反复几通电话,几近功放的喇叭透露出那边男人的声音,这边我和母亲不由得同时皱起眉来。是借口调情,还是当真要钱?隔壁这位给人感觉可不大正经。

女儿间或进出整理点什么,不知何时出门去了,近八点才回来,一屁股坐下呻唤道:"妈哟,走了好远才给你充话费,转来才发现我走绕了的嘛,朝另一个方向直直过去就对了,偏生憨戳戳地要去绕个大圈圈。好热哟,我想洗个冷水脚。"

"这个天气,还是洗热水嘛。"当妈的慢条斯理回了一句。

"要得嘛。"女儿不再坚持,听动静,大约去打水来洗,两母女声音低了些,亲亲热热地聊着天。

女儿叫珍珍，我希望写作"真真"，但"珍珍"想来更贴切。珠圆玉润的模样，说起话来心直口快，与母亲相处极随意，时而大呼小叫，时而怒骂调侃，一会子说她母亲尽是躺着一点不舍得动，一会子又呵斥她不准去抠手头的疮疤，看起来年纪不大，却极有主意的小大人模样，语气重了，她母亲也不说什么，嘻嘻哈哈糊弄过去。母女俩龟儿老子瓜娃子地你一言我一语，并无平常母女的规矩。

我不由得说，您女儿说话真好玩，可是又长得像个娃娃。

二十五了。你看着她小，少得你精灵（意思非常聪明）。她咯咯笑说。

我不服气，想，那还不知道扬州炒饭是什么。

其实智商不等同于见识，我是带着些先入为主的偏见，先就疑心隔壁二位不是什么正经人物，所以对她的话只是淡淡一笑，没接下去。

女人十分健谈，打开了话匣子便收不住。她自称病了一年多，之前在省医院看过，平素是在火车北站附近做服务行业云云。这和我的猜测比较贴近，听她的言谈像是在宾馆里打扫卫生做做清洁之类，因从年纪判断不会是前台。宾馆服务业原本就有些暧昧，再想起她先前打的电话，便生出点嫌恶，见我不怎么答话，她才收了尾，也不灰心，兴致勃勃地回到她的电话事业上去。

次日下午，珍珍进来，笑说："妈，你得了一张病危通知哟，意思是不是要挂各咯（要死了）？"

"挂锤子哟，老娘好不生生的，你娃咒你妈，小心遭雷劈哈。"女人道，还是那样不带正经的口吻。

"当真的，你看嘛，医生发的病危通知，还喊我不要给你看，说怕你受不了。"珍珍坐到床上，将条子递给她妈，"我看你活蹦乱跳好得很，他们是不是搞错了哟。"语气却不是没有忧愁。

"哎！拿给我拿给我，我黑他们龟儿一哈，嘿嘿嘿。"女人又是一连串笑，仿佛得到了什么好物件要炫耀，当即给条子拍了个照传到网上，两母女没事儿人一样在床上笑成一团。

笑过，珍珍说："不给爸爸打个电话吗？"

"你打撒。"女人道。

"嘿！你还怪耶，你的老公你不打，他又不是我老公。"珍珍说。

"要得,那我一会儿就打。"女人敷衍着,低头看手机,咯咯笑,想必看见了谁的回复。她赶紧送到珍珍眼前,说:"我就晓得有些瓜娃子要遭黑斗的嘛,嘻嘻嘻,吓不死你个瓜娃子。"

"他说了啥子嘛?喊他来看你撒。"

"他问我这个通知书是真的假的哟,喊我莫黑他,嘻嘻,电话打过来了。"

"喂——"懒洋洋娇滴滴的开场,我知道又要听到一次腻腻歪歪的调情,赶紧将头埋到书里去,但那声音频频不绝传来,她笑着告诉男人,她病了要死了,男人不信,她说不信你自己来看嘛,随即又报了房间号病床号。不知那男人来不来。她总在打电话,也听不出那边厢到底是一位还是几位。

一天凌晨,门突然开了,我以为是护士,看看时间,却不到六点。紧接着听到一个男人声音,叫珍珍起来吃面,珍珍说不吃,他就和床上的女人唏里呼噜地吃着,不时又喊一下珍珍,珍珍还在睡梦中,根本不愿起来。

那男人吃罢自言自语了一句:"十块钱一碗呢,不吃可惜了。"

女人说:"你吃撒。"

他说:"我囊吃得下这个多?"语气闷闷的。

女人嗔怪:"哪个喊你这么早来嘛,哪个这么早就吃早饭撒?"

虽是如此说着,却也欢欢喜喜地吃了男人带来的早餐,吃罢重新睡下,催促他:"你走嘛,要交班的嘛。"

男的没动,在帮她掖被子,犹犹豫豫地说:"到底是啥子病哦?"

女人说:"说了你娃也不懂。"

男人说:"我晓得一哈总可以撒。"

女人说:"绝症!"

男人说:"啥子绝症嘛,又尿不说清楚。"

女人逐客道:"哎呀快走快走,莫要迟到了,改天再说。不要再囊个早了哈。"

男人走了,女人还在喊珍珍:"牛肉面哟,十块钱一碗的,嘿好吃哟。吃不吃?"

同屋的时间久一些，陆续了解到更多，因为并不打听，其间混淆着猜测。女人籍贯资阳，有一子一夫在老家，儿子尚在念中学，男人做什么少有提起。听说房子是两层小楼，想来即便务农，条件也比较过得去。珍珍已经结婚，生了男孩，与丈夫在附近某郊县开网吧，珍珍"二"字说不好，因此她提起丈夫时，口音混淆，像是说"恁娃"。

　　多有两日就看出来，虽然珍珍矮胖，喜欢躺着，但动起来行如疾风，为了给她妈妈买一套价格实惠的厚睡衣，足足走了两个小时并且真的买得价廉物美。她每天带回来的盒饭也蛮香。我逐渐认同了她母亲说她"精灵"这个评价。珍珍很有生活智慧，别看她对母亲大呼小叫，耐心却是足足的，洗脸水洗脚水伺候周到不说，每日大半天各种排队检查，站酸了腿回来又立即奔出去买饭，且不忘叮嘱她母亲一日三四次涂抹各种药膏，事无巨细，井井有条。我饭后小范围活动，见她瘫坐在门边椅子上，裤腿挽得老高，露出健硕的肥白小腿，趿拉着一双凉拖鞋。

　　我说："你身体真好呀。"

　　她神情竟有点羞涩，说："我就是个火体子，走一会儿就热得遭不住，要洗冷水脚。"

　　夜宵男人打电话问她们想吃什么，这次是深夜十一二点，珍珍还在玩手机，说要吃炒河粉，一会儿又说反正要辣的，酸辣粉也行。女人说不想吃，推了几遍，还是说不吃。

　　男人来了，没听得珍珍称呼他什么，反正是熟识的。他问女人病危通知是怎么回事，病情又是怎么回事，女人说还在做检查，不晓得嘛。又说我死了与你有什么相干，你问那么多做啥子？语气里面，得意又甜蜜，像恋爱中的青春期女孩，与情人说着反话，因为想听到更暖心的回答。

　　男人声音更低了，不知说什么，她照旧咯咯笑，叫他快滚。

　　男人说："好嘛，那我改天再来。"

　　女人嗔道："哪个要你来，随便你来不来，要是我死了才好，你也就不必麻烦了！"

　　男人啐声："瞎说！"

　　"哎哟哎哟！莫揪我脸。"女人叫唤。

　　"胖了哟。"男的说。

"是肿了!"女人强调,"快切嘛,莫迟了。"

此后每天夜里,女人都要等着男人到来,她久久地玩着手机,不关床头灯,直到男人来过了,说几句话,或是一起吃点什么,又走了,这才放心睡过下半夜,搞得我仿佛随时在等着她的电话响起。

白天她无聊时,依然拿着那张病危通知到处恐吓,常有人大惊小怪地关心她,却只是说些不痛不痒过耳即忘的废话,并没见有别的人来探望。两母女依然风风火火按照医生安排做着各种检查,逐一得出自己病情的具体情况,有日医生来告知,让她最好吃一种不能报销的进口药,三个月得五六万,请她郑重考虑。

我因病得久,知道拖延无好处,也劝她试试。她显然为钱有些头疼,同时被自己的病惊了一跳,这才往家里打了个长电话,大致说了说情况,次日她的姊妹和一个长辈模样像她父亲的老男人就来了,一屋人一式一样的聒噪,还是笑,虽有点苦和为难,并不十分沉重,那笑声高潮迭起,扰得人整个下午都不能休息。我心想,倒是一家子心宽的人。

大概医药费商量得出了结果,家人晚上散去。女人继续打着各种电话,宣扬她得了绝症,需要巨额医药费,叫电话那头那些"龟儿子""瓜娃子"们说话算数,记得来买单。当然最终无非是一场漫长而没有意义的瞎侃,那些男人,一听就是游手好闲偷奸耍滑之辈,说些占便宜的话,最后不了了之地结了尾。

这边我们也因医疗费用高昂而感受到些许经济压力,商议着是不是催一些先前借出去的款子,母亲说尽是些不想还钱的人,明知我们这时用钱,倒好,干脆不闻不问。

隔壁女人耳朵可尖,立即搭茬道:"就是说呀,不还钱总该有句话,我们那些朋友,见我发个病危通知,哪个不是黑遭了,赶紧打电话来关心……你没得钱,有句话总好些撒。"

我妈冲我翻了一记白眼,露出了对方不知所谓的表情。我顾不上许多,忙着编几条催债的短信(真不知道,我竟然很能一本正经地谈钱)。

那女人自说自话扯远去,说自己没生病时与女儿出门,常被人误作两姐妹。又说自己平素像我母亲一样挺讲究的,好几次坐公交车都有人主动帮她刷卡。她问人家为啥呢，人家就说因她长得像自己的某位朋友。

夜间常来的那个男人，似乎是专门开夜班计程车，在火车北站附近拉客，因而来的时间总是很晚或者很早。有一次我听见珍珍叫他叔叔。又有一次，珍珍夜里没有陪护，那男人夜半来了，也带了夜宵，吃得唏里呼噜，在床头腻了说着好一会儿才走。

习惯了女人带着轻浮意味的笑声之后，我开始慢慢接受，甚至并不讨厌。她病得不轻，可每日仍和女儿走着去做检查，回来会抱怨等得太久，太热，但总是笑着，没有真正因此坏了心情。

珍珍叫母亲给爸爸打电话，她仍旧推三阻四，不过还是打了两三次回家，家中人纷纷表态，就算借钱也要治病，让她放宽心。她说起来，也说弟媳妇好，小妹夫好，儿子有孝心……却不大提自己的丈夫。只有一天，她终于打了电话给丈夫，没说几句就挂了，气鼓鼓地闷了整个下午。

"喊我回去做啥子？我现在这样不能服侍他，还能指望他服侍我吗？"

"脾气又坏，总是那样，说不到几句就开始吼。"

"既希望我找钱，又巴不得我天天在家洗衣做饭，可不可能嘛。我回去，就他卖菜那点儿钱够啥子？"

她和女儿说着。

如果女人的确是某宾馆的服务员，那个常来的男人，该是偶尔留宿时有过露水情缘的客人。在外漂泊打工，难耐寂寞辛苦，寻求慰藉和短暂陪伴，浮尘于世，都是常有的事。女人白天打的那些电话，来来去去总纠结在三两百电话费的磨叽上，然而从不能成功，她显然也不介怀。她总打给一个喜欢傻笑的男人，并把那声音用扩音器播出来，一面嗔骂道：你笑个屁，你个瓜娃儿……我便想到有人帮她刷公交卡带给她的快活和得意，八毛钱买来的快乐，真的，好像又不是轻浮两个字那样简单。

她一遍遍责怪那个想来是她情人的男人来得不是时候，我只好说，人家半夜惦记着送吃的来，多不容易。

她头一低，羞涩地笑，说："哎呀！没人喊他来。"

那谁总在夜里发短信呢？我心想。

好话易说，行动却难。何况异乡异地的露水情缘，色衰欲迟，抛却道德标准不谈，那个男人，算个有心人。

他检查她做了活检的唇腺伤口，故意说："我还以为切了二两肉呢！这么点点！"

因他总是来，我总是听，从二人话间听出了情谊，心中慢慢没了不耻，反倒觉得有意思。

他认认真真地怀疑着她药的价钱，又拿手机查了，喃喃道："真的哎……"可是显然帮不上忙，或是没有到要耗巨资去帮忙的程度，只是讷讷地说："啥子药弄尿贵……"

"仙丹。嘿嘿嘿。"女人娇笑，不再提让他按照承诺出一半医药费的话。

两个人一时像被意料之外的难关卡住了，都没有往下说。

男人知道女人有了难处，但他也知道自己无法也不会伸手援助。

女人同样知道。这知道与知道之间，就有了一点遗憾、伤感、尴尬和自嘲。

毕竟，只是一碗深夜面条的情谊。

此时又是夜深，女人的电话如约响起，男人的大嗓门在那边问："今晚想吃什么吗？"

女人说："不吃了。睡了。"

男人说："真的不吃啊？"

女人娇懒地答道："嗯。"

男人又说了一句什么，不知是说要来，还是不来，女人再次"嗯"一声，挂了线。

《上海文学》2015年第10期

评鉴与感悟

冰水时代的伦理焦虑

八〇后作家沈熹微的《深夜面条》聚焦底层女性，将镜头定格在人物住院期间，仅从电话、来访者以及和看护人之间的对话，就将底层人苦中作乐的生活状态把握得微妙而又精准。同时，作家也通过一个普通人的日常生活及其命运，去思考当下社会现实中的底层人物的结构性差异问题。

整篇小说塑造的人物并不多，着力最多也最为丰满的形象无疑是这个"女人"。小说不仅没有透露她的姓名，而且其身份特征也仅仅限于合理的推测。看来，女人所表征的绝非一个个体，而是生活在底层的众多普通人。换句话说，小说描写的女人遭遇的尴尬乃是一集体性的症候。由此，作品的真实性与现实感也就越发增强。但与众不同的是，生活的苦难似乎并未压垮这样一个女人。小说通过"我"的视角写道，"这位女病人若有什么特殊，大概在于特别爱笑"。甚至当她拿到病危通知时，"女人又是一连串笑，仿佛得到了什么好物件要炫耀，当即给条子拍了个照传到网上，两母女没事儿人一样在床上笑成一团"。总之，她们企图用市民般的"乐观"去抵御苦难所带来的创伤，当然，这种表面上的乐观只是面对现实困境无法解决而做出的无可奈何的妥协。

与此相同的是，面对她的病危，她的家人是"一式一样的聒噪，还是笑，虽有点苦和为难，并不十分沉重，那笑声高潮迭起，搅得人整个下午都不能休息"。如果说，女人自己的笑尚且带有自我宽慰式的解救，那么此刻这一屋人的笑声，则成了女人无法挽回的悲剧结局的仪式性宣言。

相较于亲人的冷漠，那位常在夜里来看望她的男人却或多或少地给女人（甚至是整个作品）带来了些许的暖意。客观地讲，男人对女人的援助更多是精神上的，她所面临的巨额医药费也是男人无法承受的，男人能做的大概只有送上深夜里的一碗面条。然而，正是一碗深夜面条的情谊温暖了病危女人的身心，这也就从侧面暗示出女人所处生活环境的冰冷。

两相对比可以发现，中国社会伦理关系的巨变已经把我们带入了一个马克思说的"利己主义打算的冰水之中"。无论是爱情还是亲情，都必须经由理性的衡量,即冷冰冰的、理性的计算才能成立,当代社会的生命经验已经被日益物化的逻辑所操控。正如上文所说,女人的形象是类型化的,其命运同样隐喻出社会性的症候,只不过社会性的后果却要求人们独力去承担。换句话说,女人的不幸乃是底层民众无法掌控自身命运的无可奈何,这种无可奈何既源于物质性的匮乏,也出自情感世界的冷漠。深夜的一碗面条,正见证了这一双重世界的坍塌。(杨毅)

致作者

　　本套《北岳年选系列丛书》,收录了本年度众多优秀文学作品。在编选过程中,我们及各选本主编已尽力与大多数作者取得了联系,然仍有部分作者无法取得联系,见此消息,烦请来电,以便奉送薄酬及样书。

　　联系人:史晋鸿
　　电　话:0351-5628695